26

26

COLLECTION

COMPLETE

DES ŒUVRES

de Monsieur

DE VOLTAIRE,

NOUVELLE ÉDITION,

Augmentée de ses dernieres Pieces de Théâtre,
& enrichie de 61 Figures en taille-douce.

TOME DIX-SEPTIEME.

Contenant ses Mélanges d'Histoire & de Littérature.

A AMSTERDAM,

AUX DÉPENS DE LA COMPAGNIE.

M. DCC. LXIV.

MÉLANGES

DE

LITTÉRATURE,

D'HISTOIRE ET DE PHILOSOPHIE.

CHAPITRE PREMIER.

DES JUIFS.

OUS m'ordonnez de vous faire un tableau fidéle de l'esprit des Juifs, & de leur histoire, & sans entrer dans les voies ineffables de la Providence, vous cherchez dans les mœurs de ce Peuple la source des événemens que cette Providence a préparés.

Il est certain que la Nation Juive est la plus singuliere qui jamais ait été dans le Monde. Quoiqu'elle soit la plus méprisable aux yeux de la Politique, elle est, à bien des égards, considérable aux yeux de la Philosophie.

Les Guébres, les Banians, & les Juifs sont les seuls peuples qui subsistent dispersés, & qui n'ayant d'alliance avec aucune Nation se perpétuent au milieu des

A

Nations étrangeres , & foient toujours à part du reste du Monde.

Les Guébres ont été autrefois infiniment plus confidérables que les Juifs, puifque ce font des reftes des anciens Perfes , qui eurent les Juifs fous leur domination ; mais ils ne font aujourd'hui répandus que dans une partie de l'Orient.

Les Banians , qui defcendent des anciens Peuples chez qui *Pythagore* puifa fa Philofophie , n'exiftent que dans les Indes & en Perfe ; mais les Juifs font difperfés fur la face de toute la Terre ; & s'ils fe raffemblaient , ils compoferaient une Nation beau-coup plus nombreufe qu'elle ne le fut jamais dans le court efpace où ils furent Souverains de la Pa-leftine. Prefque tous les Peuples qui ont écrit l'hiftoire de leur origine , ont voulu la relever par des prodiges : tout eft Miracle chez eux : leurs Oracles ne leur ont prédit que des conquêtes : ceux qui en effet font devenus conquérans , n'ont pas eu de peine à croire ces anciens Oracles que l'événement juftifiait. Ce qui diftingue les Juifs des autres Nations , c'eft que leurs Oracles font les feuls véritables : il ne nous eft pas permis d'en douter. Ces Oracles , qu'ils n'entendent que dans le fens littéral , leur ont prédit cent fois qu'ils feraient les Maîtres du Monde : cependant ils n'ont jamais poffédé qu'un petit coin de terre pendant quel-ques années ; ils n'ont pas aujourd'hui un village en propre. Ils doivent donc croire , & ils croient en effet , qu'un jour leurs prédictions s'accompliront , & qu'ils auront l'Empire de la Terre.

Ils font le dernier de tous les Peuples parmi les Mufulmans & les Chrétiens , & ils fe croient le premier. Cet orgueil dans leur abaiffement eft juf-tifié par une raifon fans replique , c'eft qu'ils font réellement les peres des Chrétiens & des Muful-mans. Les Religions Chrétienne & Mufulmane re-connaiffent la Juive pour leur mere ; & par une contradiction finguliere , elles ont à la fois pour cette mere du refpect & de l'horreur.

Il ne s'agît pas ici de répéter cette fuite continue de prodiges qui étonnent l'imagination , &
qui exercent la foi. Il n'eft queftion que des événemens purement hiftoriques , dépouillés du concours Célefte & des Miracles que DIEU daigna fi
long-tems opérer en faveur de ce peuple.

On voit d'abord en Egypte une famille de foixante & dix perfonnes , produire au bout de deux cens
quinze ans une Nation dans laquelle on compte
fix cens mille combattans , ce qui fait avec les
femmes , les vieillards & les enfans , plus de deux
millions d'ames. Il n'y a point d'exemple fur la terre
d'une population fi prodigieufe : cette multitude
fortie d'Egypte demeura quarante ans dans les déferts de l'Arabie pétrée : & le peuple diminua
beaucoup dans ce pays affreux.

Ce qui refta de la Nation , avança un peu au
Nord de ces déferts. Il paraît qu'ils avaient les
mêmes principes qu'eurent depuis les Peuples de
l'Arabie pétrée & déferte , de maffacrer fans mifé-
ricorde les habitans des petites bourgades fur lefquels ils avaient de l'avantage , & de réferver feulement les filles. L'intérêt de la population a toujours été le but principal des uns & des autres.
On voit que quand les Arabes eurent conquis l'Efpagne , ils impoferent dans les Provinces des tribus de filles nubiles ; & aujourd'hui les Arabes du
défert ne font point de Traités fans ftipuler qu'on
leur donnera quelques filles & des préfens.

Les Juifs arriverent dans un pays fablonneux ,
hériffé de montagnes , où il y avait quelques villages habités par un petit peuple nommé *les Ma-
dianites.* Ils prirent dans un feul camp de Madia-
nites fix cens foixante & quinze mille moutons ,
foixante & douze mille bœufs , foixante & un
mille ânes , & trente-deux mille pucelles. Tous
les hommes , toutes les femmes & les enfans mâles
furent maffacrés : les filles , & le butin , furent par-
tagés entre le Peuple & les Sacrificateurs.

Ils s'emparérent enfuite , dans le même pays , de

A 2

la ville de Jéricho ; mais ayant voué les habitans de cette ville à l'anathême , ils maſſacrérent tout juſqu'aux filles mêmes , & ne pardonnérent qu'à une Courtiſane nommée *Raab* , qui les avait aidés à ſurprendre la ville.

Les ſavants ont agité la queſtion , ſi les Juifs ſacrifiaient en effet des hommes à la Divinité , comme tant d'autres Nations : c'eſt une queſtion de nom : ceux que ce peuple conſacrait à l'anathême n'étaient pas égorgés ſur un Autel avec des rites religieux ; mais ils n'en étaient pas moins immolés , ſans qu'il fût permis de pardonner à un ſeul. Le Lévitique défend expreſſément au *verſet* 27 *du chapitre* 29 , de racheter ceux qu'on aura youés ; il dit en propres paroles : *Il faut qu'ils meurent.* C'eſt en vertu de cette Loi , que *Jephté* voua & égorgea ſa fille , que *Saül* voulut tuer ſon fils , & que le Prophête *Samuel* coupa par morceaux le Roi *Agag* , priſonnier de *Saül.* Il eſt bien certain que DIEU eſt le Maître de la vie des hommes , & qu'il ne nous appartient pas d'examiner ſes Loix : nous devons nous borner à croire ces faits , & à reſpecter en ſilence les deſſeins de DIEU qui les a permis.

On demande auſſi quel droit des étrangers tels que les Juifs avaient ſur le pays de Canaan ? on répond qu'ils avaient celui que DIEU leur donnait.

A peine ont-ils pris Jéricho & Laïs , qu'ils ont entr'eux une guerre civile , dans laquelle la Tribu de *Benjamin* eſt preſque toute exterminée , hommes , femmes & enfans ; il n'en reſta que ſix cens mâles ; mais le peuple ne voulant point qu'une des Tribus fût anéantie , s'aviſa pour y remédier de mettre à feu & à ſang une ville entière de la Tribu de *Manaſſé* , d'y tuer tous les hommes , tous les vieillards , tous les enfans , toutes les femmes mariées , toutes les veuves , & d'y prendre ſix cens vierges , qu'ils donnerent aux ſix cens ſurvivans de *Benjamin* pour refaire cette Tribu , afin que le nombre de leurs douze Tribus fût toujours complet.

Cependant les Phéniciens, peuple puissant, établis sur les côtes de tems immémorial, allarmés des déprédations & des cruautés de ces nouveaux venus, les châtierent souvent : les Princes voisins se réunirent contr'eux, & ils furent réduits sept fois en servitude, pendant plus de deux cens années.

Enfin ils se font un Roi, & l'élisent par le sort. Ce Roi ne devait pas être fort puissant ; car à la premiere bataille que les Juifs donnerent sous lui aux Philistins leurs Maîtres, ils n'avaient dans toute l'armée qu'une épée & qu'une lance, & pas un seul instrument de fer. Mais leur second Roi *David* fait la guerre avec avantage. Il prend la ville de Salem, si célébre depuis sous le nom de Jérusalem ; & alors les Juifs commencent à faire quelque figure dans les environs de la Syrie.

Leur Gouvernement & leur Religion prennent une forme plus augusse. Jusques-là ils n'avaient pû avoir de Temples, quand toutes les Nations voisines en avaient. *Salomon* en bâtit un superbe, & régna sur ce peuple environ quarante ans.

Le tems de *Salomon* est non-seulement le tems le plus florissant des Juifs, mais tous les Rois de la Terre ensemble ne pourraient étaler un trésor qui approchât de celui de *Salomon*. Son pere *David*, dont le prédécesseur n'avait pas même de fer, laissa à *Salomon* vingt-cinq milliards six cens quarante-huit millions de livres de France au cours de ce jour, en argent comptant. Ses flottes qui allaient à Ophir lui rapportaient par an soixante & huit millions en or pur, sans compter l'argent & les pierreries. Il avait quarante mille écuries, & autant de remises pour ses chariots, douze mille écuries pour sa cavalerie, sept cens femmes, & trois cens concubines. Cependant il n'avait ni bois, ni ouvriers pour bâtir son Palais & le Temple : il en emprunta d'*Hiram* Roi de Tyr, qui fournit même de l'or : & *Salomon* donna vingt villes en paiement à *Hiram*. Les Commentateurs ont avoué que ces faits avaient besoin d'explication, & ont soupçonné quelque er-

A 3

neur de chiffre dans les copiftes , qui feuls ont pu
fe tromper.

A la mort de *Salomon* douze Tribus , qui com-
pofaient la Nation , fe divifent. Le Royaume eft déchiré. Il fe fépara en deux petites Provinces , dont
l'une eft appellée *Juda* , & l'autre *Ifraël*. Neuf Tribus & demie compofent la Province *Ifraélite* , &
deux & demie font celle de *Juda*. Ils y eut alors
entre ces deux petits Peuples une haine d'autant
plus implacable , qu'ils étaient parents & voifins ,
& qu'ils eurent des Religions différentes : car à Sichem , à Samarie , on adorait *Baal* du nom Sido-
nien , tandis qu'à Jérufalem on adorait *Adonaï*.
On avait confacré à Sichem deux *Veaux* , & on
avait à Jérufalem confacré deux *Chérubins* , qui
étaient deux animaux ailés à double tête , placés
dans le Sanctuaire : chaque faction ayant donc fes
Rois , fon Dieu , fon Culte & fes Prophêtes , fe fit
une guerre cruelle.

Tandis qu'elles fe faifaient cette guerre , les Rois
d'Affyrie qui conquéraient la plus grande partie de
l'Afie , tomberent fur les Juifs comme un aigle en-
léve deux lézards qui fe battent. Les neuf Tribus
& demie de Samarie & de Sichem furent enlevées
& difperfées fans retour , & fans que jamais on ait
fçu précifément en quels lieux elles furent menées
en efclavage.

Il n'y a que vingt lieues de la ville de Samarie à
Jérufalem , & leurs territoires fe touchaient ; ainfi
quand l'une de ces deux villes était écrafée par de
puiffans Conquérans , l'autre ne devait pas tenir
long-tems. Ainfi Jérufalem fut plufieurs fois faccate-
gée ; elle fut tributaire des Rois *Hazaël* & *Razin* ,
efclave fous *Teglat-phael-affer* , trois fois prife par
Nabuchodonofor , ou *Nebucodon-affer* , & enfin
détruite. *Sédécias* , qui avait été établi Roi ou Gouverneur par ce Conquérant , fut emmené lui & tout
fon peuple en captivité dans la Babylonie ; de forte
qu'il ne reftait de Juifs dans la Paleftine que quelques familles de payfans efclaves pour enfemencer
les terres.

A' l'égard de la petite contrée de Samarie & de Sichem, plus fertile que celle de Jérusalem, elle fut repeuplée par des Colonies étrangéres, que les Rois Assyriens y envoyerent, & qui prirent le nom de *Samaritains*.

Les deux Tribus & demie, esclaves dans Babylone, & dans les villes voisines, pendant soixante & dix ans, eurent le tems d'y prendre les usages de leurs Maîtres ; elles enrichirent leur langue du mélange de la langue Chaldéenne. Les Juifs dès-lors ne connurent plus que l'alphabet & les caractéres Chaldéens ; ils oubliérent même la dialecte Hébraïque pour la langue Chaldéenne : cela est incontestable. L'Historien *Joseph* dit qu'il a d'abord écrit en Chaldéen, qui est là langue de son pays. Il paraît que les Juifs aprirent peu de chose de la science des Mages. Ils s'adonnerent au métier de courtiers, de changeurs & de fripiers : par-là ils se rendirent nécessaires, comme ils le font encore, & ils s'enrichirent.

Leurs gains les mirent en état d'obtenir sous *Cyrus* la liberté de rebâtir Jérusalem ; mais quand il fallut retourner dans leur patrie, ceux qui s'étaient enrichis à Babylone, ne voulurent point quitter un si beau pays pour les montagnes de la Célosyrie, ni les bords fertiles de l'Euphrate & du Tygre pour le torrent de Cédron. Il n'y eut que la plus vile partie de la Nation qui revint avec *Zorobabel*. Les Juifs de Babylone contribuerent seulement de leurs aumônes pour rebâtir la Ville & le Temple ; encore la collecte fut-elle médiocre ; & *Esdras* rapporte qu'on ne put ramasser que soixante & dix mille écus, pour relever ce Temple, qui devait être le Temple de l'Univers.

Les Juifs resterent toujours sujets des Perses ; ils le furent de même d'*Alexandre* ; & lorsque ce grand homme, le plus excusable des Conquérants, eut commencé dans les premieres années de ses victoires à élever Alexandrie, & à la rendre le centre du commerce du Monde, les Juifs y allérent en foule exercer leur métier de courtiers, & leurs Rabins y apprirent enfin quelque chose des sciences des Grecs. La langue Grecque devint absolument nécessaire à tous les Juifs commerçans.

Après la mort d'*Alexandre*, ce peuple demeura soumis aux Rois de Syrie dans Jérusalem, & aux Rois d'Egypte dans Alexandrie ; & lorsque ces Rois se faisaient la guerre, ce peuple subissait toujours le sort des sujets, & apartenait aux vainqueurs.

Depuis leur captivité à Babylone, Jérusalem n'eut plus de Gouverneurs particuliers qui prissent le nom de Roi. Les Pontifes eurent l'administration intérieure, & ces Pontifes étaient nommés par leurs Maîtres : ils achetaient quelquefois très-cher cette Dignité, comme le Patriarche Grec de Constantinople achéte la sienne.

Sous *Antiochus Epiphane* ils se révoltérent, la Ville fut encore une fois pillée, & les murs démolis.

Après une suite de pareils désastres, ils obtiennent enfin pour la premiere fois, environ cent cinquante ans avant l'Ere vulgaire, la permission de battre monnoie ; c'est d'*Antiochus Sidétes* qu'ils tinrent ce privilége. Ils eurent alors des Chefs qui prirent le nom de *Rois*, & qui même porterent un Diadême. *Antigone* fut décoré le premier de cet ornement, qui devient peu honorable sans la puissance.

Les Romains dans ce tems-là commençaient à devenir redoutables aux Rois de Syrie Maîtres des Juifs ; ceux ci gagnerent le Sénat de Rome par des soumissions & des présents. Les guerres des Romains dans l'Asie Mineure semblaient devoir laisser respirer ce malheureux peuple ; mais à peine Jérusalem jouit-elle de quelqu'ombre de liberté, qu'elle fut déchirée par des guerres civiles qui la rendirent sous leurs fantômes de Rois beaucoup plus à plaindre, qu'elle ne l'avait jamais été dans une si longue suite de différents esclavages.

Dans leurs troubles inteſtins, ils prirent les Romains pour juges. Déjà la plupart des Royaumes de l'Aſie Mineure, de l'Afrique Méridionale, & des trois quarts de l'Europe, reconnaiſſaient les Romains pour arbitres & pour Maîtres.

Pompée vint en Syrie juger les Nations, & dépoſer pluſieurs petits Tyrans. Trompé par Ariſtobule, qui diſputait la Royauté de Jéruſalem, il ſe vengea ſur lui & ſur ſon parti. Il prit la Ville, fit mettre en croix quelque ſéditieux, ſoit Prêtres, ſoit Phariſiens, & condamna long-tems après le Roi des Juifs Ariſtobule au dernier ſuplice.

Les Juifs toujours malheureux, toujours eſclaves, & toujours révoltés, attirent encore ſur eux les armes Romaines. Craſſus & Caſſius les puniſſent; & Metellus Scipion fait crucifier un fils du Roi Ariſtobule nommé Alexandre, auteur de tous les troubles.

Sous le grand Céſar ils furent entièrement ſoumis & paiſibles. Hérode fameux parmi eux & parmi nous, long-tems ſimple Tétrarque, obtint d'Antoine la Couronne de Judée, qu'il paya chérement; mais Jéruſalem ne voulut pas reconnaître ce nouveau Roi, parce qu'il était deſcendu d'Eſaü, & non pas de Jacob; & qu'il n'était qu'Iduméen: c'était préciſément ſa qualité d'étranger qui l'avait fait choiſir par les Romains pour tenir mieux ce peuple en bride.

Les Romains protégerent le Roi de leur nomination avec une armée. Jéruſalem fut encore priſe d'aſſaut, ſaccagée & pillée.

Hérode protégé depuis par Auguſte, devint un des plus puiſſants Princes parmi les petits Rois de l'Arabie. Il répara Jéruſalem; il rebâtit la fortereſſe qui entourait ce Temple ſi cher aux Juifs, qu'il conſtruiſit auſſi de nouveau, mais qu'il ne put achever: l'argent & les ouvriers lui manquèrent. C'eſt une preuve qu'après tout Hérode n'était pas riche, & que les Juifs qui aimaient leur Temple, aimaient encore plus leur argent comptant.

A 5

Le nom de Roi n'était qu'une faveur que faisaient les Romains : cette grace n'était pas un titre de succession. Bientôt après la mort d'*Hérode*, la Judée fut gouvernée en Province Romaine subalterne par le Proconsul de Syrie ; quoique de tems en tems on accordât le titre de Roi, tantôt à un Juif, tantôt à un autre, moyennant beaucoup d'argent, ainsi qu'on l'accorda au Juif *Agrippa* sous l'Empereur *Claude*.

Une fille d'*Agrippa* fut cette *Bérénice* célébre pour avoir été aimée d'un des meilleurs Empereurs dont Rome se vante. Ce fut elle qui par les injustices qu'elle essuya de ses compatriotes, attira les les vengeances des Romains sur Jérusalem. Elle demanda justice. Les factions de la Ville la lui refuserent. L'esprit séditieux de ce peuple se porta à de nouveaux excès : son caractere en tout tems était d'être cruel, & son sort d'être puni.

Vespasien & *Titus* firent ce siége mémorable, qui finit par la destruction de la Ville. *Joseph* l'exagérateur prétend que dans cette courte guerre il y eut plus d'un million de Juifs massacrés. Il ne faut pas s'étonner qu'un Auteur qui met quinze mille hommes dans chaque village tue un million d'hommes. Ce qui resta fut exposé dans les marchés publics, & chaque Juif fut vendu à peu près au même prix que l'animal immonde dont ils n'osent manger.

Dans cette derniere dispersion ils espérerent encore un Libérateur ; & sous *Adrien*, qu'ils maudissent dans leurs priéres, il s'éleva un *Barchochebas*, qui se dit un nouveau *Moïse*, un *Shilo*, un *Christ*. Ayant rassemblé beaucoup de ces malheureux sous ses étendards, qu'ils crurent sacrés, il périt avec tous ses suivans : ce fut le dernier coup pour cette Nation, qui en demeura accablée. Son opinion constante que la stérilité est un oprobre, l'a conservée. Les Juifs ont regardé comme leurs deux grands devoirs, des enfants & de l'argent.

Il résulte de ce tableau raccourci, que les Hébreux ont presque toujours été ou errans, ou bri-

...ands, ou esclaves, ou séditieux : ils sont encore vagabonds aujourd'hui sur la Terre, & en horreur aux hommes, assurant que le Ciel & la Terre, & tous les hommes ont été créés pour eux seuls.

On voit évidemment, par la situation de la Judée, & par le génie de ce peuple, qu'il devait être toujours subjugué. Il était environné de Nations puissantes & belliqueuses qu'il avait en aversion. Ainsi il ne pouvait ni s'allier avec elles, ni être protégé par elles. Il lui fut impossible de se soutenir par la Marine, puisqu'il perdit bientôt le port qu'il avait du tems de *Salomon* sur la Mer rouge ; & que *Salomon* même se servit toujours des Tyriens pour bâtir & pour conduire ses vaisseaux, ainsi que pour élever son Palais & le Temple. Il est donc manifeste que les Hébreux n'avaient aucune industrie, & qu'ils ne pouvaient composer un Peuple florissant. Ils n'eurent jamais de corps d'armée continuellement sous le drapeau, comme les Assyriens, les Médes, les Perses, les Syriens & les Romains. Les artisans & les cultivateurs prenoient les armes dans les occasions, & ne pouvaient par conséquent former des troupes aguerries. Leurs montagnes, ou plutôt leurs rochers, ne sont ni d'une assez grande hauteur, ni assez contigus, pour avoir pu défendre l'entrée de leur pays. La plus nombreuse partie de la Nation transportée à Babylone, dans la Perse & dans l'Inde, ou établie dans Alexandrie, était trop occupée de son commerce & de son courtage pour songer à la guerre. Leur Gouvernement civil, tantôt Républicain, tantôt Pontifical, tantôt Monarchique, & très-souvent réduit à l'Anarchie, ne paraît pas meilleur que leur discipline militaire.

Vous demandez quelle était la Philosophie des Hébreux ; l'article sera bien court ; ils n'en avaient aucune. Leur Législateur même ne parle expressément en aucun endroit ni de l'immortalité de l'ame, ni des récompenses d'une autre vie. *Joseph* & *Philon* croient les ames matérielles : leurs Docteurs admettaient des Anges corporels ; & dans leur séjour à Babylone ils donnerent à ces Anges les noms que leur donnaient les Caldéens, *Michel*, *Gabriel*, *Raphaël*, *Uriel*. Le nom de *Satan* est Babylonien, & c'est en quelque maniere l'*Arimane* de *Zoroastre*. Le nom d'*Asmodée* est aussi Caldéen ; & *Tobie*, qui demeurait à Ninive, est le premier qui l'ait employé. Le dogme de l'immortalité de l'ame ne se dévelopa que dans la suite des tems chez les Pharisiens. Les Saducéens nierent toujours cette spiritualité, cette immortalité, & l'existence des Anges. Cependant les Saducéens communiquérent sans interruption avec les Pharisiens : ils eurent même des Souverains Pontifes de leur secte. Cette prodigieuse différence entre les sentiments de ces deux grands corps ne causa aucun trouble. Les Juifs n'étaient attachés scrupuleusement, dans les derniers tems de leur séjour à Jérusalem, qu'à leurs cérémonies légales. Celui qui aurait mangé du boudin ou du lapin, aurait été lapidé ; & celui qui niait l'immortalité de l'ame, pouvait être Grand-Prêtre.

On dit communément que l'horreur des Juifs pour les autres Nations venait de leur horreur pour l'idolâtrie : mais il est bien plus vraisemblable que la maniere dont ils exterminerent d'abord quelques peuplades du Canaan, & la haine que les Nations voisines conçurent pour eux, furent la cause de cette aversion invincible qu'ils eurent pour elles. Comme ils ne connaissaient de peuples que leurs voisins, ils crurent en les abhorrant détester toute la Terre, & s'accoutumerent ainsi à être les ennemis de tous les hommes.

Une preuve que l'idolâtrie des Nations n'était point la cause de cette haine, c'est que par l'histoire des Juifs on voit qu'ils ont été très-souvent idolâtres. *Salomon* lui-même sacrifiait à des Dieux étrangers. Depuis lui on ne voit presque aucun Roi dans la petite Province de *Juda*, qui ne permette le culte de ces Dieux, & qui ne leur offre de l'encens. La Province d'*Israël* conserva ses deux veaux & ses bois sacrés, ou adora d'autres Divinités.

Cette idolâtrie qu'on reproche à tant de Nations, est encore une chose bien peu éclaircie. Il ne serait peut-être pas difficile de laver de ce reproche la Théologie des Anciens. Toutes les Nations policées eurent la connaissance d'un DIEU suprême, Maître des Dieux subalternes & des hommes. Les Egyptiens reconnaissaient eux-mêmes un premier Principe, qu'ils apellaient *Knef*, à qui tout le reste était subordonné. Les anciens Perses adoraient le bon Principe nommé *Orosmade*, & ils étaient très-éloignés de sacrifier au mauvais principe *Arimane*, qu'ils regardaient à peu près comme nous regardons le *Diable*. Les Guèbres encore aujourd'hui ont conservé le dogme sacré de l'unité de DIEU. Les anciens Bracmanes reconnaissaient un seul Etre suprême : les Chinois n'associèrent aucun être subalterne à la Divinité, & n'eurent aucune idole jusqu'aux tems où le culte de *Fo*, & les superstitions des Bonzes ont séduit la populace. Les Grecs & les Romains, malgré la foule de leurs Dieux, reconnaissaient dans *Jupiter* le Souverain absolu du Ciel & de la Terre. *Homere* même, dans les plus absurdes fictions de la Poésie, ne s'est jamais écarté de cette vérité. Il représente toujours *Jupiter* comme le seul tout-puissant, qui envoie le bien & le mal sur la Terre, & qui d'un mouvement de ses sourcils fait trembler les Dieux & les hommes. On dressait des Autels ; on faisait des sacrifices à des Dieux subalternes, & dépendans du DIEU suprême. Il n'y a pas un seul monument de l'Antiquité où le nom de Souverain du Ciel soit donné à un DIEU secondaire, à *Mercure*, à *Apollon*, à *Mars*. La foudre a toujours été l'attribut du Maître.

L'idée d'un Etre Souverain, de sa providence, de ses décrets éternels, se trouve chez tous les Philosophes, & chez tous les Poëtes. Enfin il est peut-être aussi injuste de penser que les Anciens égalassent les Héros, les Génies, les Dieux inférieurs, à celui qu'ils appellaient le Pere & le

Maître des Dieux, qu'il ferait ridicule de penfer que nous affocions à DIEU les Bienheureux & les Anges.

Vous demandez enfuite fi les anciens Philofophes & les Légiflateurs ont puifé chez les Juifs, ou fi les Juifs ont pris chez eux. Il faut s'en rappoter à *Philon*; il avoue qu'avant la traduction des Septantes, les étrangers n'avaient aucune connaiffance des livres de fa Nation. Les grands Peuples ne peuvent tirer leurs Loix & leurs connaiffances d'un petit peuple obfcur & efclave. Les Juifs n'avaient pas même de livres du tems d'*Ofias*. On trouva par hazard fous fon regne le feul exemplaire de la Loi qui exiflât. Ce peuple depuis qu'il fut captif à Babylone, ne connut d'autre alphabet que le Chaldéen : il ne fut renommé pour aucun Art, pour aucune Manufacture de quelqu'efpece qu'elle pût être ; & dans le tems même de *Salomon*, ils étaient obligés de payer chérement des ouvriers étrangers. Dire que les Egyptiens, les Perfes, les Grecs furent inftruits par les Juifs, c'eft dire que les Romains apprirent les Arts des Bas-Bretons. Les Juifs ne furent jamais ni Phyficiens, ni Géométres, ni Aftronomes. Loin d'avoir des écoles publiques pour l'inftruction de la jeuneffe, leur langue manquait même de terme pour exprimer cette inftitution. Les Peuples du Pérou & du Mexique réglaient bien mieux qu'eux leur année. Leur féjour dans Babylone & dans Alexandrie, pendant lequel des particuliers purent s'inftruire, ne forma le peuple que dans l'art de l'ufure. Ils ne fçurent jamais fraper des efpeces ; & quand *Antiochus Sidétes* leur permit d'avoir de la monnoie à leur coin, à peine purent ils profiter de cette permiffion pendant quatre ou cinq ans ; encore on prétend que ces efpeces furent frapées dans Samarie. De-là vient que les médailles Juives font fi rares, & prefque toutes fauffes. Enfin vous ne trouverez en eux qu'un Peuple ignorant & barbare, qui joint depuis long-tems la plus fordide

varice à la plus détestable superstition, & à la plus
invincible haine pour tous les Peuples qui les to-
lèrent & qui les enrichissent. *Il ne faut pourtant
pas les brûler.*

DU SIECLE
DE CONSTANTIN.

CHAPITRE SECOND.

PARMI les siècles qui suivirent celui d'*Auguste*,
vous avez raison de distinguer celui de *Constantin*. Il est à jamais célèbre, par les grands changemens qu'il apporta sur la Terre. Il commençait, il est vrai, à ramener la barbarie : non-seulement on ne retrouvait plus des *Cicérons*, des *Ho-
races* & des *Virgiles*, mais il n'y avait pas même
de *Lucains*, ni de *Sénéques*; pas un Historien sage
& exact : on ne voit que des satires suspectes,
ou des panégyriques encore plus hazardés.

Les Chrétiens commençaient alors à écrire l'Histoire ; mais ils n'avaient pris ni *Tite-Live*, ni *Thu-
cidide* pour modéle. Les sectateurs de l'ancienne Religion de l'Empire n'écrivaient ni avec plus d'éloquence, ni avec plus de vérité. Les deux partis
animés l'un contre l'autre n'examinaient pas bien
scrupuleusement les calomnies dont on chargeait
leurs adversaires. De-là vient que le même homme
est regardé tantôt comme un Dieu, tantôt comme
un monstre.

La décadence en toute chose, & dans les moin-
dres Arts méchaniques, comme dans l'éloquence
& dans la vertu, arriva après *Marc-Aurèle*. Il
avait été le dernier Empereur de cette secte Stoïque

qui élevait l'homme au deſſus de lui-même, en le rendant dur pour lui ſeul, & compâtiſſant pour les autres. Ce ne fut plus depuis la mort de cet Empereur, vraiment Philoſophe, que tyrannie & confuſion. Les ſoldats diſpoſaient ſouvent de l'Empire. Le Sénat tomba dans un tel mépris, que du tems de *Galien* il fut défendu par une loi expreſſe aux Sénateurs d'aller à la guerre. On vit à la fois trente Chefs de partis prendre le titre d'Empereur dans trente Provinces de l'Empire. Les Barbares fondaient déjà de tous côtés au milieu du troiſieme ſiecle ſur cet Empire déchiré. Cependant il ſubſiſta par la ſeule diſcipline militaire qui l'avait fondé.

Pendant tous ces troubles le Chriſtianiſme s'établiſſait par degrés, ſur-tout en Egypte, dans la Syrie, & ſur les côtes de l'Aſie Mineure. L'Empire Romain admettait toute ſorte de Religions, ainſi que toutes ſortes de Sectes Philoſophiques. On permettait le culte d'*Oſiris* : on laiſſait même aux Juifs de grands priviléges malgré leurs révoltes : mais les Peuples s'éleverent ſouvent dans les Provinces contre les Chrétiens. Les Magiſtrats les perſécutaient ; & on obtint même ſouvent contre eux des Edits émanés des Empereurs. Il ne faut pas être étonné de cette haine générale qu'on portait d'abord au Chriſtianiſme, tandis qu'on tolérait tant d'autres Religions. C'eſt que ni les Egyptiens, ni les Juifs, ni les adorateurs de la Déeſſe de Syrie & de tant d'autres Dieux étrangers, ne déclaraient une guerre ouverte aux Dieux de l'Empire. Ils ne s'élevaient point contre la Religion dominante ; mais un des premiers devoirs des Chrétiens était d'exterminer le culte reçu dans l'Empire. Les Prêtres des Dieux jettaient des cris quand ils voyaient diminuer les ſacrifices & les offrandes ; le Peuple toujours fanatique, & toujours emporté, ſe ſoulevait contre les Chrétiens : cependant pluſieurs Empereurs les protégerent. *Adrien* défendit expreſſément qu'on les perſécutât. *Marc-Aurele* ordonna

qu'on ne les pourſuivit point pour cauſe de Religion. *Caracalla*, *Heliogabale*, *Alexandre*, *Philippe*, *Galien*, leur laiſſerent une liberté entiere ; ils
avoient au troiſieme ſiecle des Egliſes publiques
très-fréquentées & très-riches ; & leur liberté fut
ſi grande , qu'ils tinrent ſeize. Conciles dans ce
ſiecle. Le chemin des Dignités étant fermé aux
premiers Chrétiens, qui étaient preſque tous d'une
condition obſcure , ils ſe jetterent dans le Commerce, & il y en eut qui amaſſerent de grandes
richeſſes. C'eſt la reſſource de toutes les ſociétés
qui ne peuvent avoir de Charges dans l'Etat : c'eſt
ainſi qu'en ont uſé les Calviniſtes en France , tous
les Nonconformiſtes en Angleterre, les Catholiques en Hollande, les Arminiens en Perſe, les
Banians dans l'Inde , & les Juifs dans toute la
Terre. Cependant à la fin la tolérance fut ſi grande , & les mœurs du Gouvernement ſi douces, que
les Chrétiens furent admis à tous les honneurs &
à toutes les dignités. Ils ne ſacrifiaient point aux
Dieux de l'Empire ; on ne s'embarraſſait pas s'ils
allaient aux Temples , ou s'ils les fuyaient, il y
avait parmi les Romains une liberté abſolue ſur les
exercices de leur Religion ; perſonne ne fut jamais
forcé de les remplir. Les Chrétiens jouiſſaient donc
de la même liberté que les autres : il eſt ſi vrai
qu'ils parvinrent aux honneurs , que *Dioclétien* &
Galerius les en priverent en 303. dans la perſé-
cution dont nous parlerons.

Il faut adorer la Providence dans toutes ſes voies ;
mais je me borne, ſelon vos ordres , à l'Hiſtoire
politique.

Manès ſous le regne de *Probus* vers l'an 278.
forma une Religion nouvelle dans *Alexandrie.*
Cette Secte était compoſée des anciens principes
des Perſans , & de quelques dogmes du Chriſtianiſme. *Probus* & ſon ſucceſſeur *Carus* laiſſerent
en paix *Manès* & les Chrétiens. *Numerien* leur
laiſſa une liberté entiere. *Dioclétien* protégea les
Chrétiens , & toléra les Manichéens pendant douze

années : mais en 296. il donna un Edit contre les
Manichéens , & les profcrivit comme des ennemis de l'Empire attachés aux Perfes. Les Chrétiens
ne furent point compris dans l'Edit ; ils demeure-
rent tranquilles fous *Dioclétien* , & firent une profeffion ouverte de leur Religion dans tout l'Empire , jufqu'aux deux dernieres années du regne de
ce Prince.

Pour achever l'efquiffe du tableau que vous demandez , il faut vous reprefenter quel était alors
l'Empire Romain. Malgré toutes les fecouffes in-
térieures & étrangeres , malgré les incurfions des
Barbares , il comprenait tout ce que poffede aujourd'hui le Sultan des Turcs , excepté l'Arabie ;
tout ce que poffede la Maifon d'Autriche en Allemagne , & toutes les Provinces d'Allemagne
jufqu'à l'Elbe , l'Italie , la France , l'Efpagne ,
l'Angleterre & la moitié de l'Ecoffe ; toute l'A-
frique , jufqu'au défert de Dara , & même les Ifles
Canaries. Tant de pays étaient tenus fous le joug
par des corps d'armées moins confidérables que
l'Allemagne & la France n'en mettent aujourd'hui
fur pied quand elles font en guerre.

Cette grande puiffance s'affermit & s'augmenta
même depuis *Céfar* jufqu'à *Théodofe* , autant par les
Loix , par la Police & par les bienfaits , que par les
armes & par la terreur. C'eft encore un fujet d'étonnement, qu'aucun de ces Peuples conquis n'ait pu, depuis
qu'ils fe gouvernent par eux-mêmes, ni conftruire
des grands chemins , ni élever des amphithéâtres
& des bains publics , tels que leurs vainqueurs leur
en donnerent. Des contrées qui font aujourd'hui
prefque barbares & défertes , étaient peuplées &
pôlicées , telles furent l'Epire , la Macédoine, la
Theffalie , l'Illyrie , la Pannonie , fur tout l'Afie
mineure, & les côtes de l'Afrique ; mais auffi il
s'en fallait beaucoup que l'Allemagne , la France
& l'Angleterre fuffent ce qu'elles font aujourd'hui.
Ces trois Etats font ceux qui ont le plus gagné à
fe gouverner par eux-mêmes : encore a t il fallu

près de douze ſiecles pour mettre ces Royaumes dans l'état floriſſant où nous les voyons ; mais il faut avouer que tout le reſte a beaucoup perdu à paſſer ſous d'autres Loix. Les ruines de l'Aſie mineure & de la Gréce, la dépopulation de l'Egypte, & la barbarie de l'Afrique, atteſtent aujourd'hui la grandeur Romaine. Le grand nombre des villes floriſſantes qui couvraient ces pays, eſt changé en villages malheureux ; & le terrein même eſt devenu ſtérile ſous les mains des Peuples abrutis.

Il faut maintenant tâcher de vous donner quelques éclairciſſemens ſur *Dioclétien*, qui fut un des plus puiſſans Empereurs de Rome, & dont on a dit tant de mal & tant de bien.

SUITE DU CHAPITRE II.

DE DIOCLÉTIEN.

Après pluſieurs Regnes faibles, ou tiranniques, l'Empire eut un bon Empereur dans *Probus*, & les Légions le maſſacrerent. Ils élurent *Carus*, qui fut tué d'un coup de tonnerre vers le Tygre, lorſqu'il faiſait la guerre aux Perſes. Son fils *Numérien* fut proclamé par les ſoldats. Les Hiſtoriens nous diſent ſérieuſement, qu'à force de pleurer la mort de ſon pere, il en perdit preſque la vue, & qu'il fut obligé en faiſant la guerre de demeurer toujours entre quatre rideaux. Son beau-pere, nommé *Aper*, le tua dans ſon lit pour ſe mettre ſur le Trône : mais un Druide avait prédit dans les Gaules à *Dioclétien*, l'un des Généraux de l'armée, qu'il ſerait immédiatement Empereur après avoir tué un ſanglier : or un ſanglier ſe nomme en Latin *Aper. Dioclétien* aſſembla l'armée, tua de ſa main *Aper* en preſence des ſoldats, & accomplit ainſi la prédiction du Druide. Les Hiſtoriens qui rapportent cet Oracle, méritaient de ſe

nourrir du fruit de l'arbre que les Druides révé-
raient. Il eſt certain que *Dioclétien* tua le beau-
pere de ſon Empereur : ce fut-là ſon premier droit
au Trône : le ſecond, c'eſt que *Numérien* avait un
frere nommé *Carin*, qui était auſſi Empereur ; &
qui s'étant oppoſé à l'élévation de *Dioclétien*, fut
tué par un des Tribuns de ſon armée. Voilà les
droits de *Dioclétien* à l'Empire. Depuis long tems
il n'y en avait guere d'autres.

Il était originaire de Dalmatie, de la petite ville
de Dioclée dont il avait pris le nom. S'il eſt vrai
que ſon pere ait été un laboureur, & que lui même
dans ſa jeuneſſe ait été l'eſclave d'un Sénateur nommé *Anulinus*, c'eſt-là ſon plus bel éloge : il ne
pouvait devoir ſon élévation qu'à lui même : il eſt
bien clair qu'il s'était concilié l'eſtime de ſon armée, puiſqu'on oublia ſa naiſſance pour lui donner le Diadême. *Lactance*, Auteur Chrétien, mais
un peu partial, prétend que *Dioclétien* était le
plus grand poltron de l'Empire. Il n'y a guere
d'apparence que des ſoldats Romains aient choiſi
un poltron pour les gouverner, & que ce poltron
eût paſſé par tous les degrés de la milice. Le zèle
de *Lactance* contre un Empereur Païen eſt très-
louable, mais il n'eſt pas adroit.

Dioclétien contint en Maître pendant vingt années ces fiéres Légions, qui défaiſaient leurs Empereurs avec autant de facilité, qu'elles les faiſaient : c'eſt encore une preuve, malgré *Lactance*,
qu'il fut auſſi grand Prince que brave ſoldat. L'Empire reprit bientôt ſous lui ſa premiere ſplendeur.
Les Gaulois, les Africains, les Egyptiens, les
Anglais ſoulevés en divers tems, furent tous remis
ſous l'obéiſſance de l'Empire : les Perſes même
furent vaincus. Tant de ſuccès au-dehors, une adminiſtration encore plus heureuſe au-dedans, des
loix auſſi humaines que ſages, qu'on voit encore
dans le *Code Juſtinien*, Rome, Milan, Autun,
Nicomédie, Carthage, embellies par ſa munifi-
cence ; tout lui concilia le reſpect & l'amour de

l'Orient & de l'Occident, au point que deux cens
quarante ans après sa mort on comptait encore &
on datait de la premiere année de son Regne,
comme on comptait auparavant depuis la fondation de Rome. C'est ce qu'on appelle l'Ere de
Dioclétien; on l'a appellée aussi l'Ere des Martyrs:
mais c'est se tromper évidemment de dix-huit années; car il est certain qu'il ne persécuta aucun
Chrétien pendant dix-huit ans. Il en était si éloigné, que la premiere chose qu'il fit étant Empereur, ce fut de donner une Compagnie de Gardes
Prétoriennes à un Chrétien nommé *Sébastien*, qui
est au Catalogue des Saints.

Il ne craignit point de se donner un collègue à
l'Empire dans la personne d'un soldat de fortune
comme lui; c'était *Maximien Hercule* son ami.
La conformité de leurs fortunes avait fait leur
amitié. *Maximien Hercule* était aussi né de parens
obscurs & pauvres, & s'était élevé comme *Dioclétien* de grade en grade par son courage. On n'a pas
manqué de reprocher à ce *Maximien* d'avoir pris
le surnom d'*Hercule*, & à *Dioclétien* d'avoir ac-
cepté celui de *Jovien*. On ne daigne pas s'appercevoir que nous avons tous les jours des gens d'Eglise
qui s'appellent *Hercule*, & des bourgeois qui s'appellent *César* & *Auguste*.

Dioclétien créa encore deux *Césars*; le premier
fut un autre *Maximien* surnommé *Galérius*, qui
avait commencé par être gardeur de troupeaux.
Il semblait que *Dioclétien*, le plus fier & le plus
fastueux des hommes, lui qui le premier introdui-
sit l'usage de se faire baiser les pieds, mît sa grandeur à placer sur le Trône des *Césars* des hommes
nés dans la condition la plus abjecte. Un esclave
& deux paysans étaient à la tête de l'Empire, &
jamais il ne fut plus florissant.

Le second *César* qu'il créa était d'une naissance
distinguée; c'était *Constance Chlore*, petit-neveu
par sa mere de l'Empereur *Claude II*. L'Empire
fut gouverné par ces quatre Princes. Cette allo-

ciation pouvait produire par année quatre guerres civiles ; mais *Dioclétien* fçut tellement être la Maître de fes affociés, qu'il les obligea toujours à le refpecter, & même à vivre unis entr'eux. Ces Princes avec le nom de *Céfars* n'étaient au fonds que fes premiers fujets : on voit qu'il les traitait en Maître abfolu ; car lorfque le *Céfar Galerius* ayant été vaincu par les Perfes vint en Méfopotamie lui rendre compte de fa défaite, il le laiffa marcher l'efpace d'un mille auprès de fon char, & ne le reçut en grace que quand il eut réparé fa faute & fon malheur.

Galere les répara en effet l'année d'après en 297. d'une maniere bien fignalée. Il battit le Roi de Perfe en perfonne. Ces Rois de Perfe ne s'étaient pas corrigés depuis la bataille d'Arbelles, de mener dans leurs armées leurs femmes, leurs filles & leurs eunuques. *Galere* prit comme *Alexandre* la femme & toute la famille du Roi de Perfe, & les traita avec le même refpect. La paix fut auffi glorieufe que la victoire : les vaincus céderent cinq Provinces aux Romains, des fables de Palmyrene jufqu'à l'Arménie.

Dioclétien & Galere allerent à Rome étaler un Triomphe inoui jufqu'alors : c'était la premiere fois qu'on montrait au Peuple Romain la femme d'un Roi de Perfe & fes enfans enchaînés. Tout l'Empire était dans l'abondance & dans la joie. *Dioclétien en parcourait* toutes les Provinces ; il allait de Rome en Egypte, en Syrie, dans l'Afie mineure : fa demeure ordinaire n'était point à Rome ; c'était à Nicomédie près du Pont Euxin, foit pour veiller de plus près fur les Perfes & fur les Barbares, foit qu'il s'affectionnât à un féjour qu'il avait embelli.

Ce fut au milieu de ces profpérités que *Galere* commença la perfécution contre les Chrétiens. Pourquoi les avait-on laiffé en repos jufques-là, & pourquoi furent-ils maltraités alors ? *Eufébe* dit qu'un Centurion de la Légion Trajane, nommé

Marcel, qui fervait dans la Mauritanie, affiftant avec fa troupe à une fête qu'on donnait pour la victoire de *Galere*, jetta par terre fa ceinture militaire, fes armes & fa baguette de farment qui était la marque de fon office, difant tout haut qu'il était Chrétien, & qu'il ne voulait plus fervir des Payens. Cette défertion fut punie de mort par le Confeil de guerre. C'eft là le premier exemple avéré de cette perfécution fi fameufe. Il eft certain qu'il y avait un grand nombre de Chrétiens dans les armées de l'Empire ; & l'intérêt de l'Etat demandait qu'une telle défertion publique ne fût point autorifée. Le zèle de *Marcel* était très-pieux, mais il n'était pas raifonnable. Si dans la fête qu'on donnait en Mauritanie on mangeait des viandes offertes aux Dieux de l'Empire, la Loi n'ordonnait point à *Marcel* d'en manger ; le Chriftianifme ne lui ordonnait point de donner l'exemple de la fédition, & il n'y a point de pays au monde où l'on ne punît une action fi téméraire.

Cependant, depuis l'aventure de *Marcel*, il ne paraît pas qu'on ait recherché les Chrétiens jufqu'à l'an 303. Ils avaient à Nicomédie une fuperbe Eglife Cathédrale vis-à-vis le Palais, & même beaucoup plus élevée. Les Hiftoriens ne nous difent point les raifons pour lefquelles *Galere* demanda inftamment à *Dioclétien* qu'on abattît cette Eglife ; mais ils nous apprennent que *Dioclétien* fut très-long-tems à fe déterminer : il réfifta près d'une année. Il eft bien étrange qu'après cela ce foit lui qu'on appelle perfécuteur. Enfin, en 303, l'Eglife fut abbattue ; & on afficha un Edit par lequel les Chrétiens feraient privés de tout honneur & de toute dignité. Puifqu'on les en privait, il eft évident qu'ils en avaient. Un Chrétien arracha & mit en pieces publiquement l'Edit Impérial : ce n'était pas-là un acte de Religion, c'était un emportement de révolte. Il eft donc très-vraifemblable qu'un zèle indifcret, & qui n'était pas felon la fcience, attira cette perfécution

funefte. Quelque tems après le Palais de *Galere*
brûla ; il en accufa les Chrétiens ; & ceux-ci accu-
ferent *Galere* d'avoir mis lui-même le feu à fon
Palais, pour avoir un prétexte de les calomnier.
L'accufation de *Galere* paraît fort injufte ; celle
qu'on intente contre-lui ne l'eft pas moins ; car
l'Edit étant déjà porté, de quel nouveau prétexte
avait-il befoin ? S'il lui avait fallu en effet une
nouvelle raifon pour engager *Dioclétien* à perfécuter, ce ferait feulement une nouvelle preuve de
la peine qu'eut *Dioclétien* à abandonner les Chrétiens qu'il avait toujours protégés ; cela ferait voir
évidemment qu'il avait fallu de nouveaux refforts
pour le déterminer à la violence.

Il paraît certain qu'il y eut beaucoup de Chrétiens tourmentés dans l'Empire. Mais il eft difficile
de concilier avec les Loix Romaines tous ces
tourmens recherchés, toutes ces mutilations, ces
langues arrachées, ces membres coupés & grillés,
& tous ces attentats à la pudeur faits publiquement
contre l'honnêteté publique. Aucune loi Romaine
n'ordonna jamais de tels fuplices. Il fe peut que
l'averfion des peuples contre les Chrétiens les ait
portés à des excès horribles ; mais on ne trouve
nulle part que ces excès aient été ordonnés par les
Empereurs ni par le Sénat.

Il eft bien vraifemblable que la jufte douleur des
Chrétiens fe répandit en plaintes exagérées. *Les
Aêtes finceres* nous racontent que l'Empereur étant
dans Antioche, le Préteur condamna un petit
enfant Chrétien, nommé *Romain*, à être brûlé ;
que des Juifs prefens à ce fuplice fe mirent mé-
chamment à rire, en difant : *Nous avons eu autrefois trois petits enfans*, Sidrac, Midrac, & Ab-
denago, *qui ne brûlerent point dans la fournaife
ardente, mais ceux-ci y brûlent.* Dans l'inftant,
pour confondre les Juifs, une grande pluie étei-
gnit le bucher, & le petit garçon en fortit fain &
fauf, en demandant : *Où eft donc le feu ? Les Aêtes
finceres* ajoutent que l'Empereur le fit délivrer,

mais

mais que le Juge ordonna qu'on lui coupât la langue. Il n'eft guere poffible de croire qu'un Juge ait fait couper la langue à un petit garçon à qui l'Empereur avait pardonné.

Ce qui fuit eft plus fingulier. On prétend qu'un vieux Médecin Chrétien nommé *Arifton*, qui avait un biftouri tout prêt, coupa la langue de l'enfant pour faire fa cour au Préteur. Le petit *Romain* fut auffi-tôt renvoyé en prifon. Le Geolier lui demanda de fes nouvelles. L'enfant raconta fort au long comment un vieux Médecin lui avait coupé la langue. Il faut noter que le petit, avant cette opération, était extrêmement bégue, mais qu'alors il parlait avec une volubilité merveilleufe. Le Geolier ne manqua pas d'aller raconter ce miracle à l'Empereur. On fit venir le vieux Médecin; il jura que l'opération avait été faite dans les règles de l'Art, & montra la langue de l'enfant, qu'il avait confervée proprement dans une boëte comme une relique. *Qu'on faffe venir*, dit-il, *le premier venu; je m'en vais lui couper la langue en préfence de Votre Majefté, & vous verrez s'il pourra parler.* La propofition fut acceptée. On prit un pauvre homme, à qui le Médecin coupa jufte autant de langue qu'il en avait coupé au petit enfant; l'homme mourut fur le champ.

Je veux croire que les *Actes* qui rapportent ce fait, font auffi *finceres*, qu'ils en portent le titre: mais ils font encore plus fimples que finceres; & il eft bien étrange que *Fleury* dans fon Hiftoire Eccléfiaftique rapporte un fi prodigieux nombre de faits femblables, bien plus propres au fcandale qu'à l'édification.

Vous remarquerez encore, que dans cette année 303. où l'on prétend que *Dioclétien* était préfent à toute cette belle aventure dans Antioche, il était à Rome, & qu'il paffa toute l'année en Italie. On dit que ce fut à Rome en fa préfence que *St. Geneft*, Comédien, fe convertit fur le Théâtre, en jouant une Comédie contre les

Chrétiens. Cette Comédie montre bien que le goût
de *Plaute* & de *Térence* ne fubfiftait plus. Ce qu'on
appelle aujourd'hui la Comédie ou la farce Italienne, femble avoir pris naiffance dans ce tems-
là. *St. Geneft* reprefentait un malade : le Médecin
lui demandait ce qu'il avait : *Je me fens pefant,*
dit Geneft : *Veux-tu que nous te rabotions pour*
te rendre plus leger ? lui dit le Médecin : *Non,*
répond Geneft, *je veux mourir Chrétien, pour ref-*
fufciter avec une belle taille. Alors des Acteurs
habillés en Prêtres & en Exorciftes viennent pour
le baptifer ; dans le moment *Geneft* devint en effet
Chrétien, & au lieu d'achever fon rôle, il fe mit
à prêcher l'Empereur & le Peuple. Ce font encore les *Actes finceres* qui rapportent ce miracle.

Il eft certain qu'il y eut beaucoup de vrais Martyrs : mais auffi il n'eft pas vrai que les Provinces
fuffent inondées de fang, comme on fe l'imagine.
Il eft fait mention d'environ deux cens martyres,
vers ces derniers tems de *Dioclétien*, dans toute
l'étendue de l'Empire Romain ; & il eft avéré,
par les lettres de *Conftantin* même, que *Dioclétien*
eut bien moins de part à la perfécution que *Galere.*

Dioclétien tomba malade cette année ; & fe fen-
tant affaibli, il fut le premier qui donna au monde
l'exemple de l'abdication de l'Empire. Il n'eft pas
aifé de favoir fi cette abdication fut forcée ou non.
Ce qui eft certain, c'eft qu'ayant recouvré fa fanté, il vécut encore neuf ans, auffi honoré que
paifible dans fa retraite de Salone au pays de fa
naiffance. Il difait qu'il n'avait commencé à vivre
que du jour de fa retraite ; & lorfqu'on le preffa
de remonter fur le Trône, il répondit que le Trône
ne valait pas la tranquillité de fa vie, & qu'il
prenait plus de plaifir à cultiver fon jardin, qu'il
n'en avait eu à gouverner la Terre. Que conclu-
rez-vous de tous ces faits, finon, qu'avec de très-
grands défauts il régna en grand Empereur, &
qu'il acheva fa vie en Philofophe ?

SUITE DU CHAPITRE II.

DE CONSTANTIN.

Je ne vous parlerai point ici de la confusion qui agita l'Empire depuis l'abdication de *Dioclétien*. Il y eut après sa mort six Empereurs à la fois. *Constantin* triompha d'eux tous, changea la Religion & l'Empire, & fut l'auteur non-seulement de cette grande révolution, mais de toutes celles qu'on a vues depuis dans l'Occident. Vous voudriez savoir quel était son caractere : demandez-le à *Julien*, à *Zozime*, à *Sozoméne*, à *Victor :* ils vous diront qu'il agit d'abord en grand Prince, ensuite en voleur public, & que la derniere partie de sa vie fut d'un volupteux, d'un efféminé, & d'un prodigue. Ils le peindront toujours ambitieux, cruel & sanguinaire. Demandez-le à *Eusébe*, à *Grégoire de Nazianze*, à *Lactance :* ils vous diront que c'était un homme parfait. Entre ces deux extrêmes il n'y a que les faits avérés qui puissent vous faire trouver la vérité. Il avait un beau-pere, il l'obligea de se pendre ; il avait un beau-frere, il le fit étrangler ; il avait un neveu de douze à treize ans, il le fit égorger ; il avait un fils aîné, il lui fit couper la tête ; il avait une femme, il la fit étouffer dans un bain. Un vieil Auteur Gaulois dit, *qu'il aimait à faire maison nette.*

Si vous ajoutez à toutes ces affaires domestiques, qu'ayant été sur les bords du Rhin à la chasse de quelque horde de Francs qui habitaient dans ces quartiers-là, & ayant pris leurs Rois, qui probablement étaient de la famille de notre *Pharamond* & de notre *Clodion le chevelu*, il les exposa aux bêtes pour son divertissement ; vous pourrez inférer de tout cela, sans craindre de vous tromper,

que ce n'était pas l'homme du monde le plus accom-
modant.

Examinons à preſent les principaux événements
de ſon Regne. Son pere *Conſtance Chlore* était au
fond de l'Angleterre, où il avait pris pour quelques mois le titre d'Empereur. *Conſtantin* était à
Nicomédie, auprès de l'Empereur *Galere*; il lui
demanda la permiſſion d'aller trouver ſon pere qui
était malade; *Galere* n'en fit aucune difficulté:
Conſtantin partit avec les relais de l'Empire qu'on
appellait *Veredarii*. On pourrait dire qu'il était
auſſi dangereux d'être cheval de poſte, que d'être
de la famille de *Conſtantin*; car il faiſait couper
les jarrets à tous les chevaux après s'en être ſervi,
de peur que *Galere* ne révoquât ſa permiſſion, &
ne le fit revenir à Nicomédie. Il trouva ſon pere
mourant, & ſe fit reconnaître Empereur par le petit nombre de troupes Romaines qui étaient alors
en Angleterre.

Une élection d'un Empereur Romain faite à
Yorck par cinq ou ſix mille hommes, ne devait
guere paraître légitime à Rome; il y manquait
au moins la formule du *Senatus Populuſque Ro-
manus*. Le Sénat, le Peuple, & les Gardes Prétoriennes élurent d'un conſentement unanime *Maxence*, fils du Céſar *Maximian Hercule*, déjà
Céſar lui-même, & frere de cette *Fauſta* que *Conſtantin* avait épouſée, & qu'il fit depuis étouffer.
Ce *Maxence* eſt appellé Tyran, Uſurpateur, par
nos Hiſtoriens, qui ſont toujours pour les gens heureux. Il était le protecteur de la Religion Payenne,
contre *Conſtantin* qui déjà commençait à ſe déclarer
pour les Chrétiens. Payen & vaincu, il fallait bien
qu'il fût un homme abominable.

Euſèbe nous dit que *Conſtantin* en allant à Rome
combattre *Maxence*, vit dans les nuées auſſi bien
que toute ſon armée, la grande enſeigne des Empereurs nommée le *Labarum*, ſurmontée d'un Pla-
tin, ou d'un grand R. Grec, avec une croix en
ſautoir, & deux mots Grecs qui ſignifiaient, *Tu*

vaincras par ceci. Quelques Auteurs prétendent
que ce signe lui aparut à Besançon, d'autres disent
à Cologne, quelques-uns à Tréves, d'autres à
Troyes. Il est étrange que le Ciel se soit expliqué en Grec dans tous ces pays-là. Il eût paru plus
naturel aux faibles lumieres des hommes, que ce
signe eût paru en Italie le jour de la bataille ; mais
alors il eût fallu que l'inscription eût été en Latin.
Un savant Antiquaire, nommé *Loysel*, a refuté
cette antiquité, mais on l'a traité de scélérat.

On pourrait cependant considérer que cette guerre
n'était pas une guerre de Religion, que *Constantin*
n'était pas un Saint, qu'il est mort soupçonné d'ê-
tre Arien, après avoir persécuté les Orthodoxes,
& qu'ainsi on n'a pas un intérêt bien évident à
soutenir ce prodige.

Après sa victoire, le Sénat s'empressa d'adorer
le vainqueur & de détester la mémoire du vaincu.
On se hâta de dépouiller l'arc de triomphe de
Marc Auréle, pour orner celui de *Constantin* ; on
lui dressa une statue d'or, ce qu'on ne faisait que
pour les Dieux ; il la reçut malgré le *Labarum*,
& reçut encore le titre de Grand-Pontife, qu'il
garda toute sa vie. Son premier soin, à ce que
disent *Nazaire* & *Zozime*, fut d'exterminer toute
la race du Tyran & ses principaux amis ; après quoi
il assista très-humainement aux spectacles & aux
jeux publics.

Le vieux *Dioclétien* était mourant alors dans sa
retraite de *Salone*. *Constantin* aurait pu ne se pas
tant presser d'abattre ses images dans Rome ; il
eût pu se souvenir que cet Empereur oublié avait
été le bienfaiteur de son pere, & qu'il lui devait
l'Empire. Vainqueur de *Maxence*, il lui restait à
se défaire de *Licinius* son beau-frere, Auguste
comme lui ; & *Licinius* songeait à se défaire de
Constantin, s'il pouvait. Cependant leurs querelles
n'éclatant pas encore, ils donnerent conjointement
en 313. à Milan le fameux Edit de liberté de conscience. *Nous donnons*, disent-ils, *à tout le monde*

B 3

la liberté de ſuivre telle Religion que chacun *vou-*
dra , afin d'attirer la bénédiction du Ciel ſur nous
& ſur tous nos ſujets ; nous déclarons que nous
avons donné aux Chrétiens la faculté libre & abſolue d'obſerver leur Religion ; bien entendu que
tous les autres auront la même liberté , pour main-
tenir la tranquillité de notre Regne. On pourrait
faire un livre ſur un tel Edit ; mais je ne veux pas
ſeulement y hazarder deux lignes.

Conſtantin n'était pas encore Chrétien. *Licinius*
ſon collegue ne l'était pas non plus. Il y avait
encore un Empereur ou un Tyran à exterminer ;
c'était un Payen déterminé , nommé *Maximin.*
Licinius le combattit avant de combattre *Conſtan-*
tin. Le Ciel lui fut encore plus favorable qu'à
Conſtantin même ; car celui-ci n'avait eu que l'ap-
parition d'un étendart , & *Licinius* eut celle d'un
Ange. Cette Ange lui aprit une priere avec laquelle il vaincrait ſûrement le barbare *Maximin.*
Licinius la mit par écrit , la fit reciter trois fois
à ſon armée , & remporta une victoire complette.
Si ce *Licinius* , beau-frere de *Conſtantin* , avait
régné heureuſement , on n'aurait parlé que de ſon
Ange : mais *Conſtantin* l'ayant fait pendre , ayant
égorgé ſon jeune fils , & devenu Maître abſolu de
tout , on ne parle que du *Labarum* de *Conſtantin.*

On croit qu'il fit mourir ſon fils aîné *Criſpus* ,
& ſa femme *Fauſta* , la même année qu'il aſſembla
le Concile de Nicée. *Zozime* & *Sozoméne* prétendent que les Prêtres des Dieux lui ayant dit qu'il
n'y avait pas d'expiations pour de ſi grands crimes,
il fit alors profeſſion ouverte du Chriſtianiſme , &
démolit pluſieurs Temples dans l'Orient. Il n'eſt
guere vraiſemblable que des Pontifes Payens euſſe nt manqué une ſi belle occaſion d'amener à eux
le ur Grand-Pontife qui les abandonnait. Cependant
il n'eſt pas impoſſible qu'il s'en fût trouvé quelques-uns de ſéveres ; il y a par-tout des hommes
difficiles. Ce qui eſt bien plus étrange , c'eſt que
Conſtantin Chrétien n'ait fait aucune pénitence de

les parricides. Ce fut à Rome qu'il commit cette barbarie , & depuis ce tems le ſéjour de Rome lui devint odieux ; il la quitta pour jamais , & alla fonder Conſtantinople. Comment oſe-t-il dire , dans un de ſes reſcrits, qu'il tranſporte le ſiege de l'Empire à Conſtantinople *par ordre de* DIEU *même* ? n'eſt-ce pas ſe jouer impudemment de la Divinité & des hommes ? Si DIEU lui avait donné quelqu'ordre , ne lui aurait-il pas donné celui de ne point aſſaſſiner ſa femme & ſon fils ?

Dioclétien avait déjà donné l'exemple de la tranſlation de l'Empire vers les côtes de l'Aſie. Le faſte, le deſpotiſme & les mœurs Aſiatiques effarouchaient encore les Romains , tout corrompus & tout eſclaves qu'ils étaient. Les Empereurs n'avaient oſé ſe faire baiſer les pieds dans Rome , & introduire une foule d'eunuques dans leurs palais ; *Dioclétien* commença dans Nicomédie , & *Conſtantin* acheva dans Conſtantinople de mettre la Cour Romaine ſur le pied de celle des Perſes. Rome languit dèslors dans la décadence. L'ancien eſprit Romain tomba avec elle. Ainſi *Conſtantin* fit à l'Empire le plus grand mal qu'il pouvait lui faire.

De tous les Empereurs ce fut ſans contredit le plus abſolu. *Auguſte* avait laiſſé une image de liberté : *Tibére* , *Néron* même , avaient ménagé le Sénat & le Peuple Romain. *Conſtantin* ne ménagea perſonne. Il avait affermi d'abord ſa puiſſance dans Rome , en caſſant ces fiers Prétoriens , qui ſe croyaient les Maîtres des Empereurs. Il ſépara entiérement la Robe & l'Epée. Les dépoſitaires des Loix, écraſés alors par le militaire, ne furent plus que des Juriſconſultes eſclaves. Les Provinces de l'Empire furent gouvernées ſur un plan nouveau. La grande vue de *Conſtantin* était d'être le Maître en tout ; il le fut dans l'Egliſe comme dans l'Etat. On le voit convoquer & ouvrir le Concile de Nicée , entrer au milieu des Peres tout couvert de pierreries , le Diadême ſur la tête , prendre la première place , exiler indifféremment , tantôt

Arius, tantôt *St. Athanaſe*. Il ſe mettait à là tête
du Chriſtianiſme ſans être Chrétien : car c'était
ne pas l'être dans ce tems-là, que de n'être pas
batiſé ; il n'était que Catéchuméne. L'uſage même
d'attendre les aproches de la mort pour ſe faire
plonger dans l'eau de régénération, commençait
à s'abolir pour les particuliers. Si *Conſtantin*, en
différant ſon Baptême juſqu'à la mort, crut pouvoir tout faire impunément, dans l'eſpérance d'une
expiation entiere, il était triſte pour le Genre-
humain, qu'une telle opinion eût été miſe dans la
tête d'un homme tout-puiſſant.

CHAPITRE TROISIEME,

DE JULIEN.

Qu'ON ſuppoſe un moment que *Julien* a quitté
les faux-Dieux pour la Religion Chrétienne ;
qu'alors on examine en lui l'homme, le Philoſophe & l'Empereur, & qu'on cherche le Prince
qu'on oſera lui préférer. Il n'y a pas encore long-
tems qu'on ne citait ſon nom qu'avec l'épithéte
d'*Apoſtat* ; & c'eſt peut-être le plus grand effort
de la raiſon, qu'on ait enfin ceſſé de le déſigner
de ce ſurnom injurieux. Les bonnes études ont
amené l'eſprit de tolérance chez les ſavans. Qui
croirait que dans un Mercure de Paris de l'année
1741, l'Auteur reprend vivement un Ecrivain d'a-
voir manqué aux bienſéances les plus communes,
en appellant cet Empereur *Julien l'Apoſtat* ? Il y
a cent ans que quiconque ne l'eût pas traité d'*A-
poſtat*, eût été traité d'*Athée*.

Ce qui eſt très-ſingulier & très-vrai, c'eſt que ſi
vous faites abſtraction de ſon malheureux changement, ſi vous ne ſuivez cet Empereur ni dans les
Egliſes Chrétiennes, ni aux Temples idolâtres ; ſi
vous le ſuivez dans ſa maiſon, dans les camps,

dans les batailles, dans ses mœurs, dans sa conduite, dans ses écrits, vous le trouvez par-tout égal à *Marc-Auréle*. Ainsi cet homme qu'on a peint abominable, est peut-être le premier des hommes, ou du moins le second. Toujours sobre, toujours tempérant, n'ayant jamais eu de maîtresses, couchant sur une peau d'ours, & y donnant, à regret encore, peu d'heures au sommeil; partageant son tems entre l'étude & les affaires, généreux, capable d'amitié, ennemi du faste; on l'eût admiré, s'il n'eût été que particulier.

Si on regarde en lui le Héros, on le voit toujours à la tête des troupes, rétablissant la discipline militaire sans rigueur, aimé des soldats, & les contenant; conduisant presque toujours à pied ses armées, & leur donnant l'exemple de toutes les fatigues; toujours victorieux dans toutes ses expéditions jusqu'au dernier moment de sa vie, & mourant enfin en faisant fuir les Perses. Sa mort fut d'un Héros, & ses dernieres paroles d'un Philosophe : *Je me soumets*, dit-il, *avec joie aux décrets éternels du Ciel, convaincu que celui qui est épris de la vie quand il faut mourir, est plus lâche que celui qui voudrait mourir quand il faut vivre.* Il s'entretient à sa derniere heure de l'immortalité de l'ame; nuls regrets, nulle faiblesse; il ne parle que de sa soumission à la Providence. Qu'on songe que c'est un Empereur de trente-deux ans qui meurt ainsi, & qu'on voie s'il est permis d'insulter sa mémoire.

Si on le considere comme Empereur, on le voit refuser le titre de *Dominus* qu'affectait *Constantin*, soulager les Peuples, diminuer les impôts, encourager les Arts, réduire à soixante & dix onces ces présens de Couronnes d'or de trois à quatre cens marcs, que ses Prédécesseurs exigeaient de toutes les Villes, faire observer les Loix, contenir ses Officiers & ses Ministres, & prévenir toute corruption.

Dix soldats Chrétiens complotent de l'assassiner;

ils font découverts, & *Julien* leur pardonne. Le Peuple d'Antioche qui joignait l'infolence à la volupté, l'infulte ; il ne s'en venge qu'en homme d'efprit, & pouvant lui faire fentir la puiffance impériale, il ne fait fentir à ce peuple que la fupériorité de fon génie. Comparez à cette conduite les fupplices que *Théodofe*, (dont on a prefque fait un Saint) étale dans Antioche, tous les citoyens de Theffalonique égorgés pour un fujet à peu près femblable ; & jugez entre ces deux hommes.

Grégoire de Nazianze & *Théodoret* ont cru qu'il fallait le calomnier, parce qu'il avait quitté la Religion Chrétienne. Ils n'ont pas fongé que le triomphe de cette Religion était de l'emporter fur un grand homme, & même fur un fage, après avoir réfifté aux Tyrans. L'un dit qu'il remplit Antioche de fang, par une vengeance barbare. Comment un fait fi public eût-il échapé à tous les autres Hiftoriens ? On fçait qu'il ne verfa dans Antioche que le fang des victimes. Un autre ofe affurer qu'avant d'expirer il jetta fon fang contre le Ciel, & s'écria : *Tu as vaincu Galiléen.* Comment un conte auffi infipide a-t-il pu être accrédité ? Etait-ce contre des Chrétiens qu'il combattait ? & une telle action & de tels mots étaient-ils dans fon caractere ?

Des efprits plus fenfés que les détracteurs de *Julien* demanderont comment il fe peut faire, qu'un homme d'Etat tel que lui, un homme de tant d'efprit, un vrai Philofophe, pût quitter le Chriftianifme dans lequel il avait été élevé, pour le Paganifme dont il devait fentir l'abfurdité & le ridicule. Il femble que fi *Julien* écouta trop fa raifon contre les myfteres de la Religion Chrétienne, il devait écouter bien davantage cette même raifon plus éclairée contre les fables des Payens.

Peut-être en fuivant le cours de fa vie, & en obfervant fon caractere, on verra ce qui lui infpira tant d'averfion contre le Chriftianifme. L'Empereur *Conftantin* fon grand oncle, qui avait mis la nouvelle Religion fur le Trône, s'était fouillé du meurtre de fa femme, de fon fils, de fon beau-frere, de fon neveu, & de fon beau-pere. Les trois enfans de *Conftantin* commencerent leur funefte regne par égorger leur oncle & leurs coufins. On ne vit enfuite que des guerres civiles & des meurtres. Le pere, le frere aîné de *Julien*, tous fes parens, & lui-même encore enfant, furent condamnés à périr par *Conftance* fon oncle. Il échapa à ce maffacre général. Ses premieres années fe pafferent dans l'exil; & enfin il ne dut la confervation de fa vie, fa fortune & le titre de *Céfar*, qu'à l'Impératrice *Eufébie*, femme de fon oncle *Conftance*, qui après avoir eu la cruauté de profcire fon enfance, eut l'imprudence de le faire *Céfar*, & enfuite l'imprudence plus grande de le perfécuter.

Il fut témoin d'abord de la hauteur finguliere avec laquelle un Evêque traita *Eufébie* fa bienfaitrice. C'était un nommé *Léontius*, Evêque de Tripoli. Il fit dire à l'Impératrice, *qu'il n'irait point la voir, à moins qu'elle ne le reçut d'une maniere conforme à fon caractere épifcopal, qu'elle vint au-devant de lui jufqu'à la porte, qu'elle reçut fa bénédiction en fe courbant, & qu'elle fe tint debout jufqu'à ce qu'il lui permit de s'affeoir.* Les Pontifes Payens n'en ufaient point ainfi avec les Impératrices. Cet orgueil fi oppofé au Chriftianifme, dut faire des impreffions profondes dans l'efprit d'un jeune homme, amoureux déjà de la Philofophie & de la fimplicité.

S'il fe voyait dans une famille Chrétienne, c'était dans une famille fameufe par des parricides; s'il voyait des Evêques de Cour, c'étaient des audacieux & des intriguans, qui tous s'anathématifaient les uns les autres; les partis d'*Arius* & d'*Athanafe* rempliffaient l'Empire de confufion & de carnage. Les Payens au contraire n'avaient jamais eu de querelles de Religion. Il eft donc naturel que *Julien*, élevé d'ailleurs par des Philofophes

B 6

Païens, fortifiât dans son cœur par leurs discours
l'aversion malheureuse que les abus de la Religion
Chrétienne lui inspirerent pour elle. Les politiques
ne furent pas plus surpris de voir *Julien* quitter le
Christianisme pour les faux-Dieux , que de voir
Constantin quitter les faux-Dieux pour le Christianisme. Il est fort vraisemblable que tous les deux
changerent par intérêt d'Etat , & que cet intérêt
se mêla dans l'esprit de *Julien* à la fierté indocile
d'une ame stoïque.

Les Prêtres Païens n'avaient point de dogmes ;
ils ne demandaient que des sacrifices ; & ces sacrifices n'étaient point commandés sous des peines
rigoureuses. Les Prêtres ne formaient point un Etat
dans l'Etat. Voilà bien des motifs pour engager
un homme du caractere de *Julien* dans un changement d'ailleurs si condamnable. Il avait besoin
d'un parti ; & s'il ne se fût piqué que d'être Stoïcien , il aurait eu contre lui les Prêtres des deux
Religions , & tous les faux zélés de l'une & de
l'autre. Le Peuple n'aurait pu alors supporter qu'un
Prince se contentât de l'adoration pure d'un Etre
pur , & de l'observation de la justice. Il fallut op-
ter entre deux partis qui se combattaient. Il est
donc à croire que *Julien* se soumit aux cérémonies
Païennes , comme la plupart des Princes & des
Grands vont dans les Temples : ils y sont menés
par le Peuple même , & sont forcés de paraître
souvent ce qu'ils ne sont pas. Le Sultan des Turcs
doit benir *Omar*, le Sophi de Perse doit benir *Ali* :
Marc-Auréle lui-même s'était fait initier aux mysteres d'*Eleusine.*

Il ne faut donc pas être surpris que *Julien* ait
avili la raison jusqu'à descendre à des pratiques
superstitieuses : mais on ne peut concevoir que de
l'indignation contre *Théodoret* , qui seul de tous
les Historiens rapporte qu'il sacrifia une femme dans
le Temple de la Lune à Carrès. Ce conte infâme
doit être mis avec ce conte absurde d'*Ammien* ,
que le Génie de l'Empire apparut à *Julien* avant sa

mort; & avec cet autre conte non moins ridicule, que quand *Julien* voulut faire rebâtir le Temple de Jérusalem, il sortit de terre des globes de feu qui consumerent les ouvrages & les ouvriers :

Iliacos intra muros peccatur & extra.

Les Chrétiens & les Païens debitaient également des fables sur *Julien* : mais les fables des Chrétiens les ennemis étaient toutes calomnieuses. Qui pourra jamais se persuader qu'un Philosophe ait immolé une femme à la Lune, & déchiré de ses mains ses entrailles ? Une telle horreur est-elle dans le caractere d'un Stoïcien rigide ?

Il ne fit jamais mourir aucun Chrétien : il ne leur accordait point de faveurs, mais il ne les persécutait pas. Il les laissait jouir de leurs biens comme Empereur juste, & écrivait contr'eux comme Philosophe. Il leur défendait d'enseigner dans les écoles les Auteurs profanes qu'eux-mêmes voulaient décrier : ce n'était pas être persécuteur. Il leur permettait l'exercice de leur Religion, & les empêchait de se déchirer par leurs querelles sanglantes : c'était les protéger. Ils ne devaient donc lui faire d'autre reproche, que de les avoir quittés, de s'être trompé, de s'être fait tort à lui-même. Cependant ils trouverent le moyen de rendre exécrable à la postérité un Prince dont le nom aurait été cher à l'Univers, sans son changement de Religion, qui fut la seule tache de ce grand homme.

CHAPITRE QUATRIEME.

DES GENIES.

LA doctrine des Génies, l'Astrologie Judiciaire & la Magie, ont rempli toute la Terre. Remontez jusqu'à l'ancien *Zoroastre*, vous trouvez les Génies établis. Toute l'Antiquité eft pleine d'Aftrologues & de Magiciens. Ces idées étaient donc bien naturelles. Nous nous mocquons aujourd'hui de tant de Peuples chez qui elles ont prévalu ; fi nous étions à leur place , fi nous commencions comme eux à cultiver les Sciences , nous en ferions tout autant. Imaginons-nous que nous fommes des gens d'efprit qui commençons à raifonner fur notre être , & à obferver les Aftres: la Terre eft fans doute immobile au milieu du Monde ; le Soleil & les Planétes ne tournent que pour elle ; & les Etoiles ne font faites que pour nous ; l'homme eft donc le grand objet de toute la Nature. Que faire de tous ces Globes uniquement deftinés à notre ufage, & de l'immenfité du Ciel ? Il eft tout vraifemblable que l'efpace & les Globes font peuplés de fubftances ; & puifque nous fommes les favoris de la Nature placés au centre du Monde , & que tout eft fait pour l'homme , ces fubftances font évidemment deftinées à veiller fur l'homme.

Le premier qui aura cru au moins la chofe poffible , aura bientôt trouvé des difciples , perfuadés que la chofe exifte. On a donc commencé par dire : Il peut exifter des Génies , & perfonne n'a dû affirmer le contraire ; car où eft l'impoffibilité que les Airs & les Planétes foient peuplés ? On a dit enfuite : Il y a des Génies ; & certainement perfonne ne pouvait prouver qu'il n'y en a point. Bientôt après quelques Sages virent ces Génies , & on n'était pas en droit de leur dire : Vous ne les avez point vus ; ils étaient apparus à des hommes trop confidérables , trop dignes de foi. L'un avait vu le Génie de l'Empire , ou de fa ville ; l'autre celui de *Mars* & de *Saturne* ; les Génies des quatre Elémens s'étaient manifeftés à plufieurs Philofophes ; plus d'un Sage avait vu fon propre Génie ; tout cela d'abord en fonge ; mais les fonges étaient les fymboles de la vérité.

On favait pofitivement comment ces Génies

ne ... étaient faits. Pour venir fur notre Globe, il fallait
nt ... bien qu'ils euffent des aîles; ils en avaient donc.
... Nous ne connaiffons que des corps; mais des corps
... plus beaux que les nôtres, puifque c'étaient des
... Génies, & plus legers, puifqu'ils venaient de fi
... loin. Les Sages qui avaient le privilége de con-
verfer avec des Génies, infpiraient aux autres l'efpérance de jouir du même bonheur. Un Sceptique
aurait-il été bien reçu à leur dire : Je n'ai point
vû de Génie, donc il n'y en a point; on lui aurait
répondu : Vous raifonnez fort mal; il ne fuit point
du tout de ce qu'une chofe ne vous eft pas connue, qu'elle n'exifte point; il n'y a nulle contradiction dans la doctrine qui enfeigne la nature de
ces Puiffances aériennes, nulle impoffibilité qu'elles
nous rendent vifite; elles fe font montrées à nos
Sages, elles fe manifefteront à nous : vous n'êtes
pas dignes de voir des Génies.

Tout eft mêlé de bien & de mal fur la Terre;
il y a donc inconteftablement de bons & de mauvais Génies. Les Perfes eurent leurs *Péris* & leurs
Dives, les Grecs leurs *Démons* & *Cacodémons*,
les Latins *bonos & malos Genios*. Le bon Génie
devait être blanc, le mauvais devait être noir,
excepté chez les Négres, où c'eft effentiellement
tout le contraire. *Platon* admit fans difficulté un
bon & un mauvais Génie pour chaque mortel. Le
mauvais Génie de *Brutus* lui apparut, & lui an-
nonça la mort avant la bataille de Philippe; de
graves Hiftoriens ne l'ont-ils pas dit ? & *Plutarque*
aurait-il été affez mal avifé pour affurer ce fait,
s'il n'avait été bien vrai ?

Confidérez encore quelle fource de fêtes, de
divertiffemens, de bons contes, de bons mots,
venait de la créance des Génies.

* *Scit Genius natale comes qui temperat aftrum.*

§ *Ipfe fuos adfit Genius vifurus honores,*
  Cui decorent fanctas florea ferta comas.

* Horace.   § Tibulle.

Il y avait des Génies mâles , & des Génies femelles. Les Génies des Dames s'appelaient chez les
Romains , des *petites Junons.* On avait encore le
plaisir de voir croître son Génie. Dans l'enfance,
c'était une espece de *Cupidon* avec des aîles ; dans
la vieillesse de l'homme qu'il protégeait , il portait une longue barbe : quelquefois c'était un serpent. On conserve à Rome un marbre où l'on voit
un beau serpent sous un palmier auquel sont ap-
pendues deux couronnes ; & l'inscription porte :
Au Génie des Augustes ; c'était l'emblême de
l'immortalité.

Quelle preuve démonstrative avons-nous aujour-
d'hui que les Génies , universellement admis par
tant de Nations éclairées , ne sont que des fantômes de l'imagination ? Tout ce qu'on peut dire se
réduit à ceci : Je n'ai jamais vu de Génie ; aucun
homme de ma connaissance n'en a vu : *Brutus* n'a
point laissé par écrit que son Génie lui fût apparu
avant la bataille : ni *Newton* , ni *Locke* , ni même
Descartes , qui se livrait à son imagination , ni aucun Roi , ni aucun Ministre d'Etat , n'ont jamais
été soupçonnés d'avoir parlé à leur Génie : je ne
crois donc pas une chose dont il n'y a pas la moindre preuve. Cette chose n'est pas impossible , je
l'avoue ; mais la possibilité n'est pas une preuve
de la réalité. Il est possible qu'il y ait des Satyres
avec de petites queues retroussées , & des pieds
de chevre : cependant j'attendrai que j'en aie vu
plusieurs pour y croire ; car si je n'en avais vu
qu'un, je n'y croirais pas.

CHAPITRE CINQUIEME,

DE L'ASTROLOGIE.

L'Astrologie pourrait s'appuyer sur de meilleurs
fondemens que les Génies. Car si personne n'a
vu ni *Farfadets* , ni *Lémures* , ni *Dives* , ni *Péris* ,

Démons, ni *Cacodémons*, on a vu souvent des prédictions d'Astrologues réussir. Que de deux Astrologues consultés sur la vie d'un enfant, & sur la saison, l'un dise que l'enfant vivra âge d'homme, l'autre non ; que l'un annonce la pluie, & l'autre le beau tems ; il est bien clair qu'il y en aura un Prophête.

Le grand malheur des Astrologues, c'est que le Ciel a changé depuis que les regles de l'Art ont été données. Le Soleil qui était dans le Bélier du tems des Argonautes, se trouve aujourd'hui dans le Taureau ; & les Astrologues, au grand malheur de leur Art, attribuent aujourd'hui à une maison du Soleil ce qui appartient visiblement à une autre. Cependant ce n'est pas encore une raison démonstrative contre l'Astrologie. Les Maîtres de l'Art se trompent ; mais il n'est pas démontré que l'Art ne peut exister.

Il n'y a pas d'absurdité à dire : Un tel enfant est né dans le croissant de la Lune, pendant une saison orageuse, au lever d'une telle étoile ; sa constitution a été faible, & sa vie malheureuse & courte ; ce qui est le partage ordinaire des mauvais tempéramens : au contraire celui-ci est né quand la Lune était dans son plein, le Soleil dans sa force, le tems serein, au lever d'une telle étoile ; sa constitution a été bonne, sa vie longue & heureuse. Si ces observations avaient été répétées, si elles s'étaient trouvées justes, l'expérience eût pu au bout de quelques milliers de siecles former un Art dont il eût été difficile de douter : on aurait pensé, avec quelque vraisemblance, que les hommes sont comme les arbres & les légumes, qu'il ne faut planter & semer que dans certaines saisons. Il n'eût servi de rien contre les Astrologues de dire : Mon fils est né dans un tems heureux, & cependant il est mort au berceau : l'Astrologue aurait répondu : Il arrive souvent que les arbres plantés dans la saison convenable, périssent ; je vous ai répondu des Astres, mais je ne vous ai pas répondu du vice de conformation que vous avez communiqué à votre enfant. L'Astrologie n'opere que quand aucune cause ne s'oppose au bien que les Astres peuvent faire.

On n'aurait pas mieux réussi à décréditer l'Astrologie en disant : De deux enfans qui sont nés dans la même minute, l'un a été Roi, l'autre n'a été que Marguillier de sa Paroisse ; car on aurait très-bien pu se défendre, en faisant voir que le paysan a fait sa fortune lorsqu'il est devenu Marguillier, comme le Prince en devenant Roi.

Et si on alléguoit qu'un bandit que *Sixte-Quint* fit pendre, était né au même tems que *Sixte-Quint*, qui de gardeur de cochons devint Pape ; les Astrologues diraient qu'on s'est trompé de quelques secondes, & qu'il est impossible dans les régles, que la même étoile donne la Tiare & la Potence. Ce n'est donc que parce qu'une foule d'expériences a démenti les prédictions, que les hommes se sont apperçus à la fin que l'Art est illusoire ; mais avant d'être détrompés ils ont été long-tems crédules.

Un des plus fameux Mathématiciens de l'Europe, nommé *Stoffler*, qui florissait aux quinzieme & seizieme siecles, & qui travailla long-tems à la réforme du Calendrier proposée au Concile de Constance, prédit un Déluge universel pour l'année 1524. Ce Déluge devait arriver au mois de Février, & rien n'est plus plausible ; car *Saturne*, *Jupiter* & *Mars* se trouverent alors en conjonction dans le signe des Poissons. Tous les peuples de l'Europe, de l'Asie & de l'Afrique, qui entendirent parler de la prédiction, furent consternés. Tout le monde s'attendit au Déluge, malgré l'Arc-en-Ciel. Plusieurs Auteurs contemporains raportent que les habitans des Provinces maritimes de l'Allemagne s'empressaient de vendre à vil prix leurs terres à ceux qui avaient le plus d'argent, & qui n'étaient pas si crédules qu'eux. Chacun se munissait d'un batteau comme d'une arche. Un Docteur de Toulouse nommé *Auriol*, fit faire sur-tout grande arche pour lui, sa famille & ses amis : on prit les mêmes précautions dans une grande partie de l'Italie. Enfin le mois de Février arriva, & il ne tomba pas une goutte d'eau : jamais mois ne fut plus sec, & jamais les Astrologues ne furent plus embarrassés. Cependant ils ne furent ni découragés, ni négligés parmi nous. Presque tous les Princes continuerent de les consulter.

Je n'ai pas l'honneur d'être Prince ; cependant le célebre Comte de *Boulainvilliers*, & un Italien nommé *Colonne*, qui avait beaucoup de réputation à Paris, me prédirent l'un & l'autre que je mourrais infailliblement à l'âge de trente-deux ans. J'ai eu la malice de les tromper déjà de près de trente années, de quoi je leur demande humblement pardon.

CHAPITRE SIXIEME.

DE LA MAGIE.

LA Magie est encore une science bien plus plausible que l'Astrologie & que la doctrine des Génies. Dès qu'on commença à penser qu'il y a dans l'homme un être tout-à-fait distinct de la machine, & que l'entendement subsiste après la mort, on donna à cet entendement un corps délié, subtil, aérien, ressemblant au corps dans lequel il était logé. Deux raisons toutes naturelles introduisirent cette opinion : La premiere, c'est que dans toutes les langues l'ame s'apellait esprit, souffle, vent : cet esprit, ce souffle, ce vent, était donc quelque chose de fort mince & de fort délié. La seconde, c'est que si l'ame d'un homme n'avait pas retenu une forme semblable à celle qu'il possédait pendant sa vie, on n'aurait pas pu distinguer après la mort l'ame d'un homme d'avec celle d'un autre. Cette ame, cette ombre qui subsistait séparée de

fon corps, pouvait très bien fe montrer dans l'oc
cafion, revoir les lieux qu'elle avait habité, vi
fiter fes parens, fes amis, leur parler, les inftruire;
il n'y avait dans tout cela aucune incompatibilité,
Ce qui eft, peut paraître.

Les ames pouvaient très-bien enfeigner à ceux
qu'elles venaient voir, la maniere de les évoquer:
elles n'y manquaient pas; & le mot *Abraxa* prononcé avec quelques cérémonies, faifait venir les
ames auxquelles on voulait parler. Je fupofe qu'un
Egyptien eût dit à un Philofophe : *Je defcends en*
ligne droite des Magiciens de Pharaon qui chan-
gerent des baguettes en ferpens, & les eaux du
Nil en fang; un de mes Ancêtres fe maria avec la
Pytoniffe d'Endor, qui évoqua l'ombre de Samuel
à la priere du Roi Saül : elle communiqua fes fecrets
à fon mari, qui lui fit part des fiens : je poffede cet
héritage de pere & de mere, ma Généalogie eft bien
avérée; je commande aux ombres & aux élémens.
Le Philofophe n'aurait eu autre chofe à faire que
de lui demander fa protection : car fi ce Philofophe
avait voulu nier & difputer, le Magicien lui eût
fermé la bouche, en lui difant : *Vous ne pouvez*
nier les faits; mes ancêtres ont été inconteftablement
de grands Magiciens, & vous n'en doutez pas;
vous n'avez nulle raifon pour croire que je fois de
pire condition qu'eux, fur-tout quand un homme
d'honneur comme moi vous affure qu'il eft Sorcier.
Le Philofophe aurait pu lui dire, faites-moi le
plaifir d'évoquer une ombre, de me faire parler
à une ame, de changer cette eau en fang, cette
baguette en ferpent. Le Magicien pouvait répondre : Je ne travaille pas pour les Philofophes : j'ai
fait voir des ombres à des Dames très-refpectables,
à des gens fimples qui ne difputent point : vous devez croire au moins qu'il eft très-poffible que j'aie
ces fecrets, puifque vous êtes forcé d'avouer que
mes ancêtres les ont poffédés : ce qui s'eft fait autrefois fe peut faire aujourd'hui, & vous devez
croire à la Magie, fans que je fois obligé d'exercer
mon Art devant vous.

Ces raisons sont si bonnes, que tous les Peuples ont eu des Sorciers. Les plus grands Sorciers étaient payés par l'Etat, pour voir clairement l'avenir dans le cœur & dans le foie d'un bœuf. Pourquoi donc a-t-on si long-tems puni les autres de mort? Ils faisaient des choses plus merveilleuses; on devait donc les honorer beaucoup, on devait sur-tout craindre leur puissance. Rien n'est plus ridicule que de condamner un vrai Magicien à être brûlé; car on devait présumer qu'il pouvait éteindre le feu, & tordre le cou à ses Juges. Tout ce qu'on pouvait faire, c'est de lui dire: Mon ami, nous ne vous brûlons pas comme un Sorcier véritable, mais comme un faux Sorcier, qui vous vantez d'un Art admirable que vous ne possedez pas; nous vous traitons comme un homme qui débite de la fausse monnoie: plus nous aimons la bonne, plus nous punissons ceux qui en donnent de fausse: nous sçavons très-bien qu'il y a eu autrefois de vénérables Magiciens, mais nous sommes fondés à croire que vous ne l'êtes pas, puisque vous vous laissez brûler comme un sot.

Il est vrai que le Magicien poussé à bout pourrait dire: Ma science ne s'étend pas jusqu'à éteindre un bucher sans eau, & jusqu'à donner la mort à mes Juges avec des paroles; je peux seulement évoquer des ames, lire dans l'avenir, changer certaines matieres en d'autres; mon pouvoir est borné; mais vous ne devez pas pour cela me brûler à petit feu; c'est comme si vous faisiez pendre un Médecin qui vous aurait guéri de la fievre, & qui ne pourrait vous guérir d'une paralysie. Mais les Juges lui répliqueraient: Faites-nous donc voir quelque secret de votre Art, ou consentez à être brûlé de bonne grace.

CHAPITRE SEPTIEME,

DES POSSEDÉS.

IL n'y a que les poſſédés à qui on n'a jamais rien de bon à repliquer. Qu'un homme vous diſe, Je ſuis poſſédé, il faut l'en croire ſur ſa parole. Ceux-là ne ſont point obligés de faire des choſes bien extraordinaires; & quand ils les font, ce n'eſt que pour ſurabondance de droit. Que répondre à un homme qui roule les yeux, qui tord la bouche, & qui dit qu'il a le Diable au corps? Chacun ſent ce qu'il ſent. Il y a eu autrefois tout plein de poſſédés, il peut donc s'en rencontrer encore. S'ils s'aviſent de battre le monde, on le leur rend bien, & alors ils deviennent fort modérés. Mais pour un pauvre poſſédé qui ſe contente de quelques convulſions, & qui ne fait de mal à perſonne, on n'eſt pas en droit de lui en faire. Si vous diſputez contre lui, vous aurez infailliblement le deſſous : il vous dira, le Diable eſt entré hier chez moi, ſous une telle forme ; j'ai depuis ce tems-là une colique ſurnaturelle que tous les Apoticaires du monde ne peuvent ſoulager. Il n'y a certainement d'autre parti à prendre avec cet homme, que celui de l'exorciſer, ou de l'abandonner au Diable.

C'eſt grand dommage qu'il n'y ait plus aujourd'hui ni Poſſédés, ni Magiciens, ni Aſtrologues, ni Génies. On ne peut concevoir de quelle reſſource étaient, il y a cent ans, tous ces myſteres. Toute la Nobleſſe vivait alors dans ſes châteaux. Les ſoirs d'hiver ſont longs, on ſerait mort d'ennuis ſans ces nobles amuſemens. Il n'y avait guere de château où il ne revint une Fée à certains jours marqués, comme la Fée *Merluſine* au château de Luſignan. Le grand Veneur, homme ſec & noir, chaſſait avec une meute de chiens noirs dans la forêt de Fontainebleau. Le Diable tordoit le cou au Maréchal *Fabert*. Chaque village avait ſon Sorcier ou ſa Sorciere ; chaque Prince avait ſon Aſtrologue ; toutes les Dames ſe faiſaient dire leur bonne aventure; les poſſédés couraient les champs ; c'était à qui avait vu le Diable, ou à qui le verrait ; tout cela était un ſujet de converſations inépuiſables, qui tenait les eſprits en haleine. A preſent on joue inſipidement aux cartes, & on a perdu à être détrompé.

CHAPITRE HUITIEME.

DE LA CHIMERE

DU SOUVERAIN BIEN.

LE bonheur eſt une idée abſtraite, compoſée de quelques ſenſations de plaiſir. *Platon*, qui écrivait mieux qu'il ne raiſonnait, imagina ſon *Monde Archétipe*, c'eſt-à-dire, ſon Monde original, ſes idées générales du beau, du bien, de l'ordre, du juſte, comme s'il y avait des êtres éternels apellés *ordre*, *bien*, *beau*, *juſte*, dont dérivaſſent les faibles copies de ce qui nous paraît ici bas juſte, beau & bon.

C'eſt donc d'après lui que les Philoſophes ont recherché le Souverain Bien, comme les Chimiſtes cherchent la Pierre Philoſophale : mais le Souverain Bien n'exiſte pas plus que le Souverain Quarré, ou le Souverain Cramoiſi; il y a des couleurs cramoiſies, il y a des quarrés ; mais il n'y a point d'être général qui s'apelle ainſi. Cette chimérique maniere de raiſonner a gâté long-tems la Philoſophie.

Les animaux reſſentent du plaiſir à faire toutes les fonctions auxquelles ils ſont deſtinés. Le bonheur qu'on imagine ſerait une ſuite non interrompue de plaisirs : une telle série est incompatible avec nos organes, & avec notre destination. Il y a un grand plaisir à manger & à boire, un plus grand plaisir dans l'union des deux sexes : mais il est clair que si l'homme mangeait toujours, ou était toujours dans l'extase de la jouissance, ses organes n'y pourraient suffire : il est encore évident qu'il ne pourrait remplir les destinations de la vie, & que le genre humain en ce cas périrait par le plaisir.

Passer continuellement, sans interruption, d'un plaisir à un autre, est encore une autre chimere. Il faut que la femme qui a conçu accouche, ce qui est une peine ; il faut que l'homme fende le bois & taille la pierre, ce qui n'est pas un plaisir.

Si on donne le nom de bonheur à quelques plaisirs répandus dans cette vie, il y a du bonheur en effet. Si on ne donne ce nom qu'à un plaisir toujours permanent, ou à une file continue & variée de sensations délicieuses, le bonheur n'est pas fait pour ce globe Terraquée : cherchez ailleurs.

Si on apelle bonheur une situation de l'homme, comme des richesses, de la puissance, de la réputation, &c. on ne se trompe pas moins. Il y a tel Charbonnier plus heureux que tel Souverain. Qu'on demande à *Cromwel* s'il a été plus content quand il était Protecteur, que quand il allait au cabaret dans sa jeunesse, il répondra probablement que le tems de sa Tyrannie n'a pas été le plus rempli de plaisirs. Combien de laides bourgeoises sont plus satisfaites qu'*Héléne* & que *Cléopatre*.

Mais il y a une petite observation à faire ici ; c'est que quand nous disons, il est probable qu'un tel homme est plus heureux qu'un tel autre, qu'un jeune muletier a de grands avantages sur *Charles-Quint*, qu'une marchande de modes est plus satisfaite qu'une Princesse, nous devons nous en tenir à ce probable. Il y a grande aparence qu'un muletier se portant bien, a plus de plaisir que *Charles-Quint* mangé de gouttes ; mais il se peut bien faire aussi que *Charles-Quint*, avec des béquilles, re-

passe

paſſe dans ſa tête avec tant de plaiſir, qu'il a tenu un Roi de France & un Pape priſonniers, que ſon ſort vaille encore mieux à toute force, que celui d'un jeune muletier vigoureux.

Il n'apartient certainement qu'à Dieu, à un Etre qui verrait dans tous les cœurs, de décider quel eſt l'homme le plus heureux. Il n'y a qu'un ſeul cas où un homme puiſſe affirmer que ſon état actuel eſt pire ou meilleur que celui de ſon voiſin; ce cas eſt celui de la rivalité, & le moment de la victoire.

Je ſupoſe qu'*Archimède* a un rendez-vous la nuit avec ſa maîtreſſe. *Nomentanus* a le même rendez-vous à la même heure. *Archimède* ſe preſente à la porte, on la lui ferme au nez; & on l'ouvre à ſon rival, qui fait un excellent ſouper, pendant lequel il ne manque pas de ſe moquer d'*Archimède*, & jouit enſuite de ſa maîtreſſe, tandis que l'autre reſte dans la rue, expoſé au froid, à la pluie & à la grêle. Il eſt certain que *Nomentanus* eſt en droit de dire, je ſuis plus heureux cette nuit qu'*Archimède*, j'ai plus de plaiſir que lui; mais il faut qu'il ajoute; ſupoſé qu'*Archimède* ne ſoit occupé que du chagrin de ne point faire un bon ſouper, d'être mépriſé & trompé par une belle femme, d'être ſuplanté par ſon rival, & du mal que lui font la pluie, la grêle & le froid. Car ſi le Philoſophe de la rue fait réflexion que ni une *Catin*, ni la pluie ne doivent troubler ſon ame, s'il s'occupe d'un beau problême, & s'il découvre la proportion du Cilindre & de la Sphere, il peut éprouver un plaiſir cent fois au-deſſus de celui de *Nomentanus*.

Il n'y a donc que le ſeul cas du plaiſir actuel & de la douleur actuelle, où l'on puiſſe comparer le ſort de deux hommes, en faiſant abſtraction de tout le reſte. Il eſt indubitable que celui qui jouit de ſa maîtreſſe eſt plus heureux, dans ce moment, que ſon rival mépriſé qui gémit. Un homme ſain qui mange une bonne perdrix, a ſans doute un moment préférable à celui d'un homme tourmenté de la colique ; mais on ne peut aller au-delà avec fûreté ; on ne peut évaluer l'être d'un homme avec celui d'un autre ; on n'a point de balance pour peler les defirs & les fenfations.

Nous avons commencé cet article par *Platon* & fon Souverain Bien ; nous le finirons par *Solon*, & par ce grand mot qui a fait tant de fortune : *Il ne faut apeller perfonne heureux avant fa mort.* Cet axiome n'eft au fonds qu'une puérilité, comme tant d'apophtegmes confacrés dans l'Antiquité. Le moment de la mort n'a rien de commun avec le fort qu'on a éprouvé dans la vie ; on peut périr d'une mort violente & infâme, & avoir goûté jufqueslà tous les plaifirs dont la Nature humaine eft fufceptible. Il eft très poffible & très-ordinaire qu'un homme heureux ceffe de l'être : qui en doute ? mais il n'a pas moins eu fes momens heureux.

Que veut donc dire la mort de *Solon* ? qu'il n'eft par fûr qu'un homme qui a du plaifir aujourd'hui en ait demain ; en ce cas, c'eft une vérité fi inconteftable & fi triviale, qu'elle ne valait pas la peine d'être dite.

CHAPITRE NEUVIEME.

DE LA POPULATION

DE L'AMÉRIQUE.

LA découverte de l'Amérique, cet objet de tant d'avarice, de tant d'ambition, eft devenue auffi un objet de la Philofophie. Un nombre prodigieux d'Ecrivains s'eft efforcé de prouver que les Américains étaient une Colonie de l'ancien Monde. Quelques Métaphyficiens modeftes ont dit, que le même pouvoir qui a fait croître l'herbe dans les campagnes de l'Amérique, y a pu mettre auſſi des hommes ; mais ce ſyſtême nud & ſimple n'a pas été écouté.

Que le grand *Colombo* ſoupçonna l'exiſtence de ce nouvel Univers, on lui ſoutint que la choſe était impoſſible ; on prit *Colombo* pour un viſionnaire. Quand il en eut fait la découverte, on lui ſoutint que ce nouveau Monde était connu long-tems auparavant.

On a prétendu que *Martin Beheim*, natif de Nuremberg, était parti de Flandres vers l'an 1460. pour chercher ce Monde inconnu, & qu'il pouſſa juſqu'au détroit de Magellan, dont il laiſſa des cartes incognito ; mais comme *Martin Beheim* n'avait pas peuplé l'Amérique, & qu'il fallait abſolument qu'un des arriere-petits-fils de *Noé* eût pris cette peine, on chercha dans l'Antiquité tout ce qui avait raport à quelque long voyage, & on l'apliqua à la découverte de cette quatrieme partie de notre Globe. On fit aller les vaiſſeaux de *Salomon* au Mexique, & c'eſt de-là qu'on tira l'or d'Ophir pour ce Prince, qui était obligé d'en emprunter du Roi *Hiram*. On trouva l'Amérique dans *Platon*. On en fit honneur aux Carthaginois, & on cita ſur cette anecdote un livre d'*Ariſtote* qu'il n'a pas compoſé.

Hornius prétendit trouver quelque conformité entre la langue des Hébreux & celle des Caraïbes. Le Pere *Laffiteau*, Jéſuite, n'a pas manqué de ſuivre une ſi belle ouverture. Les Mexicains, dans leurs grandes afflictions, déchiraient leurs vétemens ; quelques Peuples de l'Aſie en uſaient autrefois ainſi ; donc ils ſont les ancêtres des Mexicains. On pouvait ajouter qu'on danſe beaucoup en Languedoc, que les Hurons danſent auſſi dans leur réjouiſſances, & qu'ainſi les Languedociens viennent des Hurons, ou les Hurons des Languedociens.

Les Auteurs d'une terrible Hiſtoire Univerſelle, prétendent que tous les Américains ſont une Colonie de Tartares. Ils aſſurent que c'eſt l'opinion la plus généralement reçue parmi les fçavans ; mais ils ne difent pas que ce foit parmi les fçavans qui penfent. Selon eux, quelque defcendant de *Noé* n'eut rien de plus-preffé que d'aller s'établir dans le délicieux pays de Kamskarska, au Nord de la Sibérie. Sa famille n'ayant rien à faire, alla vifiter le Canada, foit en équipant des flottes, foit en marchant par plaifir au milieu des glaces, par quelque langue de terre qui ne s'eft pas retrouvée jufqu'à nos jours. On fe mit enfuite à faire des enfans dans le Canada, & bientôt ce beau pays ne pouvant plus nourrir la multitude prodigieufe de fes habitans, ils allerent peupler le Mexique, le Pérou, le Chili, & leurs arriere-petites filles accoucherent de géans vers le Détroit de *Magellan*.

Comme on trouve des lions dans quelques pays chauds de l'Amérique, ces Auteurs fupofent que les *Chriftophes Colombs* de Kamskatska avaient amené des lions en Canada pour leur divertiffement.

Mais comme les Kamskatskatiens n'ont pas feuls fervi à peupler le Nouveau Monde, ils ont été charitablement aidés par les Tartares Mantchoux, par les Huns, par les Chinois, par les Japonois.

Les Tartares Mantchoux font inconteftablement les ancêtres des Péruviens ; car *Mango-Capak* eft le premier Inca du Pérou. *Mango* reffemble à *Manco*, *Manco* à *Mancu*, *Mancu* à *Manchu*, & de-là à *Mantchou* il n'y a pas loin. Rien n'eft mieux démontré.

Pour les Huns, ils ont bâti en Hongrie une ville qu'on apellait *Cunadi* ; or en changeant *cu* en *ca*, on trouve *Canadi*, d'où le *Canada* a manifeftement tiré fon nom.

Une plante reffemblante au ginfeng des Chinois, croît en Canada ; donc les Chinois l'y ont portée, avant même qu'ils fuffent maitres de la partie de la Tartarie Chinoife, où croît leur ginfeng : & d'ailleurs les Chinois font de fi grands navigateurs, qu'ils ont envoyé autrefois des flottes en Améri-

que, fans jamais conferver avec leurs Colonies la
moindre correfpondance.

A l'égard des Japonois, comme ils font les plus
voifins de l'Amérique, dont ils ne font guere éloi-
gnés que de douze cens lieues, ils y ont fans doute été autrefois ; mais ils ont depuis négligé ce
voyage.

Voilà pourtant ce qu'on ofe écrire de nos jours.
Que répondre à ces fyftêmes, & à tant d'autres ?
Rien.

CHAPITRE DIXIEME.

DES LANGUES.

IL n'eft aucune Langue complette, aucune qui
puiffe exprimer toutes nos idées & toutes nos
fenfations ; leurs nuances font trop imperceptibles
& trop nombreufes. Perfonne ne peut faire connaître précifément le dégré du fentiment qu'il éprouve. On eft obligé par exemple de défigner fous le
nom général d'amour & de haine, mille amours
& mille haines toutes differentes ; il en eft de
même de nos douleurs & de nos plaifirs. Ainfi
toutes les Langues font imparfaites comme nous.

Elles ont toutes été faites fucceffivement & par
degrés felon nos befoins. C'eft l'inftinct commun
à tous les hommes qui a fait les premieres Gram-
maires fans qu'on s'en apperçut. Les Lappons, les
Négres, auffi-bien que les Grecs, ont eu befoin
d'exprimer le paffé, le prefent, le futur ; & ils l'ont
fait. Mais comme jamais il n'y a eu d'affemblée
de Logiciens qui ait formé une Langue, aucune
n'a pu parvenir à un plan abfolument régulier.

Tous les mots, dans toutes les Langues poffibles, font néceffairement l'image des fenfations.
Les hommes n'ont pu jamais exprimer que ce qu'ils
fentaient. Ainfi tout eft devenu métaphore, par-

C 3

tout on éclaire l'ame ; le cœur brûle , l'esprit voit, il compose , il unit , il divise , il s'égare, il se recueille , il se dissipe.

Toutes les Nations se sont accordées à nommer souffle , esprit, ame , l'entendement humain, dont ils sentent les effets sans le voir , après avoir nommé vent , souffle , esprit , l'agitation de l'air qu'ils ne voient point.

Chez tous les Peuples l'infini a été négation de fini ; immensité , négation de mesure. Il est évident que ce sont nos cinq sens qui ont produit toutes les Langues, aussi-bien que toutes nos idées.

Les moins imparfaites sont comme les Loix : celles dans lesquelles il y a le moins d'arbitraire sont les meilleures.

Les plus complettes sont nécessairement celles des Peuples qui ont le plus cultivé les Arts & la Société. Ainsi la Langue Hébraïque devait être une des Langues les plus pauvres, comme le Peuple qui la parlait. Comment les Hébreux auraient-ils pu avoir des termes de Marine , eux qui, avant Salomon, n'avaient pas un batteau ? Comment les termes de la Philosophie , eux qui furent plongés dans une si profonde ignorance jusqu'au tems où ils commencerent à apprendre quelque chose dans leur transmigration à Babylone ? La Langue des Phéniciens , dont les Hébreux tirerent leur jargon, devait être très-supérieure , parce qu'elle était l'idiome d'un peuple industrieux , commerçant , riche , répandu dans toute la terre.

La plus ancienne Langue connue , doit être celle de la nation rassemblée le plus anciennement en corps de peuple. Elle doit être encore celle du peuple qui a été le moins subjugué, ou qui l'ayant été , a policé ses Conquérans. Et à cet égard , il est constant que le Chinois & l'Arabe sont les plus anciennes Langues de toutes celles qu'on parle aujourd'hui.

Il n'y a point de Langue-mere. Toutes les Nations voisines ont emprunté les unes des autres : mais on a donné le nom de *Langue-mere* à celles dont quelques idiomes connus font dérivés. Par exemple le Latin est Langue-mere, par raport à l'Italien, à l'Espagnol, au François. Mais il était lui-même dérivé du Toscan ; & le Toscan l'était du Celte & du Grec.

Le plus beau de tous les langages doit être celui qui est à la fois le plus complet, le plus sonore, le plus varié dans ses tours, & le plus régulier dans sa marche ; celui qui a le plus de mots composés, celui qui, par sa Prosodie, exprime le mieux les mouvemens lents ou impétueux de l'ame, celui qui ressemble le plus à la Musique.

Le Grec a tous ces avantages ; il n'a point la rudesse du Latin, dont tant de mots finissent en *um*, *ur*, *us*. Il a toute la pompe de l'Espagnol, & toute la douceur de l'Italien. Il a par-dessus toutes les Langues vivantes du monde l'expression de la musique, par les syllabes longues & breves : Ainsi tout défiguré qu'il est aujourd'hui dans la Gréce, il peut être encore regardé comme le plus beau langage de l'Univers.

La plus belle Langue ne peut être la plus généralement répandue, quand le peuple qui la parle est opprimé, peu nombreux, sans commerce avec les autres Nations, & quand ces autres Nations ont cultivé leurs propres langages. Ainsi le Grec doit être moins étendu que l'Arabe, & même que le Turc.

De toutes les Langues de l'Europe la Française doit être la plus générale, parce qu'elle est la plus propre à la conversation : elle a pris son caractere dans celui du peuple qui la parle.

Les Français ont été depuis près de cent cinquante ans, le peuple qui a le plus connu la société, qui en a le premier écarté toute la gêne, & le premier chez qui les femmes ont été libres & même souveraines, quand elles n'étaient ailleurs que des esclaves. La Syntaxe de cette Langue tou-

C 4

jours uniforme , & qui n'admet point d'inverſions ,
eſt encore une facilité que n'ont guere les autres
Langues ; c'eſt une monnoie plus courante que les
autres , quand même elle manquerait de poids. La
quantité prodigieuſe de livres agréablement frivoles , que cette Nation a produits, eſt encore une
raiſon de la faveur, que ſa Langue a obtenue chez
toutes les Nations.

Des livres profonds ne donneront point de cours
à une Langue ; on les traduira , on apprendra la
Philoſophie de *Newton* , mais on n'apprendra pas
l'Anglais pour l'entendre.

Ce qui rend encore le Français plus commun ,
c'eſt la perfection où le Théâtre a été porté dans
cette Langue. C'eſt à *Cinna* , à *Phédre* , au *Mi-
ſantrope* , qu'elle a dû ſa vogue , & non pas aux
conquêtes de *Louis XIV*.

Elle n'eſt ni ſi abondante & ſi maniable que
l'Italien , ni ſi majeſtueuſe que l'Eſpagnol , ni ſi
énergique que l'Anglais ; & cependant elle a fait
plus de fortune que ces trois Langues, par cela ſeul
qu'elle eſt plus de commerce , & qu'il y a plus
de livres agréables chez elle qu'ailleurs : elle a
réuſſi comme les Cuiſiniers de France , parce qu'elle
a plus flatté le goût général.

Le même eſprit qui a porté les Nations à
imiter les Français dans leurs ameublemens ,
dans la diſtribution des appartemens , dans les
jardins , dans la danſe , dans tout ce qui donne
de la grace , les a portés auſſi à parler leur Langue. Le grand art des bons Ecrivains Français ,
eſt préciſément celui des femmes de cette Nation ,
qui ſe mettent mieux que les autres femmes de
l'Europe , & qui , ſans être plus belles , le paraiſ-
ſent par l'art de leur parure , par les agrémens nobles & ſimples qu'elles ſe donnent ſi naturellement.

C'eſt à force de politeſſe que cette Langue eſt
parvenue à faire diſparaître les traces de ſon ancienne barbarie. Tout atteſterait cette barbarie à

qui voudrait y regarder de près. On verrait que le nombre *vingt* vient de *virginti* , & qu'on prononçait autrefois ce *g* & ce *t* avec une rudesse propre à toutes les Nations Septentrionales ; du mois d'*Augustus* , on fit le mois d'Aoust.

Il n'y a pas long-tems qu'un Prince Allemand , croyant qu'en France on ne prononçait jamais autrement , le terme d'*Auguste* , appellait le Roi , *Auguste* de Pologne le Roi *Aoust*.

De *Pavo* , nous fîmes *Paon* ; nous le prononcions comme *Phaon* , & aujourd'hui nous disons *Pan*.

De *Lupus* on avait fait *Loup* , & on faisait entendre le *p* avec une dureté insupportable. Toutes les lettres qu'on a retranchées depuis dans la prononciation , mais qu'on a conservées en écrivant , sont nos anciens habits de Sauvages.

C'est quand les mœurs se sont adoucies qu'on a aussi adouci la Langue : elle était agreste comme nous , avant que *François I.* eût appellé les femmes à sa Cour. Il eût autant valu parler l'ancien Celte , que le Français du tems de *Charles VIII.* & de *Louis XII.* L'Allemand n'était pas plus dur. Tous les imparfaits avaient un son affreux ; chaque syllabe se prononçait dans *aimoient, faisoient, croyoient* ; on disait , ils cro-yoi-ent ; c'était un croassement de corbeaux , comme dit l'Empereur *Julien* , du langage Celte , plutôt qu'un langage d'hommes.

Il a fallu des siecles pour ôter cette rouille. Les imperfections qui restent , seraient encore intolérables sans le soin qu'on prend continuellement de les éviter , comme un habile cavalier évite les pierres sur sa route.

Les bons Ecrivains font attentifs à combattre les expressions vicieuses que l'ignorance du peuple met d'abord en vogue , & qui , adoptées par les mauvais Auteurs , passent ensuite dans les gazettes , & dans les écrits publics. Ainsi du mot Italien *celata* , qui signifie *elmo, casque armet* , les

foldats Français firent en Italie le mot de *falade* ;
de forte que quand on difait, *il a pris fa falade*,
on ne fçavait fi celui dont on parlait avait pris
fon *cafque*, ou des *laitues*. Les Gazetiers ont traduit le mot *ridotto*, par *redoute*, qui fignifie une efpece de fortification : mais un homme qui fçait fa
langue, confervera toujours le mot d'*affemblée*.
Roftbeef, fignifie en Anglais du *bœuf rôti*, & nos
Maître-d'hôtel nous parlent aujourd'hui d'un *Roftbeef* de mouton. *Riding-coat*, veut dire un *habit
de cheval* ; on a fait *Redingote*, & le peuple croit
que c'eft un ancien mot de la Langue. Il a bien
fallu adopter cette expreffion avec le peuple, parce qu'elle fignifie une chofe d'ufage.

Le plus bas peuple, en fait de termes d'arts &
métiers & des chofes néceffaires, fubjugue la
Cour, fi on l'ofe dire, comme en fait de Religion. Ceux qui méprifent le plus le vulgaire
font obligés de parler, & de paraître penfer comme lui.

Ce n'eft pas mal parler que de nommer les chofes du nom que le bas peuple leur a impofé ; mais
on reconnaît un peuple naturellement plus ingénieux qu'un autre par les noms propres qu'il donne
à chaque chofe.

Ce n'eft que faute d'imagination qu'un peuple
adapte la même expreffion à cent idées diff´ren-
tes. C'eft une ftérilité ridicule de n'avoir pas fçu
exprimer autrement, *un bras de mer*, *un bras de
balance*, *un bras de fauteuil* ; il y a de l'indigence d'efprit à dire également la *tête d'un clou*, la
tête d'une armée. On trouve le mot de *cu* par-tout
& très-mal-à-propos : une rue fans iffue ne reffemble en rien à un *cu-de-fac* ; un honnête homme aurait pu appeller ces fortes de rues, des *im-
paffes*. La populace les a nommées *cus*, & les
Reines ont été obligées de les nommer ainfi. Le
fonds d'un artichaud, la pointe qui termine le
deffous d'une lampe, ne reffemblent pas plus à
un *cu*, que des rues fans paffage. On dit pour-

ont toujours *cu d'artichaud*, *cu de lampe*, parce
que le peuple qui a fait la Langue était alors
groffier. Les Italiens qui auraient été plus en droit
que nous de faire fouvent fervir ce mot, s'en font
bien donné de garde. Le peuple d'Italie né plus
ingénieux que fes voifins, forma une Langue beaucoup plus abondante que la nôtre.

Il faudrait que le cri de chaque animal eût un
terme qui le diftinguât. C'eft une difette infupportable de manquer d'expreffion pour le cri d'un
oifeau, pour celui d'un enfant ; & d'appeller des
chofes fi différentes, du même nom. Le mot de
vagiffement, dérivé du Latin *vagitus*, aurait exprimé très-bien le cri des enfans au berceau.

L'ignorance a introduit un autre ufage dans toutes les Langues modernes. Mille termes ne figni-
fient plus ce qu'ils doivent fignifier. *Idiot*, voulait
dire *folitaire*, aujourd'hui il veut dire *fot* ; *Epi-
phanie*, fignifiait *fuperficie*, c'eft aujourd'hui la fête des trois Rois ; *baptifer* c'eft fe plonger dans
l'eau, nous difons baptifer du nom de *Jean* ou de
Jacques.

A ces défauts de prefque toutes les Langues,
fe joignent des irrégularités barbares. *Garçon*,
courtifan, *coureur*, font des mots honnêtes, *gar-
ce*, *courtifanne*, *coureufe* font des injures. *Vénus*
eft un nom charmant, *vénérien* eft abominable.

Un autre effet de l'irrégularité de ces Langues,
compofées au hazard dans des tems groffiers, c'eft
la quantité de mots compofés dont le fimple n'e-
xifte plus. Ce font des enfans qui ont perdu leur
pere. Nous avons des *architraves* & point de *tra-
ves* ; des *Architectes* & point de *tectes*, des *fou-
baffemens* & point de *baffemens* ; il y a des chofes *ineffables* & point d'*effables*. On eft *intrépide*, on n'eft pas *trépide* ; *impotent*, & jamais *po-
tent* : un fonds eft *inépuifable*, fans pouvoir être
puifable. Il y a des *impudens*, des *infolens*, mais
ni *folens*, ni *pudens* : *nonchalant* fignifie *pareffeux*,
& *chalant* celui qui achete.

Toutes les Langues tiennent plus ou moins de ces défauts ; ce sont des terreins tous irréguliers, dont la main d'un habile Artiste sçait tirer avantage.

Il se glisse toujours dans les Langues d'autres défauts qui font voir le caractere d'une Nation. En France, des modes s'introduisent dans les expressions comme dans les coeffures. Un malade ou un Médecin du bel air se sera avisé de dire qu'il a eu un *soupçon* de fievre, pour signifier qu'il en a eu une légere atteinte ; voilà bientôt toute la Nation qui a des *soupçons* de colique, des *soupçons* de haine, d'amour, de ridicule. Les Prédicateurs vous disent en chaire qu'il faut avoir au moins un *soupçon* d'amour de DIEU. Au bout de quelques mois cette mode passe pour faire place à une autre. *Vis-à-vis* s'introduit par-tout. On se trouve dans toutes les conversations *vis-à-vis* de ses goûts & de ses intérêts. Les Courtisans sont bien ou mal *vis-à-vis* du Roi ; les Ministres embarrassés *vis-à-vis* d'eux-mêmes ; le Parlement en corps fait souvenir la Nation qu'il a été le soutien des Loix *vis-à-vis* de l'Archevêque, & les hommes en chaire sont *vis-à-vis* DIEU dans un état de perdition.

Ce qui nuit le plus à la noblesse de la Langue, ce n'est pas cette mode passagere dont on se dégoûte bientôt. Ce ne sont pas les solécismes de la bonne compagnie dans lesquels les bons Auteurs ne tombent point ; c'est l'affectation des Auteurs médiocres, de parler de choses sérieuses dans le style de la conversation. Vous lirez dans nos livres nouveaux de Philosophie, qu'il ne faut pas faire *à pure perte les frais de penser* ; que les éclypses sont *en droit d'effrayer le peuple* ; qu'*Epicure* avait un extérieur *à l'unisson de son ame* ; que *Clodius renvia sur Augusle*, & mille autres expressions pareilles, dignes du laquais des *Précieuses ridicules.*

Le style des Ordonnances des Rois & des Arrêts prononcés dans les Tribunaux, ne sert qu'à faire voir de quelle barbarie on eſt parti. On s'en moque dans la Comédie des *Plaideurs ;*

> Lequel *Jerome* après pluſieurs rebellions ,
> Aurait atteint , frapé , moi Sergent à la joue.

Cependant il eſt arrivé que des Gazetiers & des faiſeurs de Journaux ont adopté cette incongruité, & vous liſez dans des papiers publics ; » On a apris » que la flotte aurait mis à la voile le 7 Mars , & » qu'elle aurait doublé les Sorlingues. «

Tout conſpire à corrompre une Langue un peu étendue ; les Auteurs qui gâtent le ſtyle par affectation , ceux qui écrivent en pays étranger , & qui mêlent preſque toujours des expreſſions étrangeres à leur Langue naturelle , les Négocians qui introduiſent dans la converſation les termes de leur comptoir, & qui vous diſent que l'Angleterre arme une flotte ; mais que *par contre*, la France équipe des vaiſſeaux ; les beaux eſprits des pays étrangers qui ne connaiſſant pas l'uſage , vous diſent qu'un jeune Prince a été très-bien *éduqué* , au lieu de dire qu'il a reçu une bonne éducation.

Toute Langue étant imparfaite , il ne s'enſuit pas qu'on doive la changer. Il faut abſolument s'en tenir à la maniere dont les bons Auteurs l'ont parlée ; & quand on a un nombre ſuffiſant d'Auteurs aprouvés , la Langue eſt fixée. Ainſi on ne peut plus rien changer à l'Italien , à l'Eſpagnol , à l'Anglais, au Français ſans le corrompre. La raiſon en eſt claire ; c'eſt qu'on rendrait bientôt intelligibles les livres qui font l'inſtruction & le plaiſir des Nations.

CHAPITRE ONZIEME.

PENSÉES

SUR L'ADMINISTRATION PUBLIQUE.

I. *P*Uffendorf & ceux qui écrivent comme lui fur les intérêts des Princes, font des Almanachs défectueux pour l'année courante, qui né valent abfolument rien pour l'année d'après.

II. Qui eût dit, à la paix de Nimégue, qu'un jour l'Efpagne, le Mexique, le Pérou, Naples, Sicile, Parme, apartiendraient à la Maifon de France?

III. Prévoyait-on, lorfque *Charles XII*. gouvernait defpotiquement la Suede, que fes Succeffeurs. n'auraient pas plus d'autorité que les Rois n'en ont. en Pologne.

IV. Les Rois de Dannemarck étaient des Doges, il y a un fiecle; ils font à prefent abfolus.

V. Autrefois les Ruffes fe vendaient eux-mêmes, comme les Négres : à prefent ils s'eftiment affez pour ne pas recevoir dans leurs troupes de foldats, étrangers, & ils ont pour point d'honneur de ne. déferter jamais; mais il leur faut encore des Officiers étrangers, parce que la Nation n'a pas acquis, autant d'habilité que de courage, & qu'elle ne fçait. encore qu'obéir.

VI. Les animaux accoutumés au joug, s'y prefentent eux-mêmes. Je ne fçais quel Compilateur des lettres de la Reine *Chriftine* a fait au genre humain l'outrage de juftifier le meurtre de *Monaldefqui*, affaffiné à Fontainebleau par l'ordre d'une Suédoife, fous prétexte que cette Suédoife avait été Reine. Il n'y avait au monde que les affaffins employés par elle, qui puffent prétendre qu'il était permis à cette Princeffe de faire à Fontainebleau ce qui aurait été un crime dans Stockholm?

VII. Ce Gouvernement ſerait digne des *Hotten-*
tots, dans lequel il ferait permis à un certain nombre d'hommes de dire : *C'eſt à ceux qui travaillent*
à payer ; nous ne devons rien , parce que nous ſom-
mes oiſifs.

VIII. Ce Gouvernement outragerait DIEU &
les hommes, dans lequel des Citoyens pourraient
dire : *l'Etat nous a tout donné , & nous ne lui de-*
vons que des prieres.

IX. La raiſon , en ſe perfectionnant, détruit le
germe des guerres de Religion. C'eſt l'eſprit Philoſophique qui a banni cette peſte du monde.

X. Si *Luther & Calvin* revenaient au monde ,
ils ne feraient pas plus de bruit que les Scotiſtes
& les Thomiſtes, pourquoi ? parce qu'ils naîtraient
dans un tems où les hommes commencent à être
éclairés.

XI. Ce n'eſt que dans des tems de barbarie
qu'on voit des ſorciers, des poſſédés, des Rois ex-
communiés ; des ſujets déliés de leur ſerment de
fidélité par des Docteurs.

XII. Il y a tel Couvent inutile au monde à tous
égards, qui jouit de deux cens mille livres de rente. La raiſon démontre que ſi on donnait ces deux
cens mille livres à cent Officiers, qu'on marierait,
il y aurait cent bons Citoyens récompenſés, cent
filles pourvues , quatre cens perſonnes au moins
de plus dans l'Etat au bout de dix ans, au lieu de
cinquante fainéans. Elle démontre encore que ces
cinquante fainéans , rendus à la patrie, cultive-
raient la terre , la peupleraient , & qu'il y aurait
plus de laboureurs & plus de ſoldats. Voilà ce que
tout le monde deſire , depuis le Prince du Sang juſqu'au vigneron. La ſuperſtition ſeule s'y opoſait
autrefois ; mais la raiſon ſoumiſe à la foi , doit
écraſer la ſuperſtition.

XIII. Le Prince peut, d'un ſeul mot, empêcher au moins qu'on ne faſſe des vœux avant l'âge
de vingt-cinq ans ; & ſi quelqu'un dit au Souverain : *Que deviendront les filles de condition , que*

nous sacrifions d'ordinaire aux aînés de nos familles ? le Prince répondra : *elles deviendront ce qu'elles*
deviennent en Suede, *en Dannemarck*, *en Pruſſe*,
en Angleterre, *en Hollande* ; elles feront des citoyens ; elles ſont nées pour la propagation , *& non*
pour reciter du Latin, qu'elles n'entendent pas. Une
femme qui nourrit deux enfans & qui file, rend
plus de ſervice à la patrie que tous les Couvens n'en
peuvent jamais rendre.

XIV. C'eſt un très-grand bonheur pour le Prince & pour l'Etat , qu'il y ait beaucoup de Philoſophes qui impriment toutes ces maximes dans la
tête des hommes.

XV. Les Philoſophes n'ayant aucun intérêt particulier , ne peuvent parler qu'en faveur de la raiſon & de l'intérêt public.

XVI. Les Philoſophes aiment la Religion , &
ils rendent ſervice aux Princes en détruiſant la ſuperſtition , qui eſt toujours l'ennemie des Princes.

XVII. C'eſt la ſuperſtition qui a fait aſſaſſiner
Henri III. *Henri IV*. *Guillaume* , Prince d'Orange , & tant d'autres. C'eſt elle qui a fait couler des
rivieres de ſang depuis *Conſtantin*.

XVIII. La ſuperſtition eſt le plus horrible ennemi du genre humain. Quand elle domine le Prince,
elle l'empêche de faire le bien de ſon peuple ;
quand elle domine le peuple , elle le ſouleve contre
ſon Prince.

XIX. Il n'y a pas un ſeul exemple ſur la terre
de Philoſophes qui ſe ſoient opoſés aux Loix du
Prince. Il n'y a pas un ſeul ſiecle où la ſuperſtition
& l'enthouſiaſme n'aient cauſé des troubles qui font
horreur.

XX. La liberté conſiſte à ne dépendre que des
Loix.

Sur ce pied chaque homme eſt libre aujourd'hui
en Suéde, en Angleterre , en Hollande , en Suiſſe,
à Geneve , à Hambourg ; on l'eſt même à Veniſe
& à Genes , quoique ce qui n'eſt pas du corps des
Souverains y ſoit avili. Mais il y a encore des Prɔ-

vinces & de vastes Royaumes Chrétiens , où la plus grande partie des hommes est esclave.

XXI. Un tems viendra dans ces pays , où quelque Prince plus habile que les autres , fera comprendre aux cultivateurs des terres , qu'il n'est pas tout-à-fait à leur avantage qu'un homme qui a un cheval ou plusieurs chevaux , c'est-à-dire , un Noble , ait le droit de tuer un paysan en mettant dix écus sur sa fosse. Il est vrai que dix écus sont beaucoup pour un homme né dans un certain climat ; mais ils démêleront dans la suite des siecles , que c'est fort peu pour un mort. Alors il pourra se faire que les Communes aient part au Gouvernement , & que l'administration Anglaise & Suédoise s'établisse dans le voisinage de la Turquie.

XXII. Un Citoyen d'Amsterdam est un homme ; un Citoyen , à quelques degrés de longitude par delà , est un animal de service.

XXIII. Tous les hommes sont nés égaux , mais un Bourgeois de Maroc ne soupçonne pas que cette vérité existe.

XXIV. Cette égalité n'est pas l'anéantissement de la subordination : nous sommes tous également hommes , mais non membres égaux de la société. Tous les droits naturels appartiennent également au Sultan & au Bostangi : l'un & l'autre doivent disposer avec le même pouvoir de leurs personnes , de leurs familles , de leurs biens. Les hommes sont donc égaux dans l'essentiel , quoiqu'ils jouent sur la scene des rôles différens.

XXV. On demande toujours quel Gouvernement est préférable ? Si on fait cette question à un Ministre ou à son Commis , ils seront sans doute pour le pouvoir absolu ; si à un Baron , il voudra que le Baronage partage le pouvoir législatif. Les Evêques en diront autant : le Citoyen voudra comme de raison être consulté , & le cultivateur ne voudra pas être oublié. Le meilleur Gouvernement semble être celui où toutes les conditions sont également protégées par les Loix.

XXVI. Un Républicain eſt toujours plus attaché à ſa patrie, qu'un Sujet à la ſienne, par la raiſon qu'on aime mieux ſon bien que celui de ſon Maître.

XXVII. Qu'eſt-ce que l'amour de la patrie ? un compoſé d'amour-propre & de préjugés, dont le bien de la ſociété fait la plus grande des vertus. Il importe que ce mot vague, *le public*, faſſe une impreſſion profonde.

XXVIII. Quand le Seigneur d'un château, ou l'habitant d'une ville, accuſent le pouvoir abſolu, & plaignent le payſan accablé, ne les croyez pas. On ne plaint guere les maux qu'on ne ſent point. Les Citoyens, les Gentilshommes haïſſent encore très-rarement la perſonne du Souverain, à moins que ce ne ſoit dans les guerres civiles. Ce qu'on hait, c'eſt le pouvoir abſolu dans la quatrieme ou cinquieme main, c'eſt l'antichambre d'un Commis ou d'un Secrétaire d'un Intendant qui cauſe les murmures: c'eſt parce qu'on a reçu dans un Palais la rebuſade d'un valet inſolent, qu'on gémit ſur les campagnes déſolées.

XXIX. Les Anglais reprochent aux Français de ſervir leurs Maîtres gaiement. Voici ce qu'on a écrit en Angleterre de plus beau ſur cette matiere.

A nation here y pity and admire.
Whom nobleſt ſentiments of glory fire ;
Yet tought by cuſtoms force, and bigot fear
To ſerve with pride and boaſt the yoke, they bear:
Whoſe nobles borns to cringe and to comand,
In courts a mean, in caps a generous band,
From prieſts and ſtok-jobbers content receive
Thoſe law their dreaded arms to Europe give,
Whoſe people vain in want, in bondage bleſt
Tho plundered guai, induſtrious tho oppreſd,
With happy follies riſe above their fate ;
The jeſt and envy of a wiſer ſtate.

On pourrait rendre ainſi le ſens de ces vers :

Tel eſt l'eſprit Français, je l'admire & le plains.

Dans fon abaiffement quel excès de courage !
La tête fous le joug , les lauriers dans les mains ,
Il chérit à la fois la gloire & l'efclavage.
Ses exploits & fa honte ont rempli l'univers.
Vainqueur dans les combats, enchaîné par fes Maîtres,
Pillé par des Traitans, aveuglé par des Prêtres,
Dans la difette il chante, il danfe avec fes fers.
Fier dans la fervitude, heureux dans fa folie ,
De l'Anglais libre & fage il eft encor l'envie.

Voici la réponfe à toutes ces déclamations dont les Poéfies Anglaifes, les brochures & les fermons font remplis. Il eft très-naturel d'aimer une Maifon qui regne depuis près de huit cens années. Plufieurs étrangers , & même des Anglais , font venus s'établir en France, uniquement pour y vivre heureux.

XXX. Un Roi qui n'eft point contredit, ne peut guere être méchant.

XXXI. Quelques Anglais de Province qui n'ont voyagé qu'à Londres, s'imaginent que le Roi de France , quand il eft de loifir, envoie chercher un Préfident, & pour s'amufer donne fon bien à un valet de garderobe.

XXXII. Il n'y a guere de pays au monde où les fortunes des particuliers foient plus affurées qu'en France. Le Comte *Maurice de Naffau* , en partant de la Haie pour aller commander l'Infanterie Hollandaife, me demanda fi on lui confifquerait les rentes qu'il avait fur l'Hôtel de Ville de Paris. On vous paiera, lui dis-je, précifément le même jour que le Comte *Maurice de Saxe* , qui commande l'armée Françaife ; & cela était vrai à la lettre.

XXXIII. *Louis XI* , pendant fon regne, fit paffer par la main du bourreau , environ quatre mille Citoyens, c'eft qu'il n'était pas abfolu & qu'il vouloit l'être. *Louis XIV* , depuis l'aventure du Duc de *Lauzun* , n'exila pas feulement une feule perfonne de fa Cour, c'eft qu'il était abfolu. Sous *Charles II.* il y eut plus de cinquante têtes confidérables coupées à Londres.

XXXIV. Du tems de *Louis XIII.* il n'y eut pas une année ſans faction. *Louis le Juſte* était cruel. Il avait commencé à ſeize ans par faire aſſaſſiner ſon premier Miniſtre. Il ſouffrit que le Cardinal de *Richelieu*, plus cruel que lui, fit couler le ſang ſur les échaffauds.

Le Cardinal *Mazarin*, dans les mêmes circonſtances ne fit périr perſonne. Etranger qu'il était, il n'eût pu ſe ſoutenir par la cruauté. Il était fourbe & non méchant. Si *Richelieu* n'eût pas eu des factions à combattre, il eût mis le Royaume au plus haut point de ſplendeur, parce que ſa cruauté qui tenait à la hauteur de ſon caractere, n'ayant pas de quoi s'exercer, eût laiſſé agir la nobleſſe de ſon génie dans toute ſon étendue.

XXXV. Dans un livre rempli d'idées profondes & de ſaillies ingénieuſes, on a compté le Deſpotiſme parmi les formes naturelles du Gouvernement. L'Auteur, qui eſt fort bon plaiſant, a voulu railler.

Il n'y a point d'Etat deſpotique par ſa nature. Il n'y a point de pays où une Nation ait dit à un homme : *Sire, nous donnons à votre gracieuſe Majeſté le pouvoir de prendre nos femmes, nos enfans, nos biens & nos vices, & de nous faire empâler ſelon votre bon plaiſir & votre adorable caprice.*

Le grand Turc jure ſur l'Alcoran d'obſerver les Loix. Il ne peut faire mourir perſonne ſans un Arrêt du Divan & un Fetfa du Muphti. Il eſt ſi peu deſpotique, qu'il ne peut ni changer le prix des monnoies, ni caſſer les Janiſſaires. Il eſt faux qu'il ſoit le maître du bien de ſes ſujets. Il donne des terres qu'on appelle des *Timariots*, comme on donnait anciennement les fiefs.

XXXVI. Le Deſpotiſme eſt l'abus de la Royauté, comme l'Anarchie eſt l'abus de la République. Un Sultan, qui, ſans forme de juſtice, & ſans juſtice, empriſonne & fait périr des Citoyens, eſt un voleur de grand chemin, qu'on appelle Votre Hauteſſe.

XXXVII. Un Auteur moderne a dit qu'il y a plus de vertu dans les Républiques, & plus d'honneur dans les Monarchies.

L'honneur eſt le deſir d'être honoré ; avoir de l'honneur, c'eſt ne rien faire qui ſoit indigne des honneurs. On ne dira point qu'un ſolitaire a de l'honneur. Cela eſt réſervé pour ce degré d'eſtime, que dans la ſociété chacun veut attacher à ſa perſonne. Il eſt bon de convenir des termes, ſans quoi bientôt on ne s'entendra plus.

Or du tems de la République Romaine, ce deſir d'être honoré par des Statues, des Couronnes de laurier & des Triomphes, rendit les Romains vainqueurs d'une grande partie du monde. L'honneur ſubſiſtait d'une cérémonie, ou d'une feuille de laurier ou de perſil.

Dès qu'il n'y eut plus de République, il n'y eut plus de cette eſpece d'honneur.

XXXVIII. Une République n'eſt point fondée ſur la vertu : elle l'eſt ſur l'ambition de chaque Citoyen qui contient l'ambition des autres, ſur l'orgueil qui réprime l'orgueil, ſur le deſir de dominer qui ne ſouffre pas qu'un autre domine. De-là ſe forment des Loix qui conſervent l'égalité autant qu'il eſt poſſible : c'eſt une ſociété où des convives d'un appétit égal mangent à la même table, juſqu'à ce qu'il vienne un homme vorace & vigoureux qui prenne tout pour lui & leur laiſſe les miettes.

XXXIX. Les petites machines ne réuſſiſſent point en grand, parce que les frottemens les dérangent : il en eſt de même des Etats : la Chine ne peut ſe gouverner comme la République de Lucques.

XL. Le Calviniſme & le Luthéraniſme ſont en danger dans l'Allemagne : ce pays eſt plein de grands Evêchés, d'Abbayes Souveraines, de Canonicats, tous propres à faire des converſions. Un Prince Proteſtant ſe fait Catholique pour être Evêque ou Roi d'un certain pays, comme une Princeſſe pour ſe marier.

XLI. Si la Religion Romaine reprend le dessus, ce sera par l'appas des gros Bénéfices , & par le moyen des Moines. Les Moines sont des troupes qui combattent sans cesse ; les Protestans n'ont point de troupes.

XLII. On a prétendu que les Religions sont faites pour les climats. Mais le Christianisme a régné long-tems dans l'Asie. Il commença dans la Palestine , & il est venu en Norwége. L'Anglais qui a dit que les Religions étaient nées en Asie , & trouvaient leur tombeau en Angleterre , a mieux rencontré.

XLIII. Il faut avouer qu'il y a des cérémonies , des mysteres qui ne peuvent avoir lieu que dans certains climats. On se baigne dans le Gange aux nouvelles Lunes : s'il fallait se baigner en Janvier dans la Vistule , cet acte de Religion ne serait pas long-tems en vigueur , *&c.*

XLIV. On a prétendu que la Loi de *Mahomet* qui défend de boire du vin , est la Loi du climat d'Arabie , parce que le vin y coagulerait le sang , & que l'eau est rafraîchissante. J'aimerais autant qu'on eût fait un onzieme commandement en Espagne & en Italie , de boire à la glace.

Mahomet ne défendit pas le vin , parce que les Arabes aiment l'eau. Il est dit dans *la Sonna* qu'il le défendit , parce qu'il fut témoin des excès que l'y-vrognerie fit commettre.

XLV. Toutes les Loix religieuses ne sont pas une suite de la nature du climat.

Manger debout un agneau cuit avec des laitues, jetter ce qui en reste dans le feu , ne point manger de lapin , parce qu'il est dit qu'il n'a pas le pied fendu & qu'il rumine , se mettre du sang d'un animal à l'oreille gauche ; toutes ces cérémonies n'ont guere de rapport avec la température d'un pays.

XLVI. Si *Léon X.* avait donné les Indulgences à vendre aux Moines Augustins , qui étaient en possession du débit de cette marchandise , il n'y serait point de Protestans. Si *Anne de Boulen* n'avait pas été belle, l'Angleterre serait Romaine. A quoi a-t-il tenu que l'Espagne n'ait été toute Arienne, & ensuite toute Mahométane ? A quoi a-t-il tenu que Carthage n'ait détruit Rome ?

XLVII. D'un événement donné, déduire tous les événemens de l'Univers, est un beau problème à résoudre ; mais c'est au Maître de l'Univers qu'il appartient de le faire.

CHAPITRE DOUZIEME.

DES EMBELLISSEMENS

DE LA VILLE DE CACHEMIRE.

LEs habitans de Cachemire sont doux, legers, occupés de bagatelles, comme d'autres Peuples le sont d'affaires sérieuses, & vivant comme des enfans qui ne sçavent jamais la raison de ce qu'on leur ordonne, qui murmurent de tout, se consolent de tout, se mocquent de tout, & oublient tout.

Ils n'avaient naturellement aucun goût pour les Arts. Le royaume de Cachemire a subsisté plus de treize cens ans, sans avoir eu ni de vrais Philosophes, ni de vrais Poëtes, ni d'Architectes passables, ni de Peintres, ni de Sculpteurs. Ils manquerent long-tems de manufactures & de commerce, au point que pendant plus de mille ans, quand un Marquis Cachemirien voulait avoir du linge & un beau pourpoint, il était obligé d'avoir recours à un Juif ou à un Banian. Enfin, vers le commencement du dernier siecle, il s'éleva dans Cachemire quelques hommes qui semblaient n'être pas de la nation, & qui nourris de la science des Persans & des Indiens, porterent la raison & le génie aussi loin qu'ils peuvent aller. Il se trouva un Sul-

tan qui encouragea ces grands Hommes , & qui à
l'aide d'un bon Viſir poliça , embellit & enrichit
le Royaume. Les Cachemiriens reçurent tous ſes
bienfaits en plaiſantant, & firent des chanſons contre le Sultan , contre le Miniſtre , & contre les
grands Hommes qui les éclairaient.

Les Arts languirent depuis à Cachemire. Le feu
que des génies inſpirés du Ciel avaient allumé ,
fut couvert de cendres. La nature parut épuiſée.
La gloire des Arts à Cachemire ne conſiſtait preſque plus que dans les pieds & dans les mains. Il
y avait des gens fort adroits , qui avaient l'art de
paſſer une jambe par-deſſus l'autre au ſon des inſtrumens avec une grace merveilleuſe ; d'autres qui
inventaient toutes les ſemaines une façon admirable d'ajuſter un ruban ; & enfin d'excellens Chimiſtes , qui avec de l'eſſence de jambon , & autres
ſemblables élixirs , mettaient en peu d'années toute
une maiſon entre les mains des Médecins & des
créanciers. Les Cachemiriens parvinrent par ces
beaux Arts à l'honneur de fournir de modes, de
danſeurs & de cuiſiniers preſque toute l'Aſie.

On parlait cependant beaucoup de rendre la capitale plus commode , plus propre , plus ſaine , &
plus belle qu'elle ne l'était. On en parlait , & on ne
faiſait rien. Un Philoſophe de l'Indouſtan , grand
amateur du bien public, & qui diſait volontiers
& inutilement ſon avis quand il s'agiſſait de rendre
les hommes plus heureux, & de perfectionner les
Arts, paſſa par la capitale de Cachemire : il eut
avec un des principaux Boſtangis un long entretien ſur la maniere de donner à cette ville tout ce
qui lui manquait. Le Boſtangi convenait qu'il était
honteux de n'avoir pas un grand & magnifique
Temple ſemblable à celui de Peckin ou d'Agra ;
que c'était une pitié de n'avoir aucun de ces grands
Bazards, c'eſt-à-dire , de ces marchés & de ces
magaſins publics entourés de colomnes, & ſervant
à la fois à l'utilité & à l'ornement. Il avouait que
les ſalles deſtinées aux jeux publics étaient indignes
d'une

d'une ville du quatrieme ordre ; qu'on voyait avec
indignation de très-vilaines maisons sur de très-
beaux ponts , & qu'on desirait en vain des places,
des fontaines , des statues , & tous les monumens
qui font la gloire d'une Nation.

Permettez-moi, dit le Philosophe Indien , de vous
faire une petite question. Que ne vous donnez-vous
tout ce qui vous manque ? Oh , dit le petit Bostangi , il n'y a pas moyen : cela coûterait trop cher.
Cela ne coûterait rien du tout, dit le Philosophe.
On nous a déjà étalé ce beau paradoxe , reprit le
Citoyen ; mais ce font des discours de sage, c'est-
à-dire, des choses admirables dans la théorie , &
ridicules dans la pratique. Nous sommes rebattus
de ces belles sentences. Mais qu'avez-vous répondu , dit le Philosophe , à ceux qui vous ont re-
presenté qu'il ne s'agissait que de vouloir pleine-
ment , & qu'il n'en coûterait rien à l'Etat de Cachemire pour orner votre capitale, pour faire toutes les grandes choses dont elle a besoin ? Nous
n'avons rien répondu , dit le Bostangi : nous nous
sommes mis à rire selon notre coutume , & nous
n'avons rien examiné. Oh bien , dit le Philosophe,
rien moins , examinez davantage , & je vais vous
démontrer ce paradoxe , qui vous rendrait heureux , & qui vous allarme. Le Cachemirien , qui
était un homme fort poli , se mordit les lévres de
peur d'éclater au nez de l'Indien , & ils eurent ensemble la conversation suivante :

LE PHILOSOPHE.
Qu'appellez-vous être riche ?

LE BOSTANGI.
Avoir beaucoup d'argent.

LE PHILOSOPHE.
Vous vous trompez. Les habitans de l'Amérique
Méridionale possédaient autrefois plus d'argent que
vous n'en aurez jamais ; mais étant sans industrie,
ils n'avaient rien de ce que l'argent peut procurer : ils étaient réellement dans la misere.

LE BOSTANGI.

J'entends ; vous faites conſiſter la richeſſe dans la poſſeſſion d'un terrein fertile.

LE PHILOSOPHE.

Non : car les Tartares de l'Ukraine habitent un des plus beaux pays de l'Univers , & ils manquent de tout. L'opulence d'un Etat eſt comme tous les talens qui dépendent de la nature & de l'art. Ainſi la richeſſe conſiſte dans le ſol & dans le travail. Le peuple le plus riche & le plus heureux , eſt celui qui cultive le plus le meilleur terrein ; & le plus beau preſent que DIEU ait fait à l'homme , eſt la néceſſité de travailler.

LE BOSTANGI.

D'accord ; mais pour faire ce qu'on nous demande, il faudrait le travail de dix mille hommes pendant dix années : & où trouver de quoi les payer ?

LE PHILOSOPHE.

N'avez-vous pas ſoudoyé cent mille ſoldats pendant dix ans de guerre ?

LE BOSTANGI.

Il eſt vrai , & l'Etat ne paraît pourtant pas appauvri.

LE PHILOSOPHE.

Quoi ! vous avez de l'argent pour envoyer tuer cent mille hommes , & vous n'en avez pas pour en faire vivre dix mille ?

LE BOSTANGI.

Cela eſt bien différent : il en coûte beaucoup moins pour envoyer un Citoyen à la mort , que pour lui faire ſculpter du marbre.

LE PHILOSOPHE.

Vous vous trompez encore. Trente mille hommes de Cavalerie ſeulement ſont beaucoup plus chers que dix mille artiſans ; & la vérité eſt , que ni les uns ni les autres ne ſont chers quand ils ſont employés dans le pays. Que croyez-vous qu'il en ait coûté aux anciens Egyptiens pour bâtir des piramides , & aux Chinois pour faire leur grande muraille ? Des oignons & du ris. Leurs terres ont-elles été épuiſées pour avoir nourri des hommes laborieux, au lieu d'avoir engraiſſé des fainéans ?

LE BOSTANGI.

Vous me pouſſez à bout, & vous ne me perſuadez pas. La Philoſophie raiſonne, & la coutume agit.

LE PHILOSOPHE.

Si les hommes avaient toujours ſuivi cette maxime, ils mangeraient encore du gland, & ne ſçauraient pas ce que c'eſt que la pleine Lune. Pour exécuter les plus grandes entrepriſes, il ne faut qu'une tête & des mains, & on vient à bout de tout. Vous avez de belles pierres, du fer, du cuivre, de beaux bois de charpente, il ne vous manque donc que la volonté.

LE BOSTANGI.

Nous avons de tout. La nature nous a très-bien traités. Mais quelles dépenſes énormes pour mettre tant de matériaux en œuvre !

LE PHILOSOPHE.

Je n'entends rien à ce diſcours. De quelles dépenſes parlez-vous donc ? votre terre produit de quoi nourrir & vêtir tous vos habitans. Vous avez ſous vos pas tous les matériaux ; vous avez autour de vous deux cens mille fainéans que vous pouvez employer : il ne reſte donc plus qu'à les faire travailler, & à leur donner pour leur ſalaire de quoi être bien nourris & bien vétus. Je ne vois pas ce qu'il en coûtera à votre Royaume de Cachemire ; car aſſurément vous ne payerez rien aux Perſans & aux Chinois pour avoir fait travailler vos Citoyens.

LE BOSTANGI.

Ce que vous dites eſt très-véritable ; il ne ſortira ni argent ni denrées de l'Etat.

LE PHILOSOPHE.

Que ne faites-vous donc commencer dès aujourd'hui vos travaux ?

LE BOSTANGI.

Il eſt trop difficile de faire mouvoir une ſi grande machine.

LE PHILOSOPHE.

Comment avez-vous fait pour ſoutenir une guerre qui a coûté beaucoup de ſang & de treſors ?

LE BOSTANGI.

Nous avons fait juſtement contribuer en propor‑tion de leurs biens les poſſeſſeurs des terres & de l'argent.

LE PHILOSOPHE.

Et bien , ſi on contribue pour le malheur de l'eſ‑pece humaine , ne donnera-t-on rien pour ſon bon‑heur & pour ſa gloire ? Quoi ! depuis que vous êtes établis en corps de peuple , vous n'avez pas en‑core trouvé le ſecret d'obliger tous les riches à faire travailler tous les pauvres ? Vous n'êtes donc pas encore aux premiers élémens de la police ?

LE BOSTANGI.

Quand nous aurions fait enforte que les poſſeſſeurs du ris , du lin & des beſtiaux , donnaſſent du pilau & des chemiſes aux mendians qu'on employerait à remuer la terre , & à porter les fardeaux , on ne ſe‑rait guere avancé. Il faudrait faire travailler tous les Artiſtes , qui le long de l'année ſont employés à d'autres travaux.

LE PHILOSOPHE.

J'ai oui dire que dans l'année vous avez environ ſix vingt jours , pendant leſquels on ne travaille point à Cachemire. Que ne changez-vous la moi‑tié de ces jours oiſeux en jours utiles ? Que n'em‑ployez-vous aux édifices publics pendant cent jours les Artiſtes déſoccupés ? Alors ceux qui ne ſçavent rien , ceux qui n'ont que deux bras , auront bien vite de l'induſtrie : vous formerez un peuple d'Artiſtes.

LE BOSTANGI.

Ces tems ſont deſtinés au cabaret & à la débauche , & il en revient beaucoup d'argent au treſor public.

LE PHILOSOPHE.

Votre raison eſt admirable ! mais il ne revient d'argent au treſor public que par la circulation. Le travail n'opere-t il pas plus de circulation que la débauche qui entraîne des maladies ? Eſt-il bien vrai qu'il ſoit de l'intérêt de l'Etat que le peuple s'enyvre un tiers de l'année ?

Cette converſation dura long-tems. Le Boſtangi avoüa enfin que le Philoſophe avait raiſon ; & il fut le premier Boſtangi qu'un Philoſophe eut perſuadé. Il promit de faire beaucoup; mais les hommes ne ſont jamais ni tout ce qu'ils veulent, ni tout ce qu'ils peuvent.

Pendant que le Raiſonneur & le Boſtangi s'entretenaient ainſi des hautes ſciences , il paſſa une vingtaine de beaux animaux à deux pieds portans petit manteau par-deſſus longue jaquette , capuce pointu ſur la tête , ceinture de corde ſur les reins. Voilà de grands garçons bien faits , dit l'Indien ; combien en avez-vous dans votre patrie ? A peu près cent mille de différentes eſpeces , dit le Boſtangi. Les braves gens pour travailler à embellir Cachemire ! dit le Philoſophe. Que j'aimerais à les voir la bêche , la truelle , l'équerre à la main ! Et moi auſſi , dit le Boſtangi , mais ce ſont de trop grands Saints pour travailler. Que font ils donc , dit l'Indien ? Ils chantent , ils boivent , ils digerent , dit le Boſtangi. Que cela eſt utile à un Etat , dit l'Indien ! Cette converſation dura long-tems , & ne produiſit pas grand'choſe.

CHAPITRE TREIZIEME.
JUSQU'A QUEL POINT
ON DOIT TROMPER LE PEUPLE.

C'Eſt une très-grande queſtion, mais peu agitée, de ſçavoir juſqu'à quel degré le peuple, c'eſt-à-dire neuf parts du genre humain ſur dix, doit être traitée comme des ſinges. La partie trompante n'a jamais bien examiné ce problême délicat, & de peur de ſe méprendre au calcul, elle a accumulé tout le plus de viſions qu'elle a pu dans les têtes de la partie trompée.

Les honnêtes gens qui liſent quelquefois *Virgile*, ou les lettres Provinciales, ne ſçavent pas qu'on tire vingt fois plus d'exemplaires de l'Almanach de Liége & du Courier boiteux, que de tous les bons livres anciens & modernes. Perſonne aſſurément n'a une vénération plus ſincere que moi pour les illuſtres Auteurs de ces Almanachs & pour leurs confreres. Je ſçais que depuis le tems des anciens Chaldéens, il y a des jours & des momens marqués pour prendre médecine, pour ſe couper les ongles, pour donner bataille, & pour fendre du bois. Je ſçais que le plus fort revenu, par exemple, d'une illuſtre Académie, conſiſte dans la vente des Almanachs de cette eſpece. Oſerai-je avec toute la ſoumiſſion poſſible, toute la défiance que j'ai de mon avis, demander quel mal il arriverait au Genre-humain ſi quelque puiſſant Aſtrologue aprenait aux payſans & aux bons bourgeois des petites Villes, qu'on peut, ſans rien riſquer, ſe couper les ongles quand on veut, pourvu que ce ſoit dans une bonne intention. Le peuple, me répondra-t-on, ne prendrait point des Almanachs de ce nouveau venu. J'oſe préſumer au contraire qu'il ſe trouverait parmi le peuple de grands génies, qui ſe feraient un mérite de fuivre cette nouveauté. Si on me réplique que ces grands génies feraient des factions, & allumeraient une guerre civile ; je n'ai plus rien à dire, & j'abandonne pour le bien de la paix mon opinion hazardée.

Tout le monde connaît le Roi de Boutan. C'eft un des plus grands Princes du monde. Il foule à fes pieds les Trônes de la Terre ; & fes fouliers (s'il en a) ont des fceptres pour agrafes. Il adore le *Diable*, comme on fçait, & lui eft fort dévot, auffi-bien que fa Cour. Il fit venir un jour un fameux Sculpteur de mon pays pour lui faire une belle ftatue de *Béelzebuth*. Le Sculpteur réuffit parfaitement, jamais le *Diable* n'a été fi beau. Mais malheureufement notre *Praxitele* n'avait donné que cinq griffes à fon animal, & les Boutaniers lui en donnaient toujours fix. Cette énorme faute du Sculpteur fut relevée par le grand Maître des Cérémonies du *Diable*, avec tout le zele d'un homme juftement jaloux des droits de fon patron, & de l'ufage immémorial & facré du Royaume de Boutan. Il demanda la tête du Sculpteur. Celui-ci répondit que fes cinq griffes pefaient tout jufte le poids des fix griffes ordinaires ; & le Roi de Boutan, qui eft fort indulgent, lui fit grace. Depuis ce tems le peuple de Boutan fut détrompé fur les fix griffes du *Diable*.

Le même jour Sa Majefté eut befoin d'être faignée. Un Chirurgien Gafcon, qui était venu à fa Cour dans un vaiffeau de notre Compagnie des Indes, fut nommé pour tirer cinq onces de ce fang précieux. L'Aftrologue de quartier cria que la vie du Roi était en danger fi on le faignait dans l'état où était le Ciel. Le Gafcon pouvait lui répondre qu'il ne s'agiffait que de l'état où était le Roi de Boutan ; mais il attendit prudemment quelques minutes ; & prenant fon Almanach : Vous avez raifon, grand homme, dit-il à l'Aumônier de quartier, le Roi ferait mort fi on l'avait faigné dans l'inftant où vous parliez ; le Ciel a changé

depuis ce tems-là , & voici le moment favorable.
L'Aumônier en convint. Le Roi fut guéri ; &
petit à petit on s'accoutuma à faigner les Rois
quand ils en avaient befoin.

Un brave Dominicain difait dans Rome à un
Philofophe Anglais ; Vous êtes un chien, vous
enfeignez que c'eft la terre qui tourne , & vous
ne fongez pas que *Josué* arrêta le Soleil. Eh ! mon
Révérend Pere, répondit l'autre ; c'eft auffi depuis
ce tems-là que le Soleil eft immobile. Le Dominicain & le Chien s'embraflerent ; & on ofa croire
enfin même en Italie que la terre tourne.

Un Augure fe lamentait du tems de *César* avec
un Sénateur , fur la décadence de la République.
Il eft vrai que les tems font bien funeftes , difait
le Sénateur, il faut trembler pour la liberté Romaine. Ah ! ce n'eft pas-là le plus grand mal , difait l'Augure ; on commence à n'avoir plus pour
nous ce refpect qu'on avait autrefois , il femble
qu'on nous tolere ; mais ceffons d'être néceffaires.
Il y a des Généraux qui ofent donner bataille fans
nous confulter ; & pour comble de malheur, ceux
qui nous vendent les poulets facrés commencent à
raifonner. Eh bien , que ne raifonnez vous auffi ,
répliqua le Sénateur ? & puifque les vendeurs de
poulets facrés du tems de *César* en fçavaient plus
que ceux du tems de *Numa* , ne faut-il pas que
vous autres Augures d'aujourd'hui , vous foyiez
plus Philofophes que ceux d'autrefois ?

CHAPITRE QUATORZIEME.

LES DEUX CONSOLE'S.

LE grand Philofophe *Citofile* difait un jour à
une femme défolée, & qui avait jufte fujet de
l'être, Madame, la Reine d'Angleterre, fille du
grand *Henri IV.* a été auffi malheureufe que vous :

on la chassa de ses Royaumes ; elle fut prête à périr sur l'Océan par les tempêtes ; elle vit mourir son royal Epoux sur l'échafaud. J'en suis fâchée pour elle, dit la Dame ; & elle se mit à pleurer ses propres infortunes.

Mais, dit *Citofile*, souvenez - vous de *Marie Stuard* : elle aimait fort honnêtement un brave Musicien, qui avait une très-belle basse-taille. Son mari tua son Musicien à ses yeux ; & ensuite sa bonne amie & sa bonne parente la Reine *Elisabeth*, qui se disait pucelle, lui fit couper le cou sur un échafaud tendu de noir, après l'avoir tenue en prison dix huit années. Cela est fort cruel, répondit la Dame ; & elle se replongea dans sa mélancolie.

Vous avez peut-être entendu parler, dit le Consolateur, de la belle *Jeanne* de Naples , qui fut prise & étranglée. Je m'en souviens confusément, dit l'affligée.

Il faut que je vous conte, ajouta l'autre, l'aventure d'une Souveraine qui fut détrônée de mon tems après soupé ; & qui est morte dans une Isle déserte. Je sçai toute cette Histoire, répondit la Dame.

Eh bien donc je vais vous apprendre ce qui est arrivé à une autre grande Princesse à qui j'ai montré la Philosophie. Elle avait un amant, comme en ont toutes les grandes & belles Princesses. Son pere entra dans sa chambre, & surprit l'amant qui avait le visage tout en feu & l'œil étincellant comme un escarboucle ; la Dame aussi avait le teint fort animé. Le visage du jeune homme déplut tellement au pere, qu'il lui appliqua le plus énorme soufflet qu'on eût jamais donné dans la Province. L'Amant prit une paire de pincettes & cassa la tête au beau-pere, qui guérit à peine, & qui porte encore la cicatrice de cette blessure. L'Amante éperdue, sauta par la fenêtre & se démit le pied ; de maniere qu'aujourd'hui elle boite visiblement, quoique d'ailleurs elle ait la taille admirable. L'Amant fut condamné à la mort pour avoir caffé la tête à un très-grand Prince : Vous pouvez juger de l'état où était la Princeffe quand on menait pendre l'amant. Je l'ai vue long-tems lorfqu'elle était en prifon ; elle ne me parlait jamais que de fes malheurs.

Pourquoi ne voulez-vous donc pas que je fonge aux miens, lui dit la Dame ? C'eft, dit le Philofophe , parce qu'il n'y faut pas fonger , & que tant de grandes Dames ayant été fi infortunées , il vous fied mal de vous défefpérer. Songez à *Hécube*, fongez à *Niobé*. Ah! dit la Dame, fi j'avais vécu de leur tems, ou de celui de tant de belles Princeffes , & fi pour les confoler vous leur aviez conté mes malheurs, penfez-vous qu'elles vous euffent écouté ?

Le lendemain le Philofophe perdit fon fils unique , & fut fur le point d'en mourir de douleur. La Dame fit dreffer une lifte de tous les Rois qui avaient perdu leurs enfans , & la porta au Philofophe ; il la lut, la trouva fort exacte , & n'en pleura pas moins. Trois mois après ils fe revirent, & furent étonnés de fe trouver d'une humeur trèsgaie. Ils firent ériger une belle ftatue au *tems* , avec cette infcription : *A CELUI QUI CONSOLE.*

CHAPITRE QUINZIEME.

SUR LE PARADOXE

QUE LES SCIENCES ONT NUI AUX MŒURS.

DIEU merci , j'ai brûlé tous mes livres, me dit hier *Timon*. Quoi tous fans exception ! paffe encore pour le Journal de Trévoux , les Romans du tems & les Pieces nouvelles. Mais que vous ont fait *Cicéron* & *Virgile* , *Racine* , *La*

Fontaine, l'*Arioſte*, *Adiſſon* & *Pope* ? J'ai tout
brûlé, repliqua-t-il ; ce ſont des corrupteurs du
genre humain. Les Maîtres de Géométrie & d'A-
rithmétique même, ſont des monſtres. Les ſciences ſont le plus horrible fléau de la terre. Sans elles nous aurions toujours eu l'âge d'or. Je renonce
aux gens de lettres pour jamais, à tous les pays
où les Arts ſont connus. Il eſt affreux de vivre
dans des villes où l'on porte la meſure du tems
en or dans ſa poche, où l'on a fait venir de la
Chine de petites chenilles pour ſe couvrir de leur
duvet, où l'on entend cent inſtrumens qui s'accordent, qui enchantent les oreilles, & qui bercent
l'ame dans un doux repos. Tout cela eſt horrible,
& il eſt clair qu'il n'y a que les Iroquois qui ſoient
gens de bien ; encore faut-il qu'ils ſoient loin de
Quebec, où je ſoupçonne que les damnables ſciences de l'Europe ſe ſont introduites.

Quand *Timon* eut bien évaporé ſa bile, je le
priai de me dire ſans humeur ce qui lui avait inſpiré tant d'averſion pour les belles-lettres. Il m'a-
voua ingénument que ſon chagrin était venu originairement d'une eſpece de gens qui ſe font valets de Libraires, & qui de ce bel état, où les
réduit l'impuiſſance de prendre une profeſſion honnête, inſultent tous les mois les hommes les plus
eſtimables de l'Europe pour gagner leurs gages.
Vous avez raiſon, lui dis-je. Mais voudriez vous
qu'on tuât tous les chevaux d'une ville, parce qu'il
y a quelques roſſes qui ruent & qui ſervent mal ?

Je vis que cet homme avait commencé par haïr
l'abus des Arts & qu'il était parvenu enfin à haïr
les Arts mêmes. Vous conviendrez, me diſait-il,
que l'induſtrie donna à l'homme de nouveaux beſoins. Ces beſoins allument les paſſions, & les paſſions font commettre tous les crimes. L'Abbé *Su-
ger* gouvernait fort bien l'Etat dans les tems d'i-
gnorance. Mais le Cardinal de *Richelieu*, qui était
Théologien & Poëte, fit couper plus de têtes,
qu'il ne fit de mauvaiſes pieces de Théâtre. A

D 6

peine eut-il établi l'Académie Françoise, que les *Cinqmars*, les *de Thou*, les *Marillacs* passerent par la main du bourreau. Si *Henry VIII.* n'avait pas étudié, il n'aurait pas envoyé deux de ses femmes sur l'échafaud. *Charles IX.* n'ordonna les massacres de la *S. Barthelemy*, que parce que son Précepteur *Amiot* lui avait appris à faire des vers. Et les Catholiques ne massacrerent en Irlande trois à quatre mille familles de Protestans, que parce qu'ils avaient appris à fond la Somme de *S. Thomas*.

Vous pensez donc, lui dis-je, qu'*Attila*, *Genseric*, *Odoacre* & leurs pareils avaient étudié long-tems dans les Universités. Je n'en doute nullement, me dit-il, & je suis persuadé qu'ils ont écrit beaucoup en vers & en prose : sans cela auraient-ils détruit une partie du genre humain ? Ils lisaient assidument les Casuistes & la Morale relâchée des Jésuites, pour calmer les scrupules que la nature sauvage donne toute seule. Ce n'est qu'à force d'esprit & de culture qu'on peut devenir méchant. Vivent les sots pour être honnêtes gens. Il fortifia cette idée par beaucoup de raisons capables de faire remporter un prix dans une Académie. Je le laissai dire. Nous partîmes pour aller souper à la campagne. Il maudissait en chemin la barbarie des Arts, & je lisais Horace.

Au coin d'un bois nous fûmes rencontrés par des voleurs & dépouillés de tout impitoyablement. Je demandai à ces Messieurs dans quelle Université ils avaient étudié. Ils m'avouerent qu'aucun d'eux n'avait jamais appris à lire.

Après avoir été ainsi volés par des ignorans, nous arrivâmes presque nuds dans la maison où nous devions souper. Elle appartenait à un des plus sçavans hommes de l'Europe. *Timon*, suivant ses principes, devait s'attendre à être égorgé. Cependant il ne le fut point ; on nous habilla, on nous prêta de l'argent, on nous fit la plus grande chere : & *Timon* au sortir du repas demanda une plume & de l'encre pour écrire contre ceux qui cultivent leur esprit.

CHAPITRE SEIZIEME.

DES TITRES.

EN relisant *Horace*, j'ai remarqué ce vers dans une Epitre à *Mécéne* : *Te dulcis amice revisam*. J'irai vous voir, mon cher ami. Ce *Mécéne* était la seconde personne de l'Empire Romain, c'est-à-dire, un homme plus considérable & plus puissant que ne l'est aujourd'hui le plus grand Monarque de l'Europe.

En relisant *Corneille*, j'ai remarqué que dans une lettre au grand *Scudéri*, Gouverneur de Notre-Dame de la Garde, il s'exprime ainsi au sujet du Cardinal de Richelieu, *Monsieur le Cardinal votre Maître & le mien*. C'est peut-être la première fois qu'on a parlé ainsi d'un Ministre, depuis qu'il y a dans le monde des Ministres, des Rois, & des Flatteurs. Le même *Pierre Corneille*, Auteur de *Cinna*, dédie humblement ce *Cinna* au Sieur de *Montauron*, Trésorier de l'Epargne, qu'il compare sans façon à *Auguste*. Je suis fâché qu'il n'ait pas appellé *Montauron* Monseigneur.

On conte qu'un vieil Officier qui sçavait peu le protocole de la vanité, ayant écrit au Marquis de *Louvois*, *Monsieur*, & n'ayant point eu de réponse, lui écrivit *Monseigneur*, & n'en obtint pas davantage, parce que le Ministre avait encore le *Monsieur* sur le cœur. Enfin il lui écrivit, *à mon* DIEU, *mon* DIEU *Louvois*, & au commencement de la lettre il mit, *mon* DIEU, *mon* CRÉATEUR. Tout cela ne prouve-t-il pas que les Romains du bon tems étaient grands & modestes, & que nous sommes petits & vains ?

Comment vous portez-vous, mon cher ami, disait un Duc & Pair à un Gentilhomme ? à votre service, mon cher ami, répondit l'autre ; & dès ce moment il eut fon *cher ami* pour ennemi implacable. Un Grand de Portugal parlait à un Grand d'Efpagne, & lui difait à tout moment *Votre Excellence.* Le Caftillan lui répondait, votre Courtoifie, *vueftra merced*; c'eft le titre que l'on donne aux gens qui n'en ont pas. Le Portugais picqué appella l'Efpagnol à fon tour, *Votre Courtoifie*; l'autre lui donna alors de *l'Excellence.* A la fin le Portugais laffé lui dit, pourquoi me donnez-vous toujours de la Courtoifie, quand je vous donne de l'Excellence ? & pourquoi m'appellez-vous Votre Excellence, quand je vous dis Votre Courtoifie ? C'eft que tous les Titres me font égaux, répondit humblement le Caftillan, pourvu qu'il n'y ait rien d'égal entre vous & moi.

La vanité des Titres ne s'introduifit dans nos climats feptentrionaux de l'Europe, que quand les Romains eurent fait connaiffance avec la fublimité Afiatique. Tous les Rois de l'Afie étaient, & font encore coufins germains du Soleil & de la Lune: leurs fujets n'ofent jamais prétendre à cette alliance; & tel Gouverneur de Province qui s'intitule, *Mufcade de Confolation* & *Rofe de Plaifir*, ferait empâlé, s'il fe difait parent, le moins du monde, de la *Lune* & du *Soleil. Conftantin* fut je penfe, le premier Empereur Romain qui chargea l'humilité Chrétienne d'une page de noms faftueux. Il eft vrai qu'avant lui on donnait du *Dieu* aux Empereurs. Mais ce mot *Dieu* ne fignifiait rien d'approchant de ce que nous entendons. *Divus Auguftus*, *Divus Trajanus*, voulaient dire *S. Augufte*, *S. Trajan.* On croyait qu'il était de la dignité de l'Empire Romain que l'ame de fon Chef allât au Ciel après fa mort, & fouvent même on accordait le Titre de *Saint*, de *Divus*, à l'Empereur, en avancement d'hoirie. C'eft à peu près par cette raifon, que les premiers Patriarches de l'Eglife Chrétienne s'apellaient tous, *Votre Sainteté.* On les nommait ainfi pour les faire fouvenir de ce qu'ils devaient être.

On fe donne quelquefois à foi-même des Titres fort humbles, pourvu qu'on en reçoive de fort honorables. Tel Abbé qui s'intitule *Frere*, fe fait appeller *Monfeigneur* par fes Moines. Le Pape fe nomme *Serviteur des Servieurs* de DIEU. Un bon Prêtre du Holftein écrivit un jour au Pape Pie IV. *à Pie IV. Serviteur des Servieurs de* DIEU. Il alla enfuite à Rome folliciter fon affaire, & l'Inquifition le fit mettre en prifon pour lui apprendre à écrire.

Il n'y avait autrefois que l'Empereur qui eût le Titre de *Majefté*. Les autres Rois s'appellaient *Votre Alteffe*, *Votre Sérénité*, *Votre Grace*. *Louis XI.* fut le premier en France qu'on appella communément *Majefté*, Titre non moins convenable en effet à la dignité d'un grand Royaume héréditaire, qu'à une Principauté élective. Mais on fe fervait du terme d'*Alieffe* avec les Rois de France long-tems après lui, & on voit encore des lettres à *Henry III.* dans lefquelles on lui donne ce Titre. Les Etats d'Orléans ne voulurent point que la Reine *Catherine de Médicis* fut appellée *Majefté*. Mais peu à peu cette derniere dénomination prévalut. Le nom eft indifférent, il n'y a que le pouvoir qui ne le foit pas. La Chancellerie Allemande, toujours invariable dans fes nobles ufages, a prétendu jufqu'à nos jours ne devoir traiter tous les Rois que de *Sérénité*. Dans le fameux Traité de Weftphalie, où la France & la Suéde donnerent des Loix au Saint Empire Romain, jamais les Plénipotentiaires de l'Empereur ne prefenterent de Mémoires Latins où Sa *Sacrée Majefté Impériale* ne traitât avec les *Séréniffimes Rois de France & de Suéde* ; mais de leur côté les Français & les Suédois ne manquaient pas d'affurer que leurs *Sacrées Majeftés de France & de Suéde* avaient beaucoup de griefs contre le *Séréniffime Empereur.* Enfin dans le Traité tout fut égal de part & d'autre. Les grands Souverains ont depuis ce tems paffé dans l'opinion des peu-

ples pour être tous égaux. Et celui qui a battu
ſes voiſins a eu la Prééminence dans l'opinion publique.

Philippe II. fut la premiere *Majeſté* en Eſpagne, car la *Sérénité* de *Charles V.* ne devint *Majeſté* qu'à cauſe de l'Empire. Les enfans de *Philippe II.* furent les premieres *Alteſſes*, & enſuite
ils furent *Alteſſes Royales.* Le Duc d'Orléans,
frere de *Louis XIII*, ne prit qu'en 1631. le Titre d'*Alteſſe Royale ;* alors le Prince de Condé
prit celui d'*Alteſſe Séréniſſime*, que n'oſerent s'ar-
roger les Ducs de Vendôme. Le Duc de Savoye
fut alors *Alteſſe Royale*, & devint enſuite *Majeſté.* Le Grand Duc de Florence en fit autant, à
la *Majeſté* près ; & enfin le Czar, qui n'était connu en Europe que ſous le nom de Grand Duc,
s'eſt déclaré *Empereur*, & a été reconnu pour tel.

Il n'y avait anciennement que deux Marquis
d'Allemagne, deux en France, deux en Italie.
Le Marquis de Brandebourg eſt devenu *Roi*, &
grand Roi ; mais aujourd'hui nos Marquis Italiens
& Français ſont d'une eſpece un peu différente.
Qu'un Bourgeois Italien ait l'honneur de donner
à diner au Légat de ſa Province, & que le Légat en buvant lui diſe, *Monſieur le Marquis, à
votre ſanté*, le voilà Marquis lui & ſes enfans à
tout jamais. Qu'un Provincial en France, qui poſ-
ſédera pour tout bien dans ſon village la quatrieme partie d'une petite Châtellenie ruinée, arrive
à Paris, qu'il y faſſe un peu de fortune ou qu'il
ait l'air de l'avoir faite, il s'intitule dans ſes actes,
Haut & Puiſſant Seigneur, *Marquis & Comte ;*
& ſon fils ſera chez ſon Notaire, *Très-Haut &
Très-Puiſſant Seigneur ;* & comme cette petite
ambition ne nuit en rien au Gouvernement ni à
la Société civile, on n'y prend pas garde. Quelques Seigneurs Français ſe vantent d'avoir des *Barons* Allemands dans leurs écuries : quelques Seigneurs Allemands diſent qu'ils ont des *Marquis*
Français dans leurs cuiſines ; il n'y a pas long tems

qu'un Etranger étant à Naples fit son cocher *Duc.*
La coutume en cela est plus forte que l'autorité
Royale. Soyez peu connu à Paris, vous y serez
Comte ou *Marquis* tant qu'il vous plaira ; soyez
homme de robe ou de finance , & que le Roi
vous donne un Marquisat bien réel , vous ne serez jamais pour cela *Monsieur le Marquis.* Le
célebre *Samuel Bernard* était plus *Comte* que cinq
cens *Comtes* que nous voyons qui ne possedent pas
quatre arpens de terre ; le Roi avait érigé pour
lui sa Terre de Coubert en bonne Comté. S'il se
fut fait annoncer dans une visite, *le Comte Bernard* , on aurait éclaté de rire. Il en va tout autrement en Angleterre. Si le Roi donne à un Négociant un Titre de *Comte* ou de *Baron*, il reçoit
sans difficulté de toute la Nation le nom qui lui
est propre. Les gens de la plus haute naissance, le
Roi lui-même , l'appellent *Mylord*, Monseigneur.
Il en est de même en Italie : il y a le Protocole
des *Monsignors.* Le Pape lui-même leur donne ce
Titre. Son Médecin est *Monsignor*, & personne
n'y trouve à redire.

En France le Monseigneur est une terrible affaire. Un Evêque n'était avant le Cardinal de *Richelieu*, que mon *Révérendissime Pere en Dieu* ;
mais quand *Richelieu* fut Secrétaire d'Etat , étant
encore Evêque de Lusson , ses confreres les Evêques , pour ne pas lui donner ce Titre exclusif de
Monseigneur , que les Secrétaires d'Etat commencerent à prendre , convinrent de se le donner à
eux-mêmes. Cette entreprise n'essuya aucune contradiction dans le public. Mais comme c'était un
Titre nouveau que les Rois n'avaient pas donné
aux Evêques , on continua dans les Edits , Décla-
rations , Ordonnances, & dans tout ce qui émane
de la Cour, à ne les appeller que *Sieurs.* Et Messieurs du Conseil n'écrivent jamais à un Evêque
que *Monsieur.* Les Ducs & Pairs ont eu plus de
peine à se mettre en possession du *Monseigneur.*
La grande Noblesse , & ce qu'on appelle la gran-

de Robe, leur refufent tout net cette diftinction.
Le comble des fuccès de l'orgueil humain, eft de
recevoir des Titres d'honneur de ceux qui croient
être vos égaux ; mais il eft bien difficile d'arriver
à ce point : on trouve par tout l'orgueil qui combat l'orgueil. Quand les Ducs exigerent que les
pauvres Gentilshommes leur écriviffent *Monfeigneur*, les Préfidens à Mortier en demanderent
autant aux Avocats & aux Procureurs. On a connu un Préfident, qui ne voulut pas fe faire faigner, parce que fon Chirurgien lui avait dit :
» Monfieur, de quel bras voulez-vous que je vous
» faigne ? » Il y eut un vieux Confeiller de la
Grand'Chambre qui en ufa plus franchement. Un
Plaideur lui dit, *Monfeigneur*, *Monfieur votre Secrétaire....* Le Confeiller l'arrêta tout court ; vous
avez dit trois fottifes en trois paroles. Je ne fuis
point *Monfeigneur*, mon Secrétaire n'eft point *Monfieur*, c'eft mon *Clerc*.

Pour terminer ce grand procès de la vanité, il
faudra un jour que tout le monde foit *Monfeigneur*
dans la nation ; comme toutes les femmes, qui
étaient autrefois *Mademoifelle*, font actuellement
Madame. Lorfqu'en Efpagne un mendiant rencon-
tre un autre gueux, il lui dit, « Seigneur, *Votre*
» *Courtoifie* a-t-elle pris fon chocolat ? » Cette
maniere polie de s'exprimer éleve l'ame & conferve la dignité de l'efpece.

Céfar & Pompée s'appellaient dans le Sénat *Céfar & Pompée*. Mais ces gens-là ne fçavaient pas
vivre. Ils finiffaient leurs lettres par *vale*, adieu.
Nous étions nous autres, il y a foixante ans, *af-
fectionnés ferviteurs* ; nous fommes devenus dé-
puis, *très-humbles & très-obéiffans* ; & actuellement nous avons *l'honneur de l'être*. Je plains notre pofterité ; elle ne pourra que difficilement ajouter à ces belles formules. Le Duc d'Epernon, le
premier des Gafcons pour la fierté, mais qui n'é-
tait pas le premier des Hommes d'Etat, écrivit
avant de mourir au Cardinal de *Richelieu*, & finit

fa lettre par *Votre très-humble & très-obéiffant* ;
mais fe fouvenant que le Cardinal ne lui avait donné
que du *très-affectionné*, il fit partir un exprès pour
rattraper fa lettre qui était déjà partie, la recom-
mença, figna *très-affectionné*, & mourut ainfi au
lit d'honneur.

CHAPITRE DIX-SEPTIEME.

DES CEREMONIES.

LE fauteuil à bras, la chaife à dos, le tabouret,
la main droite & la main gauche, ont été pendant plufieurs fiecles d'importans objets de politique, & d'illuftres fujets de querelles. Je crois que
l'ancienne étiquette concernant les fauteuils vient
de ce que chez nos barbares de grands-peres il n'y
avait qu'un fauteuil tout au plus dans une maifon,
& ce fauteuil même ne fervait que quand on était
malade. Il y a encore des Provinces d'Allemagne
& d'Angleterre, où un fauteuil s'appelle úne chaife
de doléance.

Long-tems après *Attila* & *Dagobert*, quand le
luxe s'introduifit dans les Cours, & que les Grands
de la terre eurent deux ou trois fauteuils dans leurs
Donjons, ce fut une belle diftinction de s'affeoir
fur un de ces Trônes ; & tel Seigneur Châtelain
prenait acte, comment ayant été à demi-lieue de
fes domaines faire fa cour à un Comte, il avait été
reçu dans un fauteuil à bras.

On voit par les Mémoires de *Mademoifelle*, que
cette augufte Princeffe paffa un quart de fa vie
dans les angoiffes mortelles des difputes pour des
chaifes à dos. Devait-on s'affeoir dans une certaine
chambre fur une chaife ou fur un tabouret, ou
même ne point s'affeoir ? Voilà ce qui intriguait
toute une Cour. Aujourd'hui les mœurs font plus
unies; les canapés & les chaifes longues font em-

ployées par les Dames, fans caufer d'embarras dans
la fociété.

Lorfque le Cardinal de *Richelieu* traita du mariage de *Henriette* de France & de *Charles I.* avec
les Ambaffadeurs d'Angleterre, l'affaire fut fur le
point d'être rompue, pour deux ou trois pas de
plus que les Ambaffadeurs exigeaient auprès d'une
porte ; & le Cardinal fe mit au lit pour trancher
toute difficulté. L'hiftoire a foigneufement confervé
cette précieufe circonftance. Je crois que fi on avait
propofé à *Scipion* de fe mettre nud entre deux
draps pour recevoir la vifite d'*Annibal*, il aurait
trouvé cette cérémonie fort plaifante.

La marche des caroffes, & ce qu'on appelle le
haut du pavé, ont été encore des témoignages de
grandeur, des fources de prétentions, de difputes
& de combats pendant un fiecle entier. On a regardé comme une fignalée victoire de faire paffer
un caroffe devant un autre caroffe. Il femblait à
voir les Ambaffadeurs fe promener dans les rues,
qu'ils difputaffent le prix dans des Cirques ; & quand
un Miniftre d'Efpagne avait pu faire reculer un cocher Portugais, il envoyait un courier à Madrid
informer le Roi fon Maître de ce grand avantage.

A mefure que les pays font barbares, ou que
les Cours font faibles, le cérémonial eft plus en
vogue. La vraie puiffance & la vraie politeffe dédaignent la vanité.

Il eft à croire qu'à la fin on fe défera de cette
coutume qu'ont encore quelquefois les Ambaffadeurs, de fe ruiner pour aller en proceffion par
les rues avec quelques caroffes de louage rétablis
& redorés, précédés de quelques laquais à pied.
Cela s'appelle faire fon entrée ; & il eft affez plai-
fant de faire fon entrée dans une ville fept ou huit
mois après qu'on y eft arrivé.

Cette importante affaire du *Punctilio*, qui conf-
titue la grandeur des Romains modernes ; cette
fcience du nombre des pas qu'on doit faire pour
reconduire un *Monfignor*, d'ouvrir un rideau à

moitié ou tout-à-fait, de se promener dans une chambre à droite ou à gauche ; ce grand art que les *Fabius* & les *Catons* n'auraient jamais deviné, commence à baisser, & les Caudataires des Cardinaux se plaignent que tout annonce la décadence.

Un Colonel Français passa il y a un an à Bruxelles, & ne sçachant que faire, il voulut aller à l'assemblée de la ville. Elle se tient chez une Princesse, lui dit on. Soit, répondit l'autre, que m'importe ? Mais il n'y a que des Princes qui aillent là ; êtes-vous Prince ? Va, va, dit le Colonel, ce sont de bons Princes ; j'en avais l'année passée une douzaine dans mon antichambre, quand nous eûmes pris la ville, & ils étaient tous fort polis.

CHAPITRE DIX-HUITIEME.

SOTTISE DES DEUX PARTS.

Sottise des deux parts, est comme on sçait la devise de toutes les querelles. Je ne parle pas ici de celles qui ont fait verser le sang. Les Anabaptistes qui ravagerent la Westphalie, les Calvinistes qui allumerent tant de guerres en France, les factions sanguinaires des Armagnacs & des Bourguignons, le supplice de la Pucelle d'Orléans, que la moitié de la France regardait comme une Héroïne céleste ; & l'autre comme une sorciere ; la Sorbonne qui presentait requête pour la faire brûler ; l'assassinat du Duc d'Orléans justifié par des Docteurs ; les sujets dispensés du serment de fidélité par un Decret de la sacrée Faculté ; les bourreaux tant de fois employés à soutenir des opinions ; les buchers allumés pour des malheureux à qui on persuadait qu'ils étaient sorciers ou hérétiques ; tout cela passa la Sottise. Ces abominations cependant étaient du bon tems, de la bonne foi Germanique,

de la naïveté Gauloise , & j'y renvoie les honnêtes
gens qui regrettent toujours les tems passés.

Je ne veux ici que me faire , pour mon édification particuliere , un petit mémoire instructif de
belles choses qui ont partagé les esprits de nos
ayeuls.

Dans l'onzieme siecle , dans ce bon tems, où nous
ne connaissions ni l'art de la guerre qu'on faisait
toujours, ni celui de policer les villes , ni le commerce, ni la société, & où nous ne sçavions ni lire
ni écrire ; des gens de beaucoup d'esprit dispute-
rent solemnellement , longuement & vivement,
sur ce qui arrivait à la garde robe quand on avait
rempli un devoir sacré , dont il ne faut parler qu'a-
vec le plus profond respect. C'est ce qu'on appella
la dispute des Stercoristes. Cette querelle n'excita
pas de guerre , & fut du moins par-là une des plus
douces impertinences de l'esprit humain.

La dispute qui partagea l'Espagne sçavante au
même siecle sur la version Mosarabique se termina
aussi sans ravage de Provinces & sans effusion de
sang humain. L'esprit de Chevalerie qui régnait
alors , ne permit pas qu'on éclaircît autrement la
difficulté, qu'en remettant la décision à deux Nobles Chevaliers. Celui des deux *Dom Quichotte*
qui renverserait par terre son adversaire , devait
faire triompher la version dont il était le tenant.
Don Ruis de Marianza , Chevalier du Rituel Mosarabique , fit perdre les arçons au *Dom Quichotte*
du Rituel Latin ; mais comme les Loix de la noble
Chevalerie ne décidaient pas positivement qu'un
Rituel dut être proscrit , parce que son Chevalier
avait été désarçonné , on se servit d'un secret plus
sûr & fort en usage , pour sçavoir lequel des deux
livres devait être préféré ; ce fut de les jetter tous
deux dans le feu : car il n'était pas possible que le
bon Rituel ne fût préservé des flammes. Je ne sçai
comment il arriva qu'ils furent brûlés tous deux ;
la dispute resta indécise au grand étonnement des
Espagnols. Peu à peu le Rituel Latin eut la préfé-

rence ; & s'il fe fût prefenté par la fuite quelque
Chevalier pour foutenir le Mofarabique , ç'eût été
le Chevalier & non le Rituel qu'on eût jetté dans
le feu.

Dans ces beaux fiecles , nous autres peuples polis , quand nous étions malades , nous étions obligés
d'avoir recours à un Médecin Arabe ; quand nous
voulions fçavoir quel jour de la Lune nous avions,
il fallait s'en rapporter aux Arabes. Si nous voulions faire venir une piece de drap , il fallait payer
cher un Juif ; & quand un laboureur avait befoin
de pluie , il s'adreffait à un forcier. Mais enfin
lorfque quelques-uns de nous eurent appris le Latin , & que nous eûmes une mauvaife traduction
d'*Ariftote* , nous figurâmes dans le monde avec honneur , nous paffâmes trois ou quatre cens ans à dé-
chifrer quelques pages du *Stagirite* , à les adorer,
& à les condamner ; les uns ont dit que fans lui
nous manquerions d'articles de foi ; les autres qu'il
était Athée. Un Efpagnol a prouvé qu'*Ariftote* était
un Saint , & qu'il fallait fêter fa fête. Un Concile en
France a fait brûler fes divins écrits. Des Colléges ,
des Univerfités , des Ordres entiers de Religieux fe
font anathématizés réciproquement , au fujet de
quelques paffages de ce grand Homme , que ni eux,
ni les Juges qui interpoferent leur autorité, ni l'Auteur n'entendirent jamais. Il y eut beaucoup de
coups de poing donnés en Allemagne pour ces graves querelles ; mais enfin il n'y eut pas beaucoup de
fang répandu. C'eft dommage pour la gloire d'*A-
riftote* , qu'on n'ait pas fait la guerre civile , & donné quelques batailles rangées en faveur des *Quidit-
tés* , & de l'*Univerfel de la part de la chofe*. Nos
peres fe font égorgés pour des queftions qu'ils ne
comprenaient pas davantage.

Il eft vrai qu'un fou fort célébre , nommé *Occam* , furnommé *le Docteur Invincible* , Chef de
ceux qui tenaient pour l'*Univerfel de la part de
la penfée* , demanda à l'Empereur *Louis de Baviére* ,
qu'il défendît fa plume par fon épée impériale ,

contre *Scot*, autre fou Ecoſſais, ſurnommé *le Doc-*
teur Subtil, qui bataillait pour l'*Univerſel de la*
part de la choſe. Heureuſement l'épée de *Louis*
de Baviére reſta dans ſon fourreau. Qui croirait que
ces diſputes ont duré juſqu'à nos jours, & que le
Parlement de Paris en 1624. a donné un bel Arrêt
en faveur d'*Ariſtote* ?

Vers le tems du brave *Occam* & de l'intrépide
Scot, il s'éleva une querelle bien plus ſérieuſe,
dans laquelle les Révérends Peres Cordeliers en-
traînerent tout le monde Chrétien. C'était pour ſçavoir ſi leur potage leur appartenait en propre, ou
s'ils n'en étaient que ſimples uſufruitiers. La forme
du capuchon, & la largeur de la manche furent
encore les ſujets de cette guerre ſacrée. Le Pape
Jean XXII. qui voulut s'en mêler, trouva à qui
parler. Les Cordeliers quitterent ſon parti pour
celui de *Louis de Baviére*, qui alors tira ſon épée.
Il y eut d'ailleurs trois ou quatre Cordeliers de
brûlés comme hérétiques. Cela eſt un peu fort ;
mais après tout, cette affaire n'ayant pas ébranlé
de Trônes & ruiné de Provinces, on peut la
mettre au rang des ſottiſes paiſibles.

Il y en a toujours eu de cette eſpece. La plupart
ſont tombées dans le plus profond oubli ; & de
quatre ou cinq cens Sectes qui ont paru, il ne reſte
dans la mémoire des hommes que celles qui ont
produit, ou d'extrêmes deſordres, ou d'extrêmes
ridicules, deux choſes qu'on retient aſſez volontiers. Qui ſçait aujourd'hui s'il y a eu des Orebi-
tes, des Oſmites, des Inſdorfiens ? Qui connaît les
Oints & les Patiſſiers, les Cornaciens, les Iſcario-
tiſtes ?

Un jour en dînant chez une Dame Hollandaiſe,
je fus charitablement averti, par un des convives,
de prendre bien garde à moi, & de ne me pas
aviſer de louer *Voëtius*. Je n'ai nulle envie, lui
dis-je, de dire ni bien ni mal de votre *Voëtius* ;
mais pourquoi me donnez-vous cet avis ? c'eſt que
Madame eſt Cocceienne, me dit mon voiſin. Hélas !

las ! très-volontiers , lui dis-je. Il m'ajouta qu'il y
avait encore quatre Cocceïennes en Hollande , &
que c'était grand dommage que l'espece pérît. Un
tems viendra où les Janséniftes , qui ont fait tant
de bruit parmi nous , & qui font ignorés par-tout
ailleurs , auront le fort des Cocceïens. Un vieux
Docteur me difait , Monfieur , dans ma jeuneffe
je me fuis efcrimé pour le *mandata impoffibilia
volentibus & conantibus.* J'ai écrit contre le for-
mulaire & contre le Pape , & je me fuis cru Confeffeur. J'ai été mis en prifon , & je me fuis cru
Martyr. Actuellement je ne mêle plus de rien , & je
me crois raifonnable. Quelles font vos occupations ?
lui dis-je ? Monfieur , me répondit-il , j'aime beaucoup l'argent. C'eft ainfi que prefque tous les hommes dans leur vieilleffe, fe mocquent intérieurement
des fottifes qu'ils ont avidement embraffées dans leur
jeuneffe. Les Sectes vieilliffent comme les hommes. Celles qui n'ont pas été foutenues par de
grands Princes, qui n'ont point caufé de grands
maux, vieilliffent plutôt que les autres. Ce font
des maladies épidémiques , qui paffent comme la
fuette & la cocluche.

Il n'eft plus queftion des pieufes rêveries de Madame *Guion.* Ce n'eft plus le livre inintelligible
des *Maximes des Saints* qu'on lit, c'eft le *Télé-
maque.* On ne fe fouvient plus de ce que l'éloquent
Boffuet écrivit contre le tendre, l'élégant, l'aimable *Fenelon ;* on donne la préférence à fes oraifons
funèbres. Dans toute la difpute fur ce qu'on appellait le Quiétifme, il n'y a eu de bon que l'ancien conte réchauffé de la bonne femme, qui ap-
portait un réchaud pour brûler le Paradis, & une
cruche d'eau pour éteindre le feu de l'Enfer ; ainfi
qu'on ne fervît plus DIEU par efpérance ni par
crainte. Je remarquerai feulement une fingularité
de ce procès, laquelle ne vaut pas le conte de la
bonne femme, c'eft que les Jéfuites, qui étaient
tant accufés en France par les Janséniftes, d'avoir
été fondés par *St. Ignace* exprès pour détruire l'a-

mour de DIEU, sollicitérent vivement à Rome en
faveur de l'amour pur de M. de *Cambray*. Il leur
arriva la même chose qu'à M. *de Langeais*, qui
était poursuivi par sa femme au Parlement de Paris, pour cause d'impuissance, & par une fille au
Parlement de Rennes, pour lui avoir fait un enfant. Il fallait qu'il gagnât l'une des deux affaires;
il les perdit toutes deux. L'Amour pur pour lequel
les Jésuites s'étaient donné tant de mouvement,
fut condamné à Rome, & ils passerent toujours
à Paris pour ne vouloir pas qu'on aimât DIEU.
Cette opinion était tellement enracinée dans les
esprits, que lorsqu'on s'avisa de vendre dans Paris, il y a quelques années, une taille-douce repré-
sentant notre Seigneur JESUS-CHRIST, habillé en
Jésuite; un plaisant (c'était apparemment le *Lous-
zik* du parti Janséniste) mit ces vers au bas de l'es-
tampe.

> Admirez l'artifice extrême
> De ces Peres ingénieux;
> Ils vous ont habillé comme eux,
> Mon DIEU, de peur qu'on ne vous aime.

A Rome, où l'on n'essuie jamais de pareilles disputes, & où l'on juge celles qui s'élevent ailleurs, on
était fort ennuyé des querelles sur l'amour pur. Le
Cardinal *Carpeigne*, qui était raporteur de l'affaire
de l'Archevêque de Cambray, était malade, & souf-
frait beaucoup dans une partie qui n'est pas plus épar-
gnée chez les Cardinaux que chez les autres hommes. Son Chirurgien lui enfonçait des petites tentes
de linon, qu'on appelle du *cambray* en Italie, comme dans beaucoup d'autres pays. Le Cardinal criait:
c'est pourtant du plus fin cambray, disait le Chirurgien. Quoi du cambray encore-là, disait le
Cardinal? n'était-ce pas assez d'en avoir la tête
fatiguée? Heureuses les disputes qui se terminent
ainsi. Heureux les hommes, si tous les disputeurs
de ce monde, si les Hérésiarques s'étaient soumis
avec autant de modération, avec une douceur

auffi magnanime que le grand Archevêque de Cambray, qui n'avait nulle envie d'être héréfiarque ;
je ne fçai pas s'il avait raifon de vouloir qu'on
aimât DIEU pour lui-même : mais M. de *Fenelon*
méritait d'être aimé ainfi.

Dans les difputes purement littéraires, il y a eu
fouvent autant d'acharnement, autant d'efprit de
parti que dans des querelles plus intéreffantes. On
renouvellerait, fi on pouvait, les factions du Cirque qui agiterent l'Empire Romain. Deux Actrices
rivales font capables de divifer une ville. Les hommes ont tous un fecret penchant pour la faction.
Si on ne peut cabaler, fe pourfuivre, fe nuire pour
des Couronnes, des Tiares, des Mitres, nous
nous acharnerons les uns contre les autres pour un
Danfeur, pour un Muficien : *Rameau* a eu un
violent parti contre lui, qui aurait voulu l'exterminer, & il n'en fçavait rien. J'ai eu un parti plus
violent contre moi, & je le fçavais bien.

CHAPITRE DIX-NEUVIEME.

LETTRE D'UN TURC SUR LES FAKIRS

ET SUR SON AMI BABABEC.

LOrfque j'étais dans la ville de Bénarès, fur le
rivage du Gange, ancienne partie des Bracmanes, je tâchai de m'inftruire ; j'entendais paffa-
blement l'Indien ; j'écoutais beaucoup & remar-
quais tout. J'étais logé chez mon correfpondant
Omri ; c'était le plus digne homme que j'aie jamais connu. Il était de la Religion des Bramins,
j'ai l'honneur d'être Mufulman : amais nous n'a-
vons eu une parole plus haute que l'autre au fujet
de *Mahomet* & de *Brama*. Nous faifions nos ablu-
tions chacun de notre côté ; nous buvions de la
même limonade, nous mangions du même ris,
comme deux freres.

Un jour nous allâmes ensemble à la pagode de *Gavani*. Nous y vîmes plusieurs bandes de Fakirs, dont les uns étaient des Janguïns, c'est-à-dire, des Fakirs contemplatifs, & les autres des disciples des anciens Gimnosofistes, qui menaient une vie active. Ils ont (comme on sçait) une langue sçavante, qui est celle des plus anciens Bracmanes ; & dans cette langue un livre qu'ils appellent le Hanscrit. C'est assurément le plus ancien livre de toute l'Asie, sans en excepter le Zend.

Je passai devant un Fakirs qui lisait ce Livre. Ah malheureux infidele, s'écria-t-il, tu m'as fait perdre le nombre des voyelles que je comptais ; & de cette affaire-là, mon ame passera dans le corps d'un liévre, au lieu d'aller dans celui d'un perroquet, comme j'avais tout lieu de m'en flatter. Je lui donnai une roupie pour le consoler. A quelques pas de-là ayant eu le malheur d'éternuer, le bruit que je fis réveilla un Fakir qui était en extase. Où suis-je, dit-il, quelle horrible chûte ! je ne vois plus le bout de mon nez ; la lumiere céleste est disparue. * Si je suis cause, lui dis-je, que vous voyez enfin plus loin que le bout de votre nez, voilà une roupie pour réparer le mal que j'ai fait ; reprenez votre lumiere céleste.

M'étant ainsi tiré d'affaire discrétement, je passai aux autres Gimnosofistes ; il y en eut plusieurs qui m'apporterent de petits clous fort jolis, pour m'enfoncer dans les bras & dans les cuisses en l'honneur de *Brama*. J'achetai leurs clous, dont j'ai fait clouer mes tapis. D'autres dansaient sur les mains, d'autres voltigeaient sur la corde lâche ; d'autres allaient toujours à cloche-pied. Il y en avait qui portaient des chaînes, d'autres un bât, quelques-uns avaient leur tête dans un boisseau ; au demeurant les meilleures gens du monde. Mon ami *Omri* me

---

* Quand les Fakirs veulent voir la lumiere céleste, ce qui est très-commun parmi eux, ils tournent les yeux vers le bout de leur nez.

mêna dans la cellule d'un des plus fameux. Il s'appellait *Bababec* : il était nud comme un singe , &
avait au cou une grosse chaîne qui pesait plus de
soixante livres. Il était assis sur une chaise de bois,
proprement garnie de petites pointes de clous qui
lui entraient dans les fesses , & on aurait cru qu'il
était sur un lit de satin. Beaucoup de femmes venaient le consulter; il était l'oracle des familles;
& on peut dire qu'il jouissait d'une très-grande réputation. Je fus témoin du long entretien qu'*Omri*
eut avec lui. Croyez-vous , lui dit-il , mon pere,
qu'après avoir passé par l'épreuve des sept Mé-
tempsicoses , je puisse parvenir à la demeure de
Brama ? C'est selon , dit le Fakir; comment vivez-
vous? je tâche , dit *Omri*, d'être bon citoyen, bon
mari, bon pere , bon ami; je prête de l'argent sans
intérêt aux riches dans l'occasion ; j'en donne aux
pauvres; j'entretiens la paix parmi mes voisins. Vous
mettez-vous quelquefois des clous dans le cul, demanda le Bramin? Jamais , mon Révérend Pere;
j'en suis fâché , répliqua le Fakir , vous n'irez certainement que dans le dix neuvieme Ciel ; & c'est
dommage. Comment ? dit *Omri*, cela est fort honnête , je suis très content de mon lot , que m'importe du dix-neuvieme ou du vingtieme, pourvu
que je fasse mon devoir dans mon pélerinage ; &
que je sois bien reçu au dernier gîte? N'est-ce pas
assez d'être honnête homme dans ce pays-ci , &
d'être ensuite heureux au pays de *Brama ?* Dans
quel Ciel prétendez-vous donc aller vous, Monsieur *Bababec* , avec vos clous & vos chaînes ? Dans
le trente-cinquieme, dit *Bababec*. Je vous trouve
plaisant , répliqua *Omri*, de prétendre être logé
plus haut que moi , ce ne peut être assûrément que
l'effet d'une excessive ambition : vous condamnez
ceux qui recherchent les honneurs dans cette vie ;
pourquoi en voulez-vous de si grands dans l'autre ?
& sur quoi d'ailleurs prétendez-vous être mieux
traité que moi? Sçachez que je donne plus en aumônes en dix jours, que ne vous coûtent en dix ans

E 3.

tous les clous que vous vous enfoncez dans le derriere. *Brama* a bien affaire que vous passiez la journée tout nud avec une chaîne au cou, vous rendez-là un beau service à la patrie. Je fais cent fois plus de cas d'un homme qui seme des légumes ou qui plante des arbres, que de tous vos camarades qui regardent le bout de leur nez, ou qui portent un bât par excès de noblesse d'ame. Ayant parlé ainsi, *Omri* se radoucit, le caressa, le persuada, l'engagea enfin à laisser là ses clous & sa chaîne, & à venir chez lui mener une vie honnête. On le décrassa, on le frotta d'essences parfumées, on l'habilla décemment ; il vécut quinze jours d'une maniere fort sage, & avoua qu'il était cent fois plus heureux qu'auparavant. Mais il perdait son crédit dans le peuple ; les femmes ne venaient plus le consulter ; il quitta *Omri*, & reprit ses clous pour avoir de la considération.

CHAPITRE VINGTIEME.

SUR L'AME.

JE suppose une douzaine de bons Philosophes dans une isle où ils n'ont jamais vu que des végétaux. Cette isle, & sur-tout douze bons Philosophes, sont fort difficiles à trouver ; mais enfin cette fiction est permise. Ils admirent cette vie, qui circule dans les fibres des plantes, qui semble se perdre & ensuite se renouveller : & ne sçachant pas trop comment les plantes naissent, comment elles prennent leur nourriture & leur accroissement, ils appellent cela une ame végétative. Qu'entendez-vous par une ame végétative, leur dit-on ? c'est un mot, répondent-ils, qui sert à exprimer le ressort inconnu par lequel tout cela s'opére. Mais ne voyez-vous pas, leur dit un Méchanicien, que tout cela se fait naturellement par des poids, des leviers, des roues, des poulies? Non, diront nos Philofophes. Il y a dans cette végétation autre chofe que des mouvemens ordinaires; il y a un pouvoir fecret qu'ont toutes les plantes d'attirer à elles ce fuc qui les nourrit; & ce pouvoir, qui n'eft explicable par aucune méchanique, eft un don que DIEU a fait à la matiere, & dont ni vous ni moi ne comprenons la nature.

Ayant ainfi bien difputé, nos raifonneurs découvrent enfin des animaux. Oh, oh, difent-ils, après un long examen, voilà des êtres organifés comme nous! Ils ont inconteftablement de la mémoire, & fouvent plus que nous. Ils ont nos paffions; ils ont de la connaiffance; ils font entendre tous leurs befoins; ils perpétuent comme nous leur efpece. Nos Philofophes difféquent quelques-uns de ces êtres; ils y trouvent un cœur, une cervelle. Quoi! difent-ils, l'auteur de ces machines, qui ne fait rien en vain, leur aurait-il donné tous les organes du fentiment afin qu'ils n'euffent point de fentiment? il feroit abfurde de le penfer. Il y a certainement en eux quelque chofe que nous appellons auffi *ame*, faute de mieux; quelque chofe qui éprouve des fenfations, & qui a une certaine mefure d'idées. Mais ce principe, quel eft il? Eft-ce quelque chofe abfolument différent de la matiere? eft ce un efprit pur? eft-ce un être mitoyen entre la matiere que nous ne connaiffons guere, & l'efprit pur que nous ne connaiffons pas? eft-ce une propriété donnée de DIEU à la matiere organifée?

Ils font alors des expériences fur des infectes, fur des vers de terre; ils les coupent en plufieurs parties, & ils font étonnés de voir qu'au bout de quelque tems il vient des têtes à toutes ces parties coupées; le même animal fe reproduit, & tire de fa deftruction même de quoi fe multiplier. A-t il plufieurs ames qui attendent, pour animer ces parties reproduites, qu'on ait coupé la tête au premier tronc? Ils reffemblent aux arbres qui repouffent

E 4

des branches, & qui se reproduisent de bouture; ces arbres ont ils plusieurs ames ? Il n'y a pas d'apparence ; donc il est très-probable que l'áme de ces bêtes est d'une autre espece que ce que nous appellions *ame végétative* dans les plantes ; que c'est une faculté d'un ordre supérieur, que DIEU a daigné donner à certaines portions de matiere ; c'est une nouvelle preuve de sa puissance ; c'est un nouveau sujet de l'adorer.

Un homme violent & mauvais raisonneur, entend ce discours, & leur dit : Vous êtes des scélérats dont il faudrait brûler les corps pour le bien de vos ames ; car vous niez l'immortalité de l'ame de l'homme. Nos Philosophes se regardent tous étonnés ; l'un d'eux lui répond avec douceur : Pourquoi nous brûler si vîte ? Sur quoi avez-vous pu penser que nous ayions l'idée que votre cruelle ame est mortelle ? Sur ce que vous croyez ; reprend l'autre, que DIEU a donné aux brutes, qui font organisés comme nous, la faculté d'avoir des sentimens & des idées. Or cette ame des bêtes périt avec elles, donc vous croyez que l'ame des hommes périt aussi.

Le Philosophe répond : Nous ne sommes point du tout sûrs que ce que nous appellons *ame* dans les animaux périsse avec eux ; nous sçavons très-bien que la matiere ne périt pas, & nous croyons qu'il se peut faire que DIEU ait mis dans les animaux quelque chose qui conservera toujours, si DIEU le veut, la faculté d'avoir des idées. Nous n'assurons pas, à beaucoup près, que la chose soit ainsi, car il n'appartient guere aux hommes d'être si confians ; mais nous n'osons borner la puissance de DIEU. Nous disons qu'il est très probable que les bêtes qui font matiere, ont reçu de lui un peu d'intelligence. Nous découvrons tous les jours des propriétés de la matiere : c'est-à-dire, des presens de DIEU, dont auparavant nous n'avions pas d'idées. Nous avions d'abord défini la matiere une substance étendue ; ensuite nous avons reconnu qu'il fallait lui ajouter la folidité ; quelques tems après il a fallu admettre que cette matiere a une force qu'on nomme *force d'inertie* ; après cela nous avons été tout étonnés d'être obligés d'avouer que la matiere gravite.

Quand nous avons voulu pouffer plus loin nos recherches, nous avons été forcés de reconnaître des êtres qui reffemblent à la matiere en quelque chofe, & qui n'ont pas cependant les autres attributs dont la matiere eft douée. Le feu élémentaire, par exemple, agit fur nos fens comme les autres corps : mais il ne tend point à un centre comme eux ; il s'échape, au contraire, du centre en lignes droites de tous côtés. Il ne femble pas obéir aux loix de l'attraction, de la gravitation, comme les autres corps. L'optique a des myfteres dont on ne pourrait guere rendre raifon, qu'en ofant fuppofer que les traits de lumiere fe pénetrent les uns les autres. Il y a certainement quelque chofe dans la lumiere qui la diftingue de la matiere connue ; il femble que la lumiere foit un être mitoyen entre les corps & d'autres efpeces d'êtres que nous ignorons. Il eft très-vraifemblable que ces autres efpeces font elles-mêmes un milieu qui conduit à d'autres créatures, & qu'il y a ainfi une chaîne de fubftances qui s'élevent à l'infini.

Ufque adeo quod tangit idem eft, tamen ultima
diftant.

Cette idée nous paraît digne de la grandeur de Dieu, fi quelque chofe en eft digne. Parmi ces fubftances, il a pu fans doute en choifir une qu'il a logée dans nos corps, & qu'on appelle ame humaine ; les Livres Saints que nous avons lus, nous apprennent que cette ame eft immortelle. La raifon eft d'accord avec la révélation ; car comment une fubftance quelconque périrait-elle ? tout mode fe détruit, l'être refte. Nous ne pouvons concevoir la création d'une fubftance, nous ne pouvons

E. 5.

concevoir son anéantissement ; mais nous n'osons affirmer que le Maître absolu de tous les êtres ne puisse donner aussi des sentimens & des perceptions à l'être qu'on appelle matiere. Vous êtes bien sûr que l'essence de votre ame est de penser, & nous n'en sommes pas si sûrs : car lorsque nous examinons un fœtus, nous avons de la peine à croire que son ame ait eu beaucoup d'idées dans sa coeffe ; & nous doutons fort que dans un sommeil plein & profond, dans une léthargie complette, on ait jamais fait des méditations. Ainsi il nous paraît que la pensée pourrait bien être, non pas l'essence de l'être pensant, mais un present que le Créateur a fait à ces êtres, que nous nommons pensans ; & tout cela nous a fait naître le soupçon que s'il le voulait, il pourrait faire ce present-là à un atôme, conserver à jamais cet atôme & son present, ou le détruire à son gré. La difficulté consiste moins à deviner comment la matiere pourrait penser, qu'à deviner comment une substance quelconque pense. Vous n'avez des idées, que parce que DIEU a bien voulu vous en donner ; pourquoi voulez-vous l'empêcher d'en donner à d'autres especes ? Seriez-vous bien assez intrépides pour oser croire que votre ame est précisément du même genre que les substances qui approchent le plus près de la Divinité ? Il y a grande apparence qu'elles sont d'un ordre bien supérieur, & qu'en conséquence DIEU leur a daigné donner une façon de penser infiniment plus belle ; de même qu'il a accordé une mesure d'idées très-médiocre aux animaux qui sont d'un ordre inférieur à vous. J'ignore comment je vis, comment je donne la vie ; & vous voulez que je sçache comment j'ai des idées : l'ame est une horloge que DIEU nous a donné à gouverner ; mais il ne nous a point dit de quoi le ressort de cette horloge est composé.

Y a t il rien dans tout cela dont on puisse inférer que nos ames sont mortelles ? Encore une fois nous penfons comme vous fur l'immortalité que la foi nous annonce ; mais nous croyons que nous fommes trop ignorans pour affirmer que DIEU n'ait pas le pouvoir d'accorder la penfée à tel être qu'il voudra. Vous bornez la puiffance du Créateur, qui eft fans bornes, & nous l'étendons auffi loin que s'étend fon exiftence. Pardonnez-nous de le croire tout-puiffant, comme nous vous pardonnons de reftreindre fon pouvoir. Vous fçavez fans doute tout ce qu'il peut faire, & nous n'en fçavons rien. Vivons en frere, adorons en paix notre pere commun : vous avec vos ames fçavantes & hardies, nous avec nos ames ignorantes & timides. Nous avons un jour à vivre : paffons-le doucement fans nous quereller pour des difficultés qui feront éclaircies dans la vie immortelle qui commencera demain.

CHAPITRE VINGT-UNIEME.

DE LA TOLERANCE,

ET QUE LES PHILOSOPHES NE PEUVENT JAMAIS NUIRE.

LE brutal n'ayant rien de bon à répliquer par-là long-tems, & fe fâcha beaucoup. Nos pauvres Philofophes fe mirent pendant quelques femaines à lire l'hiftoire ; & après avoir bien lû, voici ce qu'ils dirent à ce barbare, qui était fi indigne d'avoir une ame immortelle.

Mon ami, nous avons lû que dans toute l'antiquité les chofes allaient auffi-bien que dans notre tems ; qu'il y avait même de plus grandes vertus, & qu'on ne perfécutait point les Philofophes pour les opinions qu'ils avaient ; pourquoi donc voudriez-vous nous faire du mal pour les opinions que nous n'avons pas. Nous lifons que toute l'antiqui-

té croyait la matiere éternelle. Ceux qui ont vû
qu'elle était créée, ont laiflé les autres en repos.
Pithagore avait été coq, fes parens cochons, perfonne n'y trouva à redire , & fa Secte fut chérie
& révérée de tout le monde , excepté des rotif-
feurs, & de ceux qui avaient des féves à vendre.

Les Stoïciens reconnaiffaient un DIEU, à peu
près tel que celui qui a été fi témérairement admis depuis par les Spinofiftes ; le Stoïcifme cependant fut la Secte la plus féconde en vertus héroïques
& la plus accréditée.

Les Epicuriens faifaient leurs Dieux reflemblâns
à nos Chanoines, dont l'indolent embonpoint fou-
tient leur Divinité, & qui prennent en paix leur
nectar & leur ambrofie, en ne fe mêlant de rien.
Ces Epicuriens enfeignaient hardiment la matéria-
lité & la mortalité de l'ame. Ils n'en furent pas
moins confidérés. On les admettait dans tous les emplois ; & leurs atômes crochus ne firent jamais aucun
mal au monde.

Les Platoniciens , à l'exemple des Gimnofophif-
tes , ne nous faifaient pas l'honneur de penfer que
DIEU eût daigné nous former lui-même. Il avait,
felon eux, laiflé ce foin à fes Officiers, à des Génies, qui firent dans leur befongne beaucoup de
balourdifes. Le DIEU des Platoniciens était un ou-
vrier excellent , qui employa ici bas des éleves affez
médiocres. Les hommes n'en révérerent pas moins
l'école de *Platon.*

En un mot chez les Grecs & chez les Romains ,
autant de Sectes, autant de manieres de penfer fur
DIEU, fur l'ame, fur le paffé, & fur l'avenir : aucune de ces Sectes ne fut perfécutante. Toutes fe
trompaient, & nous en fommes bien fâchés ; mais
toutes étaient paifibles, & c'eft ce qui nous confond ; c'eft ce qui nous condamne ; c'eft ce qui
nous fait voir que la plupart des raifonneurs d'aujourd'hui font des monftres, & que ceux de l'antiquité étaient des hommes. On chantait publiquement fur le Théâtre de Rome , *Poft mor-*

rem nihil eſt , ipſaque mors nihil. Rien n'eſt *après la mort, la mort même n'eſt rien.* Ces ſentimens ne rendaient les hommes ni meilleurs ni pires ; tout ſe gouvernait , tout allait à l'ordinaire ; & les *Titus*, les *Trajans*, les *Marcs-Auréles* gouvernerent la terre en Dieux bienfaiſans.

Si nous paſſons des Grecs & des Romains aux Nations barbares , arrêtons-nous ſeulement aux Juifs. Tout ſuperſtitieux , tout cruel & tout ignorant qu'était ce miſérable peuple, il honorait cependant les Phariſiens, qui admettaient la Fatalité de la Deſtinée , & la Métempſicoſe ; il portait auſſi reſpect aux Saducéens, qui niaient abſolument l'immortalité de l'ame & l'exiſtence des eſprits , & qui ſe fondaient ſur la Loi de *Moïſe* , laquelle n'avait jamais parlé de peine ni de récompenſe après la mort. Les Eſſéniens , qui croyaient auſſi la Fatalité , & qui ne ſacrifiaient jamais de victimes dans le Temple , étaient encore plus révérés que les Phariſiens & les Saducéens. Aucune de leurs opinions ne troubla jamais le Gouvernement. Il y avait pourtant-là de quoi s'égorger , ſe brûler , s'exterminer réciproquement , ſi on l'avait voulu. O miſérables hommes, profitez de ces exemples. Penſez & laiſſez penſer. C'eſt la conſolation de nos faibles eſprits dans cette courte vie. Quoi ! vous recevrez avec politeſſe un Turc qui croit que *Mahomet* a voyagé dans la Lune ; vous vous gárderez bien de déplaire au Bacha *Bonneval* , & vous voudrez mettre en quartiers votre frere , parce qu'il croit que DIEU pourrait donner l'intelligence à toute créature ?

C'eſt ainſi que parla un des Philoſophes ; un autre ajouta ; croyez-moi, il ne faut jamais craindre qu'aucun ſentiment Philoſophique puiſſe nuire à la Religion d'un pays. Nos myſteres ont beau être contraires à nos démonſtrations, ils n'en ſont pas moins révérés par nos Philoſophes Chrétiens, qui ſçavent que les objets de la raiſon & de la foi ſont de différente nature. Jamais les Philoſophes ne ſe-

ront une Secte de Religion ; pourquoi ? C'eſt qu'ils
ſont ſans enthouſiaſme. Diviſez le genre humain
en vingt parties, il y en a dix neuf compoſées de
ceux qui travaillent de leurs mains, & qui ne ſçau-
ront jamais s'il y a eu un M. *Locke* au monde.
Dans la vingtieme partie qui reſte, combien trouve t-on peu d'hommes qui liſent ? & parmi ceux
qui liſent, il y en a vingt qui liſent des Romans,
contre un qui étudie la Philoſophie. Le nombre de
ceux qui penſent eſt exceſſivement petit, & ceux-
là ne s'aviſent pas de troubler le monde.

Qui ſont ceux qui ont porté le flambeau de la
diſcorde dans leur patrie ? Eſt ce *Pomponace Montagne*, *le Vayer*, *Deſcartes*, *Gaſſendy*, *Bayle*,
Spinoſa, *Hobbes*, le Lord *Shaftſbury*, le Comte
de *Boulainvilliers*, le Conſul *Maillet*, *Tolland*,
Collins, *Elud*, *Vholſton*, *Becker*, l'Auteur déguiſé ſous le nom de *Jacques Macé*, celui de l'Eſpion
Turc, celui des Lettres Perſannes, des Letres Juives, des Penſées Philoſophiques, &c ? Non : Ce
ſont pour la plupart des Théologiens, qui, ayant
eu d'abord l'ambition d'être Chefs de Secte, ont
bientôt eu celle d'être Chefs de Parti. Que dis-je ?
Tous les livres de Philoſophie moderne mis enſemble, ne feront jamais dans le monde autant de
bruit ſeulement, qu'en a fait autrefois la diſpute des
Cordeliers ſur la forme de leurs manches & de leurs
capuchons.

CHAPITRE VINGT-DEUXIEME.

SUR LA POLICE DES SPECTACLES.

ON excommuniait autrefois les Rois de France, & depuis *Philippe I.* juſqu'à *Louis VIII.*
tous l'ont été ſolemnellement, de même que tous
les Empereurs depuis *Henry IV.* juſqu'à *Louis de
Baviere* incluſivement. Les Rois d'Angleterre ont
eu auſſi une part très-honnête à ces preſens de la

Cour de Rome. C'était la folie du tems, & cette folie coûta la vie à cinq ou six cens mille hommes. Actuellement on se contente d'excommunier les Représentans des Monarques : ce n'est pas les Ambassadeurs que je veux dire, mais les Comédiens, qui sont Rois & Empereurs trois ou quatre fois par semaine, & qui gouvernent l'Univers pour gagner leur vie.

Je ne connais guere que leur profession, & celle des Sorciers, à qui on fasse aujourd'hui cet honneur. Mais comme il n'y a plus de Sorciers depuis environ soixante à quatre-vingt ans, que la bonne Philosophie a été connue des hommes, il ne reste plus pour victimes qu'*Alexandre*, *Cesar*, *Athalie*, *Polyeucte*, *Andromaque*, *Brutus*, *Zayre* & *Arlequin*.

La grande raison qu'on en rapporte, c'est que ces Messieurs & ces Dames représentent des passions. Mais si la peinture du cœur humain mérite une si horrible flétrissure, on devrait donc user d'une plus grande rigueur avec les Peintres & les Statuaires. Il y a beaucoup de tableaux licencieux qu'on vend publiquement, au lieu qu'on ne represente pas un seul Poëme dramatique qui ne soit dans la plus exacte bienséance. La *Vénus* du *Titien* & celle du *Correge* sont toutes nues, & sont dangereuses en tout tems pour notre jeunesse modeste ; mais les Comédiens ne recitent les vers admirables de *Cinna* que pendant environ deux heures, & avec l'approbation du Magistrat, sous l'Autorité Royale. Pourquoi donc ces Personnages vivans sur le Théâtre sont-ils plus condamnés que ces Comédiens muets sur la toile ? *Ut Pictura Poësis erit.* Qu'auraient dit les *Sophocles* & les *Euripides*, s'ils avaient pu prévoir qu'un peuple, qui n'a cessé d'être barbare qu'en les imitant, imprimerait un jour cette tache au Théâtre, qui reçut de leur tems une si haute gloire ?

Esopus & *Roscius* n'étaient pas des Sénateurs Romains, il est vrai ; mais le *Flamen* ne les déclarait point infâmes , & on ne se doutait pas que l'art de *Terence* fût un art semblable à celui de *Locuste*. Le grand Pape, le grand Prince, *Léon X.* à qui on doit la renaissance de la bonne Tragédie & de la bonne Comédie en Europe, & qui fit représenter tant de pieces de Théâtre dans son Palais avec tant de magnificence, ne devinait pas qu'un jour, dans une partie de la Gaule, des descendans des Celtes & des Gots se croiraient en droit de flétrir ce qu'il honorait. Si le Cardinal *de Richelieu* eût vécu, lui qui a fait bâtir la salle du Palais Royal, lui à qui la France doit le Théâtre, il n'eût pas souffert plus long-tems, que l'on osât couvrir d'ignominie ceux qu'il employait à reciter ses propres ouvrages.

Ce sont les Hérétiques, il le faut avouer, qui ont commencé à se déchaîner contre le plus beau de tous les Arts. *Léon X.* ressuscitait la scène tragique ; il n'en fallait pas davantage aux prétendus Réformateurs pour crier à l'œuvre de *Satan*. Aussi la ville de Geneve & plusieurs illustres bourgades de Suisse, ont été cent cinquante ans sans souffrir chez eux un violon. Les Jansénistes qui dansent aujourd'hui sur le tombeau de *S. Paris*, à la grande édification du prochain, défendirent le siecle passé à une Princesse de *Conty*, qu'ils gouvernaient, de faire apprendre à danser à son fils, attendu que la danse est trop profane. Cependant il fallait avoir bonne grace, & sçavoir le menuet ; on ne voulait point de violon, & le Directeur eut beaucoup de peine à souffrir, par accommodement, qu'on montrât à danser au Prince de *Conty* avec des castagnettes. Quelques Catholiques un peu Visigots, de deçà les monts, craignirent donc les reproches des Réformateurs, & crierent aussi haut qu'eux ; ainsi peu-à-peu s'établit dans notre France la mode de diffamer *César* & *Pompée*, & de refuser certaines cérémonies à certaines personnes gagées par le Roi, & travaillant sous les yeux du Magistrat. On ne s'avisa point de reclamer contre cet abus : car qui aurait voulu se brouiller avec des hommes puissans , & des hommes du tems present , pour *Phedre* & pour les Héros des siecles passés ?

On se contenta donc de trouver cette rigueur absurde , & d'admirer toujours à bon compte les chefs d'œuvres de notre scène.

Rome , de qui nous avons appris notre Catéchisme , n'en use point comme nous ; elle a sçu toujours tempérer les Loix selon les tems & selon les besoins ; elle a sçu distinguer les bâteleurs effrontés , qu'on censurait autrefois avec raison , d'avec les pieces de Théâtre du *Trissin* , & de plusieurs Evêques & Cardinaux qui ont aidé à ressusciter la Tragédie. Aujourd'hui même on represente à Rome publiquement des Comédies dans des Maisons Religieuses. Les Dames y vont sans scandale ; on ne croit point que des dialogues récités sur des planches , soient une infamie diabolique. On a vu jusqu'à la piece de *George Dandin* exécutée à Rome par des Religieuses , en presence d'une foule d'Ecclésiastiques & de Dames. Les sages Romains se gardent bien sur-tout d'excommunier ces Messieurs qui chantent le dessus dans les Opera Italiens ; car en vérité c'est bien assez d'être châtré dans ce monde , sans être encore damné dans l'autre.

Dans le bon tems de *Louis XIV.* il y avait toujours aux spectacles qu'il donnait , un banc , qu'on nommait *le banc des Evêques.* J'ai été témoin que dans la minorité de *Louis XV.* le Cardinal *de Fleury* , alors Evêque de Frejus , fut très-pressé de faire revivre cette coutume. D'autres tems , d'autres mœurs ; nous sommes apparemment bien plus sages que dans les tems où l'Europe entiere venait admirer nos fêtes , où *Richelieu* fit revivre la scene en France , où *Léon X.* fit renaître en Italie le siecle d'*Auguste.* Mais un tems viendra où nos neveux , en voyant l'impertinent ouvrage du Pere *le Brun* contre l'art des *Sophocles,* & les œuvres de nos grands hommes, imprimés dans le même tems, s'écrieront : Eft-il poffible que les Français aient pu ainfi fe contredire, & que la plus abfurde barbarie ait levé fi orgueilleufement la tête contre les plus belles productions de l'efprit humain ?

Saint Thomas d'Aquin, dont les mœurs valaient bien celles de *Calvin* & du Pere *Quefnel*; *S. Thomas*, qui n'avait jamais vu de bonne Comédie, & qui ne connaiffait que de malheureux hiftrions, devine pourtant que le Théâtre peut être utile. Il eut affez de bon fens & affez de juftice pour fentir le mérite de cet art, tout informe qu'il était; il le permit, il l'approuva. *S. Charles Borromée* examinait lui-même les piéces qu'on jouait à Milan; il les muniffait de fon approbation & de fon feing.

Qui feront après cela les Vifigots, qui voudront traiter d'empoifonneurs *Rodrigue & Chimène ?* Plût au Ciel que ces barbares, ennemis du plus beau des Arts, euffent la piété de *Polyeucte*, la clémence d'*Augufte*, la vertu de *Burrhus*, & qu'ils finiffent comme le mari d'*Alzire !*

CHAPITRE VINGT-TROISIEME.

DE PRIOR, DU POEME SINGULIER D'HUDIBRAS, ET DU DOYEN SWIFT.

ON n'imaginait pas en France que *Prior*, qui vint de la part de la Reine *Anne* donner la paix à *Louis XIV.* avant que le Baron *Bollingbrooke* vint la figner, on ne devinait pas, dis-je, que ce Plénipotentiaire fût un Poëte. La France paya depuis l'Angleterre en même monnoie ; car le Cardinal *Du Bois* envoya notre *Des Touches* à Londres, & il ne paffa pas plus pour Poëte parmi les Anglais, que *Prior* parmi les Français. Le Plénipotentiaire *Prior* était originairement un garçon ca-

baretier, que le Comte de *Dorset*, bon Poëte lui-
même, & un peu ivrogne, rencontra un jour li-
fant *Horace* fur le banc de la taverne, de même
que Mylord *Aïla* trouva fon garçon jardinier li-
fant *Newton*. *Aïla* fit du jardinier un grand Philofophe, & *Dorset* fit un très-agréable Poëte du ca-
baretier.

C'eft de *Prior* qu'eft l'*Hiftoire de l'ame* : cette
hiftoire eft la plus naturelle qu'on ait faite jufqu'à
prefent de cet être fi bien fenti, & fi mal connu.
L'ame eft d'abord aux extrémités du corps, dans les
pieds & dans les mains des enfans; de-là elle fe place
infenfiblement au milieu du corps dans l'âge de pu-
berté; enfuite elle monte au cœur, & là elle produit les fentimens de l'amour & de l'héroïfme:
elle s'éleve jufqu'à la tête dans un âge plus mûr,
elle y raifonne comme elle peut; & dans la vieilleffe on ne fçait plus ce qu'elle devient : c'eft la fé-
ve d'un vieil arbre qui s'évapore & qui ne fe ré-
pare plus. Peut-être cet ouvrage eft-il trop long :
toute plaifanterie doit être courte, & même le fé-
rieux devrait bien être court auffi.

Ce même *Prior* fit un petit Poëme fur la fameufe bataille de *Hocfted*. Cela ne vaut pas fon
Hiftoire de l'ame ; il n'y a de bon que cette apof-
trophe à *Boileau* :

Satirique flatteur, toi qui pris tant de peine
Pour chanter que Louis n'a point paffé le Rhin.

Notre Plénipotentiaire finit par paraphrafer en
quinze cens vers ces mots attribués à *Salomon*,
que *tout eft vanité*. On en pourrait faire quinze
mille fur ce fujet. Mais malheur à qui dit tout ce
qu'il peut dire.

Enfin la Reine *Anne*, étant morte le Miniftere
ayant changé, la paix que *Prior* avait entamée étant
en horreur, *Prior* n'eut de reffource qu'une édition
de fes Œuvres par une foufcription de fon parti ;
après quoi il mourut en Philofophe, comme meurt
qu croit mourir tout honnête Anglais.

Je voudrais vous donner aussi quelques idées des Poésies de Mylord *Roscomon*, de Mylord *Dorset*: mais je sens qu'il me faudrait faire un gros livre, & qu'après bien de la peine je ne vous donnerais qu'une idée fort imparfaite de tous ces ouvrages. La Poésie est une espece de Musique, il faut l'entendre pour en juger. Quand je vous traduits quelques morceaux de ces Poésies étrangeres, je vous note imparfaitement leur musique, mais je ne puis exprimer le goût de leur chant.

Il y a sur-tout un Poëme Anglais difficile à vous faire connaître; il s'appelle *Hudibras*. C'est un ouvrage tout comique, & cependant le sujet est la guerre civile du tems de *Cromwel*. Ce qui a fait verser tant de sang & tant de larmes, a produit un Poëme qui force le Lecteur le plus sérieux à rire. On trouve un exemple de ce contraste dans notre *Satire Ménippée*. Certainement les Romains n'auraient point fait un Poëme burlesque sur les guerres de *César* & de *Pompée*, & sur les proscriptions d'*Octave* & d'*Antoine*. Pourquoi donc les malheurs affreux que causa la Ligue en France, & ceux que les guerres du Roi & du Parlement étalérent en Angleterre, ont-ils pu fournir des plaisanteries? C'est qu'au fonds il y avait un ridicule caché dans ces querelles funestes. Les Bourgeois de Paris à la tête de la faction des Seize, mêlaient l'impertinence aux horreurs de la faction. Les intrigues des femmes, du Légat & des Moines avaient un côté comique malgré les calamités qu'elles apporterent. Les disputes Théologiques, & l'entousiasme des Puritains en Angleterre étaient très-susceptibles de railleries; & ce fonds de ridicule bien développé pouvait devenir plaisant en écartant les horreurs tragiques qui le couvraient. Si la Bulle *Unigenitus* faisait répandre du sang, le petit Poëme de *Philotanus* n'en serait pas moins convenable au sujet, & on ne pourrait même lui reprocher que de n'être pas aussi gai, aussi plaisant, aussi varié qu'il pouvait l'être, & de ne pas tenir dans le corps de l'ouvrage ce que promet le commencement.

Le Poëme d'*Hudibras*, dont je vous parle, semble être un composé de la *Satire Ménippée*, & de *Don Quichotte* : il a sur eux l'avantage des vers, il a celui de l'esprit. La *Satire Ménippée* n'en approche pas ; elle n'est qu'un ouvrage très-médiocre. Mais à force d'esprit, l'Auteur d'*Hudibras* a trouvé le secret d'être fort au-dessous de *Don Quichotte*. Le goût, la naïveté, l'art de narrer, celui de bien entremêler les aventures, celui de ne rien prodiguer, valent bien mieux que l'esprit : aussi *Don Quichotte* est lu de toutes les Nations, & *Hudibras* n'est lu que des Anglais.

L'Auteur de ce Poëme si extraordinaire s'appellait *Butler* : il était contemporain de *Milton*, & eut infiniment plus de réputation que lui, parce qu'il était plaisant, & que le Poëme de *Milton* était fort triste. *Butler* tournait les ennemis du Roi *Charles II.* en ridicule ; & toute la récompense qu'il en eut, fut que le Roi citait souvent ses vers. Les combats du Chevalier *Hudibras* furent plus connus que les combats des Anges & des Diables du *Paradis perdu*. Mais la Cour d'Angleterre ne traita pas mieux le plaisant *Butler*, que la Cour céleste ne traita le sérieux *Milton*, & tous deux moururent de faim, ou à peu près.

Le Héros du Poëme de *Butler* n'était pas un personnage feint comme le *Don Quichotte* de *Michel Cervantes* : c'était un Chevalier Baronet très-réel, qui avait été un des Enthousiastes de *Cromwel*, & un de ses Colonels. Il s'appellait *Sire Samuel Luke*. Pour faire connaître l'esprit de ce Poëme unique en son genre, il faut retrancher les trois quarts de tout passage qu'on veut traduire ; car ce *Butler* ne finit jamais. J'ai donc réduit à environ quatre-vingt vers, les quatre cens premiers vers d'*Hudibras*, pour éviter la prolixité.

> Quand les profanes & les Saints
> Dans l'Angleterre étaient aux prises,
> Qu'on se battait pour des églises

Auffi fort que pour des catins ;
Lorfqu'Anglicans & Puritains
Faifaient une fi rude guerre,
Et qu'au fortir du cabaret
Les orateurs de Nazareth
Allaient battre la caiffe en chaire ;
Que par tout fans fçavoir pourquoi,
Au nom du Ciel, au nom du Roi,
Les gens d'armes couvraient la terre ;
Alors Monfieur le Chevalier,
Long-tems oifif ainfi qu'Achile,
Tout rempli d'une fainte bile,
Suivi de fon grand Ecuyer,
S'échappa de fon poulailler
Avec fon fabre & l'Evangile,
Et s'avifa de guerroyer.

Sire Hudibras, cet homme rare,
Etait, dit-on, rempli d'honneur,
Avait de l'efprit & du cœur,
Mais il en était fort avare.
D'ailleurs par un talent nouveau
Il était tout propre au barreau,
Ainfi qu'à la guerre cruelle ;
Grand fur les bancs, grand fur la felle,
Dans les camps & dans un bureau ;
Semblable à ces rats amphibies
Qui paraiffant avoir deux vies,
Sont rats de campagne & rats d'eau.
Mais malgré fa grande éloquence,
Et fon mérite & fa prudence,
Il paffa chez quelques Sçavans
Pour être un de ces inftrumens
Dont les fripons avec adreffe
Sçavent ufer fans dire mot,
Et qu'ils tournent avec foupleffe ;
Cet inftrument s'appelle un *fot*.
Ce n'eft pas qu'en Théologie,
En Logique, en Aftrologie,
Il ne fût un Docteur fubtil ;
En quatre il féparait un fil,
Difputant fans jamais fe rendre,
Changeant de thèfe tout-à-coup,
Toujours prêt à parler beaucoup,
Quand il fallait ne point s'étendre.

D'Hudibras la Religion
Etait tout comme fa raifon,
Vuide de fens & fort profonde.
Le Puritanifme divin,
La meilleure fecte du monde,

Et qui certes n'a rien d'humain,
La vraie Eglise militante,
Qui prêche un piftolet en main,
Pour mieux convertir fon prochain,
A grands coups de fabre argumente,
Qui promet les céleftes biens
Par le gibet & par la corde,
Et damne fans mifericorde
Les péchés des autres Chrétiens,
Pour fe mieux pardonner les fiens :
Secte qui toujours détruifante
Se détruit elle-même enfin :
Tel Samfon de fa main puiffante
Brifa le temple Philiftin,
Mais il périt par fa vengeance,
Et lui-même il s'enfévelit,
Ecrafé fous la chûte immenfe
De ce temple qu'il démolit.
 Au nez du Chevalier antique
Deux grandes mouftaches pendaient
A qui les Parques attachaient
Le deftin de la République.
Il les garde foigneufement,
Et fi jamais on les arrache,
C'eft la chûte du Parlement ;
L'Etat entier en ce moment
Doit tomber avec fa mouftache.
Ainfi Taliacotius,
Grand Efculape d'Etrurie,
Répara tous les nez perdus
Par une nouvelle induftrie :
Il vous prenait adroitement
Un morceau du cul d'un pauvre homme,
L'appliquait au nez proprement ;
Enfin il arrivait qu'en fomme,
Tout jufte à la mort du prêteur
Tombait le nez de l'emprunteur.
Et fouvent dans la même biere,
Par juftice & par bon accord,
On remettait au gré du mort
Le nez auprès de fon derriere.

Un homme qui aurait dans l'imagination la di-xiéme partie de l'efprit comique bon ou mauvais qui régne dans cet ouvrage, ferait encore très-plaifant : mais il fe donnerait bien de garde de traduire *Hudibras.* Le moyen de faire rire des Lec-teurs étrangers des ridicules déjà oubliés chez la

nation même où ils ont été célébres ? On ne lit
plus le *Dante* dans l'Europe , parce que tout y est
allufion à des faits ignorés. Il en est de même d'*Hudibras*. La plupart des railleries de ce livre tombent fur la Théologie & les Théologiens du tems.
Il faudrait à tout moment un Commentaire. La
plaifanterie expliquée , ceffe d'être plaifanterie ; &
un Commentateur de bons mots n'est guere capable d'en dire.

Voilà pourquoi on n'entendra jamais bien en
France les livres de l'ingénieux Docteur *Swift* ,
qu'on appelle le *Rabelais* d'Angleterre. Il a l'honneur d'être Prêtre , & de fe mocquer de tout comme lui. Mais *Rabelais* n'était pas au-deffus de fon
fiecle , & *Swift* est fort au-deffus de *Rabelais*.

Notre Curé de Meudon dans fon extravagant
& inintelligible livre , a répandu une extrême
gaieté & une plus grande impertinence. Il a prodigué l'érudition, les ordures & l'ennui. Un bon
conte de deux pages est acheté par des volumes
de fottifes. Il n'y a que quelques perfonnes d'un
goût bizarre , qui fe piquent d'entendre & d'eftimer
tout cet ouvrage. Le refte de la nation rit des plaifanteries de *Rabelais* , & méprife le livre ; on le
regarde comme le premier des bouffons. On est
fâché qu'un homme qui avait tant d'efprit, en ait
fait un fi miférable ufage. C'est un Philofophe
yvre , qui n'a écrit que dans le tems de fon yvreffe.

M. *Swift* est *Rabelais* dans fon bon fens , & vivant en bonne compagnie. Il n'a pas à la vérité
la gaieté du premier , mais il a toute la fineffe, la
raifon , le choix , le bon goût, qui manque à notre
Curé de Meudon. Ses vers font d'un goût fingulier & prefque inimitable. La bonne plaifanterie
est fon partage en vers & en profe;mais pour le bien
entendre, il faut faire un petit voyage dans fon pays.

Dans ce pays qui paraît fi étrange à une partie
de l'Europe , on n'a point trouvé trop étrange que
le Révérend *Swift* , Doyen d'une Cathédrale, fe
foit mocqué dans fon *Conte du Tonneau* du Ca-
tholicifme

tholicifme , du Luthéranifme , & du Calvinifme :
il dit pour fes raifons qu'il n'a pas touché au Chriftianifme. Il prétend avoir refpecté le pere en donnant cent coups de fouet aux trois enfans. Des gens
difficiles ont cru que les verges étaient fi longues ,
qu'elles allaient jufqu'au pere.

Ce fameux *Conte du Tonneau* eft une imitation
de l'ancien Conte des trois Anneaux indifcerna-
bles qu'un pere légua à fes trois enfans. Ces trois
Anneaux étaient la Religion Juive , la Chrétienne ,
& la Mahométane. C'eft encore une imitation de
l'Hiftoire de *Méro* & d'*Enégu* par *Fontenelle. Méro*
était l'anagramme de Rome , & *Enégu* de Geneve.
Ce font deux fœurs qui prétendent à la fucceffion
du Royaume de leur pere. *Méro* regne la premiere. *Fontenelle* la reprefente comme une Sor-
ciére qui efcamotait le pain , & qui faifait des
conjurations avec des cadavres. C'eft-là précifément le Mylord *Pierre de Swift* qui prefente un
morceau de pain à fes deux freres , & qui leur
dit , *voilà d'excellent vin de Bourgogne, mes amis ;
voilà des perdrix d'un fumet admirable.* Le même
Mylord *Pierre* dans *Swift*, joue en tout le rôle
que *Méro* joue dans *Fontenelle.*

Ainfi prefque tout eft imitation. L'idée des Lettres Perfanes eft prife de celle de l'*Efpion Turc.*
Le *Boiardo* a imité le *Pulci*, l'*Ariofte* a imité le
Boiardo. Les efprits les plus originaux empruntent
les uns des autres. *Michel Cervantes* fait un fou
de fon *Don Quichotte* ; mais *Roland* eft-il autre
chofe qu'un fou ? Il ferait difficile de décider fi la
Chevalerie errante eft plus tournée en ridicule par
les peintures grotefques de *Cervantes*, que par la
féconde imagination de l'*Ariofte. Métaftafe* a pris
la plupart de fes Opera dans nos Tragédies Françaifes. Plufieurs Auteurs Anglais nous ont copiés,
& n'en ont rien dit. Il en eft des livres comme
du feu dans nos foyers ; on va prendre ce feu chez
fon voifin , on l'allume chez foi , on le communique à d'autres , & il appartient à tous.

CHAPITRE VINGT-QUATRIEME.

SUR LE DANTE.

VOus voulez connaître le DANTE. Les Italiens l'appellent Divin, mais c'eſt une Divinité cachée ; peu de gens entendent ſes Oracles ; il a des Commentateurs ; c'eſt peut-être encore une raiſon de plus pour n'être pas compris. Sa réputation s'affermira toujours, parce qu'on ne le lit guere. Il y a de lui une vingtaine de traits qu'on ſçait par cœur : cela ſuffit pour s'épargner la peine d'examiner le reſte.

Ce Divin *Dante* fut, dit-on, un homme aſſez malheureux. Ne croyez pas qu'il fût Divin de ſon tems, ni qu'il fût Prophête chez lui. Il eſt vrai qu'il fut Prieur, non pas Prieur de Moines, mais Prieur de Florence, c'eſt-à-dire, l'un des Sénateurs.

Il était né en 1260, à ce que diſent ſes compatriotes : *Bayle* qui écrivait à Roterdam, *currente calamo*, pour ſon Libraire, environ quatre ſiecles entiers après le *Dante*, le fait naître en 1265. & je n'en eſtime *Bayle* ni plus ni moins pour s'être trompé de cinq ans : la grande affaire eſt de ne ſe tromper ni en fait de goût, ni en fait de raiſonnemens.

Les Arts commençaient alors à naître dans la patrie du *Dante*. Florence était comme Athénes pleine d'eſprit, de grandeur, de légéreté, d'inconſtance & de factions. La Faction blanche avait un grand crédit : elle ſe nommait ainſi du nom de la *Signora Bianca*. Le parti oppoſé s'intitulait le *Parti des Noirs*, pour mieux ſe diſtinguer des *Blancs*. Ces deux partis ne ſuffiſaient pas aux Florentins. Ils avaient encore les *Guelfes*, & les *Gibelins*. La plupart des Blancs étaient *Gibelins* du parti des Empereurs, & les Noirs panchaient pour les *Guelfes* attachés aux Papes.

Toutes ces Factions aimaient la liberté, & faisaient pourtant ce qu'elles pouvaient pour la détruire. Le Pape *Boniface VIII.* voulut profiter de ces divisions pour anéantir le pouvoir des Empereurs en Italie. Il déclara *Charles de Valois*, frere du Roi de France *Philippe le Bel*, son Vicaire en Toscane. Le Vicaire vint bien armé, chassa les *Blancs* & les *Gibelins*, & se fit détester des *Noirs* & des *Guelfes.* Le *Dante* était *Blanc* & *Gibelin*: il fut chassé des premiers, & sa maison rasée. On peut juger de-là s'il fut le reste de sa vie affectionné à la Maison de France & aux Papes ; on prétend pourtant qu'il alla faire un voyage à Paris, & que pour se désennuyer, il se fit Théologien, & disputa vigoureusement dans les écoles. On ajoute que l'Empereur *Henri VII.* ne fit rien pour lui , tout *Gibelin* qu'il était ; qu'il alla chez *Frédéric d'Arragon*, Roi de Sicile, & qu'il en revint aussi pauvre qu'il y était allé. Il fut réduit au Marquis de *Malaspina*, & au grand Can de Vérone. Le Marquis & le grand Can ne le dédommagerent pas ; il mourut pauvre à Ravenne à l'âge de cinquante-six ans. Ce fut dans ces divers lieux qu'il composa sa Comédie de l'*Enfer*, du *Purgatoire* & du *Paradis* : on a regardé ce salmigondis comme un beau Poëme Epique.

Il trouva d'abord à l'entrée de l'Enfer un lion & une louve. Tout d'un coup *Virgile* se presente à lui pour l'encourager ; *Virgile* lui dit qu'il est né Lombard ; c'est précisément comme si *Homere* disait qu'il est né Turc. *Virgile* offre de faire au *Dante* les honneurs de l'Enfer & du Purgatoire , & de le mener jusqu'à la porte de *St. Pierre* ; mais il avoue qu'il ne pourra pas entrer avec lui.

Cependant *Caron* les passe tous deux dans sa barque. *Virgile* lui raconte que peu de tems après son arrivée en Enfer, il y vit un Etre puissant qui vint chercher les ames d'*Abel*, de *Noé*, d'*Abraham*, de *Moïse*, de *David* ; en avançant chemin ils découvrent dans l'Enfer des demeures très-agréables : dans l'une font *Homere*, *Horace*, *Ovide* & *Lucain* ; dans une autre on voit *Electre*, *Hector*, *Enée*, *Lucréce*, *Brutus*, & le Turc *Saladin* ; dans une troifieme, *Socràte*, *Platon*, *Hipocrate*, & l'Arabe *Averroës*.

Enfin paraît le véritable Enfer, où *Pluton* juge les condamnés. Le voyageur y reconnaît quelques Cardinaux, quelques Papes, & beaucoup de Florentins. Tout cela eft-il dans le ftyle comique ? Non. Tout eft-il dans le genre héroïque ? Non. Dans quel goût eft donc ce Poëme ? Dans un goût bizarre.

Mais il y a des vers fi heureux & fi naïfs, qu'ils n'ont point vieilli depuis quatre cens ans, & qu'ils ne vieilliront jamais. Un Poëme d'ailleurs où l'on met des Papes en Enfer, réveille beaucoup l'attention, & les Commentateurs épuifent toute la fagacité de leur efprit à déterminer au jufte qui font ceux que le *Dante* a damnés, & à ne fe pas tromper dans une matiere fi grave.

On a fondé une chaire, une lecture pour expliquer cet Auteur claffique. Vous me demanderez comment l'Inquifition ne s'y oppofe pas ? Je vous répondrai que l'Inquifition entend raillerie en Italie ; elle fçait bien que des plaifanteries en vers ne peuvent faire de mal : vous en allez juger par cette petite traduction très-libre d'un morceau du Chant vingt-troifieme ; il s'agit d'un damné de la connaiffance de l'Auteur. Le damné parle ainfi :

Je m'appellais le Comte de Guidon ;
Je fus fur terre & foldat & poltron ;
Puis m'enrollai fous Saint François d'Affife,
Afin qu'un jour le bout de fon cordon
Me donnât place en la celefte Eglife ;
Et j'y ferais fans ce Pape félon,
Qui m'ordonna de fervir fa feintife,
Et me rendit aux griffes du Démon.
Voici le fait. Quand j'étais fur la Terre,
Vers Rimini je fis long-tems la guerre,
Moins, je l'avoue, en Héros qu'en fripon,
L'art de fourber me fit un grand renom.

Mais quand mon chef eut porté poil grifon,
Tems de retraite où convient la fageffe,
Le repentir vint ronger ma vieilleffe,
Et j'eus recours à la confeffion.
O repentir tardif & peu durable !
Le bon Saint Père en ce tems guerroyait,
Non le Soudan, non le Turc intraitable,
Mais les Chrétiens, qu'en vrai Turc il pillait.
Or fans refpect pour Thiare & tonfure,
Pour Saint François, fon froc & fa ceinture;
Frere, dit-il, il me convient d'avoir
Inceffamment Prénefte en mon pouvoir.
Confeille-moi, cherche fous ton capuce
Quelque beau tour, quelque gentille aftuce,
Pour ajouter en bref à mes Etats
Ce qui me tente, & ne m'appartient pas.
J'ai les deux Clefs du Ciel en ma puiffance,
De Céleftin la dévote imprudence
S'en fervit mal, & moi je fçais ouvrir
Et refermer le Ciel à mon plaifir.
Si tu me fers, ce Ciel eft ton partage.
Je le fervis, & trop bien, dont j'enrage.
Il eut Prénefte, & la mort me faifit.
Lors devers moi Saint François defcendit,
Comptant au Ciel amener ma bonne ame;
Mais Belzébut vint en pofte, & lui dit:
Monfieur d'Affife, arrêtez: je reclame
Ce Confeiller du Saint Pere, il eft mien;
Bon Saint François, que chacun ait le fien,
Lors tout penaut le bon homme d'Affife
M'abandonnait au grand Diable d'Enfer.
Je lui criai, Monfieur de Lucifer,
Je fuis un Saint, voyez ma robe grife;
Je fus abfous par le Chef de l'Eglife.
J'aurai toujours, répondit le Démon,
Un grand refpect pour l'abfolution:
On eft lavé de fes vieilles fottifes,
Pourvu qu'après autres ne foient commifes;
J'ai fait fouvent cette diftinction
A tes pareils, & grace à l'Italie,
Le Diable fçait de la Théologie.
Il dit, & rit, je ne repliquai rien
A Belzébut, il raifonnait trop bien.
Lors il m'empoigne, & d'un bras roide & ferme
Il appliqua fur ma trifte épiderme
Vingt coups de fouet, dont bien fort il me cuit;
Que Dieu le rende à Boniface huit.

CHAPITRE VINGT-CINQUIEME.

D'OVIDE.

LEs fçavans n'ont pas laiffé de faire des volumes pour nous apprendre au jufte dans quel coin de Terre *Ovide Nafon* fut exilé par *Octave Cepias*, furnommé *Augufte*. Tout ce qu'on en fçait, c'eft que né à Sulmone, & élevé à Rome, il pafla dix ans fur la rive droite du Danube, dans le voifinage de la Mer Noire. Quoiqu'il appelle cette terre barbare, il ne faut pas fe figurer que ce fût un pays de Sauvages. On y faifait des vers. *Cotis*, petit Roi d'une partie de la Thrace, fit des vers Gêtes pour *Ovide*. Le Poëte Latin apprit le Gête, & fit auffi des vers dans cette langue. Il femble qu'on aurait dû attendre des vers Grecs dans l'ancienne patrie d'*Orphée* ; mais ces pays étaient alors peuplés par des Nations du Nord qui parlaient probablement un dialecte Tartare, une langue approchante de l'ancien Slavon. *Ovide* ne femblait pas deftiné à faire des vers Tartares. Le pays des Tomites où il fut relegué, était une partie de la Méfie, province Romaine, entre le mont Hemus & le Danube. Il eft fitué au quarante-quatrieme degré & demi, comme les plus beaux climats de la France ; mais les montagnes qui font au Sud, & les vents du Nord & de l'Eft qui fouflent du Pont-Euxin, le froid & l'humidité des forêts & du Danube, rendaient cette contrée infuportable à un homme né en Italie : auffi *Ovide* n'y vécut-il pas long-tems ; il y mourut à l'âge de foixante années. Il fe plaint dans fes Elégies du climat, & non des habitans :

Quos ego, cùm loca fim veftra perofus, amo.

Ces Peuples le couronnerent de laurier, & lui

donnerent des privileges qui ne l'empêcherent pas de regretter Rome. C'était un grand exemple de l'esclavage des Romains , & de l'extinction de toutes les Loix , qu'un homme né dans une famille équestre comme *Octave* , exilât un homme d'une famille équestre , & qu'un citoyen de Rome envoyât d'un mot un autre citoyen chez les Scythes. Avant ce tems il fallait un Plébiscite , une loi de la Nation , pour priver un Romain de sa patrie. *Cicéron* exilé par une cabale , l'avait été du moins avec les formes des Loix.

Le crime d'*Ovide* était incontestablement d'avoir vu quelque chose de honteux dans la famille d'*Octave* :

Cur aliquid vidi , cur noxia lumina feci ?

Les doctes n'ont pas décidé s'il avait vu *Auguste* avec un jeune garçon plus joli que ce *Mannius* dont *Auguste* dit qu'il n'avait point voulu , parce qu'il était trop laid ; ou s'il avait vu quelque Ecuyer entre les bras de l'Impératrice *Livie* , que cet *Auguste* avait épousée grosse d'un autre ; ou s'il avait vu cet Empereur *Auguste* occupé avec sa fille ou sa petite fille , ou enfin s'il avait vu cet Empereur *Auguste* faisant quelque chose de pis , *torva tuentibus hircis.* Il est de la plus grande probabilité qu'*Ovide* surprit *Auguste* dans un inceste. Un Auteur presque contemporain , nommé *Minutianus Apuleius* , dit, *Pulsum quoque in exilium quod Augusti incestum vidisset.*

Octave Auguste prit le prétexte du Livre innocent de l'*Art d'aimer* , Livre très-décemment écrit , & dans lequel il n'y a pas un mot obscéne , pour envoyer un Chevalier Romain sur la Mer noire. Le prétexte était ridicule. Comment *Auguste* , dont nous avons encore des vers remplis d'ordures , pouvait-il sérieusement exiler *Ovide* à Tomes, pour avoir donné à ses amis , plusieurs années auparavant , des copies de l'*Art d'aimer ?* Comment

avait il le front de reprocher à *Ovide* un ouvrage
écrit avec quelque modeftie , dans le tems qu'il
approuvait les vers où *Horace* prodigue tous les
termes de la plus infàme proftitution , & le *futuo* ,
& le *mentula* , & le *cunnus ?* Il y propofe indifféremment , ou une *fille lafcive* , ou *un beau garçon qui renoue fa longue chevelure* , ou *une fervante* , ou *un laquais :* tout lui eft égal. Il ne lui
manque que la beftialité. Il y a certainement de
l'impudence à blâmer *Ovide* , quand on tolere
Horace. Il eft clair qu'*Octave* alléguait une très-
méchante raifon , n'ofant parler de la bonne. Une
preuve qu'il s'agiffait de quelque ftupre , de quelque incefte , de quelque aventure fecrette de la
facrée famille Impériale , c'eft que le bouc de Ca-
prée , *Tibere* , immortalifé par les médailles de fes
débauches , *Tibere* , monftre de lafciveté comme
de diffimulation , ne rappella point *Ovide.* Il eut
beau demander grace à l'Auteur des profcriptions ,
& à l'empoifonneur de *Germanicus* ; il refta fur
les bords du Danube.

Si un Gentilhomme Hollandais , ou Polonais ,
ou Suédois , ou Anglais , ou Vénitien , avait vu
par hazard un Stadoulder , ou un Roi de la Grande-
Bretagne , ou un Roi de Suéde , ou un Roi de
Pologne , ou un Doge , commettre quelque gros
péché , fi ce n'était pas même par hazard qu'il l'eût
vu , s'il en avait cherché l'occafion , fi enfin il avait
l'indifcrétion d'en parler , certainement ce Stadoulder , ou ce Roi , ou ce Doge ne feraient pas en
droit de l'exiler.

On peut faire à *Ovide* un reproche prefque auffi
grand qu'à *Augufte* & qu'à *Tibere* , c'eft de les
avoir loués. Les éloges qu'il leur prodigue font fi
outrés , qu'ils exciteraient encore aujourd'hui l'indignation , s'il les eût donnés à des Princes légitimes fes bienfaiteurs ; mais il les donnait à des
Tyrans , & à fes Tyrans. On pardonne de louer
un peu trop un Prince qui vous careffe ; mais non
pas de traiter en DIEU un Prince qui vous perfé-

ếūte. Il eût mieux valu cent fois s'embarquer fur la Mer noire, & fe retirer en Perfe par les Palus Méotides, que de faire fes *Triftes de Ponto.* Il eût appris le Perfan auffi aifément que le Gête, & aürait pu du moins oublier le Maître de Rome chez le Maître d'Ecbatane. Quelque efprit dur dira qu'il y avait encore un parti à prendre ; c'était d'aller fecrettement à Rome, s'adreffer à quelques parens de *Brutus* & de *Caffius*, & de faire une douzieme confpiration contre *Octave* ; mais cela n'était pas dans le goût élégiaque.

Chofe étrange que les louanges ! Il eft bien clair qu'*Ovide* fouhaitait de tout fon cœur que quelque *Brutus* délivrât Rome de fon *Augufte*, & il lui fouhaite en vers l'immortalité.

Je ne reproche à *Ovide* que fes *Triftes.* *Bayle* lui fait fon procès fur fa Philofophie du Cahos, fi bien expofée dans le commencement des Métamorphofes :

Ante mare & terras, & quod tegit omnia cœlum,
Unus erat toto naturæ vultus in orbe.

Bayle traduit ainfi ces premiers vers : *Avant qu'il y eût un Ciel, une Terre & une Mer, la Nature était un tout homogene.* Il y a dans *Ovide* : *La face de la Nature était la même dans tout l'Univers.* Cela ne veut pas dire que tout fût homogene, mais que ce tout hétérogene, cet affemblage de chofes différentes paraiffait le même ; *unus vultus.*

Bayle critique tout le Cahos. *Ovide* qui n'eft dans fes vers que le Chantre de l'ancienne Philofophie, dit que les chofes molles & dures, les légeres & les pefantes, étaient mêlées enfemble :

Mollia cum duris, fine pondere, habentia pondus.

& voici comme *Bayle* raifonne contre lui.

» Il n'y a rien de plus abfurde que de fuppofer » un Cahos qui a été homogene pendant toute » une Eternité, quoiqu'il eût les qualités Elémen-

» taires, tant celles qu'on nomme Altératrices
» qui font la Chaleur, la Froideur, l'Humidité &
» la Séchereſſe, que celles qu'on nomme Motri-
» ces, qui font la Légereté & la Peſanteur : celle-
» là cauſe du mouvement en haut, celle-ci du
» mouvement en bas. Une matiere de cette nature
» ne peut point être homogene, & doit contenir
» néceſſairement toutes ſortes d'hétérogénéités. La
» chaleur & la froideur, l'humidité & la ſéche-
» reſſe, ne peuvent pas être enſemble ſans que
» leur action & leur réaction les tempere & les
» convertiſſe en d'autres qualités qui font la forme
» des corps mixtes ; & comme ce tempérament ſe
» peut faire ſelon des diverſités innombrables de
» combinaiſons, il a fallu que le Cahos renfermât
» une multitude incroyable d'eſpeces de compo-
» ſés. Le ſeul moyen de le concevoir homogene
» ſerait de dire, que les qualités altératrices des
» élémens ſe modifierent au même degré dans
» toutes les molécules de la matiere, de ſorte
» qu'il y avait par-tout préciſément la même tié-
» deur, la même molleſſe, la même odeur, la
» même ſaveur, &c.... mais ce ſerait ruiner d'une
» main ce que l'on bâtit de l'autre : ce ſerait par
» une contradiction dans les termes appeller Cahos
» l'ouvrage le plus régulier, le plus merveilleux en
» ſa ſymmétrie, le plus admirable en matiere de pro-
» portions qui ſe puiſſe concevoir. Je conviens que
» le goût de l'homme s'accommode mieux d'un ou-
» vrage diverſifié, que d'un ouvrage uniforme ; mais
» nos idées ne laiſſent pas de nous apprendre que
» l'harmonie des qualités contraires conſervée unifor-
» mement dans tout l'Univers, ſerait une perfection
» auſſi merveilleuſe que le partage inégal qui a
» ſuccédé au Cahos.

» Quelle ſcience, quelle puiſſance ne demanderait
» pas cette harmonie uniforme répandue dans toute
» la Nature ? Il ne ſuffirait pas de faire entrer dans
» chaque mixte la même quantité de chacun des
» quatre ingrédiens ; il faudrait y mettre des uns

» plus, des autres moins, selon que la force des
» uns est plus grande ou plus petite pour agir que
» pour résister ; car on sçait que les Philosophes
» partagent dans un degré différent l'action, & la
» réaction aux qualités élémentaires. Tout bien
» compté il se trouverait que la cause qui méta-
» morphosa le Cahos l'aurait tiré, non pas d'un
» état de confusion & de guerre, comme on le
» suppose, mais d'un état de justesse qui était la
» chose du monde la plus accomplie, & qui par
» la réduction à l'équilibre des forces contraires le
» tenait dans un repos équivalent à la paix. Il est
» donc constant que si les Poëtes veulent sauver
» l'homogénéité du Cahos, il faut qu'ils effacent
» tout ce qu'ils ajoutent concernant cette confusion
» bizarre des semences contraires, & ce mélange
» indigeste, & ce combat perpétuel des principes
» ennemis.

» Passons-leur cette contradiction, nous trouve-
» rons assez de matiere pour les combattre par
» d'autres endroits. Recommençons l'attaque de
» l'éternité. Il n'y a rien de plus absurde que d'ad-
» mettre pendant un tems infini le mélange des
» parties insensibles des quatre élémens ; car dès que
» vous supposez dans ces parties l'activité de la
» chaleur, l'action & la réaction des quatre pre-
» mieres qualités, & outre cela le mouvement vers
» le centre dans les particules de la Terre & de
» l'Eau, & le mouvement vers la circonférence
» dans celles du Feu & de l'Air, vous établissez
» un principe qui séparera nécessairement les unes
» des autres ces quatre especes de corps, & qui
» n'aura besoin pour cela que d'un certain tems li-
» mité. Considérez un peu ce qu'on appelle la fiole
» des quatre élémens. On y enferme de petites
» particules métalliques, & puis trois liqueurs beau-
» coup plus légeres les unes que les autres. Brouil-
» lez tout cela ensemble, vous n'y discernez plus
» aucun de ces quatre mixtes, les parties de chacun
» se confondent avec les parties des autres : mais

E 6

» laiffez un peu votre fiole en repos ", vous trou-
» verez que chacun reprend fa fituation : toutes
» les particules métalliques fe raffemblent au fond
» de la fiole ; celles de la liqueur la plus légere
» fe raffemblent au haut ; celles de la liqueur moins
» légere que celle-là , & moins pefante que l'au-
» tre , fe rangent au troifieme étage ; celles de la
» liqueur plus pefante que ces deux là , mais moins
» pefante que les particules métalliques , fe mettent
» au fecond étage ; & ainfi vous retrouvez les fi-
» tuations diftinctes que vous aviez confondues en
» fecouant la fiole ; vous n'avez pas befoin de
» patience ; un tems fort court vous fuffit pour
» revoir l'image de la fituation que la Nature a don-
» née dans le Monde aux quatre Elémens. On peut
» conclure, en comparant l'Univers à cette fiole ,
» que fi la Terre réduite en poudre avait été mê-
» lée avec la matiere des Aftres, & avec celle de
» l'Air & de l'Eau , en telle forte que le mélange
» eût été fait jufqu'aux particules infenfibles de
» chacun de ces élémens , tout aurait d'abord tra-
» vaillé à fe dégager , & qu'au bout d'un terme
» préfix , les parties de la Terre auraient formé une
» maffe , celles du Feu une autre , & ainfi du refte
» à proportion de la pefanteur & de la légereté de
» chaque efpece de corps » .

Je nie à *Bayle* que l'expérience de la phiole eut
pu fe faire du tems du Cahos. Je lui dis qu'*Ovide*
& les Philofophes entendaient par des chofes pefantes & légeres , celles qui le devinrent quand
un DIEU y eut mis la main. Je lui dis , vous fuppofez que la Nature eût pu s'arranger toute feule ,
fe donner elle-même la pefanteur. Il faudrait que
vous commençaffiez par me prouver que la gravité eft une qualité effentiellement inherente à la
matiere , & c'eft ce qu'on n'a jamais pu prouver.
Defcartes dans fon Roman a prétendu que les
corps n'étaient devenus pefans que quand fes tour-
billons de matiere fubtile avaient commencé à les
pouffer à un centre. *Newton* dans fa véritable Phi-

losophie ne dit point que la gravitation, l'attraction soit une qualité essentielle à la matiere. Si *Ovide* avait pu deviner le Livre des Principes Mathématiques de *Newton*, il vous dirait : *La matiere n'était ni pesante, ni en mouvement dans mon Cahos ; il a fallu que* DIEU *lui imprimât ces deux qualités : mon Cahos ne renfermait pas la force que vous lui supposez : nec quidquam niſi pondus iners,* ce n'était qu'une masse impuissante ; *pondus* ne signifie point ici *poids* ; il veut dire *masse.* Rien ne pouvait peser avant que DIEU eût imprimé à la matiere le principe de la gravitation. De quel droit un corps tendrait-il vers le centre d'un autre, serait-il attiré par un autre, pousserait-il un autre, si l'artisan Suprême ne lui avait communiqué cette vertu inexplicable ? Ainsi *Ovide* se trouverait non-seulement un bon Philosophe, mais encore un passable *Théologien.*

Vous dites : » Un Théologien scholastique avoue-
» rait sans peine, que si les quatre Elémens avaient
» existé indépendemment de DIEU avec toutes les
» facultés qu'ils ont aujourd'hui, ils auraient for-
» mé d'eux-mêmes cette machine du Monde, &
» l'entretiendraient dans l'état où nous la voyons.
» On doit donc reconnaître deux grands défauts
» dans la doctrine du Cahos : l'un & le principal
» est qu'elle ôte à DIEU la Création de la matiere
» & la production des qualités propres au Feu,
» à l'Air, à la Terre & à la Mer : l'autre, qu'a-
» près lui avoir ôté cela, elle le fait venir sans
» nécessité sur le théâtre du Monde pour distribuer
» les places aux quatre Elémens. Nos nouveaux
» Philosophes qui ont rejetté les qualités & les fa-
» cultés de la Physique Péripatéticienne, trouve-
» raient les mêmes défauts dans la description du
» Cahos d'*Ovide* ; car ce qu'ils appellent loix gé-
» nérales du Mouvement, principes de Méchani-
» que, modifications de la matiere, figure, situa-
» tion & arrangement des corpuscules, ne com-
» prend autre chose que cette vertu active & paſ-

» five de la Nature , que les Péripatéticiens en-
» tendent fous les mots de qualités altératrices &
» motrices des quatre Elémens. Puis donc que fui-
» vant la doctrine de ceux-ci , ces quatre corps fitués
» felon leur légereté & leur pefanteur naturelle ,
» font un principe qui fuffit à toutes les généra-
» tions , les *Cartéfiens* , les *Gaffendiftes* , & les
» autres Philofophes modernes doivent foutenir que
» le mouvement , la fituation & la figure des par-
» ties de la matiere fuffifent à la production de
» tous les effets naturels , fans excepter même l'ar-
» rangement général qui a mis la Terre , l'Air ,
» l'Eau & les Aftres où nous les voyons. Ainfi
» la véritable caufe du Monde & des effets qui s'y
» produifent , n'eft point différente de la caufe qui
» a donné le mouvement aux parties de la ma-
» tiere , foit qu'en même-tems elle ait affigné à
» chaque atome une figure déterminée comme le
» veulent les *Gaffendiftes* , foit qu'elle ait feule-
» ment donné à des parties toutes cubiques une
» impulfion qui par la durée du mouvement réduit
» à certaines loix , leur ferait prendre dans la fuite
» toutes fortes de figures. C'eft l'hypothéfe des
» *Cartéfiens.* Les uns & les autres doivent convenir
» par conféquent , que fi la matiere avait été telle
» avant la génération du Monde qu'*Ovide* l'a pré-
» tendu , elle aurait été capable de fe tirer du
» Cahos par fes propres forces , & de fe donner
» là forme du Monde fans l'affiftance de Dieu. Ils
» doivent donc accufer *Ovide* d'avoir commis deux
» bévues ; l'une eft d'avoir fuppofé que la matiere
» avait eu , fans l'aide de la Divinité , les femences
» de tous les mixtes , la chaleur , le mouvement ,
» &c. l'autre eft de dire que fans l'affiftance de
» Dieu elle ne fe ferait point tirée de l'état de
» confufion. C'eft donner trop , & trop peu à l'un
» & à l'autre , c'eft fe paffer de fecours au plus
» grand befoin , & le demander lorfqu'il n'eft pas
» néceffaire «.

Ovide pourra vous répondre encore : Vous fup-

poſez à tort que mes Elémens avaient toutes les
qualités qu'ils ont aujourd'hui ; ils n'en avaient aucune ; le ſujet exiſtait nud , informe , impuiſſant :
& quand j'ai dit que le chaud était mêlé dans mon
Cahos avec le froid , le ſec avec l'humide , je n'ai
pu employer que ces expreſſions , qui ſignifient
qu'il n'y avait ni froid ni chaud , ni ſec , ni humide.
Ce ſont des qualités que DIEU a miſes dans nos
ſenſations , & qui ne ſont point dans la matiere.
Je n'ai point fait les bévues dont vous m'accuſez.
Ce ſont vos *Cartéſiens* & vos *Gaſſendiſtes* , qui font
les bévues avec leurs atomes , & leurs parties cubiques ; & leurs imaginations ne ſont pas plus
vraies que mes Métamorphoſes. J'aime mieux
Daphné changée en Laurier , & *Narciſſe* en Fleur ,
que de la matiere Subtile changée en Soleils , &
de la matiere Rameuſe devenue Terre & Eau.

Je vous ai donné des Fables pour des Fables ,
& vos Philoſophes donnent des Fables pour des
Vérités.

CHAPITRE VINGT-SIXIEME.

DE SOCRATE.

L E moule eſt-il caſſé de ceux qui aimaient la
vertu pour elle-même , un *Confucius* , un
Pythagore, un *Thales*, un *Socrate* ? Il y avait de
leur tems des foules de dévots à leurs Pagodes &
à leurs Divinités, des eſprits frapés de la crainte
de *Cerbére* , & des Furies qui couraient les initia-
tions, les pélerinages, les myſteres qui ſe ruinaient
en offrandes de brebis noires. Tous les tems ont
vu de ces malheureux dont parle *Lucréce.*

Qui quocumque tamen miſeri venere parentant ;
Et nigras mactant pecudes & manibus divis
In ferias mittunt, multoque in rebus acerbis ,
Acrius adverſunt animos ad relligionem.

Les macérations étaient en ufage ; les Prêtres de
Cibéle fe faifaient châtrer pour garder la continence.
D'où vient que parmi tous ces Martyrs de la fu-
perftition, l'Antiquité ne compte pas un feul grand
homme, un Sage ? C'eft que la crainte n'a jamais
pu faire la vertu. Les grands hommes ont été les
enthoufiaftes du Bien Moral. La fageffe était leur
paffion dominante ; ils étaient Sages comme Alexandre était Guerrier, comme Homere était Poëte,
& Appelle Peintre, par la force, & une nature
fupérieure ; & voilà peut-être tout ce qu'on doit
entendre par le Démon de Socrate.

Un jour deux Citoyens d'Athénes revenant de
la Chapelle de Mercure, apperçurent Socrate dans
la Place publique. L'un dit à l'autre, n'eft-ce pas
là ce fcélérat qui dit qu'on peut être vertueux fans
aller tous les jours offrir des moutons & des oies ?
Oui, dit l'autre, c'eft ce Sage qui n'a point de Religion ; c'eft cet Athée qui dit qu'il n'y a qu'un
feul DIEU. Socrate approcha d'eux avec fon air
fimple, fon Démon, & fon ironie que Madame
Dacier a fi fort exaltée. Mes amis, leur dit-il,
un petit mot, je vous prie ; un homme qui prie
la Divinité, qui l'adore, qui cherche à lui reffem-
bler autant que le peut la faibleffe humaine, &
qui fait tout le bien dont il eft capable, comment nommeriez-vous un tel homme ? C'eft une
ame très-religieufe, dirent-ils. Fort bien. On pourrait donc adorer l'Etre fuprême, & avoir à toute
force de la Religion ? D'accord, dirent les deux
Athéniens. Mais croyez-vous, pourfuivit Socrate,
que quand le divin Architecte du Monde arrangea
tous ces Globes qui roulent fur vos têtes, quand
il donna le mouvement & la vie à tant d'êtres différens, il fe fervit du bras d'Hercule, ou de la lyre
d'Appollon, ou de la flûte de Pan ? Cela n'eft pas
probable, dirent-ils. Mais s'il n'eft pas vraifemblable qu'il ait employé le fecours d'autrui pour
conftruire ce que nous voyons, il n'eft pas croyable qu'il le conferve par d'autres que par lui-même.

Si *Neptune* était le Maître absolu de la Mer, *Junon* de l'Air, *Eole* des Vents, *Cérès* des Moissons, & que l'un voulut le calme, quand l'autre voudrait du vent & de la pluie, vous sentez bien que l'ordre de la nature ne subsisterait pas tel qu'il est. Vous m'avouerez qu'il est nécessaire que tout dépende de celui qui a tout fait. Vous donnez quatre chevaux blancs au Soleil, & deux chevaux noirs à la Lune ; mais ne vaut-il pas mieux que le jour & la nuit soient l'effet du mouvement imprimé aux Astres, par le Maître des Astres, que s'ils étaient produits par six chevaux ? Les deux Citoyens se regarderent, & ne répondirent rien. Enfin *Socrate* finit par leur prouver qu'on pouvait avoir des moissons sans donner de l'argent aux Prêtres de *Cérès*, aller à la chasse sans offrir des petites statues d'argent à la Chapelle de *Diane*, que *Pomone* ne donnait point des fruits, que *Neptune* ne donnait point des chevaux, & qu'il fallait remercier le Souverain qui a tout fait.

Son discours était dans la plus exacte Logique. *Xénophon* son disciple, homme qui connaissait le Monde, & qui depuis sacrifia au vent dans la retraite des dix mille, tira *Socrate* par la manche, & lui dit : Votre discours est admirable ; vous avez parlé bien mieux qu'un Oracle : vous êtes perdu ; l'un de ces honnêtes gens à qui vous parlez, est un boucher qui vend des moutons & des oies pour les Sacrifices ; & l'autre un orfèvre qui gagne beaucoup à faire de petits Dieux d'argent & de cuivre pour les femmes ; ils vont vous accuser d'être un impie qui voulez diminuer leur négoce ; ils déposeront contre vous auprès de *Mélitus* & d'*Anitus* vos ennemis qui ont conjuré votre perte : gare la ciguë ; votre Démon familier aurait bien dû vous avertir de ne pas dire à un boucher & à un orfévre, ce que vous ne deviez dire qu'à *Platon* & à *Xénophon*.

Quelque-tems après les ennemis de *Socrate* le firent condamner par le Conseil des Cinq cens. Il eut deux cens vingt voix pour lui. Cela fait préfumer qu'il y avait deux cens vingt Philofophes dans ce Tribunal ; mais cela fait voir que dans toute Compagnie le nombre des Philofophes eft toujours le plus petit.

Socrate but donc la ciguë pour avoir parlé en faveur de l'Unité de DIEU : & enfuite les Athéniens confacrérent une Chapelle à *Socrate* : à celui qui s'était élevé contre les Chapelles dédiées aux Etres inférieurs.

CHAPITRE VINGT-SEPTIEME.

DE CROMWEL.

ON peint *Cromwel* comme un homme qui a été fourbe toute fa vie. J'ai de la peine à le croire. Je penfe qu'il fut d'abord enthoufiafte , & qu'enfuite il fit fervir fon fanatifme même à fa grandeur. Un Novice fervent à vingt ans devient fouvent un fripon habile à quarante. On commence par être dupe & on finit par être fripon dans le grand jeu de la vie humaine. Un homme d'Etat prend pour Aumônier un Moine tout paîtri des petiteffes de fon Couvent. Dévot , crédule , gauche ; tout neuf pour le monde : le Moine s'inftruit , fe forme , s'intrigue & fupplante fon maître.

Cromwel ne fçavait d'abord s'il fe ferait Eccléfiaftique ou Soldat. Il fut l'un & l'autre. Il fit en 1622. une campagne dans l'armée du Prince d'Orange *Frédéric Henry* , Grand Homme , frere de deux Grands Hommes, & quand il revint en Angleterre , il fe mit au fervice de l'Evêque *Williams* , & fut le Théologien de Monfeigneur , tandis que Monfeigneur paffait pour l'amant de fa femme. Ses principes étaient ceux des Puritains ; ainfi il devait haïr de tout fon cœur un Evêque , & ne pas aimer les Rois. On le chaffa de la maifon de l'Evêque *Williams* , parce qu'il était Puritain ,

& voilà l'origine de fa fortune. Le Parlement d'Angleterre fe déclarait contre la Royauté & contre
l'Epifcopat ; quelques amis qu'il avait dans ce Parlement lui procurerent la nomination d'un village.
Il ne commença à exifter que dans ce tems-là ,
& il avait plus de quarante ans fans qu'il eût jamais fait parler de lui. Il avait beau poffeder l'E-
criture-Sainte , difputer fur les droits des Prêtres
& des Diacres , faire quelques mauvais fermons
& quelques libelles , il était ignoré. J'ai vu de lui
un fermon qui eft fort infipide & qui reffemble
affez aux prédications des *Quakers* ; on n'y découvre affurément aucune trace de cette éloquence
perfuafive avec laquelle il entraîna depuis les Parlemens. C'eft qu'en effet il était beaucoup plus
propre aux affaires qu'à l'Eglife. C'était fur-
tout dans fon ton & dans fon air que con-
fiftait fon éloquence ; un gefte de cette main qui
avait gagné tant de batailles , & tué tant de Roya-
liftes , perfuadait plus que les périodes de *Cicéron.*
Il faut avouer que ce fut fa valeur incomparable qui
le fit connaître, & qui le mena par degrés au faîte
de la grandeur.

Il commença par fe jetter en volontaire qui voulait faire fortune , dans la ville de Hull , affiégée
par le Roi. Il y fit de belles & d'heureufes actions,
pour lefquelles il reçut une gratification d'environ
fix mille francs du Parlement. Ce prefent fait par
le Parlement à un aventurier , fait voir que le parti
rebelle devait prévaloir. Le Roi n'était pas en état
de donner à fes Officiers Généraux ce que le Parlement donnait à des volontaires. Avec de l'argent
& du fanatifme on doit à la longue être maître de
tout. On fit *Cromwel* Colonel. Alors fes grands
talens pour la guerre fe développerent au point que
lorfque le Parlement créa le Comte de *Manchefter*
Général de fes armées , il fit *Cromwel* Lieutenant
Général , fans qu'il eût paffé par les autres grades.
Jamais homme ne parut plus digne de commander ;
jamais on ne vit plus d'activité & de prudence,

plus d'audace & plus de reſſources que dans *Cromwel.*
Il eſt bleſſé à la bataille d'York, & tandis que l'on
met le premier appareil à ſa plaie, il apprend que
ſon Général *Mancheſter* ſe retire, & que la bataille
eſt perdue. Il court à *Mancheſter*, il le trouve
fuyant avec quelques Officiers, il le prend par le
bras, & lui dit avec un air de confiance & de
grandeur, *Vous vous méprenez, Mylord, ce n'eſt
pas de ce côté-ci que ſont les ennemis.* Il le ramene
près du champ de bataille, rallie pendant la nuit
plus de douze mille hommes, leur parle au nom
de DIEU, cite *Moyſe, Gédéon & Joſué,* recom-
mence la bataille au point du jour contre l'armée
Royale victorieuſe, & la défait entiérement. Il
fallait qu'un tel homme pérît ou fût le maître.
Preſque tous les Officiers de ſon armée étaient
des enthouſiaſtes, qui portaient le Nouveau Teſtament à l'arçon de leur ſelle : on ne parlait à l'armée, comme dans le Parlement, que de perdre
Babylone, d'établir le culte dans Jéruſalem, de
briſer le Coloſſe. *Cromwel* parmi tant de fous, ceſſa de l'être, & penſa qu'il valait mieux les gouverner, que d'être gouverné par eux. L'habitude
de prêcher en inſpiré lui reſtait. Figurez-vous un
Fakir qui s'eſt mis aux reins une ceinture de fer
par pénitence, & qui enſuite détache ſa ceinture
pour en donner ſur les oreilles aux autres *Fakirs.*
Voilà *Cromwel.* Il devient auſſi intriguant qu'il était
intrépide ; il s'aſſocie avec tous les Colonels de
l'armée, & forme ainſi dans les troupes une République, qui force le Généraliſſime à ſe démettre.
Un autre Généraliſſime eſt nommé, & il le dégoûte. Il gouverne l'armée, & par elle il gouverne le
Parlement ; il met ce Parlement dans la néceſſité
de le faire enfin Généraliſſime. Tout cela eſt beaucoup ; mais ce qui eſt eſſentiel, c'eſt qu'il gagne
toutes les batailles qu'il donne en Angleterre, en
Ecoſſe, en Irlande ; & il les gagne, non en voyant
combattre, & en ſe ménageant, mais toujours en
chargeant l'ennemi, ralliant ſes troupes, courant

par-tout, souvent blessé, tuant de sa main plusieurs Officiers Royalistes, comme un grenadier furieux & acharné.

Au milieu de cette guerre affreuse, *Cromwel* faisait l'amour; il allait, la Bible sous le bras, coucher avec la femme de son Major Général *Lamberth.* Elle aimait le Comte de *Holland*, qui servait dans l'armée du Roi. *Cromwel* le prend prisonnier dans une bataille, & jouit du plaisir de faire trancher la tête à son rival. Sa maxime était de verser le sang de tout ennemi important, ou dans le champ de bataille, ou par la main des bourreaux. Il augmenta toujours son pouvoir, en osant toujours en abuser; les profondeurs de ses desseins n'ôtaient rien à son impétuosité féroce. Il entre dans la Chambre du Parlement, & prenant sa montre, qu'il jette à terre, & qu'il brise en morceaux; Je vous casserai, dit il, comme cette montre. Il y revient quelque-tems après, chasse tous les Membres l'un après l'autre, en les faisant défiler devant lui. Chacun d'eux est obligé, en passant, de lui faire une profonde révérence; un d'eux passe le chapeau sur la tête; *Cromwel* lui prend son chapeau, le jette par terre: Apprenez, dit-il, à me respecter.

Quand il eut outragé tous les Rois en faisant couper la tête à son Roi légitime, & qu'il commença lui-même à régner, il envoya son portrait à une Tête couronnée, c'était à la Reine de Suéde *Christine*. *Marvel*, fameux Poëte Anglais, qui faisait fort bien des vers Latins, accompagna ce portrait de six vers, où il fait parler *Cromwel* lui-même. *Cromwel* corrigea les deux derniers que voici:

At tibi submittit frontem reverentior umbra,
Non sunt hi vultus regibus usque truces.

Le sens hardi des six vers peut se rendre ainsi.

Les armes à la main j'ai défendu les loix;
D'un peuple audacieux j'ai vengé la querelle;
Regardez sans frémir cette image fidelle,
Mon front n'est pas toujours l'épouvante des Rois.

Cette Reine fut la premiere à le reconnaître, dès qu'il fut Protecteur des trois Royaumes. Presque tous les Souverains de l'Europe envoyerent des Ambassadeurs *à leur frere Cromwel*, à ce domestique d'un Evêque, qui venait de faire périr par les mains du bourreau un Souverain leur parent. Ils briguerent à l'envi son alliance. Le Cardinal *Mazarin*, pour lui plaire, chassa de France les deux fils de *Charles I.* les deux petits-fils de *Henri IV.* les deux cousins-germains de *Louis XIV.* La France conquit Dunkerque pour lui, & on lui en remit les clefs. Après sa mort, *Louis XIV.* & toute sa Cour porterent le deuil, excepté Mademoiselle, qui eut le courage de venir au cercle en habit de couleur, & soutint seule l'honneur de sa race.

Jamais Roi ne fut plus absolu que lui; il disait qu'il avait mieux aimé gouverner sous le nom de Protecteur, que sous celui de Roi, parce que les Anglais sçavaient jusqu'où s'étend la prérogative d'un Roi d'Angleterre, & ne sçavaient pas jusqu'où celle d'un Protecteur pouvait aller. C'était connaître les hommes que l'opinion gouverne, & dont l'opinion dépend d'un nom. Il avait conçu un profond mépris pour la Religion qui avait servi à sa fortune. Il y a une anecdote certaine conservée dans la maison de *Saint Jean*, qui prouve assez le peu de cas que *Cromwel* faisait de cet instrument, qui avait opéré de si grands effets dans ses mains. Il buvait un jour avec *Ireton*, *Fletwood* & *St. Jean*, bisayeul du célebre Mylord *Bullingbrooke*; on voulut déboucher une bouteille, & le tire-bouchon tomba sous la table, ils le cherchaient tous & ne le trouvaient pas. Cependant une députation des Eglises Presbytériennes attendait dans l'anti-chambre, & un huissier vint les annoncer. Qu'on leur dise que je suis retiré, dit *Cromwel*, & *que je cherche le Seigneur.* C'était l'expression dont se servaient les fanatiques quand ils faisaient leurs prieres. Lorsqu'il eut ainsi congédié la bande des Ministres, il dit à ses confi-

dens ces propres paroles : *Ces faquins-là croient
que nous cherchons le Seigneur , & nous ne cherchons que le tire-bouchon.*

Il n'y a guere d'exemple en Europe d'aucun
homme qui , venu de fi bas , fe foit élevé fi haut.
Mais que lui fallait-il abfolument , avec tous fes
grands talens ? La fortune. Il l'eut cette fortune,
mais fut il heureux ? Il vécut pauvre & inquiet
jufqu'à quarante trois ans ; il fe baigna depuis dans
le fang , paffa fa vie dans le trouble , & mourut
avant le tems à cinquante-fept ans. Que l'on compare à cette vie celle d'un *Newton* , qui a vécu
quatre-vingt quatre années , toujours tranquille ,
toujours honoré , toujours la lumiere de tous les
êtres penfans , voyant augmenter chaque jour fa
renommée , fa réputation , fa fortune , fans avoir
jamais ni foins , ni remords , & qu'on juge lequel
a été le mieux partagé.

O Curas hominum, ô quantum eft in rebus inane !

DIALOGUE

Entre un Plaideur & un Avocat.

LE PLAIDEUR.

EH bien , Monfieur , le procès de ces pauvres
orphelins !

L'AVOCAT.

Comment ? Il n'y a que dix huit ans que leur
bien eft aux faifies réelles. On n'a mangé encore
en frais de Juftice que le tiers de leur fortune , &
vous vous plaignez !

LE PLAIDEUR.

Je ne me plains point de cette bagatelle. Je connais l'ufage ; je le refpecte : mais pourquoi depuis
trois mois que vous demandez audience, n'avez-
vous pu l'obtenir qu'aujourd'hui.

L'A V O C A T.

C'eſt que vous ne l'avez pas demandée vous-même pour vos pupilles. Il fallait aller pluſieurs fois chez votre Juge, pour le ſupplier de vous juger.

LE PLAIDEUR.

Son devoir eſt de rendre juſtice, ſans qu'on l'en prie. Il eſt bien grand de décider des fortunes des hommes ſur ſon Tribunal : il eſt bien petit de vouloir avoir des malheureux dans ſon anti-chambre. Je ne vais point à l'audience de mon Curé le prier de chanter ſa grand'Meſſe ; pourquoi faut il que j'aille ſupplier mon Juge de remplir les fonctions de ſa charge ? Enfin donc, après tant de délais, nous allons être jugés aujourd'hui .

L'A V O C A T.

Oui ; & il y a grande apparence que vous gagnerez un chef de votre procès ; car vous avez pour vous un article déciſif dans *Carondas*.

LE PLAIDEUR.

Ce *Carondas* eſt apparemment quelque Chancelier de nos premiers Rois, qui fit une loi en faveur des orphelins.

L'A V O C A T.

Point du tout : c'eſt un particulier qui a dit ſon avis dans un gros livre qu'on ne lit point : mais un Avocat le cite ; les Juges le croient, & on gagne ſa cauſe.

LE PLAIDEUR.

Quoi ! l'opinion d'un *Carondas* tient lieu de loi ?

L'A V O C A T.

Ce qu'il y a de triſte, c'eſt que vous avez contre vous *Turnet* & *Brodeau*.

LE PLAIDEUR.

Autres Légiſlateurs de la même force, ſans doute?

L'A V O C A T.

Oui. Le Droit Romain n'ayant pu être ſuffiſamment expliqué dans le cas dont il s'agit, on ſe partage en pluſieurs opinions différentes.

LE

LE PLAIDEUR.

Que parlez-vous ici du Droit Romain ? Eſt-ce que nous vivons ſous *Juſtinien* & ſous *Théodoſe* ?

L'AVOCAT.

Non pas ; mais nos ancêtres aimaient beaucoup la chaſſe & les tournois ; ils couraient dans la Terre-Sainte avec leurs maîtreſſes. Vous voyez bien que de ſi importantes occupations ne leur laiſſaient pas le tems d'établir une Juriſprudence univerſelle.

LE PLAIDEUR.

Ah ! j'entends. Vous n'avez point de Loix , & vous allez demander à *Juſtinien* & à *Carondas* ce qu'il faut faire quand il y a un héritage à partager.

L'AVOCAT.

Vous vous trompez. Nous avons plus de Loix que toute l'Europe enſemble ; preſque chaque ville a la ſienne.

LE PLAIDEUR.

Oh ! oh ! voici bien une autre merveille.

L'AVOCAT.

Ah ! ſi vos pupilles étaient nés à Guines-la-Putain, au lieu d'être natifs de Melún près Corbeil !

LE PLAIDEUR.

Eh bien , qu'arriverait-il alors ?

L'AVOCAT.

Vous gagneriez votre procès haut à la main : car Guignes-la-Putain ſe trouve ſituée dans une coutume qui vous eſt tout-à-fait favorable ; mais à deux lieues de-là c'eſt toute autre choſe.

LE PLAIDEUR.

Mais Guignes & Melun ne ſont-ils pas en France ? Et n'eſt-ce pas une choſe abſurde & affreuſe , que ce qui eſt vrai dans un village ſe trouve faux dans un autre ? Par quelle étrange barbarie ſe peut-il que des compatriotes ne vivent pas ſous la même loi ?

L'AVOCAT.

C'eſt qu'autrefois les habitans de Guignes & ceux de Melun n'étaient pas compatriotes. Ces deux belles villes faiſaient dans le bon tems deux

Empires féparés ; & l'augufte Souverain de Gui-gnes, quoique ferviteur du Roi de France, don-nait des Loix à fes fujets ; ces Loix dépendaient de la volonté de fon maître d'hôtel, qui ne fçavait pas lire, & leur tradition refpectable s'eft tranfmife aux Guignois de pere en fils ; de forte que la race des Barons de Guignes étant éteinte pour le mal-heur du genre-humain, la maniere de penfer de leurs premiers valets fubfifte encore, & tient lieu de loi fondamentale. Il en eft ainfi de pofte en pofte dans le Royaume ; vous changez de Jurif-prudence en changeant de chevaux. Jugez où en eft un pauvre Avocat quand il doit plaider, par exemple, pour un Poitevin contre un Auvergnac ?

LE PLAIDEUR.

Mais les Poitevins, les Auvergnacs, & Mef-fieurs de Guignes, ne s'habillent-ils pas de la mê-me façon ? Eft-il plus difficile d'avoir les mêmes Loix que les mêmes habits ? Et puifque les tail-leurs & les cordonniers s'accordent d'un bout du Royaume à l'autre, pourquoi les Juges n'en font-ils pas autant ?

L'AVOCAT.

Ce que vous demandez eft auffi impoffible que de n'avoir qu'un poids & qu'une mefure. Com-ment voulez-vous que la Loi foit par-tout la mê-me, quand la pinte ne l'eft pas ? Pour moi, après avoir profondément rêvé, j'ai trouvé que comme la mefure de Paris n'eft point la mefure de Saint Denis, il faut néceffairement que les têtes ne foient pas faites à Paris comme à Saint Denis. La nature fe varie à l'infini, & il ne faut pas effayer de ren-dre uniforme ce qu'elle a rendu fi différent.

LE PLAIDEUR.

Mais il me femble qu'en Angleterre il n'y a qu'une loi & qu'une mefure.

L'AVOCAT.

Ne voyez-vous pas que les Anglais font des barbares ? Ils ont la même mefure ; mais ils ont en récompenfe vingt Religions différentes.

LE PLAIDEUR.

Vous me dites-là une chofe qui m'étonne ; quoi ! des peuples qui vivent fous les mêmes Loix, ne vivent pas fous la même Religion ?

L'AVOCAT.

Non ; & cela feul prouve évidemment qu'ils font abandonnés à leur fens réprouvé.

LE PLAIDEUR.

Cela ne viendrait-il pas auffi de ce qu'ils ont cru les Loix faites pour l'extérieur des hommes, & la Religion pour l'intérieur ? Peut-être que les Anglais, & d'autres Peuples, ont penfé que l'obfervation des Loix était d'homme à homme, & que la Religion était de l'homme à DIEU. Je fens que je n'aurais point à me plaindre d'un Anabatifte qui fe ferait baptifer à trente ans ; mais je trouverais fort mauvais qu'il ne me payât pas une lettre-de-change. Ceux qui péchent uniquement contre DIEU, doivent être punis dans l'autre monde ; ceux qui péchent contre les hommes doivent être châtiés dans celui-ci.

L'AVOCAT.

Je n'entends rien à tout cela. Je vais plaider votre caufe.

LE PLAIDEUR.

DIEU veuille que vous l'entendiez davantage.

DIALOGUE

Entre Madame de Maintenon & Mademoiselle de l'Enclos. (*)

MADAME DE MAINTENON.

OUI, je vous ai priée de venir me voir en secret. Vous penfez peut-être que c'eft pour
à jouir vos yeux de ma grandeur : non, c'eft pour
trouver en vous des confolations.

MADEMOISELLE DE L'ENCLOS.

Des confolations, Madame ! Je vous avoue que
n'ayant point eu de vos nouvelles depuis votre
grande fortune, je vous ai crue heureufe.

MADAME DE MAINTENON.

J'ai la réputation de l'être. Il y a des ames pour
qui c'en eft affez. La mienne n'eft pas de cette trempe ; je vous ai toujours regrettée.

MADEMOISELLE DE L'ENCLOS.

J'entends. Vous fentez dans la grandeur le befoin de l'amitié ; & moi qui vit pour l'amitié, je
n'ai jamais eu befoin de la grandeur ; mais pourquoi donc m'avez-vous oubliée fi long-tems ?

MADAME DE MAINTENON.

Vous fentez qu'il a fallu paraître vous oublier.
Croyez que parmi les malheurs attachés à mon élévation, je compte fur-tout cette contrainte.

MADEMOISELLE DE L'ENCLOS.

Pour moi je n'ai oublié ni mes premiers plai-

(*)Madame de *Maintenon* & Mademoifelle *Ninon de l'Enclos*,
avaient long-tems vécu enfemble. Cette célebre fille, qui eft
morte à 88 ans, avait vu l'Auteur, & même elle lui fit un
legs par fon teftament. L'Auteur a fouvent entendu dire à feu
l'Abbé de *Châteauneuf*, que Madame de *Maintenon* avait fait
ce qu'elle avait pu pour engager *Ninon* à fe faire dévote, & à
venir la confoler à Verfailles de l'ennui de la grandeur & de
la vieilleffe.

firs, ni mes anciens amis. Mais fi vous êtes malheureufe, comme vous le dites, vous trompez
bien toute la terre qui vous envie.

MADAME DE MAINTENON.

Je me fuis trompée la premiere. Si lorfque nous
foupions autrefois enfemble avec *Villarfaux* &
Nantouillet dans votre petite rue des Tournelles,
lorfque la médiocrité de notre fortune était à peine
pour nous un fujet de réflexion, quelqu'un m'a-
vait dit : Vous approcherez un jour du Trône ; le
plus puiffant Monarque du monde n'aura de confiance qu'en vous ; toutes les graces pafferont par
vos mains ; vous ferez regardée comme une Souveraine ; fi, dis-je, on m'avait fait de telles prédictions, j'aurais dit ; leur accompliffement doit
faire mourir d'étonnement & de joie. Tout s'eft
accompli ; j'ai éprouvé de la furprife dans les premiers momens ; j'ai efpéré la joie, & je ne l'ai
point trouvée.

MADEMOISELLE DE L'ENCLOS.

Les Philofophes pourront vous croire ; mais le
public aura bien de la peine à fe figurer que vous
ne foyez pas contente ; & s'il penfait que vous
ne l'êtes pas, il vous blâmerait.

MADAME DE MAINTENON.

Il faut bien qu'il fe trompe, comme moi. Ce
monde-ci eft un vafte amphithéâtre, où chacun
eft placé au hazard fur fon gradin. On croit que
la fuprême félicité eft dans les degrés d'enhaut.
Quelle erreur !

MADEMOISELLE DE L'ENCLOS.

Je crois que cette erreur eft néceffaire aux hommes ; ils ne fe donneraient pas la peine de s'élever, s'ils ne penfaient que le bonheur eft placé
fort au-deffus d'eux. Nous connaiffons toutes deux
des plaifirs moins remplis d'illufions. Mais, de
grace, comment vous y êtes-vous prife pour être
fi malheureufe fur votre gradin ?

MADAME DE MAINTENON.

Ah ! ma chere *Ninon*, depuis le tems que je ne

vous ai plus appellée que *Mademoiselle de l'Enclos*,
j'ai commencé à n'être plus si heureuse. Il faut
que je sois prude ; c'est tout vous dire. Mon cœur
est vuide ; mon esprit est contraint ; je joue le premier personnage de France ; mais ce n'est qu'un
personnage. Je ne vis que d'une vie empruntée.
Ah ! si vous sçaviez ce que c'est que le fardeau im-
posé à une ame languissante , de ranimer une autre ame , d'amuser un esprit qui n'est plus amusa-
ble (*).

MADEMOISELLE DE L'ENCLOS.

Je conçois toute la tristesse de votre situation.
Je crains de vous insulter en réfléchissant que *Ninon*
est plus heureuse à Paris , dans sa petite maison
avec l'Abbé *de Châteauneuf* & quelques amis, que
vous à Versailles auprès de l'homme de l'Europe
le plus respectable , qui met toute sa Cour à vos
pieds. Je crains de vous étaler la supériorité de
mon état. Je sçais qu'il ne faut pas trop goûter sa
félicité en presence des malheureux. Tâchez , Madame , de prendre votre grandeur en patience ;
tâchez d'oublier l'obscurité voluptueuse où nous
vivions toutes deux autrefois ; comme vous avez
été forcée d'oublier ici vos anciennes amies. Le
seul remede dans votre état douloureux , c'est de
ne dire jamais :

> Félicité passée ,
> Qui ne peut revenir ,
> Tourment de ma pensée ,
> Que n'ai-je en te perdant , perdu le souvenir !

Buvez du fleuve Léthé ; consolez-vous sur-tout
en jettant les yeux sur tant de Reines qui s'en-
nuient.

MADAME DE MAINTENON.

Ah , *Ninon !* Peut-on se consoler seule ? J'ai
une proposition à vous faire ; mais je n'ose.

MADEMOISELLE DE L'ENCLOS.

Madame , franchement c'est à vous à être timide ;
mais osez.

(*) Ce sont les propres paroles de Madame *de Maintenon.*

MADAME DE MAINTENON.

Ce serait de troquer, du moins en aparence, votre Philosofophie contre de la pruderie, de vous faire femme respectable. Je vous logerais à Versailles ; vous seriez mon amie plus que jamais ; vous m'aideriez à supporter mon état.

MADEMOISELLE DE L'ENCLOS.

Je vous aime toujours, Madame ; mais je vous avouerai que je m'aime davantage. Il n'y a pas moyen que je me fasse hypocrite & malheureuse, parce que la fortune vous a maltraitée.

MADAME DE MAINTENON.

Ah, cruelle *Ninon* ! Vous avez le cœur plus dur qu'on ne l'a même à la Cour. Vous m'abandonnez impitoyablement.

MADEMOISELLE DE L'ENCLOS.

Non, je suis toujours sensible. Vous m'attendrissez ; & pour vous prouver que j'ai toujours le même goût pour vous, je vous offre tout ce que je puis ; quittez Versailles, venez vivre avec moi dans la rue des Tournelles.

MADAME DE MAINTENON.

Vous me percez le cœur. Je ne puis être heureuse auprès du Trône, & je ne pourrais l'être au Marais. Voilà le funeste effet de la Cour.

MADEMOISELLE DE L'ENCLOS.

Je n'ai point de reméde pour une maladie incurable. Je consulterai sur votre mal avec les Philosophes qui viennent chez moi ; mais je ne vous promets pas qu'ils fassent l'impossible.

MADAME DE MAINTENON.

Quoi, se voir au faîte de la grandeur, être adorée, & ne pouvoir être heureuse !

MADEMOISELLE DE L'ENCLOS.

Ecoutez ; il y a peut-être ici du mal-entendu. Vous vous croyez malheureuse, uniquement par votre grandeur. Le mal ne viendrait-il pas aussi de ce que vous n'avez plus ni les yeux si beaux, ni l'estomac si bon, ni les desirs si vifs qu'autrefois ? Perdre sa jeunesse, sa beauté, ses passions ;

G 4

c'eft-là le vrai malheur. Voilà pourquoi tant de femmes fe font dévotes à cinquante ans , & fe fauvent d'un ennui par un autre.

MADAME DE MAINTENON.

Mais vous êtes plus âgée que moi , & vous n'êtes ni malheureufe ni dévote.

MADEMOISELLE DE L'ENCLOS.

Expliquons-nous. Il ne faut pas à notre âge s'imaginer qu'on puiffe jouir d'une félicité complette. Il faut une ame bien vive , & cinq fens bien parfaits, pour goûter cette efpece de bonheur-là. Mais avec des amis, de la liberté & de la Philofophie , on eft auffi-bien que notre âge le comporte. L'ame n'eft mal que quand elle eft hors de fa fphere. Croyez - moi : venez vivre avec mes Philofophes.

MADAME DE MAINTENON.

Voici deux Miniftres qui viennent. Cela eft bien loin des Philofophes. Adieu donc , ma chere *Ninon.*

MADEMOISELLE DE L'ENCLOS.

Adieu, Augufte infortunée.

DIALOGUE

Entre un Philofophe & un Contrôleur-Général des Finances.

LE PHILOSOPHE.

SAvez-vous qu'un Miniftre des finances peut faire beaucoup plus de bien , & par conféquent être un plus grand homme que vingt Maréchaux de France ?

LE MINISTRE.

Je fçavais bien qu'un Philofophe voudrait adoucir en moi la dureté qu'on reproche à ma place ; mais je ne m'attendais pas qu'il voulût me donner de la vanité.

LE PHILOSOPHE.

La vanité n'eft pas tant un vice que vous le penfez. Si *Louis XIV.* n'en avait pas eu un peu, fon
regne n'eût pas été fi illuftre. Le grand *Colbert*
en avait. Ayez celle de le furpaffer. Vous êtes né
dans un tems plus favorable que le fien. Il faut
s'élever avec fon fiecle.

LE MINISTRE.

Je conviens que ceux qui cultivent une terre
fertile, ont un grand avantage fur ceux qui l'ont
défrichée.

LE PHILOSOPHE.

Croyez qu'il n'y a rien d'utile que vous ne puif-
fiez faire aifément. *Colbert* trouva, d'un côté,
l'adminiftration des finances dans tout le defordre
où les guerres civiles & trente ans de rapines l'a-
vaient plongée. Il trouva de l'autre une nation
légere, ignorante, affervie à des préjugés, dont
la rouille avait treize cens ans d'ancienneté. Il n'y
avait pas un homme au Confeil qui fçât ce que
c'eft que le change. Il n'y en avait pas un qui
fçût ce que c'eft que la proportion des efpeces,
pas un qui eût l'idée du commerce. A prefent,
les lumiéres fe font communiquées de proche en
proche. La populace refte toujours dans la profonde ignorance, où la néceffité de gagner fa vie,
& j'ofe dire, le bien de l'Etat, devaient la tenir.
Mais l'ordre moyen eft éclairé. Cet ordre eft très-
confidérable ; il gouverne les Grands qui penfent
quelquefois, & les petits qui ne penfent point.
Il eft arrivé dans la finance, depuis le célébre
Colbert, ce qui eft arrivé dans la mufique depuis
Lulli. A peine *Lulli* trouva-t-il des hommes qui
puffent exécuter fes fimphonies, toutes fimples
qu'elles étaient. Aujourd'hui, le nombre des Ar-
tiftes, capables d'exécuter la mufique la plus fçâ-
vante, s'eft accrû autant que l'art même. Il en eft
ainfi dans la Philofophie & dans l'adminiftration.
Colbert a plus fait que le Duc *de Sully* ; il faut
faire plus que *Colbert.*

G 5

A ces mots, le Miniſtre apercevant que le Phi-loſophe avait quelques papiers, il voulut les voir ; c'était un recueil de quelques idées qui pouvaient fournir beaucoup de réflexions ; le Miniſtre prit le papier, & le lut.

La richeſſe d'un Etat conſiſte dans le nombre de ſes habitans & dans leur travail.

Le Commerce ne ſert à rendre un Etat plus puiſſant que ſes voiſins, que parce que dans un certain nombre d'années, il a une guerre avec ſes voiſins, comme dans un certain nombre d'années il y a toujours quelque calamité publique. Alors dans cette calamité de la guerre, la nation la plus riche l'emporte néceſſairement ſur les autres, tou-tes choſes d'ailleurs égales, parce qu'elle peut acheter plus d'alliés & plus de troupes étrangéres. Sans la calamité de la guerre, l'augmentation de la maſſe d'or & d'argent ſerait inutile. Car pourvu qu'il y ait aſſez d'or & d'argent pour la circula-tion, pourvu que la balance du Commerce ſoit ſeulement égale, alors il eſt clair qu'il ne nous man-que rien.

S'il y a deux milliards dans un Royaume, toutes les denrées & la main-d'œuvre coûteront le dou-ble de ce qu'elles coûteraient, s'il n'y avait qu'un milliard. Je ſuis auſſi riche avec cinquante mille livres de rente, quand j'achete la livre de viande quatre ſols, qu'avec cent mille, quand je l'achete huit ſols ; & le reſte à proportion. La vraie ri-cheſſe d'un Royaume n'eſt donc pas dans l'or & l'argent ; elle eſt dans l'abondance de toutes les denrées ; elle eſt dans l'induſtrie & dans le tra-vail. Il n'y a pas long-tems qu'on a vu ſur la ri-viere de la Plata, un Régiment Eſpagnol, dont tous les Officiers avaient des épées d'or ; mais ils manquaient de chemiſes & de pain.

Je ſuppoſe que depuis *Hugues Capet*, la quantité d'argent n'ait point augmenté dans le Royaume ; mais que l'induſtrie ſe ſoit perfectionnée cent fois davantage dans tous les Arts, Je dis que nous ſom-

mes réellement cent fois plus riches que du tems
de *Hugues Capet*. Car être riche, c'eſt jouir. Or
je jouis d'une maiſon plus aérée, mieux bâtie,
mieux diſtribuée que n'était celle de *Hugues Ca-*
pet lui-même : on a mieux cultivé les vignes, &
je bois de meilleur vin : on a perfectionné les manufactures, & je ſuis vétu d'un plus beau drap :
l'art de flatter le goût par des aprêts plus fins,
me fait faire tous les jours une chere plus déli-
cate, que ne l'étaient les feſtins royaux de *Hugues*
Capet. S'il ſe faiſait tranſporter, quand il était malade, d'une maiſon dans une autre, c'était dans
une charrette ; & moi je me fais porter dans un
caroſſe commode & agréable, où je reçois le jour
ſans être incommodé du vent. Il n'a pas fallu plus
d'argent dans le Royaume pour ſuſpendre ſur des
cuirs une caiſſe de bois peinte : il n'a fallu que
de l'induſtrie, ainſi du reſte. On prenait dans les
mêmes carriéres les pierres dont on bâtiſſait la
maiſon de *Hugues Capet*, & celles dont on bâtit
aujourd'hui les maiſons de Paris. Il ne faut pas
plus d'argent pour conſtruire une vilaine priſon,
que pour faire une maiſon agréable. Il n'en coûte
pas plus pour planter un jardin bien entendu, que
pour tailler ridiculement des ifs, & en faire des
repreſentations groſſiéres d'animaux. Les chênes
pourriſſaient autrefois dans les forêts ; ils ſont fa-
çonnés aujourd'hui en parquets. Le ſable reſtait inutile ſur la terre ; on en fait des glaces.

Or celui-là eſt certainement riche qui jouit de
tous ces avantages. L'induſtrie ſeule les a procu-
rés. Ce n'eſt donc point l'argent qui enrichit un
Royaume, c'eſt l'eſprit ; j'entends l'eſprit qui dirige le travail.

Le Commerce fait le même effet que le travail
des mains ; il contribue à la douceur de ma vie.
Si j'ai beſoin d'un ouvrage des Indes, d'une production de la nature, qui ne ſe trouve qu'à Cei-
lan ou à Ternate ; je ſuis pauvre par ces beſoins.
Je deviens riche quand le Commerce les ſatisfait.

G 6

Ce n'était pas de l'or & de l'argent qui me manquaient ; c'était du caffé & de la canelle. Mais ceux qui font fix mille lieues, au rifque de leur vie, pour que je prenne du caffé les matins, ne font que le fuperflu des hommes laborieux de la nation. La richeffe confifte donc dans le grand nombre d'hommes laborieux.

Le but, le devoir d'un Gouvernement fage, eft donc évidemment la peuplade & le travail.

Dans nos climats, il naît plus de mâles que de femelles, donc il ne faut pas faire mourir les femelles. Or il eft clair que c'eft les faire mourir pour la fociété, que de les enterrer toutes vives dans des cloîtres, où elles font perdues pour la race prefente, & où elles anéantiffent les races futures. L'argent perdu à dotter des Couvens, ferait donc très-bien employé à encourager des mariages. Je compare les terres en friche, qui font encore en France, aux filles qu'on laiffe fécher dans un cloître. Il faut cultiver les unes & les autres. Il y a beaucoup de manieres d'obliger les cultivateurs à mettre en valeur une terre abandonnée : mais il y a une maniere fûre de nuire à l'Etat ; c'eft de laiffer fubfifter ces deux abus, d'enterrer les filles, & de laiffer des champs couverts de ronces. La ftérilité, en tout genre, eft ou un vice de la nature, ou un attentat contre la nature.

Le Roi, qui eft l'économe de la Nation, donne des penfions à des Dames de la Cour, & il fait bien ; car cet argent va aux Marchands, aux Coëffeufes & aux Brodeufes. Mais pourquoi n'y a-t-il pas des penfions attachées à l'encouragement de l'agriculture ? Cet argent retournerait de même à l'Etat, mais avec plus de profit.

On fçait que c'eft un vice dans un Gouvernement, qu'il y ait des mendians. Il y en a de deux efpeces ; ceux qui vont en guenilles d'un bout du Royaume à l'autre, arracher des paffans, par des cris lamentables, dequoi aller au cabaret ; & ceux qui, vêtus d'habits uniformes, vont mettre le

peuple à contribution , au nom de DIEU , &
reviennent fouper chez eux , dans de grandes-
maifons , où ils vivent à leur aife. La première de
ces deux efpeces eft moins pernicieufe que l'autre , parce que , chemin faifant , elle produit des
enfans à l'Etat ; & que fi elle fait des voleurs , elle
fait auffi des maçons & des foldats. Mais toutes
deux font un mal , dont tout le monde fe plaint ,
& que perfonne ne déracine. Il eft bien étrange
que dans un Royaume qui a des terres incultes
& des colonies , on fouffre des habitans qui ne
peuplent ni ne travaillent. Le meilleur Gouvernement eft celui où il y a le moins d'hommes inutiles. D'où vient qu'il y a eu des peuples , qui
ayant moins d'or & d'argent que nous , ont immortalifé leur mémoire par des travaux que nous
n'ofons imiter ? Il eft évident que leur adminiftration valait mieux que la nôtre , puifqu'elle engageait plus d'hommes au travail.

Les impôts font néceffaires. La meilleure maniere de les lever, eft celle qui facilite davantage
le travail & le commerce. Un impôt arbitraire eft
vicieux. Il n'y a que l'aumône qui puiffe être arbitraire ; mais dans un Etat bien policé, il ne doit
pas y avoir lieu à l'aumône. Le grand *Scha-Abas* ,
en faifant en Perfe tant d'établiffemens utiles , ne
fonda point d'hôpitaux. On lui en demanda la
raifon. Je ne veux pas , dit-il , qu'on ait befoin
d'hôpitaux en Perfe.

Qu'eft ce qu'un impôt ? C'eft une certaine quantité de bled , de beftiaux , de denrées , que les
poffeffeurs des terres doivent à ceux qui n'en ont
point. L'argent n'eft que la reprefentation de ces
denrées. L'impôt n'eft donc réellement que fur les
riches ; vous ne pouvez pas demander au pauvre
une partie du pain qu'il gagne , & du lait que les
mammelles de fa femme donnent à fes enfans. Ce
n'eft pas fur le pauvre , fur le manœuvre , qu'il
faut impofer une taxe. Il faut , en le faifant travailler, lui faire efpérer d'être un jour affez heureux pour payer des taxes.

Pendant la guerre, je suppose qu'on paie cinquante millions de plus par an. De ces cinquante millions il en passe vingt dans les pays étrangers : trente sont employés à faire massacrer des hommes. Je suppose que pendant la paix, de ces cinquante millions, on en paie vingt-cinq ; rien ne passe alors chez l'étranger : on fait travailler pour le bien public, autant de citoyens qu'on en égorgeait. On augmente les travaux en tout genre ; on cultive les campagnes ; on embellit les villes : donc on est réellement riche en payant l'Etat. Les impôts, pendant la calamité de la guerre, ne doivent pas servir à nous procurer les commodités de la vie ; ils doivent servir à la défendre. Le peuple le plus heureux doit être celui qui paie le plus, c'est incontestablement le plus laborieux & le plus riche.

Le papier public est à l'argent, ce que l'argent est aux denrées ; une représentation, un gage d'échange. L'argent n'est utile que parce qu'il est plus aisé de payer un mouton avec un louis d'or, que de donner pour un mouton quatre paires de bas. Il est de même plus aisé à un Receveur de Province, d'envoyer au Trésor-Royal quatre cens mille francs dans une lettre, que de les faire voiturer à grands frais : donc une Banque, un papier de crédit est utile. Un papier de crédit est dans le gouvernement d'un Etat, dans le Commerce & dans la circulation, ce que les cabestans font dans les carrieres. Ils enlevent des fardeaux que les hommes n'auraient pu remuer à bras. Un Ecossais, homme utile & dangereux, établit en France le papier de crédit ; c'était un Médecin qui donnait une dose d'émétique trop forte à des malades. Ils en eurent des convulsions ; mais parce qu'on a trop pris d'un bon reméde, doit on y renoncer à jamais ? Il est resté des débris de son systême, une Compagnie des Indes, qui donne de la jalousie aux étrangers, & qui peut faire la grandeur de la Nation ; donc ce systême, contenu dans de juſtes bornes, aurait fait plus de bien qu'il n'a fait de mal.

Changer le prix des eſpéces, c'eſt faire de la fauſſe monnoie. Répandre dans le public plus de papier de crédit que la maſſe & la circulation des eſpéces & des denrées ne le comportent, c'eſt encore faire de la fauſſe monnoie.

Défendre la ſortie des matieres d'or & d'argent, eſt un reſte de barbarie & d'indigence. C'eſt à la fois vouloir ne pas payer ſes dettes, & perdre le Commerce ; c'eſt en effet ne pas vouloir payer ; puiſque ſi la nation eſt débitrice, il faut qu'elle ſolde ſon compte avec l'étranger. C'eſt perdre le Commerce ; puiſque l'or & l'argent ſont non-ſeulement le prix des marchandiſes, mais ſont marchandiſes eux-mêmes. L'Eſpagne a conſervé, comme d'autres Nations, cette ancienne Loi, qui n'eſt qu'une ancienne miſere. La ſeule reſſource de gouvernement eſt qu'on viole toujours cette Loi.

Charger de taxes dans ſes propres Etats les denrées de ſon pays d'une Province à une autre, rendre la Champagne ennemie de la Bourgogne, & la Guyenne de la Bretagne ; c'eſt encore un abus honteux & ridicule. C'eſt comme ſi je poſtais quelques-uns de mes domeſtiques dans un anti-chambre, pour arrêter & pour manger une partie de mon ſoupé lorſqu'on me l'apporte. On a travaillé à corriger cet abus, & à la honte de l'eſprit humain, on n'a pu y réuſſir.

Il y avait bien d'autres idées dans les papiers du Philoſophe ; le Miniſtre les goûta, il s'en procura une copie ; & c'eſt le premier portefeuille d'un Philoſophe qu'on ait vu dans le portefeuille d'un Miniſtre.

DIALOGUE

Entre Mart-Aurele & un Recollet.

MARC-AURELE.

JE crois me reconnaître enfin. Voici certainemenꞇ
le Capitole, & cette Bafilique eſt le Temple.
Cet homme que je vois là eſt ſans doute Prêtre de
Jupiter. Ami, un petit mot, je vous prie.

LE RECOLLET.

Ami ! l'expreſſion eſt familiere. Il faut que vous
ſoyez bien étranger, pour aborder ainſi Frere *Fulgence*, le Recollet, habitant du Capitole, Confeſ-
feur de la Ducheſſe *de Popoli*, & qui parle quelquefois au Pape comme s'il parlait à un homme.

MARC-AURELE.

Frere *Fulgence* au Capitole ! Les choſes ſont un
peu changées. Je ne comprends rien à ce que vous
dites. Eſt ce que ce n'eſt pas ici le Temple de Jupiter ?

LE RECOLLET.

Allez, bon homme, vous extravaguez. Qui
êtes-vous, s'il vous plaît, avec votre habit à l'antique, & votre petite barbe ? D'où venez-vous,
& que voulez-vous ?

MARC-AURELE.

Je porte mon habit ordinaire ; je reviens voir
Rome : je ſuis *Marc-Aurele.*

LE RECOLLET.

Marc-Aurele ? J'ai entendu parler d'un nom à
peu près ſemblable. Il y avait un Empereur Païen,
à ce que je crois, qui ſe nommait ainſi.

MARC-AURELE.

C'eſt moi-même. J'ai voulu revoir cette Rome
qui m'aimait, & que j'ai aimée ; ce Capitole, où
j'ai triomphé en dédaignant les triomphes; cette terre

que j'ai rendue heureuſe. Mais je ne reconnais plus Rome. J'ai revu la colonne qu'on m'a érigée, & je n'y ai plus retrouvé la ſtatue du ſage *Antonin* mon pere. C'eſt un autre viſage.

LE RECOLLET.

Je le crois bien, M. le damné ; *Sixte-Quint* a relevé votre colonne ; mais il y a mis la ſtatue d'un homme qui valait mieux que votre pere & vous.

MARC-AURELE.

J'ai toujours cru qu'il était fort aiſé de valoir mieux que moi ; mais je croyais qu'il était difficile de valoir mieux que mon pere. Ma piété a pu m'abuſer : tout homme eſt ſujet à l'erreur. Mais pourquoi m'appellez-vous *damné* ?

LE RECOLLET.

C'eſt que vous l'êtes. N'eſt ce pas vous (autant qu'il m'en ſouvient) qui avez tant perſécuté des gens à qui vous aviez obligation , & qui vous avaient procuré de la pluie pour battre vos ennemis ?

MARC-AURELE.

Hélas ! j'étais bien loin de perſécuter perſonne. Je rendis graces au Ciel de ce que, par une heureuſe conjonĉture, il vint à propos un orage dans le tems que mes troupes mouraient de ſoif ; mais je n'ai jamais entendu dire que j'euſſe obligation de cet orage aux gens dont vous me parlez, quoiqu'ils fuſſent de fort bons ſoldats. Je vous jure que je ne ſuis point damné. J'ai fait trop de bien aux hommes pour que l'Eſſence Divine veuille me faire du mal. Mais dites-moi, je vous prie , où eſt le palais de l'Empereur mon ſucceſſeur ? Eſt-ce toujours ſur le mont Palatin ? Car en vérité je ne reconnais plus mon pays.

LE RECOLLET.

Je le crois bien vraiment ; nous avons tout perfeĉtionné. Si vous voulez , je vous menerai à *Monte Cavallo.* Vous baiſerez les pieds du S. Pere, & vous aurez des Indulgences dont vous me paraiſſez avoir grand beſoin.

MARC-AURELE.

Accordez-moi d'abord la vôtre; & dites-moi franchement, est-ce qu'il n'y aurait plus d'Empereur, ni d'Empire Romain?

LE RECOLLET.

Si fait, si fait, il y a un Empereur & un Empire, mais tout cela est à quatre cens lieues d'ici, dans une petite ville appellée Vienne sur le Danube. Je vous conseille d'y aller voir vos successeurs; car ici vous risqueriez de voir l'inquisition. Je vous avertis que les Révérends Peres Dominicains n'entendent point raillerie, & qu'ils traiteraient fort mal les *Marc-Aureles*, les *Antonins*, les *Trajans*, & les *Titus*, gens qui ne sçavent pas leur Catéchisme.

MARC-AURELE.

Un Catéchisme! l'Inquisition! des Dominicains! des Recollets! des Cardinaux! un Pape! & l'Empire Romain dans une petite ville sur le Danube! Je ne m'y attendais pas; mais je conçois qu'en seize cens ans les choses de ce monde doivent avoir changé de face. Je serais curieux de voir un Empereur Romain, *Marcoman*, *Quade*, *Cimbre* ou *Teuton*.

LE RECOLLET.

Vous aurez ce plaisir-là quand vous voudrez, & même de plus grands. Vous seriez donc bien étonné, si je vous disais que des Sites ont la moitié de votre Empire, & que nous avons l'autre; que c'est un Prêtre comme moi qui est le Souverain de Rome; que Frere *Fulgence* pourra l'être à son tour; que je donnerai des bénédictions au même endroit où vous traîniez à votre char des Rois vaincus; & que votre successeur du Danube n'a pas à lui une ville en propre; mais qu'il y a un Prêtre qui doit lui prêter la sienne dans l'occasion.

MARC-AURELE.

Vous me dites-là d'étranges choses. Tous ces grands changemens n'ont pu se faire sans de grands malheurs. J'aime toujours le genre humain, & je le plains.

LE RECOLLET.

Vous êtes trop bon. Il en a coûté à la vérité
des torrens de fang, & il y a eu cent Provinces
ravagées ; mais il ne fallait pas moins que cela
pour que Frere *Fulgence* dormît au Capitole à fon
aife.

MARC-AURELE.

Rome, cette Capitale du Monde, eft donc bien
déchue & bien malheureufe ?

LE RECOLLET.

Déchue, fi vous voulez ; mais malheureufe ?
non. Au contraire la paix y regne, les beaux Arts
y fleuriffent. Les anciens Maîtres du Monde ne
font plus que des Maîtres de Mufique. Au lieu
d'envoyer des Colonies en Angleterre, nous y
envoyons des châtrés & des violons. Nous n'a-
vons plus de *Scipions* qui détruifent des Cartha-
ges ; mais auffi nous n'avons plus de profcriptions.
Nous avons changé la gloire contre le repos.

MARC-AURELE.

J'ai tâché dans ma vie d'être Philofophe ; je le
fuis devenu véritablement depuis. Je trouve que
le repos vaut bien la gloire ; mais par tout ce que
vous me dites, je pourrais foupçonner que Frere
Fulgence n'eft pas Philofophe.

LE RECOLLET.

Comment ! Je ne fuis pas Philofophe ? je e fuis à
la fureur. J'ai enfeigné la Philofophie, & qui plus
eft la Théologie.

MARC-AURELE.

Qu'eft-ce que cette Théologie, s'il vous plaît ?

LE RECOLLET.

C'eft... c'eft ce qui fait que je fuis ici, & que
les Empereurs n'y font plus. Vous paraiffez fâché de
ma gloire, & de la petite révolution qui eft arrivée
à votre Empire.

MARC-AURELE.

J'adore les décrets éternels ; je fçai qu'il ne faut
pas murmurer contre la deftinée ; j'admire la vi-
ciffitude des chofes humaines ; mais puifqu'il faut

que tout change, puifque l'Empire Romain eft tombé, les Recollets pourront avoir leur tour.

LE RECOLLET.

Je vous excommunie, & je vais à matines.

MARC-AURELE.

Et moi, je vais me rejoindre à l'Etre des Etres.

DIALOGUE

Entre un Bracmane & un Jesuite, sur la nécessité & l'enchaînement des choses.

LE JESUITE.

C'Eſt apparemment par les prieres de *S. François Xavier* que vous êtes parvenu à une ſi heureuſe & ſi longue vieilleſſe ? Cent quatre-vingt ans! cela eſt digne du tems des Patriarches.

LE BRACMANE.

Mon Maître *Fonfouka* en a vécu trois cens; c'eſt le cours ordinaire de notre vie. J'ai une grande eſtime pour *François Xavier*; mais ſes prieres n'auraient jamais pu déranger l'ordre de l'Univers: & s'il avait eu ſeulement le don de faire vivre une mouche un inſtant de plus que ne le portait l'enchaînement des deſtinées, ce globe-ci ſerait toute autre choſe que ce que vous voyez aujourd'hui.

LE JESUITE.

Vous avez une étrange opinion des futurs contingens. Vous ne ſçavez donc pas que l'homme eſt libre, que notre volonté diſpoſe à notre gré de tout ce qui ſe paſſe ſur la terre. Je vous aſſure que les ſeuls Jéſuites y ont fait pour leur part des changemens conſidérables.

LE BRACMANE.

Je ne doute pas de la ſcience & du pouvoir des Révérends Peres Jéſuites; ils ſont une partie fort eſtimable de ce Monde; mais je ne les en

trois pas les Souverains. Chaque homme , chaque
être , tant Jésuite que Bracmane , est un ressort
de l'Univers, il obéit à la destinée, & ne lui commande pas. A quoi tenait-il que *Gingiskan* con-
quît l'Asie ? à l'heure à laquelle son pere s'éveil-
la un jour en couchant avec sa femme , à un mot
qu'un Tartare avait prononcé quelques années auparavant. Je suis, par exemple, tel que vous me
voyez , une des causes principales de la mort déplo-
rable de votre bon Roi *Henry IV* ; & vous m'en
voyez encore affligé.

LE JESUITE.

Votre révérence veut rire apparemment ? Vous,
la cause de l'assassinat de *Henry IV* !

LE BRACMANE.

Hélas oui ! C'était l'an neuf cens quatre-vingt
trois mille de la révolution de *Saturne* , qui revient à l'an cinq cent cinquante de votre Ere. J'é-
tais jeune & étourdi. Je m'avisai de commencer une
petite promenade du pied gauche, au lieu du pied
droit , sur la côte de Malabar , & de-là suivit évidemment la mort de *Henry IV*.

LE JESUITE.

Comment cela, je vous supplie ? Car nous qu'on
accusait de nous être tournés de tous les côtés dans
cette affaire, nous n'y avons aucune part.

LE BRACMANE.

Voici comme la destinée arrangea la chose. En
avançant le pied gauche, comme j'ai l'honneur de
vous dire , je fis tomber malheureusement dans
l'eau mon ami *Eriban* , Marchand Persan, qui se
noya. Il avait une fort jolie femme , qui convola
avec un Marchand Arménien ; elle eut une fille
qui épousa un Grec ; la fille de ce Grec s'établit
en France, & épousa le pere de *Ravaillac*. Si tout
cela n'était pas arrivé, vous sentez que les affaires
des Maisons de France & d'Autriche auraient tourné différemment. Le système de l'Europe aurait
changé. Les guerres entre l'Allemagne & la Turquie auraient eu d'autres suites ; ces suites auraient

influé fur la Perfe , la Perfe fur les Indes. Vous
voyez que tout tenait à mon pied gauche , lequel
était lié à tous les autres évenemens de l'Univers ,
paffés , prefens , & futurs.

LE JESUITE.

Je veux propofer cet argument à quelqu'un de
nos Peres Théologiens , & je vous apporterai la fo-
lution.

LE BRACMANE.

En attendant je vous dirai encore , que la fervante du grand-pere du fondateur des Feuillants,
(car j'ai lu vos hiftoires) était auffi une des cau-
fes néceffaires de la mort de *H nry IV* , & de tous
les accidens que cette mort entraîna.

LE JESUITE.

Cette fervante là était une maîtreffe femme !

LE BRACMANE.

Point du tout. C'était une idiote , à qui fon
maître fit un enfant. Madame *de la Barrière* en
mourut de chagrin. Celle qui lui fuccéda , fut ,
comme difent vos Croniques , la grand'mere du
bienheureux *Jean de la Barrière* , qui fonda l'Ordre des Feuillants. *Ravaillac* fut Moine dans cet
Ordre. Il puifa chez eux certaine doctrine fort à
la mode alors , comme vous fçavez. Cette doctrine lui perfuada que c'était une bonne œuvre d'af-
faffiner le meilleur Roi du monde. Le refte eft
connu.

LE JESUITE.

Malgré votre pied gauche , & la fervante du
grand-pere du fondateur des Feuillants, je croirai toujours que l'action horrible de *Ravaillac* ,
était un futur contingent, qui pouvait fort bien ne
pas arriver ; car enfin la volonté de l'homme eft
libre.

LE BRACMANE.

Je ne fçai pas ce que vous entendez par une
volonté libre. Je n'attache point d'idée à ces paroles. Etre libre , c'eft faire ce qu'on veut, & non
pas vouloir ce qu'on veut. Tout ce que je fçai ,

c'est que *Ravaillac* commit volontairement le crime qu'il était destiné à faire par des loix immua-
bles. Ce crime était un chaînon de la grande chaîne
des destinées.

LE JESUITE.

Vous avez beau dire ; les choses de ce monde
ne sont point si liées ensemble que vous pensez. Que
fait, par exemple, au reste de la machine, la conversation inutile que nous avons ensemble sur le rivage des Indes ?

LE BRACMANE.

Ce que nous disons vous & moi est peu de
chose, sans doute ; mais si vous n'étiez pas ici,
toute la machine du monde serait autre qu'elle
n'est.

LE JESUITE.

Votre Révérence *Bramine* avance-là un furieux
paradoxe.

LE BRACMANE.

Votre Paternité *Ignacienne* en croira ce qu'elle
voudra. Mais certainement nous n'aurions pas cette conversation, si vous n'étiez venu aux Indes.
Vous n'auriez pas fait ce voyage, si votre *Saint
Ignace de Loyola* n'avait pas été blessé au siége de
Pampelune, & si un Roi de Portugal ne s'était
obstiné à faire doubler le Cap de Bonne-Espéran-
ce. Ce Roi de Portugal n'a-t-il pas, avec le secours de la boussole changé la face du monde ?
Mais il fallait qu'un Napolitain eût inventé la boussole ; & puis dites que tout n'est pas éternellement
asservi à un ordre constant, qui unit par des liens
invisibles & indissolubles tout ce qui naît, tout ce
qui agit, tout ce qui souffre, tout ce qui meurt sur
notre globe ?

LE JESUITE.

Eh, que deviendront les futurs contingens ?

LE BRACMANE.

Ils deviendront ce qu'ils pourront ; mais l'ordre
établi par une main éternelle & toute-puissante
doit subsister à jamais.

LE JESUITE.

A vous entendre il ne faudrait donc point prier
DIEU?

LE BRACMANE.

Il faut l'adorer. Mais qu'entendez-vous par le
prier?

LE JESUITE.

Ce que tout le monde entend, qu'il favorise nos
defirs, qu'il fatisfaffe à nos befoins.

LE BRACMANE.

Je vous comprends. Vous voulez qu'un jardinier obtienne du Soleil, à l'heure que DIEU a
deftiné de toute éternité pour la pluie, & qu'un
pilote ait un vent d'Eft, lorfqu'il faut que le vent
d'Occident rafraîchiffe la Terre & les Mers? Mon
Pere, prier, c'eft fe foûmettre. Bon foir : la deftinée
m'appelle à prefent auprès de ma Bramine.

LE JESUITE.

Ma volonté libre me preffe d'aller donner leçon à
un jeune écolier.

DIALOGUES

Entre Lucrece & Poffidonius.

PREMIER ENTRETIEN.

POSSIDONIUS.

Votre Poéfie eft quelquefois admirable : mais la
Phyfique d'*Epicure* me paraît bien mauvaife.

LUCRECE.

Quoi, vous ne voulez pas convenir que les atômes fe font arrangés d'eux-mêmes de façon qu'ils
ont produit cet Univers?

POSSIDONIUS.

Nous autres Mathématiciens, nous ne pouvons
convenir que des chofes qui font prouvées évidemment par des principes inconteftables.

LUCRECE.

LUCRECE.

Mes principes le font.

Ex nihilo nihil , in nihilum nil posse reverti;
Tangere enim & tangi nisi corpus nulla potest res.

Que rien ne vient de rien , rien ne retourne à rien ;
Et qu'un corps n'est touché que par un autre corps.

POSSIDONIUS.

Quand je vous aurais accordé ces principes, &
même les atômes & le vuide , vous ne me persuaderez pas plus que l'Univers s'est arrangé de lui-même dans l'ordre admirable où nous le voyons ,
que si vous disiez aux Romains que la Sphere
Armillaire composée par *Possidonius* s'est faite toute seule.

LUCRECE.

Mais qui donc aura fait le Monde ?

POSSIDONIUS.

Un Etre intelligent, plus supérieur au Monde &
à moi , que je ne le suis au cuivre dont j'ai composé
ma Sphere.

LUCRECE.

Vous qui n'admettez que des choses évidentes ,
comment pouvez vous reconnaître un Principe dont
vous n'avez d'ailleurs aucune notion ?

POSSIDONIUS.

Comme avant de vous avoir connu , j'ai jugé que
votre Livre était d'un homme d'esprit.

LUCRECE.

Vous avouez que la matiere est éternelle, qu'elle
existe parce qu'elle existe ; or si elle existe par sa nature , pourquoi ne peut-elle pas former par sa nature , des Soleils , des Mondes , des Plantes , des Animaux , des Hommes ?

POSSIDONIUS.

Tous les Philosophes qui nous ont précédés ont
crû la matiere éternelle , mais ils ne l'ont pas démontré ; & quand elle serait éternelle , il ne s'en-
suit point du tout qu'elle puisse former des ouvra-

Tome XVII. H

ges dans lesquels éclatent tant de sublimes desseins. Cette pierre aurait beau être éternelle, vous ne me persuaderez point qu'elle puisse produire l'*Iliade d'Homere*.

LUCRECE.

Non ; une pierre ne composera point l'*Iliade*, non plus qu'elle ne produira un cheval ; mais la matiere organisée avec le tems, & devenue un mélange d'os, de chair & de sang, produira un cheval, & organisée plus finement composera l'*Iliade*.

POSSIDONIUS.

Vous le supposez sans aucune preuve ; & je ne dois rien admettre sans preuve. Je vais vous donner des os, du sang, de la chair tout faits : je vous laisserai travailler vous & tous les *Epicuriens* du monde. Consentiriez-vous à faire le marché de posséder l'Empire Romain, si vous venez à bout de faire un cheval avec les ingrédiens tout préparés, ou à être pendu si vous n'en pouvez venir à bout ?

LUCRECE.

Non, cela passe mes forces, mais non pas celles de la Nature. Il faut des millions de siecles pour que la Nature, ayant passé par toutes les formes possibles, arrive enfin à la seule qui puisse produire des êtres vivans.

POSSIDONIUS.

Vous aurez beau remuer dans un tonneau, pendant toute votre vie, tous les matériaux de la Terre mêlés ensemble, vous n'en tirerez pas seulement une figure réguliere ; vous ne produirez rien. Si le tems de votre vie ne peut suffire à produire seulement un champignon, le tems de la vie d'un autre homme y suffira-t-il ? Ce qu'un siecle n'a pas fait, pourquoi plusieurs siecles pourraient-ils le faire ? Il faudrait avoir vu naître des hommes & des animaux du sein de la Terre, & des bleds sans germe, &c. &c. pour oser affirmer que la matiere toute seule se donne de telles formes :

perſonne que je ſçache n'a vu cette opération, perſonne ne doit donc y croire.

LUCRECE.

Eh bien! les hommes, les animaux, les arbres,
auront toujours été. Tous les Philoſophes convien-
nent que la matiere eſt éternelle ; ils conviendront
que les générations le ſont auſſi. C'eſt la nature de
la matiere qu'il y ait des aſtres qui tournent, des
oiſeaux qui volent, des chevaux qui courent, &
des hommes qui faſſent des *Iliades*.

POSSIDONIUS.

Dans cette ſuppoſition nouvelle vous changez
de ſentiment ; mais vous ſuppoſez toujours ce qui
eſt en queſtion, vous admettez une choſe dont vous
n'avez pas la plus légere preuve.

LUCRECE.

Il m'eſt permis de croire que ce qui eſt aujour-
d'hui était hier, était il y a un ſiecle, il y a cent
ſiecles, & ainſi en remontant ſans fin. Je me ſers
de votre argument ; perſonne n'a jamais vu le Soleil & les Aſtres commencer leur carriere, les
premiers animaux ſe former & recevoir la vie. On
peut donc penſer que tout a été éternellement comme il eſt.

POSSIDONIUS.

Il y a une grande différence. Je vois un deſſein
admirable, & je dois croire qu'un *Etre* intelligent a
formé ce deſſein.

LUCRECE.

Vous ne devez pas admettre un Etre dont vous
n'avez aucune connaiſſance.

POSSIDONIUS.

C'eſt comme ſi vous me diſiez, que je ne dois pas
croire qu'un Architecte a bâti le Capitole, parce
que je n'ai pu voir cet Architecte.

LUCRECE.

Votre comparaiſon n'eſt pas juſte. Vous avez
vu bâtir des maiſons, vous avez vu des Architectes ; ainſi vous devez penſer que c'eſt un homme ſemblable aux Architectes d'aujourd'hui qui a

bâti le Capitole. Mais ici les choses ne vont pas de même : le Capitole n'existe point par sa nature, & la matiere existe par sa nature ; il est impossible qu'elle n'ait pas une certaine forme. Or pourquoi ne voulez-vous pas qu'elle possede par sa nature la forme qu'elle a aujourd'hui ? Ne vous est-il pas beaucoup plus aisé de reconnaître la Nature qui se modifie elle-même, que de reconnaître un Etre invisible qui la modifie ? Dans le premier cas vous n'avez qu'une difficulté, qui est de comprendre comment la Nature agit. Dans le second cas, vous avez deux difficultés, qui sont de comprendre & cette même Nature, & un Etre inconnu qui agit sur elle.

POSSIDONIUS.

C'est tout le contraire. Je vois non-seulement de la difficulté, mais de l'impossibilité à comprendre que la matiere puisse avoir des desseins infinis, & je ne vois aucune difficulté à admettre un Etre intelligent qui gouverne cette matiere par ses desseins infinis, & par sa volonté toute-puissante.

LUCRECE.

Quoi! C'est donc parce que votre esprit ne peut comprendre une chose, qu'elle en suppose une autre ? C'est donc parce que vous ne pouvez saisir l'artifice & les ressorts nécessaires par lesquels la Nature s'est arrangée en Planetes, en Soleils, en Animaux, que vous recourez à un autre Etre ?

POSSIDONIUS.

Non : je n'ai pas recours à un DIEU, parce que je ne puis comprendre la Nature : mais je comprends évidemment que la Nature a besoin d'une intelligence suprême ; & cette seule raison me prouverait un DIEU, si je n'avais pas d'ailleurs d'autres preuves.

LUCRECE.

Et si cette matiere avait par elle-même l'intelligence ?

POSSIDONIUS.

Il m'eſt évident qu'elle ne la poſſede point.

LUCRECE.

Et à moi il m'eſt évident qu'elle la poſſede, puiſque je vois des corps comme vous & moi qui raiſonnent.

POSSIDONIUS.

Si la matiere poſſédait par elle même ſa penſée, il faudrait que vous diſſiez qu'elle la poſſede néceſſairement. Or, ſi cette propriété lui était néceſſaire, elle l'aurait en tout tems & en tous lieux. Car ce qui eſt *néceſſaire* à une choſe ne peut jamais en être ſéparé. Un morceau de boue, le plus vil excrément penſerait. Or certainement vous ne direz pas que du fumier penſe. La penſée n'eſt donc pas un attribut néceſſaire à la matiere.

LUCRECE.

Votre raiſonnement eſt un ſophiſme; je tiens le mouvement *néceſſaire* à la matiere. Cependant ce fumier, ce tas de boue, ne ſont pas actuellement en mouvement; ils y ſeront quand quelque corps les pouſſera. De même la penſée ne ſera l'attribut d'un corps que quand ce corps ſera organiſé pour penſer.

POSSIDONIUS.

Votre erreur vient de ce que vous ſuppoſez toujours ce qui eſt en queſtion. Vous ne voyez pas que pour organiſer un corps, le faire homme, le rendre penſant, il faut déjà de la penſée, il faut un deſſein arrêté. Or vous ne pouvez admettre des deſſeins avant que les ſeuls êtres qui ont ici bas des deſſeins, ſoient formés; vous ne pouvez admettre des penſées avant que les êtres qui ont des penſées exiſtent. Vous ſuppoſez encore ce qui eſt en queſtion, quand vous dites que le mouvement eſt néceſſaire à la matiere. Car ce qui eſt abſolument néceſſaire exiſte toujours, comme l'étendue exiſte toujours dans toute matiere. Or le mouvement n'exiſte pas toujours. Les Pyramides d'Egypte ne ſont certainement pas en mouvement. Une matiere fubtile aurait beau paffer entre les pierres des Pyramides d'Egypte , la maffe de la Pyramide eft immobile. Le mouvement n'eft donc pas abfolument néceffaire à la matiere ; il lui vient d'ailleurs, ainfi que la penfée vient d'ailleurs aux hommes. Il y a donc un Etre intelligent & puiffant qui donne le mouvement , la vie & la penfée.

LUCRECE.

Je peux vous répondre en difant qu'il y a toujours eu du mouvement , & de l'intelligence dans le Monde : ce mouvement & cette intelligence fe font diftribués de tout tems, fuivant les loix de la Nature. La matiere étant éternelle , il était impoffible que fon exiftence ne fût pas dans quelqu'ordre : elle ne pouvait être dans aucun ordre, fans le mouvement & fans la penfée : il fallait donc que l'intelligence & le mouvement fuffent en elles.

POSSIDONIUS.

Quelque chofe que vous faffiez , vous ne pouvez jamais que faire des fuppofitions. Vous fuppofez un ordre, il faut donc qu'il y ait une intelligence qui ait arrangé cet ordre. Vous fuppofez le mouvement & la penfée, avant que la matiere fût en mouvement, & qu'il y eût des hommes & des penfées. Vous ne pouvez nier que la penfée n'eft pas effentielle à la matiere , puifque vous n'ofez pas dire qu'un caillou penfe. Vous ne pouvez oppofer que des *peut-être* à la vérité qui vous preffe ; vous fentez l'impuiffance de la matiere, & vous êtes forcé d'admettre un Etre Suprême , Intelligent, Tout-puiffant , qui a organifé la matiere & les êtres penfans. Les deffeins de cette intelligence fupérieure éclatent de toutes parts , & vous devez les appercevoir dans un brin d'herbe comme dans le cours des Aftres. On voit que tout eft dirigé à une fin certaine.

LUCRECE.

Ne prenez-vous point pour un deffein ce qui n'eft qu'une exiftence néceffaire ? Ne prenez-vous

point pour une fin ce qui n'eſt qu'un uſage que
nous faiſons des choſes qui exiſtent ? Les Argonautes ont bâti un vaiſſeau pour aller à Colcos : direz-vous que les arbres ont été créés pour que les
Argonautes bâtiſſent un vaiſſeau , & que la Mer a
été faite pour que les Argonautes entrepriſſent leur
navigation ? Les hommes portent des chauſſures :
direz-vous que les jambes ont été faites par un
Etre Suprême pour être chauſſées ? non , ſans doute : mais les Argonautes ayant vu du bois en ont
bâti un navire , & ayant connu que l'eau pouvait
porter ce navire , ils ont entrepris leur voyage.
De même après une infinité de formes & de combinaiſons que la matiere avait priſes , il s'eſt trouvé que les humeurs , & la corne tranſparente qui
compoſent l'œil , ſéparées autrefois dans différentes parties du corps humain , ont été réunies dans
la tête , & les animaux ont commencé à voir. Les
organes de la génération qui étaient épars ſe ſont
raſſemblés , & ont pris la forme qu'ils ont. Alors
les générations ont été produites avec régularité.
La matiere du Soleil long-tems répandue & écar-
tée dans l'eſpace s'eſt conglobée , & a fait l'Aſtre
qui nous éclaire. Y a-t-il à tout cela de l'impoſſi-
bilité ?

POSSIDONIUS.

En vérité , vous ne pouvez pas avoir ſérieuſement recours à un tel ſyſtême. Premiérement en
adoptant cette hypothèſe vous abandonneriez les
générations éternelles dont vous parliez tout-à-
l'heure. Secondément vous vous trompez ſur les
cauſes finales. Il y a des uſages volontaires que
nous faiſons des préſens de la Nature : il y a des
effets indiſpenſables. Les Argonautes pouvaient ne
point employer les arbres des forêts pour en faire
un vaiſſeau ; mais ces arbres étaient viſiblement
deſtinés à croître ſur la Terre , à donner des fruits
& des feuilles. On peut ne point couvrir ſes jambes d'une chauſſure ; mais la jambe eſt viſiblement
faite pour porter le corps & pour marcher , les

yeux pour voir , les oreilles pour entendre, les parties de la génération pour perpétuer l'espece. Si vous considérez que d'une étoile placée à quatre ou cinq cens millions de lieues de nous , il part des traits de lumiere qui viennent faire le même angle déterminé dans les yeux de chaque animal, & que tous les animaux ont à l'instant la sensation de la lumiere , vous m'avouerez qu'il y a là une méchanique, un dessein admirable. Or, n'est-il pas déraisonnable d'admettre une méchanique sans artisan , un dessein sans intelligence , & de tels desseins sans un Etre Suprême.

L U C R E C E.

Si j'admets cet Etre Suprême , quelle forme aura-t-il ? Sera-t-il en un lieu, sera-t-il hors de tout lieu ? sera-t-il dans le tems, hors du tems ? remplira-t-il tout l'espace, ou non ? pourquoi aurait-il fait ce Monde ? quel est son but ? pourquoi former des êtres sensibles & malheureux ? pourquoi le mal Moral, & le mal Physique. De quelque côté que je tourne mon esprit, je ne vois que l'incompréhensible.

P O S S I D O N I U S.

C'est précisément parce que cet Etre Suprême existe, que sa nature doit être incompréhensible : car s'il existe, il doit y avoir l'infini entre lui & nous. Nous devons admettre qu'il est, sans sçavoir ce qu'il est , & comment il opere. N'êtes-vous pas forcé d'admettre les assimptotes en Géometre , sans comprendre comment ces lignes peuvent s'approcher toujours , & ne se toucher jamais ? N'y a-t-il pas des choses aussi incompréhensibles que démontrées dans les propriétés du cercle ? Concevez-donc qu'on doit admettre l'incompréhensible , quand l'existence de cet incompréhensible est prouvée.

L U C R E C E.

Quoi ! il me faudrait renoncer aux dogmes d'*Epicure* ?   P O S S I D O N I U S.

Il vaut mieux renoncer à *Epicure*, qu'à la raison.

SECOND ENTRETIEN.

LUCRECE.

JE commence à reconnaître un Etre Suprême inacceſſible à nos ſens, & prouvé par notre raiſon, qui a fait le Monde, & qui le conſerve : mais pour tout ce que je dis de l'ame dans mon troiſieme Livre, admiré de tous les ſçavans de Rome, je ne crois pas que vous puiſſiez m'obliger à y renoncer.

POSSIDONIUS.
Vous dites d'abord :

Idque ſitum media regione in pectoris hæret.

L'Eſprit eſt au milieu de la poitrine.

Mais quand vous avec compoſé vos beaux vers, n'avez-vous jamais fait quelqu'effort de tête ? Quand vous parlez de l'eſprit de *Ciceron*, ou de l'Orateur *Marc-Antoine*, ne dites-vous pas que c'eſt une bonne tête ? Et ſi vous diſiez qu'il a une bonne poitrine, ne croirait-on pas que vous parlez de ſa voix & de ſes poumons ?

LUCRECE.
Mais ne ſentez-vous pas que c'eſt autour du cœur que ſe forment les ſentimens de joie, de douleur, & de crainte ?

Hic exultat enim pavor ac metus, hæc loca circum,
Lætitiæ mulcent.

Ne ſentez-vous pas votre cœur ſe dilater ou ſe reſſerrer à une bonne ou mauvaiſe nouvelle ? N'y a-t-il pas là des reſſorts ſecrets qui ſe détendent ou qui prennent de l'élaſticité ? C'eſt donc-là qu'eſt le ſiége de l'ame.

H 5

POSSIDONIUS.

Il y a une paire de nerfs qui part du cerveau, qui paſſe à l'eſtomach & au cœur, qui deſcend aux parties de la génération, & qui leur imprime des mouvemens; direz-vous que c'eſt dans les parties de la génération que réſide l'entendement humain?

LUCRECE.

Non, je n'oſerais le dire; mais quand je placerai l'ame dans la tête, au lieu de la mettre dans la poitrine, mes principes ſubſiſteront toujours; l'ame ſera toujours une matiere infiniment déliée, ſemblable au feu élémentaire qui anime toute la machine.

POSSIDONIUS.

Et comment concevez-vous qu'une matiere déliée puiſſe avoir des penſées, des ſentimens par elle-même?

LUCRECE.

Parce que je l'éprouve, parce que toutes les parties de mon corps étant touchées en ont le ſentiment; parce que ce ſentiment eſt répandu dans toute ma machine; parce qu'il ne peut y être répandu que par une matiere extrêmement ſubtile & rapide; parce que je ſuis un corps; parce qu'un corps ne peut être agité que par un corps; parce que l'intérieur de mon corps ne peut être pénétré que par des corpuſcules très déliés, & que par conſéquent mon ame ne peut être que l'aſſemblage de ces corpuſcules.

POSSIDONIUS.

Nous ſommes déjà convenus dans notre premier entretien qu'il n'y a pas d'apparence qu'un rocher puiſſe compoſer l'*Iliade*. Un rayon de Soleil en fera-t-il plus capable? Imaginez ce rayon de Soleil cent mille fois plus ſubtil & plus rapide; cette clarté, cette ténuité, feront-elles des ſentimens & des penſées?

LUCRECE.

Peut-être en feront-elles quand elles ſeront dans des organes préparés.

POSSIDONIUS.

Vous voilà toujours réduit à des *peut-être*. Du feu ne peut penser par lui-même plus que la glace. Quand je supposerais que c'est du feu qui pense en vous, qui sent, qui a une volonté, vous seriez donc forcé d'avouer que ce n'est pas par lui-même qu'il a une volonté, du sentiment & des pensées.

LUCRECE.

Non, ce ne sera pas par lui-même : ce sera par l'assemblage du feu, & de mes organes.

POSSIDONIUS.

Comment pouvez-vous imaginer que de deux corps qui ne pensent point chacun séparément, il résulte la pensée quand ils sont unis ensemble ?

LUCRECE.

Comme un arbre & de la terre pris séparément ne portent point de fruit ; & qu'ils en portent quand on a mis l'arbre dans la terre.

POSSIDONIUS.

La comparaison n'est qu'éblouissante. Cet arbre a en soi le germe des fruits ; on le voit à l'œil dans ses boutons : & le suc de la terre développe la substance de ces fruits. Il faudrait donc que le feu eût déjà en soi le germe de la pensée, & que les organes du corps développassent ce germe.

LUCRECE.

Que trouvez-vous à cela d'impossible ?

POSSIDONIUS.

Je trouve que ce feu, cette matiere quintessensée, n'a pas en elle plus de droit à la pensée que la pierre. La production d'un être doit avoir quelque chose de semblable à ce qui la produit : or une pensée, une volonté, un sentiment, n'ont rien de semblable à de la matiere ignée.

LUCRECE.

Deux corps qui se heurtent, produisent du mouvement ; & cependant ce mouvement n'a rien de semblable à ces deux corps, il n'a rien de leurs trois dimensions ; il n'a point comme eux de figure : donc

H 6

un être peut n'avoir rien de femblable à l'être qui
le produit : donc la penfée peut naître de l'affemblage de deux corps qui n'auront point la
penfée.

POSSIDONIUS.

Cette comparaifon eft encore plus éblouiffante
que jufte. Je ne vois que matiere dans deux corps
en mouvement. Je ne vois-là que des corps paffans d'un lieu dans un autre. Mais quand nous raifonnons enfemble, je ne vois aucune matiere dans
vos idées & dans les miennes. Je vous dirai feulement que je ne conçois pas plus comment un
corps a le pouvoir d'en remuer un autre, que je
ne conçois comment j'ai des idées. Ce font pour
moi deux chofes également inexplicables ; & toutes
deux me prouvent également l'exiftence & la puiffance d'un Etre Suprême, Auteur du mouvement &
de la penfée.

LUCRECE.

Si notre ame n'eft pas un feu fubtil, une quintef-
fence éthérée, qu'eft-elle donc?

POSSIDONIUS.

Vous & moi n'en favons rien; je vous dirai bien ce
qu'elle n'eft pas ; mais je ne puis vous dire ce qu'elle eft. Je vois que c'eft une puiffance qui eft en
moi, que je ne me fuis pas donné cette puiffance, &
que par conféquent elle vient d'un Etre fupérieur à
moi.

LUCRECE.

Vous ne vous êtes pas donné la vie, vous l'a-
vez reçue de votre pere; vous avez reçu de lui
la penfée avec la vie, comme il l'avait reçue de
fon pere ; & ainfi en remontant à l'infini. Vous
ne fçavez pas plus au fonds ce que c'eft que le
principe de la vie, que vous ne connaiffez le principe de la penfée. Cette fucceffion d'êtres vivans &
penfans a toujours exifté de tout tems.

POSSIDONIUS.

Je vois toujours que vous êtes forcé d'abandon-

her le ſyſtême d'*Epicure*, & que vous n'oſez plus
dire que la déclinaiſon des atômes produit la penſée : mais j'ai déjà réfuté dans notre dernier entretien la ſucceſſion éternelle des êtres ſenſibles &
penſans, je vous ai dit , que s'il y avait eu des
êtres matériels , penſans par eux-mêmes , il faudrait que la penſée fût un attribut néceſſaire eſſentiel à toute matiere ; que ſi la matiere penſait néceſſairement par elle-même , toute matiere ſerait
penſante : or cela n'eſt pas ; donc il eſt inſoutena-
ble d'admettre une ſucceſſion d'êtres matériels penſans par eux-mêmes

L U C R E C E.

Ce raiſonnement que vous répétez, n'empêche
pas qu'un pere ne communique une ame à ſon fils
en formant ſon corps. Cette ame & ce corps croiſ-
ſent enſemble, ils ſe fortifient , ils ſont aſſujettis aux
maladies , aux infirmités de la vieilleſſe. La décadence de nos forces entraîne celle de notre jugement ; l'effet ceſſe enfin avec la cauſe , & l'ame
ſe diſſoud comme la fumée dans les airs.

Præterea gigni pariter cum corpore, & unā
Creſcere ſentimus, pariterque ſeneſcere mentem.
Nam veluti infirmo pueri, teneroque Vagantur
Corpore : ſic animi ſequitur ſententia tenuis.
Inde ubi robuſtis adolevit viribus ætas ,
Conſilium quoque majus, & auxior eſt Animi vis.
Poſt, ubi jam validis Quaſſatum eſt viribus ævi
Corpus , & obtuſis ceciderunt viribus artus ,
Claudicat ingenium , delirat linguaque menſque ,
Omnia deficiunt , aïque uno tempore deſunt.
Ergo diſſolvi quoque convenit omnem animai
Naturam, cen fumum in altas aeris auras :
Quandoquidem gigni pariter , pariterque videmus
Creſcere & ut docui , ſimul ævo feſſa fatiſcit.

P O S S I D O N I U S.

Voilà de très-beaux vers ; mais m'apprenez-vous
par là quelle eſt la nature de l'ame ?

LUCRECE.

Non ; je vous fais son histoire, & je raisonne avec quelque vraisemblance.

POSSIDONIUS.

Où est la vraisemblance, qu'un pere communique à son fils la faculté de penser ?

LUCRECE.

Ne voyez-vous pas tous les jours que les enfans ont les inclinations de leurs peres, comme ils en ont les traits ?

POSSIDONIUS.

Mais un pere en formant son fils, n'a-t il pas agi comme un instrument aveugle ? A-t-il prétendu faire une ame, faire des pensées, en jouissant de sa femme ? L'un & l'autre sçavent-ils comment un enfant se forme dans le sein maternel ? Ne faut il pas recourir à quelque cause supérieure, ainsi que dans les autres opérations de la nature que nous avons examinées ? Ne sentez-vous pas, si vous êtes de bonne foi, que les hommes ne se donnent rien, & qu'ils sont sous la main d'un Maître absolu ?

LUCRECE.

Si vous en sçavez plus que moi, dites-moi donc ce c'est que l'ame.

POSSIDONIUS.

Je ne prétends pas en sçavoir plus que vous. Eclairons-nous l'un l'autre. Dites-moi d'abord ce que c'est que la végétation.

LUCRECE.

C'est un mouvement interne qui porte les sucs de la terre dans une plante, la fait croître, développe ses fruits, étend ses feuilles, &c.

POSSIDONIUS.

Vous ne pensez pas sans doute qu'il y ait un être appellé *végétation*, qui opere ces merveilles.

LUCRECE.

Qui l'a jamais pensé ?

POSSIDONIUS.

Vous devez conclure de notre précédent entretien, que l'arbre ne s'est point donné la végétation lui-même.

L U C R E C E.

Je ſuis forcé d'en convenir.

P O S S I D O N I U S.

Et la vie ? Vous me direz bien ce que c'eſt.

L U C R E C E.

C'eſt la végétation avec le ſentiment dans un corps organiſé.

P O S S I D O N I U S.

Et il n'y a pas un être appellé *la vie* qui donne ce ſentiment à un corps organiſé ?

L U C R E C E.

Sans doute. La végération & la vie ſont des mots qui ſignifient les choſes végétantes & vivantes.

P O S S I D O N I U S.

Si l'arbre & l'animal ne peuvent ſe donner la végétation & la vie, pouvez-vous vous donner vos penſées ?

L U C R E C E.

Je crois que je le peux ; car je penſe à ce que je veux. Ma volonté était de vous parler de Méta-phyſique, & je vous en parle.

P O S S I D O N I U S.

Vous croyez être le maître de vos idées. Vous ſçavez donc quelles penſées vous aurez dans une heure, dans un quart d'heure ?

L U C R E C E.

J'avoue que je n'en ſçai rien.

P O S S I D O N I U S.

Vous avez ſouvent des idées en dormant ; vous faites des vers en rêve ; *Céſar* prend des villes ; je réſous des problêmes ; les chiens de chaſſe pour-ſuivent un cerf dans leurs ſonges. Les idées nous viennent donc indépendamment de notre volonté : elles nous ſont données par une cauſe ſupérieure.

L U C R E C E.

Comment l'entendez-vous ? Prétendez-vous que l'Etre ſuprême eſt occupé continuellement à donner des idées, ou qu'il a créé des ſubſtances incorpo-relles, qui ont enſuite des idées par elles mêmes, tantôt avec le ſecours des ſens, tantôt ſans ce ſe-

cours ? Ces fubftances font-elles formées au moment de la conception de l'animal ? Sont-elles formées auparavant ? Et attendent-elles des corps pour
aller s'y infinuer ? ou ne s'y logent elles que quand
l'animal eft capable de les recevoir ? ou enfin eft-ce
dans l'Etre fuprême que chaque être animé voit
les idées des chofes ? Quelle eft votre opinion ?

POSSIDONIUS.

Quand vous m'aurez dit comment notre volonté
opere fur le champ un mouvement dans nos corps,
comment votre bras obéit à votre volonté , comment nous recevons la vie , comment nos alimens fe digerent, comment du blé fe transforme
en fang ? je vous dirai comment nous avons des
idées. J'avoue fur tout cela mon ignorance. Le
monde pourra avoir un jour de nouvelles lumieres , mais depuis *Thalès* jufqu'à nos jours , nous
n'en avons point. Tout ce que nous pouvons faire ,
c'eft de fentir notre impuiffance , de reconnaître
un Etre Tout-Puiffant , & de nous garder de ces
fyftêmes.

DES MENSONGES IMPRIMÉS.

ON peut aujourd'hui divifer les habitans de l'Europe en Lecteurs & en Auteurs , comme ils
ont été divifés pendant fept ou huit fiecles en petits
Tyrans barbares qui portaient un oifeau fur le
poingt , & en efclaves qui manquaient de tout.

Il y a environ deux cens cinquante ans que
les hommes fe font reffouvenus petit à petit qu'ils
avaient une ame ; chacun veut lire , ou pour for-
tifier cette ame , ou pour l'orner , ou pour fe
vanter d'avoir lu. Lorfque les Hollandais s'apperçurent de ce nouveau befoin de l'efpece humaine ,
ils devinrent les facteurs de nos penfées , comme
ils l'étaient de nos vins & de nos fels. Et tel Libraire d'Amfterdam qui ne fçavait pas lire , gagna

un million , parce qu'il y avait quelques Français
qui fe mêlaient d'écrire. Ces Marchands s'infor-
maient par leur correfpondans , des denrées qui
avaient le plus de cours ; & felon le befoin , ils
commandaient à leurs ouvriers des Hiftoires ou
des Romans ; mais principalement des hiftoires ,
parce qu'après tout on ne laiffe pas de croire qu'il
y a toujours un peu plus de vérité dans ce qu'on
apelle *Hiftoire nouvelle* , *Mémoires Hiftoriques* ,
Anecdotes , que dans ce qui eft intitulé *Roman*.
C'eft ainfi que fur des ordres des Marchands de
papier & d'encre , leurs méteurs en œuvre com-
poferent les *Mémoires d'Artagnan* , *de Pontis* , *de
Vordac* , *de Rochefort* , & tant d'autres , dans lefquels on trouve au long tout ce qu'ont penfé les
Rois ou les Miniftres quand ils étaient feuls , &
cent mille actions publiques dont on n'avait jamais
entendu parler. Les jeunes Barons Allemands , les
Palatins Polonais, les Dames de Stockholm & de
Copenhague , lifent ces livres , & croient y apprendre ce qui s'eft paffé de plus fecret à la Cour
de France.

Varillas était fort au-deffus des nobles Auteurs
dont je parle , mais il fe donnait d'affez grandes
libertés. Il dit un jour à un homme qui le voyait
embarraffé : J'ai trois Rois à faire parler enfemble ;
ils ne fe font jamais vus , & je ne fçai comment
m'y prendre. Quoi donc , lui dit l'autre , eft-ce
que vous faites une Tragédie ?

Tout le monde n'a pas le don de l'invention.
On fait imprimer *in-*12 les Fables de l'hiftoire ancienne , qui étaient ci-devant *in-folio*. Je crois
que l'on peut retrouver dans plus de deux cens
Auteurs les mêmes prodiges opérés & les mêmes
prédictions faites du tems que l'Aftrologie était
une fcience. On nous redira peut-être encore que
deux Juifs qui fans doute ne fçavaient que vendre
de vieux habits & rogner de vieilles efpeces , pro-
mirent l'Empire à *Léon l'Ifaurien* , & exigerent
de lui qu'il abbattît les images des Chrétiens quand

il ſerait ſur le Trône ; comme ſi un Juif ſe ſou-
ciait beaucoup que nous euſſions ou non des images. Je ne déſeſpere pas qu'on ne réimprime que
Mahomet II. ſurnommé *le Grand* , le Prince le
plus éclairé de ſon tems , & le rémunérateur le
plus magnifique des Arts , mit tout à feu & à
ſang dans Conſtantinople , (qu'il préſerva pourtant
du pillage) abattit toutes les égliſes , (dont en
effet il conſerva la moitié) fit empaler le Patriarche , lui qui rendit à ce même Patriarche plus
d'honneurs qu'il n'en avait reçu des Empereurs
Grecs : qu'il fit éventrer quatorze Pages , pour
ſçavoir qui d'eux avait mangé un melon ; & qu'il
coupa la tête à ſa maîtreſſe pour réjouir ſes Janiſſaires. Ces hiſtoires , dignes de *Robert-le-Diable*
& de *Barbe-bleue* , ſont vendues tous les jours
avec approbation & privilége.

Des eſprits plus profonds ont imaginé une autre
maniere de mentir. Ils ſe ſont établis héritiers de
tous les grands Miniſtres , & ſe ſont emparés de tous
les Teſtamens. Nous avons vu les Teſtamens des
Colbert & des *Louvois* , donnés comme des piéces
autentiques , par des Politiques rafinés , qui n'é-
taient jamais entrés ſeulement dans l'antichambre
d'un bureau de la guerre ni des finances. Le Teſtament du Cardinal *de Richelieu* , fait par une main
un peu moins mal habile , a eu plus de fortune ,
& l'impoſture a duré très long-tems. C'eſt un plaiſir , ſur-tout , de voir dans des recueils de harangues , quels éloges on a prodigués à *l'admirable*
Teſtament de *cet incomparable* Cardinal : on y
trouvait toute la profondeur de ſon génie ; & un
imbécile qui l'avait bien lu , & qui en avait même
fait quelques extraits , ſe croyait capable de gouverner le monde. On n'a pas été moins trompé au
Teſtament de *Charles V.* Duc de Lorraine ; on a
cru y reconnaître l'eſprit de ce Prince ; mais ceux
qui étaient au fait y reconnurent l'eſprit de M.
de Chevremont qui le compoſa.

Après ces faiſeurs de Teſtamens , viennent les

Auteurs d'Anecdotes. Nous avons une petite hiftoire imprimée en 1700. de la façon d'une Mademoifelle *Durand*, perfonne fort inftruite, qui porte
pour titre : *Hiftoire des amours de Grégoire VII.*
du Cardinal de Richelieu, de la Princeffe de Con-
dé, & de la Marquife d'Urfé. J'ai lu il y a quelques années, *les amours du Révérend Pere de la*
Chaife, Confeffeur de *Louis XIV.*

Une très honorable Dame*, réfugiée à la Haye,
compofa au commencement de ce fiecle fix gros
volumes de lettres, d'une Dame de qualité de Province, & d'une Dame de qualité de Paris, qui fe
mandaient familiérement les nouvelles du tems.
Or, dans ces nouvelles du tems, je puis affurer
qu'il n'y en a pas une de véritable. Toutes les prétendues aventures du Chevalier *de Bouillon*, connu
depuis fous le nom de Prince d'Auvergne, y font
rapportées avec toutes leurs circonftances. J'eus
la curiofité de demander un jour à M. le Chevalier de *Bouillon*, s'il y avait quelque fondement
dans ce que Madame *du Noyer* avait écrit fur fon
compte. Il me jura que tout était un tiffu de fauf-
fetés. Cette Dame avait ramaffé les fottifes du
peuple, & dans les pays étrangers elles paffaient
pour l'hiftoire de la Cour.

Quelquefois les Auteurs de pareils ouvrages font
plus de mal qu'ils ne penfent. Il y a quelques années qu'un homme de ma connaiffance, ne fçachant que faire, imprima un petit livre, dans lequel il difait qu'une perfonne célèbre avait péri
par le plus horrible des affaffinats; j'avais été témoin du contraire; je repréfentai à l'Auteur combien les Loix divines & humaines l'obligeaient
de fe rétracter; il me le promit; mais l'effet de
fon livre dure encore, & j'ai vu cette calomnie
répétée dans de prétendues hiftoires du fiécle.

Il vient de paraître un ouvrage politique à Londres, la ville de l'Univers où l'on débite les plus

* C'eft la *du Noyer.*

mauvaises nouvelles , & les plus mauvais raisonnemens sur les nouvelles les plus fausses. *Tout le
monde sçait*, dit l'Auteur (page 17.) *que l'Empereur* Charles VI , *est mort empoisonné dans de l'a-
qua tuffana ; on sçait que c'est un Espagnol qui
était son Page favori , & auquel il a fait un legs
par son testament , qui lui donna le poison. Les
Magistrats de Milan qui ont reçu les dépositions
de ce Page quelque-tems avant sa mort , & qui
les ont envoyées à Vienne , peuvent nous apprendre
quels ont été ses instigateurs & ses complices , &
je souhaite que la Cour de Vienne nous instruise bientôt des circonstances de cet horrible crime.* Je crois
que la Cour de Vienne fera attendre long-tems les
instructions qu'on lui demande sur cette chimére.
Ces calomnies, toujours renouvellées , me font souvenir de ces vers:

> Les oisifs courtisans , que leurs chagrins dévorent ,
> S'efforcent d'obscurcir les astres qu'ils adorent ;
> Si l'on croit de leurs yeux le regard pénétrant ,
> Tout Ministre est un traître , & tout Prince un Tyran ;
> L'hymen n'est entouré que de feux adulteres ;
> Le frere à ses rivaux est vendu par ses freres ;
> Et sitôt qu'un grand Roi penche vers son déclin ,
> Où son fils ou sa femme ont hâté son destin . . . .
> Qui croit toujours le crime , en paraît trop capable.

Voilà comment sont écrites les histoires prétendues du siecle.

La guerre de 1702 , & celle de 1741 , ont produit autant de mensonges dans les livres , qu'elles
ont fait périr de soldats dans les campagnes ; on
a redit cent fois , & on redit encore , que le Ministere de Versailles avait fabriqué le Testament
de *Charles II*, Roi d'Espagne. Des anecdotes nous
apprennent que le dernier Maréchal de la *Feuillade*
manqua exprès Turin , & perdit sa réputation , sa
fortune & son armée par un grand trait de Courtisan;
d'autres nous certifient qu'un Ministre fit perdre
une bataille par politique. On vient de le réim-
primer dans les transactions de l'Europe , qu'à la

bataille de *Fontenoy* nous chargions nos canons
avec de gros morceaux de verre, & des métaux
venimeux : que le Général *Cambel* ayant été tué
d'une de ses volées empoisonnées, le Duc de Cumberland envoya au Roi de France dans un coffre,
le verre & les métaux qu'on avait trouvés dans
sa plaie ; qu'il mit dans ce coffre une lettre, dans
laquelle il disait au Roi, *que les Nations les plus
barbares ne s'étaient jamais servi de pareilles armes*, & que le Roi frémit à la lecture de cette
lettre. Il n'y a ni ombre de vérité ni de vraisemblance à tout cela. On ajoute à ces absurdes mensonges, que nous ayons massacré de sang froid les
Anglais blessés qui restèrent sur le champ de bataille, tandis qu'il est prouvé par les registres de
nos hôpitaux, que nous eûmes soin d'eux comme
de nos propres soldats. Ces indignes impostures
prennent crédit dans plusieurs Provinces de l'Europe, & servent d'aliment à la haine des Nations.
Combien de Mémoires secrets, d'Histoires de
campagnes, de Journaux de toutes les façons,
dont les préfaces annoncent l'impartialité la plus
équitable, & les connaissances les plus parfaites ? On
dirait que ces ouvrages sont faits par des Plénipotentiaires à qui les Ministres de tous Etats, & les
Généraux de toutes les armées, ont remis leurs
mémoires. Entrez chez un de ces grands Plénipotentiaires, vous trouverez un pauvre scribe en
robe de chambre & en bonnet de nuit, sans
meubles & sans feu, qui compile & qui altère
des gazettes. Quelquefois ces Messieurs prennent
une Puissance sous leur protection ; on sçait le
conte qu'on a fait d'un de ces écrivains, qui à
la fin d'une guerre demanda une récompense à
l'Empereur *Léopold*, pour lui avoir entretenu sur
le Rhin une armée complette de cinquante mille
hommes pendant cinq ans. Ils déclarent aussi la
guerre & font des actes d'hostilité ; mais ils ris-
quent d'être traités en ennemis. Un d'eux nommé
Dubourg, qui tenait son bureau dans Francfort,

y fut malheureufement arrêté par un Officier de notre armée en 1748, & conduit au Mont *Saint Michel*, dans une cage. Mais cet exemple n'a point refroidi le magnanime courage de fes confreres.

Une des plus nobles fupercheries & des plus ordinaires, eft celle des Ecrivains qui fe transforment en Miniftres d'Etat & en Seigneurs de la Cour du pays dont ils parlent. On nous a donné une groffe Hiftoire de *Louis XIV*, écrite fur les mémoires d'un Miniftre d'Etat. Ce Miniftre était un Jefuite chaffé de fon Ordre, qui s'était réfugié en Hollande, fous le nom de *la Hode*, qui s'eft fait enfuite Secrétaire d'Etat de France en Hollande, pour avoir du pain.

Comme il faut toujours imiter les bons modèles, & que le Chancelier *Clarendon* & le Cardinal *de Retz* ont fait des portraits des principaux perfonnages avec lefquels ils avaient traité, on ne doit pas s'étonner que les Ecrivains d'aujourd'hui, quand ils fe mettent aux gages d'un Libraire, commencent par donner tout au long des portraits fideles des Princes de l'Europe, des Miniftres & des Généraux, dont ils n'ont jamais vu paffer la livrée. Un Auteur Anglais, dans les Annales de l'Europe, imprimées & réimprimées, nous affure que *Louis XV, n'a pas cet air de grandeur qui annonce un Roi*. Cet homme affurément eft difficile en phifionomies. Mais en récompenfe il dit que le Cardinal de *Fleury* avait l'air d'une noble confiance, & il eft auffi exact fur les caracteres & fur les faits que fur les figures; il inftruit l'Europe que le Cardinal de *Fleury* donna fon titre de premier Miniftre (qu'il n'a jamais eu) à M. le Comte de Touloufe. Il nous apprend que l'on n'envoya l'armée du Maréchal de *Maillebois* en Bohême, que parce qu'une *Demoifelle* de la Cour avait laiffé une lettre fur la table, & que cette lettre fit connaître la fituation des affaires; il dit que le Comte *d'Argenfon* fuccéda dans le Miniftére de la guerre à M. *Amelot*. Je crois que si on voulait rassembler tous les livres écrits dans ce goût, pour se mettre un peu au fait des Anecdotes de l'Europe, on ferait une bibliothéque immense, dans laquelle il n'y aurait pas dix pages de vérité.

Un autre partie considérable du commerce du papier imprimé, est celle des livres qu'on a appellés *Polémiques*, par excellence ; c'est-à-dire, de ceux dans lesquels on dit des injures à son prochain pour gagner de l'argent. Je ne parle pas des Factums des Avocats, qui ont le noble droit de décrier tant qu'ils peuvent la partie adverse, & de diffamer loyalement des familles ; je parle de ceux qui en Angleterre, par exemple, excités par un amour ardent de la patrie, écrivent contre le Ministere, des Philippiques de *Démosthènes* dans leurs greniers. Ces pieces se vendent deux sols la feuille ; on en tire quelquefois quatre mille exemplaires, & cela fait toujours vivre un citoyen éloquent un mois ou deux. J'ai ouï conter à M. le le Chevalier *Walpole*, qu'un jour un de ces *Démosthènes*, à deux sols par feuille, n'ayant point encore pris de parti dans les différends du Parlement, vint lui offrir sa plume pour écraser tous ses ennemis ; le Ministre le remercia poliment de son zèle, & n'accepta point ses services. *Vous trouverez donc bon*, lui dit l'Ecrivain, *que j'aille offrer mon secours à votre antagoniste, M. Pultney.* Il y alla aussi-tôt, & fut éconduit de même. Alors il se déclara contre l'un & l'autre ; il écrivait le Lundi contre M. *Walpole*, & le Mercredi contre contre M. *Pultney*. Mais après avoir subsisté honorablement les premiéres semaines, il finit par demander l'aumône à leurs portes.

Le célébre *Pope* fut traité de son tems comme un Ministre ; sa réputation fit juger à beaucoup de gens de lettres, qu'il y aurait quelque chose à gagner avec lui. On imprima à son sujet, pour l'honneur de la littérature & pour avancer le progrès de l'esprit humain, plus de cent libelles, dans

leſquels on lui prouvait qu'il était Athée.; & (ce
qui eſt plus fort en Angleterre) on lui reprocha
d'être Catholique. On aſſura , quand il donna ſa
traduction d'*Homere* qu'il n'entendait point le Grec,
parce qu'il était puant & boſſu. Il eſt vrai qu'il
était boſſu ; mais cela n'empêchait pas qu'il ne
ſçût très-bien le Grec , & que ſa traduction d'*Homere* ne fût fort bonne. On calomnia ſes mœurs,
ſon éducation , ſa naiſſance ; on s'attaqua à ſon
pere & à ſa mere. Ces libelles n'avaient point de
fin. *Pope* eut quelquefois la faibleſſe de répondre ;
cela groſſit la nuée des libelles. Enfin il prit le parti
de faire imprimer lui-même un petit abregé de
toutes ces belles piéces. Ce fut un coup mortel
pour les Ecrivains , qui juſques-là avaient vécu
aſſez honnêtement des injures qu'ils lui diſaient ;
on ceſſa de les lire , & on s'en tint à l'abregé ;
ils ne s'en releverent pas.

　　J'ai été tenté d'avoir beaucoup de vanité , quand
j'ai vu que nos grands Ecrivains en uſaient avec
moi comme on en avait agi avec *Pope.* Je puis
dire que j'ai valu des honoraires aſſez paſſables à
plus d'un Auteur. J'avais , je ne ſçai comment ,
rendu à l'illuſtre Abbé *Desfontaines* un leger ſervice. Mais comme ce ſervice ne lui donnait pas
dequoi vivre , il ſe mit d'abord un peu à ſon aiſe ,
au ſortir de la maiſon dont je l'avais tiré , par
une douzaine de libelles contre moi , qu'il ne fit
à la vérité que pour l'honneur des lettres & par
un excès de zéle pour le bon goût. Il fit imprimer
la Henriade , dans laquelle il inſéra des vers de
ſa façon , & enſuite il critiqua ces mêmes vers
qu'il avait faits. J'ai ſoigneuſement conſervé une
lettre que m'écrivit un jour un Auteur de cette
trempe. *Monſieur , j'ai fait imprimer un libelle
contre vous , il y en a quatre cens exemplaires ;
ſi vous voulez m'envoyer* 400 *liv. je vous remet-
trai tous les exemplaires fidelement.* Je lui mandai
que je me donnerais bien de garde d'abuſer de
ſa bonté , que ce ſerait un marché trop déſavanta-
tageux

tageux pour lui , & que le débit de son livre lui vaudrait beaucoup davantage ; je n'eus pas lieu de me repentir de ma générosité.

Il est bon d'encourager les gens de lettres inconnus, qui ne sçavent où donner de la tête. Une des plus charitables actions qu'on puisse faire en leur faveur, est de donner une Tragédie au public. Tout aussi-tôt vous voyez éclorre des Lettres à des Dames de qualité ; *Critique impartiale de la Piece nouvelle ; Lettre d'un ami à un ami ; Examen réfléchi ; Examen par scènes ;* & tout cela ne laisse pas de se vendre.

Mais le plus sûr secret pour un honnête Libraire , c'est d'avoir soin de mettre à la fin des ouvrages qu'il imprime , toutes les horreurs & toutes les bêtises qu'on a imprimées contre l'Auteur. Rien n'est plus propre à piquer la curiosité du lecteur & à favoriser le débit. Je me souviens que parmi les détestables éditions qu'on a faites en Hollande de mes prétendus ouvrages, un Editeur habile d'Amsterdam voulant faire tomber une édition de la Haye, s'avisa d'ajouter un recueil de tout ce qu'il avait pu ramasser contre moi. Les premiers mots de ce recueil disaient *que j'étais un chien rogneux.* Je trouvai ce livre à Magdebourg , entre les mains du maître de la poste , qui ne cessait de me dire combien il trouvait ce petit morceau éloquent. En dernier lieu, deux Libraires d'Amsterdam, pleins de probité, après avoir défiguré tant qu'ils avaient pu *la Henriade* & mes autres pieces, me firent l'honneur de m'écrire, que si je permettais qu'on fît à Dresde une meilleure édition de mes ouvrages , qu'on avait entreprise alors, ils seraient obligés en conscience d'imprimer contre moi un volume d'injures atroces , avec le plus beau papier , la plus grande marge & le meilleur caractere qu'ils pourraient. Ils m'ont tenu fidelement parole. C'est bien dommage que de si beaux recueils soient anéantis dans l'oubli : autrefois , quand il y avait huit ou neuf cens mille volumes de moins dans l'Europe , des injures portaient coup. On lifait avidement dans Scaliger, *le Cardinal Bellarmin est Athée, le Révérend Pere Clavius est un Yvrogne, le Révérend Pere Cotton est donné au Diable.* Les fçavans illuftres fe trai-raient réciproquement de *Chien*, de *Veau*, de *Menteur* & de *Sodomite.* Tout cela s'imprimait avec la permiffion des Supérieurs. C'était le bon tems. Mais tout dégénere.

DES MENSONGES IMPRIMÉS.

ON n'a dit que peu de chofes fur les menfonges imprimés dont la terre eft inondée : il ferait facile de faire fur ce fujet un gros volume ; mais on fçait qu'il ne faut pas faire tout ce qui eft facile. On donnera ici feulement quelques regles générales , pour précautionner les hommes contre cette multitude de livres qui ont tranfmis les erreurs de fiecle en fiecle.

On s'effraie à la vue d'une bibliothéque nombreufe : on fe dit , *il eft trifte d'être condamné à ignorer prefque tout ce qu'elle contient.* Confolez-vous , il y a peu à regretter. Voyez ces quatre ou cinq mille volumes de la Phyfique ancienne : tout en eft faux , jufqu'au tems de *Galilée.* Voyez les hiftoires de tant de Peuples , leurs premiers fiecles font des fables abfurdes. Après les tems fabuleux , viennent ce qu'on appelle les tems hé-roïques : les premiers reffemblent aux *Mille & une Nuits* , où rien n'eft vrai ; les fecondes aux Romans de Chevalerie , où il n'y a de vrai que quelques noms & quelques époques.

Voilà déjà bien des milliers d'années & de livres à ignorer , & de quoi mettre l'efprit à l'aife. Viennent enfin les tems hiftoriques , où le fonds des chofes eft vrai , & où la plupart des circonftances font des menfonges. Mais parmi ces menfonges n'y a-t-il pas quelques vérités ? Oui , com-

tne il se trouve un peu de poudre d'or dans les
sables que les fleuves roulent, on demandera ici
le moyen de recueillir cet or, le voici : tout ce
qui n'est conforme ni à la physique, ni à la raison,
ni à la trempe du cœur humain, n'est que du sa-
ble ; le reste, qui sera attesté par des contemporains sages, c'est la poudre d'or que vous cherchez.

Hérodote raconte à la Grèce assemblée, l'histoire
des peuples voisins : les gens sensés rient quand il
parle des prédictions d'*Apollon* & des fables de l'E-
gypte & de l'Assyrie; il ne les croyait pas lui-même :
tout ce qu'il tient des Prêtres de l'Egypte est faux ;
tout ce qu'il a vu a été confirmé. Il faut sans
doute s'en rapporter à lui, quand il dit aux Grecs
qui l'écoutent : *Il y a dans les trésors des Corinthiens*
un lion d'or du poids de trois cens soixante livres,
qui est un présent de Crésus *: on voit encore la cuve*
d'or & celle d'argent qu'il donna au temple de
Delphes ; celle d'or pèse environ cinq cens livres,
celle d'argent contient environ deux mille quatre
cens pintes. Quelle que soit une telle magnificence, quelque supérieure qu'elle soit à celle que nous
connaissons, on ne peut la révoquer en doute.
Hérodote parlait d'un fait dont il y avait plus de
cent mille témoins ; ce fait d'ailleurs est très-im-
portant, parce qu'il prouve que dans l'Asie mineure, du tems de *Crésus*, il y avait plus de magnificence qu'on n'en voit aujourd'hui ; & cette
magnificence, qui ne peut être que le fruit d'un
grand nombre de siecles, prouve une haute antiquité, dont il ne reste nulle connaissance. Les prodigieux monumens qu'*Hérodote* avait vus en Egypte
& à Babylone, sont encore des choses incontes-
tables.

Il n'en est pas ainsi des solemnités établies pour
célébrer un événement ; la plupart des mauvais
raisonneurs disent : Voilà une cérémonie qui est
observée de tems immémorial, donc l'aventure
qu'elle célébre est vraie ; mais les Philosophes di-

I 2

fent fouvent, *donc l'aventure eft fauffe.*

Les Grecs célébraient les Jeux Pithiens, en mémoire du ferpent *Pithon*, que jamais *Apollon* n'a-
vait tué ; les Egyptiens célébraient l'admiffion
d'*Hercule* au rang des douze grands Dieux ; mais
il n'y a guere d'apparence que cet *Hercule* d'E-
gypte ait exifté dix-fept mille ans avant le regne
d'*Amafis*, ainfi qu'il était dit dans les hymnes
qu'on lui chantait. La Gréce affigna neuf étoiles
dans le Ciel au marfouin qui porta *Arion* fur fon
dos : les Romains célébraient en Fevrier cette
belle aventure. Les Prêtres Saliens portaient en cérémonie le premier de Mars, les boucliers facrés
qui étaient tombés du Ciel, quand *Numa* ayant
enchaîné *Faunus & Picus*, eut appris d'eux le fecret de détourner la foudre. En un mot, il n'y a
jamais eu de peuple qui n'ait folemnifé par des
cérémonies les plus abfurdes imaginations.

Quant aux mœurs des peuples barbares, tout
ce qu'un témoin oculaire & fage me rapportera
de plus bizarre, de plus infâme, de plus fuperf-
titieux, de plus abominable, je ferai très-porté à
le croire de la Nature humaine. *Hérodote* affirme
devant toute la Gréce, que dans ces pays im-
menfes qui font au-delà du Danube, les hommes
faifaient confifter leur gloire à boire dans des crâ-
nes humains le fang de leurs ennemis, & à fe vétir
de leur peau. Les Grecs qui trafiquaient avec ces
barbares, auraient démenti *Hérodote*, s'il avait
exagéré. Il eft conftant que plus des trois quarts
des habitans de la terre ont vécu très-long-tems
comme des bêtes féroces : ils font nés tels. Ce font
des finges que l'éducation fait danfer, & des ours
qu'elle enchaîne. Ce que le Czar *Pierre le Grand*
a trouvé encore à faire de nos jours dans une partie de fes Etats, eft une preuve de ce que j'a-
vance, & rend croyable ce qu'*Hérodote* a rapporté.

Après *Hérodote*, le fonds des hiftoires eft beaucoup plus vrai ; les faits font plus détaillés ; mais

autant de détails, souvent autant de menſonges. Ajouterai-je foi à l'Hiſtorien *Joſeph*, quand il me dit que le moindre bourg de la Galilée renfermait quinze mille habitans ? Non, je dirai qu'il a exagéré ; il a cru faire honneur à ſa patrie ; il l'a avilie. Quelle honte pour ce nombre prodigieux de Juifs, d'avoir été ſi aiſément ſubjugués par une petite armée Romaine ?

La plupart des Hiſtoriens ſont comme *Homére* : ils chantent des combats ; mais dans ce nombre horrible de batailles, il n'y a guere que la retraite des dix mille de *Xénophon* ; la bataille de *Scipion* contre *Annibal* à Zama, décrite par *Polybe* ; celle de *Pharſale* racontée par le vainqueur, où le lecteur puiſſe s'éclairer & s'inſtruire. Par-tout ailleurs je vois que des hommes ſe ſont mutuellement égorgés, & rien de plus.

On peut croire toutes les horreurs où l'ambition a porté les Princes, & toutes les ſottiſes où la ſuperſtition a plongé les peuples. Mais comment les Hiſtoriens ont-ils été aſſez peuple pour admettre comme des prodiges ſurnaturels les fourberies que des conquérans ont imaginées & que les Nations ont adoptées ?

Les Algériens croient fermement qu'Alger fut ſauvé par un miracle lorſque *Charles-Quint* vint l'aſſiéger. Ils diſent qu'un de leurs Saints frapa la mer & excita la tempête, qui fit périr la moitié de la flotte de l'Empereur.

Que d'Hiſtoriens parmi nous ont écrit en Algériens ! Que de miracles ils ont prodigués & contre les Turcs & contre les hérétiques ! Ils ont ſouvent traité l'Hiſtoire comme *Homere* traite le ſiege de Troye. Il intéreſſe toutes les Puiſſances du Ciel à la conſervation ou à la perte d'une ville. Mais des hommes qui font profeſſion de dire la vérité, peuvent-ils imaginer que DIEU prenne parti pour un petit peuple qui combat contre un autre petit peuple dans un coin de notre hémiſphére ?

I 3

Perſonne ne reſpecte plus que moi *St. François Xavier* ; c'était un Eſpagnol animé d'un zele intrépide. C'était le *Fernand Cortez* de la Religion. Mais on aurait dû peut-être ne pas aſſurer dans l'hiſtoire de ſa vie que ce grand homme exiſtait à la fois en deux endroits différens.

Si quelqu'un peut prétendre au don de faire des miracles, ce ſont ceux qui vont au bout du monde porter leur charité & leur doctrine. Mais je voudrais que leurs miracles fuſſent un peu moins fréquens, qu'ils euſſent reſſuſcité moins de morts, qu'ils euſſent moins ſouvent converti & baptiſé des milliers d'Orientaux en un jour. Il eſt beau de prêcher la vérité dans un pays étranger dès qu'on y eſt arrivé. Il eſt beau de parler avec éloquence & de toucher le cœur dans une langue qu'on ne peut apprendre qu'en beaucoup d'années, & qu'on ne peut jamais prononcer que d'une maniere ridicule : mais ces prodiges doivent être ménagés ; & le merveilleux, quand il eſt prodigué, trouve trop d'incrédules.

C'eſt ſur-tout dans les Voyageurs qu'on trouve le plus de menſonges imprimés. Je ne parle pas de *Paul Lucas*, qui a vu le Démon *Aſmodée* dans la haute-Egypte ; je ne parle que de ceux qui nous trompent en diſant vrai, qui ont vu une choſe extraordinaire dans une nation, & qui la prennent pour une coutume ; qui ont vu un abus, & qui le donnent pour une loi. Ils reſſemblent à cet Allemand, qui ayant eu une petite difficulté à Blois avec ſon hôteſſe, laquelle avait les cheveux un peu trop blonds, mit ſur ſon *album*, *Nota bene*, que toutes les Dames de Blois ſont rouſſes & acariâtres.

Ce qu'il y a de pis, c'eſt que la plupart de ceux qui écrivent ſur le Gouvernement, tirent ſouvent de ces Voyageurs trompés, des exemples pour tromper encore les hommes. L'Empereur Turc ſe ſera emparé des tréſors de quelques Pachas nés eſclaves dans ſon Serrail, & il aura fait à la fa-

mille du mort la part qu'il aura voulu ; donc la
loi de Turquie porte que le Grand Turc hérite
des biens de tous ses sujets : il est Monarque, donc
il est Despotique, dans le sens le plus horrible &
le plus humiliant pour l'humanité. Ce Gouvernement Turc, dans lequel il n'est pas permis à l'Empereur de s'éloigner long-tems de la capitale, de
changer les loix, de toucher à la monnoie, &c.
sera représenté comme un établissement dans lequel le Chef de l'Etat peut du matin au soir tuer
& voler loyalement tout ce qu'il veut. L'Alcoran
dit qu'il est permis d'épouser quatre femmes à la
fois, donc tous les Merciers & tous les Drapiers
de Constantinople ont chacun quatre femmes,
comme s'il était si aisé de les avoir & de les garder. Quelques personnages considérables ont des
Serrails ; de-là on conclut que tous les Musulmans
sont autant de *Sardanapales* ; c'est ainsi qu'on juge de tout. Un Turc qui aurait passé dans une certaine capitale, & qui aurait vu un *Auto-da-fé*,
ne laisserait pas de se tromper s'il disait : Il y a
un pays policé où l'on brûle quelquefois en cérémonie une vingtaine d'hommes, de femmes & de
petits garçons, pour le divertissement de leurs
gracieuses Majestés. La plupart des relations sont
faites dans ce goût-là ; c'est bien pis quand elles
sont pleines de prodiges : il faut être en garde contre les livres, plus que les Juges ne le sont contre les Avocats.

Il y a encore une grande source d'erreurs publiques parmi nous, & qui est particulière à notre
nation ; c'est le goût des Vaudevilles : on en fait
sur les hommes les plus respectables ; & on entend
tous les jours calomnier les vivans & les morts,
sur ces beaux fondemens ; *ce fait*, dit-on, *est vrai*,
c'est une chanson qui l'atteste.

N'oublions pas au nombre des mensonges, la
fureur des allégories. Quand on eut trouvé les
fragmens de *Pétrone*, auxquels *Naudot* a depuis
joint hardiment les siens, tous les sçavans prirent

le Conful *Pétrone* pour l'auteur de ce livre. Ils voient clairement *Néron* & toute fa Cour dans une troupe de jeunes écoliers fripons, qui font les Héros de cet ouvrage. On fut trompé, & on l'eft encore par le nom. Il faut abfolument que le débauché obfcur & bas qui écrivit cette fatyre, plus infâme qu'ingénieufe, ait été le Conful *Titus Petronius*; il faut que *Trimalcion*, ce vieillard abfurde, ce financier au-deffous de *Turcaret*, foit le jeune Empereur *Néron* : il faut que fa dégoûtante & méprifable époufe foit la belle *Acté*; que le pédant, le groffier *Agamemnon*, foit le Philofophe *Sénéque* : c'eft chercher à trouver toute la Cour de *Louis XIV*, dans *Gufman d'Alfarache*, ou dans *Gil-Blas*. Mais, me dira-t-on, que gagnerez-vous à détromper les hommes fur ces bagatelles? Je ne gagnerai rien, fans doute : mais il faut s'accoutumer à chercher le vrai dans les plus petites chofes; fans cela on eft bien trompé dans les grandes.

DES MENSONGES IMPRIMÉS.

Raifons de croire que le Livre intitulé : Teftament Politique du Cardinal de Richelieu, *eft un ouvrage fuppofé.*

MOn zèle pour la vérité, mon emploi d'Hiftoriographe de France, qui m'oblige à des recherches hiftoriques, mes fentimens de citoyen, mon refpect pour la mémoire du fondateur d'un Corps dont je fuis membre, mon attachement aux héritiers de fon nom & de fon mérite : voilà mes motifs pour chercher à détromper ceux qui attribuent au Cardinal *de Richelieu* un livre qui m'a paru n'être ni pouvoir être de ce Miniftre.

I. Le titre même eft très-fufpect; un homme qui parle à fon Maître, n'intitule guere fes confeils respectueux du nom fastueux de *Testament Politique*. A peine le Cardinal *de Richelieu* fut il mort, qu'il courut cent manuscrits pour & contre sa mémoire : j'en ai deux sous le titre de *Testamentum Christianum*, & deux sous celui de *Testamentum Politicum* : voilà probablement l'origine de tous les Testamens Politiques qu'on a fabriqués depuis.

II. Si un ouvrage, dans lequel un des plus Grands-hommes d'Etat qu'ait jamais eu l'Europe, est supposé rendre compte de son administration à son Maître, & lui donner des conseils pour le present & pour l'avenir, eût été en effet composé par ce Ministre, il eût pris probablement toutes les mesures possibles pour qu'un tel monument ne fût pas négligé ; il l'eût revêtu de la forme la plus autentique ; il en eût parlé dans son vrai Testament, qui contient ses derniéres volontés ; il l'eût légué au Roi, comme un present beaucoup plus précieux que le Palais Cardinal : il eût chargé l'exécuteur de son Testament de remettre à *Louis XIII*, cet ouvrage important ; le Roi en eût parlé ; tous les Mémoires de ce tems-là auraient fait mention d'une anecdote si intéressante : rien de tout cela n'est arrivé. Le silence universel dans une affaire aussi grave, doit donner à tout homme de bon sens les plus violens soupçons. Pourquoi ni le manuscrit original, ni aucune copie, n'auraient-ils jamais paru pendant un si grand nombre d'années ? On sçavait à la mort de *César* qu'il avait fait des Commentaires : on sçavait que *Ciceron* avait écrit sur l'éloquence ; un manuscrit de *Raphaël* sur la Peinture n'eût pas été ignoré.

III. Cet ouvrage n'est point un projet informe, il est entiérement terminé ; la conclusion finit par une péroraison pleine de morale : *Je suplie Votre Majesté de penser dès à cette heure ce que* Philippe II *, ne pensa peut-être qu'à l'heure de sa mort ; & pour l'y convier, par l'exemple autant que par la raison, je lui promets qu'il ne sera jour de ma vie*

I 5

que je ne tâche de me mettre en l'efprit ce que je devrais avoir à l'heure de ma mort fur le fujet des affaires publiques. Rien ne manque à l'ouvrage pour le rendre complet ; on y trouve jufqu'à l'épître dédicatoire , qu'on a eu l'impudence de figner en Hollande , *Armand du Pleffis* , quoique le Cardinal n'ait jamais figné ainfi ; on y trouve jufqu'à la table des matieres , que l'éditeur ofe encore dire rédigée par le Cardinal même ; & dans cette épitre dédicatoire on le fait parler ainfi au Roi. *Cette piece verra le jour fous le titre de mon Teftament Politique, pour fervir après ma mort, &c.* Donc en effet cette piece devait voir le jour après la mort du Cardinal ; donc elle devait être prefentée au Roi d'une maniere folemnelle ; donc l'original eût dû être figné, être connu ; donc le jour où la famille eût prefenté au Roi ce legs fi important, eût été un jour mémorable.

IV. Si après la mort de *Louis XIII.* ce manufcrit eût paffé entre les mains de quelque Miniftre, & de-là dans celle qui l'ont rendu public, on en aurait dû fçavoir quelques circonftances ; l'Editeur aurait dit par quelle voie il aurait été mis en poffeffion de ce manufcrit ; il l'aurait dit d'autant plus hardiment, qu'il imprimait le livre dans un pays libre , environ quarante ans après la mort du Cardinal , lorfque le fouvenir des inimitiés entre ce Miniftre & plufieurs grandes Maifons était éteint. L'Editeur, comme je l'ai déjà remarqué ailleurs, était tenu fur-tout de conftater l'authenticité du manufcrit, fans quoi il fe déclarait indigne de toute croyance. Aucune de ces conditions , abfolument néceffaires à l'authenticité d'un tel livre, n'a été remplie, & même pendant vingt-quatre années entieres, depuis la prétendue date du manufcrit : ni la Cour, ni la ville, ni aucun livre, ni aucun journal ne fit la moindre mention que le Cardinal eût laiffé au Roi un Teftament Politique.

V. Comment, en effet, le Cardinal *de Richelieu*, qui , comme on fçait, avait plus de peine à

gouverner le Roi son Maître, qu'à tenir le timon
de la France, aurait-il eu le dessein & le loisir de
faire un tel ouvrage pour l'usage de *Louis XIII ?*
L'Auteur du nouvel Abregé Chronologique de
l'Histoire de France, qui peint si bien les siecles &
les hommes, avoue dans ce livre si utile, que le
Cardinal de *Richelieu* avait *autant à craindre du
Roi, pour qui il risquait tout, que du ressentiment
de ceux qu'il forçait d'obéir :* les aigreurs, les défian-
ces, les mécontentemens réciproques allaient tous
les jours si loin entre le Roi & le Ministre, que
le grand Ecuyer *Cinqmars* proposa au Roi d'assassiner le Cardinal *de Richelieu* comme le Maréchal
d'Ancre, & s'offrit pour l'exécution ; c'est ce que
Louis XIII. dit lui même dans une lettre au Chancelier *Séguier*, après la conspiration de *Cinqmars.*
Le Roi avait donc mis son favori à portée de lui faire
cette proposition étrange. Est-ce dans une telle situation qu'on se donne la peine de faire pour un Roi
d'un âge mûr, qu'on redoute & dont on est re-
douté, un recueil de préceptes qu'un pere oisif
pourrait tout au plus laisser à son fils encore dans
l'enfance ? Il me semble que le cœur humain n'est
point fait ainsi. Cette raison ne sera pas d'un grand
poids auprès d'un sçavant ; mais elle fait impression
sur ceux qui connaissent les hommes.

VI. Supposons pourtant qu'un homme tel que
le Cardinal *de Richelieu*, eût voulu donner en
effet au Roi son Maître des conseils pour gouverner après sa mort, comme il lui en avait donné
pendant sa vie : quel est l'homme qui, en ouvrant
ce livre, ne s'attendra pas à voir tous les secrets
du Cardinal *de Richelieu* développés, & la grandeur & la hardiesse de son génie respirant dans
son Testament ? Qui ne se flattera pas de lire des
conseils fins & hardis, convenables à l'état présent
de l'Europe, à celui de la France, de la Cour, &
sur-tout du Monarque ? Par le premier chapitre,
il est évident que l'Auteur feint d'écrire en 1640 ;
car il fait dire au Cardinal *de Richelieu* dans un

jargon barbare, en parlant de la guerre avec l'Espagne : *Ce n'eſt pas que dans cette guerre, qui a duré cinq ans, il ne vous eſt arrivé aucun accident, &c.* or cette guerre avait commencé en 1635, & le Dauphin était né en 1638. Comment, dans un écrit politique, qui entre dans les détails des cas privilégiés, des appels comme d'abus, du droit d'indult, & des vents qui regnent ſur la Méditerranée, oublie-t-on l'éducation de l'héritier de la Monarchie ? Certes, le fauſſaire eſt bien mal adroit. La véritable cauſe de cette faute d'omiſſion, c'eſt que dans pluſieurs autres endroits du livre, l'Auteur oubliant qu'il a fein d'écrire en 1639 & en 1640, s'aviſe enſuite d'écrire en 1635. Il donne à *Louis XIII.* vingt-cinq ans de regne, au lieu de lui en donner trente; contradiction palpable, & démonſtration évidente d'une ſuppoſition que rien ne peut pallier.

VII. Quoi ! *Louis XIII.* eſt engagé dans une guerre ruineuſe contre la Maiſon d'Autriche; les ennemis ſont aux frontieres de la Champagne & de la Picardie; & ſon premier Miniſtre, qui lui a promis des conſeils, ne lui dit rien, ni de la maniere dont il faut ſoutenir cette guerre dangereuſe, ni de celle dont on peut faire la paix, ni des Généraux, ni des Négociateurs qu'on peut employer ? Quoi, pas un mot de la conduite qu'on doit tenir avec le Chancelier *Oxenſtiern*, avec l'armée du Duc *de Weymar*, avec la Savoye, avec le Portugal & la Catalogne ? On ne trouve rien ſur les révolutions que le Cardinal lui-même fomentait en Angleterre; rien ſur le parti Huguenot, qui reſpirait encore la faction & la vengeance. Il me ſemble voir un Médecin qui vient pour preſcrire un régime à ſon malade, & qui lui parle de toute autre choſe que de ſa ſanté.

VIII. Celui qui a débité ces idées, ſous le nom du Cardinal *de Richelieu*, commence par ſe ſervir des ſuccès mêmes que ce Grand-Homme avait eu dans ſon Miniſtere, pour lui faire avancer qu'il avait promis ces ſuccès au Roi ſon Maître. Le Cardinal avait abaissé les Grands du Royaume qui étaient dangereux, les Huguenots qui l'étaient davantage, & la Maison d'Autriche qui avait été encore plus à craindre; de-là il infere que le Cardinal avait promis ces révolutions au Roi dès qu'il était entré dans le Conseil. Voici les paroles qu'il prête au Cardinal : *Lorsque Votre Majesté se résolut de me donner en même-tems, & l'entrée de ses Conseils, & grande part en sa confiance, je lui promis d'employer toute l'autorité qu'il lui plairait me donner pour ruiner le parti Huguenot, rabaisser l'orgueil des Grands, remettre tous les sujets dans leur devoir, & relever son Nom dans les Nations étrangeres au point où il devait l'être, &c.* Or il est de notoriété publique, que quand *Louis XIII.* consentit à mettre le Cardinal *de Richelieu* dans le Conseil, il était bien éloigné de connaître le bien qu'il procurait à la France & à lui-même. Il est public que le Roi, qui alors avait de l'éloignement pour ce Grand-Homme, ne fit que céder aux instances de la Reine sa mere, qui triompha enfin de la répugnance de son fils, après s'être donné les plus grands mouvemens pour introduire dans le Conseil celui qu'elle avait fait Cardinal, qu'elle regardait comme sa créature, & par qui elle espérait gouverner. On eut même besoin de gagner le Marquis *de la Vieuville*, Surintendant des Finances, qui consentit avec beaucoup de peine à voir entrer le Cardinal au Conseil en 1624. Il n'y eut ni la premiere place, ni le premier crédit. Toute cette année se passa en jalousies, en cabales, en factions secrettes; le Cardinal ne prit que peu à peu l'ascendant.

Quelques lecteurs apprendront peut-être ici avec plaisir que le Cardinal *de Richelieu* n'eut les provisions de premier Ministre qu'en 1629. le 21 Novembre; *Louis XIII.* les signa seul de sa main. Ces lettres patentes sont adressées par le Roi au Cardinal même; & ce qu'il y a de très-remarquable, c'est que les appointemens attachés à cette

nouvelle Dignité, y sont en blanc, le Roi laissant
à la magnificence & à la discrétion de son Ministre
le soin de prendre au Trésor public de quoi soutenir
la grandeur de cette place.

Je reviens, & je dis qu'il n'est pas vraisemblable
que le Cardinal ait tenu, en 1624, les discours
qu'on lui prête. Il est beau de faire tant de grandes choses, mais il est téméraire de les promettre :
& c'eût été le comble du ridicule & de l'indé-
cence, de dire au Roi son Maître en entrant dans
ses Conseils : *Je releverai votre nom.* On lui fait raconter sans bienséance & avec infidélité ce qu'il a
fait : il ne dit rien du tout de ce qu'il faut faire.
Pourquoi ? c'est que l'un était fort aisé, & l'autre
très-difficile.

IX. Par le peu qu'on vient de dire, il paraît déjà que l'ouvrage prétendu ne peut convenir, ni
au caractere du Ministre à qui on le donne, ni au
Roi auquel on l'adresse, ni au tems où on le suppose écrit ; j'ajouterai encore, ni au style du Cardinal. Il n'y a qu'à voir cinq ou six de ses lettres,
pour juger que ce n'est point du tout la même main ;
& cette preuve suffirait pour quiconque a le moindre goût & le moindre discernement. D'ailleurs le
Cardinal *de Richelieu*, obligé de faire quelquefois des actions violentes, ne laissait point échaper
dans ses écrits de paroles dures & indécentes. S'il
agissait avec hardiesse, il écrivait de la maniere
la plus circonspecte. Il n'eût certainement pas appellé dans un ouvrage politique la Marquise *du*
Fargis, Dame d'atour de la Reine régnante, *la*
Fargis. C'est manquer aux premieres loix du respect & de la bienséance, en parlant au Roi &
à la postérité. Cette indigne expression est tirée
d'un mauvais livre imprimé en 1649. intitulé : *His-*
toire du Ministere du Cardinal de Richelieu. L'Auteur du Testament a copié cet ouvrage de ténèbres,
plus flétri, sans doute, par le mépris public que
par l'arrêt qui le condamne.

Qui pourra se persuader qu'un premier Ministre, qui fuppofe la paix faite avec l'Efpagne, parle des Efpagnols en ces termes : *Cette nation avide & infatiable, ennemie du repos de la Chrétienté ?* C'eft ainfi qu'on aurait pu parler de *Mahomet II.* Serait-il poffible qu'un Prêtre, un Cardinal, un premier Miniftre, un homme fage, écrivant à un Roi fage, & écrivant un teftament qui devait être exempt de paffion, fe fût emporté (dans le tems de cette paix fuppofée) à des expreffions qu'il n'avait pas employées dans la déclaration de la guerre ?

X. Eft-il vraifemblable qu'un homme d'Etat qui fe propofe un ouvrage auffi folide, dife *que le Roi d'Efpagne, en fecourant les Huguenots, avait rendu les Indes tributaires de l'Enfer ; que les gens de palais mefurent la Couronne du Roi par fa forme, qui, étant ronde, n'a point de fin ; que les élémens n'ont de pefanteur, que lorfqu'ils font en leur lieu ; que le feu, l'air ni l'eau ne peuvent foutenir un corps terreftre, parce qu'il eft pefant hors de fon lieu ;* & cent autres abfurdités pareilles, dignes d'un Profeffeur de Rhétorique de Province dans le feizieme fiecle, ou d'un Répétiteur Irlandais qui difpute fur les bancs.

XI. Y a-t-il encore une grande vraifemblance que le Cardinal *de Richelieu,* fi connu par fes galanteries, & même par la témérité de fes defirs, ait recommandé la chafteté à *Louis XIII,* Prince chafte par tempérament, par fcrupule & par fes maladies ?

XII. Après de fi fortes préfomptions, quel homme de bon fens peut réfifter à cette preuve évidente de faux, qui fe trouve dans le premier chapitre : je veux dire à cette fuppofition que la paix eft faite. *Vous êtes parvenu,* dit-on, *à la conclufion de la paix . . . Votre Majefté n'eft entrée dans la guerre . . . &c. & n'en eft fortie . . . &c.* Un impofteur, dans la chaleur de la compofition, oubliant le tems dont il parle, peut tomber dans cette abfurdité énorme ; mais un premier Minif-

tre, quand il fait la guerre, ne peut pas affurément
dire que la paix eft conclue. Jamais la guerre ne
fut plus vive contre la Maifon d'Autriche, quoique toutes les Puiffances négociaffent, ou plutôt
parce qu'elles négociaient. Il eft vrai qu'en 1641.
on jetta quelques fondemens des Traités de Munf-
ter, qui ne furent confommés qu'en 1648, & l'Auteur du Teflament fait parler le Cardinal *de Richelieu*, tantôt en 1640, tantôt en 1635. Le Cardinal ne pouvait ni fuppofer la paix, faite au milieu
de la guerre, ni dire des injures atroces aux Efpagnols, avec lefquels il voulait traiter.

XIII. Faudra t-il à cette preuve palpable de
l'impofture, ajouter une bévue, moins forte à la
vérité, mais qui ne décele pas moins un menteur
ignorant ? Il fait dire à un premier Miniftre tel
que le Cardinal, dans ce même premier chapitre,
que *le Roi a refufé le fecours des armes Ottoma-
nes contre la Maifon d'Autriche*. S'il s'agit d'un fecours que le Turc voulait envoyer aux armées
Françaifes, le fait eft faux, & l'idée en eft ridicule : s'il s'agit d'une diverfion des Turcs en Hongrie, ou ailleurs ; quiconque connaît le monde,
& quiconque à la moindre idée du Cardinal *de
Richelieu*, fçait affez que de telles offres ne fe refufent pas.

XIV. Comme il paraît par le premier chapitre,
que l'impofteur écrivait après la paix des Pirénées,
dont il avait l'imagination remplie, il paraît par
le fecond qu'il écrivait, après la réforme que fit
Louis XIV. dans toutes les parties de l'adminiftration. *Je me fouviens que j'ai vu dans ma jeuneffe*, dit-il, *les Gentilshommes, & autres perfonnes
laïques, poffeder par confidence, non-feulement la
plus grande partie des Prieurés & Abbayes, mais
auffi des Cures, & Evêchés. Maintenant les con-
fidences ... font plus rares que les légitimes pof-
feffions ne l'étaient en ce tems-là.* Or il eft certain
que dans les derniers tems de l'adminiftration du
Cardinal, rien n'était plus commun que de voir

des laïques posséder des Bénéfices. Lui-même avait fait donner cinq Abbayes au Comte *de Soissons*, qui fut tué à la Marfée ; M. *de Guise* en possédait onze ; le Duc *de Verneuil* avait l'Evêché de Metz ; le Prince *de Conti* eut l'Abbaye de S. Denis en 1641. le Duc *de Nemours* eut l'Abbaye de S. Remi de Reims ; le Marquis *de Treville*, celle de Moutier-Ender, fous le nom de fon fils ; enfin le Garde des Sceaux *Châteauneuf*, conferva plufieurs Abbayes jufqu'à fa mort, arrivée en 1643. & on peut juger fi cet exemple était fuivi. Le nombre des laïques qui jouiffaient de ces revenus de l'Etat, eft innombrable. Il n'y a qu'à voir les Mémoires du Comte *de Grammont*, pour fe faire une idée de la maniere dont on obtenait alors des Bénéfices. Je n'examine pas fi c'était un mal ou un bien de donner les revenus de l'Eglife à des féculiers ; mais je dis qu'un impofteur habile n'eût jamais fait parler le Cardinal *de Richelieu* d'une réforme qui n'exiftait pas.

XV. Dans ce même fecond chapitre, le faifeur de projets, qui eft indubitablement un homme d'Eglife, trop prévenu en faveur des prétentions du Clergé, & trop peu jaloux des droits de la Couronne, déclame contre le droit de Régale. Il oubliait qu'en 1637. & en 1638. le Cardinal *de Richelieu* avait fait rendre des arrêts du Confeil, par lefquels tout Evêque qui fe croirait exempt de ce droit, était tenu d'envoyer au Greffe les titres de fa prétention. Cet Ecrivain ne fçavait pas qu'un Evêque, Miniftre d'Etat, s'intéreffe plus aux droits du Trône qu'aux prétentions Eccléfiaftiques. Il fallait connaître le caractere d'un premier Miniftre pour le faire parler. C'eft l'âne qui fe couvre de la peau du lion, & qu'on reconnaît bientôt à fes oreilles.

XVI. Le fauffaire ignorant, dans ce même chapitre fecond, où il entretient le Roi, des Univerfités & des Colléges, au lieu de lui parler de fes vrais interêts, dit dans fon ftyle groffier. (*Sec-*

tion X.) « L'histoire de *Benoît XI.* contre lequel
» les Cordeliers, picqués sur le sujet de la perfec-
» tion de la pauvreté ; sçavoir, du revenu de *S.*
» *François*, s'animerent jusqu'à tel point, que non-
» seulement ils lui firent ouvertement la guerre par
» leurs livres, mais de plus par les armes de l'Em-
» pereur, à l'ombre desquels un Antipape s'éleva,
» au grand préjudice de l'Eglise, est un exemple
» trop puissant pour qu'il soit besoin d'en dire da-
» vantage. » Certainement le Cardinal *de Richelieu*, qui était très sçavant, n'ignorait pas que cette aventure, dont parle le faussaire, était arrivée
au Pape *Jean XXII.* & non pas au Pape *Benoît
XI.* Il n'y a guere de fait dans l'histoire Ecclésiastique plus connu que celui-là ; son ridicule l'a rendu célebre ; il n'était pas possible que le Cardinal
s'y fût mépris. D'ailleurs, pour apprendre à un
Roi combien les querelles de Religion sont dangereuses, on avait à citer des exemples plus frappans.

XVII. Dans cette même section X. du chapitre II. où il est question des Jésuites : *Cette Compagnie*, dit-il, *qui est soumise, par un vœu d'obéis-
sance aveugle, à un Chef perpetuel, ne peut, suivant les Loix d'une bonne politique, être beaucoup autorisée dans un Etat auquel une Commu-
nauté puissante doit être redoutable.* Je sçai bien
que ce trait est adouci quelques lignes après ; mais
de bonne foi, le Cardinal *de Richelieu* pouvait-il
croire les Jésuites redoutables, lui qui ne sçavait
que les rendre utiles ? Le Cardinal *de Richelieu*
avait exilé quelques Jésuites, aussi-bien que quelques Peres de l'Oratoire, & d'autres Religieux
qui étaient entrés dans des cabales ; mais ni lui
ni l'Etat n'avaient rien à craindre de ces Compa-
gnies. Il serait assurément bien étrange que le vainqueur de la Rochelle se fût plus défié dans son
Testament politique, des Jésuites, que des Huguenots. Cette réflexion n'est pas une preuve convaincante ; mais jointe aux autres, elle sert à faire

voir que l'Auteur, en prenant le nom d'un premier Miniſtre, n'en a pu prendre l'eſprit.

XVIII. S'il fallait relever tous les mécomptes dont cet ouvrage fourmille, je ferais un livre auſſi gros que le Teſtament politique, que la fourberie a compoſé, que l'ignorance, la prévention, le reſpect d'un grand nom ont fait admirer, que la patience du Lecteur peut à peine achever de lire, & qui ſerait ignoré, s'il avait paru ſous le vrai nom de l'Auteur. J'ai déjà, dans un petit ouvrage qui ne comportait pas d'étendue, indiqué quelques-unes de ces preuves, qui décelent l'impoſture aux yeux de quiconque a du jugement & du goût. En voici une qui eſt ſans replique : l'Auteur qui étale, & encore mal-à-propos, une vaine & fauſſe érudition ſur l'hiſtoire de l'Egliſe, ſur le Commerce, ſur la Marine, s'aviſe au *Chapitre IX. Section VI.* de dire, à propos d'établiſſemens dans les Indes : *Quant à l'Occident, il y a peu de commerce à faire :* Drak, Thomas Cavendish, Herberg, l'Hermite, Lemaire, *& feu M. le Comte* Maurice, *qui y envoya douze navires à deſſein d'y faire commerce, ou d'amitié ou de force, n'ayant pu trouver lieu d'y faire aucun établiſſement.* Remarquez dans quel tems l'impoſteur fait parler ainſi le Cardinal *de Richelieu*, c'eſt en 1640. c'eſt dans le tems même que le feu Comte *Maurice*, qui était plein de vie, gouvernait le Bréſil au nom des Provinces-Unies ; c'eſt après que la Compagnie Hollandaiſe, des Indes Occidentales, avait fait des progrès conſidérables depuis 1622. ſans interruption : remarquez encore qu'au commencement de cette même *Section VI.* l'Auteur avoue que *les Hollandais ne donnent pas peu d'affaires aux Eſpagnols dans les Indes Occidentales, où ils occupent la plus grande partie du Bréſil.* En vérité, peut-on mettre ſur le compte d'un homme d'Etat un tel fratras d'erreurs & de contradictions ? L'Angleterre, dont il parle, avait déjà des pays immenſes dans l'Amérique. Quant à *Drak*, & à

Thomas Gavendish, leurs exemples font cités très mal à-propos : ils ne furent pas envoyés pour faire des établiffemens, mais pour ruiner ceux des Efpagnols, pour troubler leur Commerce, pour faire des prifes ; & c'eft à quoi ils réuffirent.

XIX. Si on voulait fe donner la peine de lire le Teftament politique avec attention, on ferait bien furpris de voir qu'en effet ce livre eft plutôt une critique de l'adminiftration du Cardinal, qu'une expofition de fa conduite, & une fuite de fes principes : tout y roule fur deux points, dont le premier eft indigne de lui, & dont le fecond eft un outrage à fa mémoire.

Le premier objet eft un lieu commun, puérile, vague, un catéchifme pour un Prince de dix ans, & bien étrangement déplacé à l'égard d'un Roi âgé de quarante années ; tels font ces chapitres : que *le fondement du bonheur d'un Etat eft le regne de* DIEU *; que la raifon doit être la regle de la conduite ; que les intérêts publics doivent être préférés aux particuliers ; que la prévoyance eft néceffaire ; qu'il faut deftiner un chacun à l'emploi qui lui eft propre ; qu'il eft important d'éloigner les flatteurs médifans, faifeurs d'intrigues,* & vingt autres découvertes de cette fineffe & de cette profondeur, accompagnées d'avis qui auraient été une infulte à *Louis XIII.* Prince éclairé, & qui eût été en droit de répondre à fon Miniftre, à fon ferviteur : Parlez ainfi à mon fils, & refpectez plus votre Maître.

Le fecond point, qui eft fur-tout renfermé dans le neuvieme chapitre, roule fur les projets d'adminiftration imaginés par l'Auteur ; & de tous ces projets il n'y en a pas un feul qui ne foit précifément le contre-pied de l'adminiftration du Cardinal. L'Auteur fe met en tête d'abolir les comptans, ou de les réduire par grace à un million d'or. Les comptans font des ordonnances fecretes, pour des affaires fecretes, dont on ne rend point compte. C'eft le privilége le plus cher de la place d'un pre

mier Ministre. Son ennemi seul en pourrait demander l'abolition.

XX. Ce chapitre neuvieme du Testament politique porte à chaque page les preuves les plus
évidentes de la supposition la plus mal adroite ;
c'est-là que tout est faux, réflexions, faits & cal-
culs : c'est-là que l'Auteur avance, que quand on
établit un impôt, on est obligé de donner une
plus grande solde au soldat ; ce qui n'est pourtant
arrivé, ni sous *Louis XIII*, ni sous *Louis XIV.*
c'est-là qu'en soulageant le peuple de dix-sept millions de taille, il porte tout-d'un-coup à cinquan-
te-sept millions les revenus du Roi, qu'il suppose n'aller d'ordinaire qu'à trente-cinq : & il le suppose encore avec ignorance ; car les tailles allaient
seules d'ordinaire à trente-cinq millions, les fermes
à onze, &c. c'est-là qu'il se propose de rembour-
ser les rentes établies par le Cardinal, dont plusieurs étaient au denier vingt, qu'il appelle le denier cinq ; d'ôter aux Trésoriers de France les deux
tiers de leurs gages ; de faire payer la taille aux
Parlemens, aux Chambres des Comptes, au grand-
Conseil, à toutes les Cours qu'il appelle Souveraines, dans le tems même qu'il les met au rang
des paysans. N'était-il pas bien-séant au Cardinal
de Richelieu de proposer cette extravagance, pour
avilir un Corps dont il avait l'honneur d'être membre par sa qualité de Pair de France, dignité dont
il faisait autant de cas que de celle de Cardinal ?

XXI. A l'égard de la guerre, on a déjà remarqué qu'il ne parle point de celle dans laquelle on
était engagé. Mais dans ses réflexions vagues, générales & chimériques, il recommande de taxer
tous les fiefs des Gentils-hommes, pour enrôler
& soudoyer la Noblesse : il veut que tout Gentilhomme soit forcé de servir à l'âge de vingt ans ;
qu'on ne prenne les roturiers dans la cavalerie,
qu'à l'âge de vingt-cinq ; que les vivres ne soient
confiés qu'à gens de qualité ; qu'on leve cent hommes quand on en veut avoir cinquante, & cela

apparemment pour qu'il en coûte le double en en-
gagemens & en habits. Quel projet pour un Miniftre ! En vérité, l'idée d'enrôler la Nobleffe de
force, & de faire payer la taille au Parlement,
peut-elle partir d'une autre tête que de celle d'un
de ces faiseurs de projets qui, dans leur oisiveté,
fe mettent à gouverner l'Europe ? Dans le même
chapitre neuvieme il traite de la Marine ; il parle
doctement des grands périls de la navigation d'Espagne en Italie, & d'Italie en Espagne, lesquels
n'existent pas plus que ceux de *Carybde* & de *Scylla* :
il prétend que *la feule Provence a beaucoup plus
de ports grands & affurés, que l'Efpagne & l'I-
talie tout enfemble ;* hyperbole qui ferait foupçonner que le livre ferait d'un Provençal, qui ne con-
naîtrait que Toulon & Marfeille, plutôt que d'un
homme d'Etat qui connaiffait l'Europe.

Voilà une partie des chimeres qu'un Politique
clandeftin a mifes fous le nom d'un grand Miniftre,
avec cent fois moins de difcrétion que l'Abbé *de
Saint Pierre* n'en a montré, quand il a voulu attribuer une partie de fes idées politiques au Duc
de Bourgogne.

Le projet de finances, qui remplit prefque tout
le dernier chapitre, eft tiré d'un manufcrit qui
exifte encore ; je l'ai vu, il eft de 1640. Il porte les
revenus du Roi jufqu'à cinquante-neuf millions de
ce tems-là, par l'arrangement qu'il propofe. L'Auteur du Teftament en retranche deux, tout le refte
eft conforme. Rien n'eft fi commun que des projets de cette efpece ; les Miniftres en reçoivent,
& les lifent rarement. Le fauffaire, en copiant
ces idées, fait bien voir qu'il ne s'était pas donné
la peine de connaître par lui-même les finances de
Louis XIII. Il avance hardiment que chacune des
cinq années de la guerre n'avait coûté que foixante
millions : cela n'eft pas vrai ; j'ai en main l'état de
l'année 1639, il fe monte à foixante-dix-huit millions neuf cens mille livres. Il eft encore faux qu'on
ait payé ces charges fans moyens extraordinaires :

il y eut beaucoup de taxations , beaucoup d'aug-
mentations de gages , dont la finance fut fournie :
on augmenta les droits dans les Provinces ; on mit
une taxe d'un écu sur chaque tonneau de vin ; on
porta la taille de trente-six millions deux cens mille
livres , jusqu'à trente-huit millions neuf cens mille
livres. En un mot , la plupart des choses rapportées
dans ce livre sont aussi altérées que les propositions
qu'on y fait sont étranges.

XXII. On demandera , sans doute , comment
on a pu faire à la mémoire du Cardinal *de Richelieu*
l'affront d'imaginer qu'un tel livre était digne de lui ?
Je répondrai que les hommes réfléchissent peu ;
qu'ils lisent avec négligence ; qu'ils jugent avec pré-
cipitation ; & qu'ils reçoivent les opinions comme
on reçoit la monnoie, parce qu'elle est courante.

XXIII. Si on m'objecte que le Pere *le Long* &
d'autres , ont cru le livre en effet l'ouvrage du
Cardinal , j'avouerai que le Pere *le Long* a très-
bien compilé environ trente mille titres de livres ,
& j'ajouterai que par cette raison-là même , il n'a
pas eu le tems de les examiner : mais sur-tout, je
répondrai que quand on aurait autant d'autorités que
le Pere *le Long* a copié de titres, elles ne pourraient
balancer une raison convaincante. Si pourtant la
faiblesse des hommes a besoin d'autorités , j'oppose-
rai au Pere *le Long* & aux autres , *Aubéry* , qui a
écrit la vie du Cardinal *de Richelieu* , *Ancillon* ,
Richard , l'Ecrivain qui a pris le nom de *Vigneul
de Marville* , & enfin *la Monnoie* , l'un des Critiques les plus éclairés du dernier siecle ; tous ont
cru le Testament Politique supposé.

XXIV. Mais , dit-on , en 1664, l'Abbé *des
Roches* , ancien domestique du Cardinal *de Richelieu* , donna sa bibliothéque à la Sorbonne , à
l'exemple de son Maître ; & dans cette bibliothéque on trouve un manuscrit du Testament conforme à l'imprimé , avec la même épitre dédicatoire , & la même table des matieres. C'est ce manuscrit même , remis à la Sorbonne , qui acheve

de prouver l'imposture. Il est remis vingt-deux ans
après la mort du Cardinal, sans aucun enseigne-
ment, sans la moindre indication de la part de
l'Abbé *des Roches*. Ce domestique du Cardinal,
& la Sorbonne elle-même, négligerent cet ouvrage, & ce n'est que depuis deux ans qu'on lui
a donné place sur des tablettes. Si le manuscrit
avait été copié sur l'original, on l'aurait plus res-
pecté, on trouverait quelques marques de son authenticité, on verrait à la fin de la lettre au Roi
la souscription du Cardinal *de Richelieu*. Elle n'y
est point. On n'a pas osé pousser l'effronterie jusqu'à signer ce nom. Pour peu que le Cardinal eût
laissé seulement quelques mémoires qui eussent eu
quelque rapport (même éloigné) avec le Testament, on les eût rapportés, on eût donné quelque
crédit à la hardiesse de celui qui imputait tout
l'ouvrage à ce Ministre. Mais non. Il n'y a pas
un mot à la fin ni à la tête du manuscrit, dont
on puisse tirer la plus légére induction : donc l'Abbé *des Roches* regardait lui-même ce manuscrit
avec la même indifférence qu'on l'a regardé très-
long-tems dans la Sorbonne.

Imaginons un moment que le Testament soit
l'ouvrage du Cardinal ; ce seul mot, *Testament*,
impose un devoir indispensable à son domestique
de légaliser la copie, de la déclarer juridiquement
collationnée avec l'original. S'il manque à ce devoir, il est coupable ; il donne à tout le monde
le droit de s'inscrire en faux contre lui : mais
l'Abbé *des Roches* possédait ce manuscrit au même titre que d'autres curieux. Il fallait bien que
cet ouvrage fût écrit à la main avant d'être imprimé ; il fallait même, pour le dessein de l'im-
posteur, qu'il en courût plusieurs copies manuscri-
tes, & qu'on se les prétât avec mystere, comme
un monument singulier. Le silence du domestique, encore une fois, prouve que le maître n'est
point l'auteur du Testament, & toutes les autres
raisons prouvent qu'il n'a pu l'être.

XXV.

XXV. Mais on dit qu'on difait il y a foixante & dix ans, que Madame la Ducheffe *d'Aiguillon* avait dit, il y a quatre-vingt ans, qu'elle avait eu une copie manufcrite de cet ouvrage. On a trouvé une note marginale de M. *Huet ;* & cette note dit qu'on avait vu le manufcrit chez Madame *d'Aiguillon*, niece du Cardinal. Ne voilà-t il pas de belles preuves ? Oui, je crois fans peine que tous ceux qui s'intéreffaient à la mémoire du Cardinal, voulaient avoir un manufcrit, qui portait fon nom, & que l'Auteur voulait accréditer par ce nom même ; & de-là je conclus que ce manufcrit était manifeftement fuppofé, puifque de tous les parens, de tous les domeftiques, de tous les amis de ce Miniftre, aucun n'a jamais pris la moindre précaution pour établir l'authenticité du livre.

XXVI. Que la curiofité humaine fe fatigue maintenant à chercher le nom du fauffaire, je ne perdrai pas mon tems dans ce travail. Qu'importe le nom du fourbe, pourvu que la fourberie foit découverte ? Qu'importe que *Courtils*, ou un autre, ait forgé le Teftament de *Mazarin*, de *Colbert* & de *Louvois* ? Qu'importe que *Stratman* ou *Chévremont*, ait pris infolemment le nom de *Charles V*, Duc de Lorraine ? Mérite-t-on d'être connu pour avoir fait un mauvais livre ? Que gagnerait-on à connaître les Auteurs de toutes les plattes calomnies, de toutes les critiques impertinentes dont le public eft inondé ? Il faut laiffer dans l'oubli les Auteurs qui fe cachent fous un grand nom, comme ceux qui attaquent tous les jours ce que nous avons de meilleur, qui louent ce que nous avons de plus mauvais, & qui font de la noble profeffion des Lettres un métier auffi lâche & auffi méprifable qu'eux-mêmes.

EXAMEN

Du Testament Politique du Cardinal Alberoni.

APrès tant de Testamens cassés par le public, celui du Cardinal *Albéroni* vient de paraître. Je souhaite à l'éditeur qu'en effet le Cardinal *Albéroni* l'ait mis sur son Testament. Cet Editeur, ou cet Auteur, connaît sans doute assez les hommes, & les affaires & le train de ce Monde, pour ne pas sçavoir qu'un bon legs qui procure une vie heureuse, vaut mieux que toutes les spéculations politiques. Un Ecrivain fait un beau livre plein de profonds raisonnemens sur le commerce ruineux de l'Europe avec les grandes Indes. Un Négociant d'un trait de plume y envoie sans raisonner des effets ; il s'enrichit, & ne lit point le livre. Il en est de même dans la Politique ; l'homme d'esprit oisif fait des projets, pour changer la face de l'Europe ; ceux qui gouvernent suivent leur routine, & ne s'informent pas seulement si on a fait des projets.

L'Abbé *de Bourzey*, dans la crainte de n'être point lu, prit sans façon le nom du Cardinal *de Richelieu*. D'autres ont pris le nom de *Mazarin*, de *Colbert*, de *Louvois*, du Duc de Lorraine. Tous ces Testamens sont faits dans le goût de celui de *Crispin*, qui prend la robe de chambre & le nom de *Geronte* dans le Légataire universel. On voit bien que ce n'est pas *Geronte* qui a fait ce Testament-là : on y reconnaît bien vite *Crispin*.

Ce n'est pas un *Crispin* à la vérité qui a composé le Testament du Cardinal *Albéroni*, c'est un homme passablement instruit ; mais il faut qu'il se détrompe de la vanité de faire accroire que ce Testament soit effectivement l'ouvrage du Cardinal. Il a beau dans la préface vouloir éluder la loi que j'ai fait valoir , que ce ſeul mot , *Teſtament d'un Miniſtre* , impoſe le devoir indiſpenſable de dépoſer dans des Archives publiques l'original de l'ouvrage , ou d'en conſtater l'authenticité par des voies équivalentes.

Cette loi ne peut être violée ſans que le public ſoit en droit de crier à la ſuppoſition. Il eſt abſolument néceſſaire de montrer au public qu'on ne trompe pas , quand il s'agit d'ouvrages de cette importance. Lorſque je fis imprimer à la Haye *l'Anti-Machiavel* , j'en dépoſai l'original à l'Hôtel de Ville , & il y eſt encore. Auſſi l'Auteur ne prétend pas que le Teſtament du Cardinal *Alberoni* ſoit l'ouvrage de ce Miniſtre : il dit ſeulement que ce ſont ſes intentions , que c'eſt un recueil de quelques penſées du Cardinal auſquelles l'éditeur a joint les ſiennes ; & par-là c'eſt un ouvrage qui peut devenir doublement précieux. Qu'on l'appelle Teſtament ou non , il n'importe. Les titres des livres ſont comme ceux des hommes aux yeux du Philoſophe ; il ne juge de rien par les titres.

Que ce ſoit le Cardinal *Alberoni* ou ſon Truchement qui propoſe au Roi d'Eſpagne d'encourager l'agriculture , il eſt clair que c'eſt un très-bon avis , & qu'il faut le ſuivre , ſoit qu'il vienne d'un Miniſtre ou d'un Fermier. L'Auteur propoſe de cultiver les terres Eſpagnoles par des Négres. Pourquoi non ? Ces terres qui manquent de laboureurs , accuſent encore le malheureux Roi qui les priva des mains des Maures ſous leſquelles elles étaient fertiles. Les déſerts de la Pruſſe , cultivés par des étrangers , ſont un reproche aux terres de la Caſtille.

Peu d'hommes connaiſſent mieux l'Eſpagne que l'Auteur. On croirait preſque que c'eſt le Miniſtre de *Philippe V* , ou celui qui a été le compagnon de ſa retraite & ſon malheureux ami , (ſi l'on peut être l'ami d'un Roi.) Il compte toutes les cauſes de la dépopulation de l'Eſpagne : mais

K 2

il me semble qu'il a tort de ne pas mettre parmi
ces causes l'expulsion des Juifs & des Maures, &
les transplantations en Amérique. L'émigration des
Protestans est insensible en France. Oui , parce que
la France possède environ vingt-deux millions d'habitans industrieux ; mais il n'y a guere plus de six
millions d'ames en Espagne ; & la fiére oisiveté y
étouffe l'industrie. Otez beaucoup à celui qui a
peu , que lui reste-t-il ? Et comment réparer ces
pertes dans un pays où les peres transmettent aux
enfans la maladie qui attaque le Genre-humain
dans sa source , & où la superstition ensévelit la
nature dans les cloîtres ? Je me sers ici du mot
de superstition que le Cardinal emploie. Je me ferais un scrupule de changer ses paroles. D'ailleurs
l'Auteur fait bien voir que l'Espagne est le pays
de la grandeur & des abus. Il fait plus. Il montre les ressources. L'ouvrage n'a pas été revu par
les Inquisiteurs. Il y a tel pays qui exige qu'on
soit à six cens milles de lui pour lui dire des vérités utiles.

Dans le Chapitre 7 , on voit une partie de ce
plan immense conçu autrefois par le Cardinal *Albéroni*. Cet homme en 1707 , n'avait été connu
dans Anet (dont il refusa la cure) que sur le pied
d'un *uomo faceto e piacevole* , qui faisait des soupes
à l'oignon excellentes. *Campistron* le protégeait
alors ; & en 1718 , il allait bouleverser la Terre.
J'en parlai dans l'histoire de *Charles XII*. Je lui
rendis justice , & il me remercia avec d'autant
plus de sensibilité qu'il était alors malheureux. Ce
projet , prêt à éclorre , était d'armer l'Empire Ot-
toman contre l'Autriche; *Charles XII* , & le Czar
contre l'Angleterre ; le Prétendant à Londres par
les mains du vainqueur de Narva ; d'arracher la
Régence de la France au Duc d'Orléans ; de rendre
pour jamais l'Italie indépendante de l'Allemagne,
après sept cens ans de sujettion ou d'esclavage ,
ou de soumission. Suivant ce dessein , un Corps
Italique s'établissait , à l'exemple à peu près du

Corps Germanique. *Don Carlos* devait posséder Naples & Sicile ; son frere *Don Philippe* avait la Toscane. La Lombardie faisait le partage des Ducs de Savoye. Mantoue était ajoutée aux Etats de Venise. Le Domaine du Duc de Modène s'accroissait de plus de moitié par celui de Parme.

Les vues du commerce le plus étendu venaient à l'appui de ces arrangemens politiques. Le coup de fauconneau qui tua *Charles XII*, renversa tout le projet. Mais cette machine brisée fut encore assez forte quelque tems après pour porter *Don Carlos* sur le Trône des deux Siciles par de nouveaux ressorts.

L'Auteur voudrait que le Prétendant se fût fait Roi en Corse, au lieu de tenter inutilement d'être Roi d'Angleterre : ensuite il lui propose la Vice-Royauté de Majorque : est-ce bien le Cardinal *Alberoni* qui fait ces propositions ?

Est-ce bien lui qui s'acharne contre la mémoire du Cardinal de *Fleury*, & qui dit qu'on n'a entendu que les plaintes & les gémissemens des Peuples pendant son Ministere ? Si c'est le Cardinal *Alberoni* qui parle ainsi, ou il est bien prévenu, ou il ne connaissait pas la France comme il connaissait l'Espagne. Il s'attache à décrier en tout le Cardinal de *Fleury*. Il l'abbaisse au-dessous du médiocre. Mais quand on voyage de St. Dizier à Moyenvic, on dit : *C'est le Cardinal de Fleury qui a donné toutes ces terres à la France ; qu'aurait fait de mieux alors un grand-homme ?* Le Cardinal *Alberoni* est devenu un censeur bien impitoyable depuis sa mort. Son Testament est une satyre.

Il blâme le Cardinal de *Fleury* d'avoir voulu la guerre en 1741, & on sçait qu'il ne la voulait pas, & qu'il s'y opposa autant qu'il put.

Il blâme l'Empereur *Charles VI* d'avoir fait sa Pragmatique Sanction. Sa fille ne sera pas de cet avis. Il veut changer la constitution de l'Allemagne ; c'est un homme qui a perdu son bien au jeu,

K 3

& qui , se plaisant encore à regarder jouer , dit
tout haut les fautes qu'il croit appercevoir.

Est-ce donc le Cardinal *Albéroni* qui juge ainsi
les vivans & les morts ? On connaît dans l'Europe
un Maréchal de France qui s'est fait un nom célébre par ses grandes vues , par son esprit d'ordre & de
détail , par son génie & par son activité. Le prétendu Testateur le traite bien durement. Je ne crois
pas qu'il soit permis à l'Histoire de parler des vivans : elle doit imiter les jugemens de l'Egypte qui
ne décidaient du mérite des Citoyens que lorsqu'ils
n'étaient plus. Les portraits des hommes publics
sont toujours dans un faux jour pendant leur vie.
Mais si quelqu'un voulait répondre aux reproches
amers que fait le Cardinal *Albéroni* à cet illustre
Français, ne pourrait-il pas lui dire : Cessez de reprocher à ce Maréchal l'épuisement des trésors
de la France , dans la magnifique Ambassade de
Francfort , où *Charles VII* fut élu Empereur. Cessez de représenter l'Allemagne en défiance de cette
profusion prétendue. L'Ambassadeur d'Espagne y
faisait une aussi grande figure que celui de France.
Le Duc *de Riperda* avait paru avec plus d'éclat encore à Vienne ; & jamais on n'a vu les Nations
prendre l'allarme sur le nombre des domestiques &
sur la vaisselle d'un Plénipotentiaire. Vous étiez
malade apparemment quand vous dictâtes cet article de votre Testament ; & vous donnez en mourant votre malédiction pour bien peu de chose.
Votre Eminence était de mauvaise humeur quand
elle a dicté l'article par lequel elle réprouve en
politique le projet de ce Général. Ce n'est pas à
elle à juger par l'événement. Des hommes qui auront plus de réputation que vous dans la postérité ,
parce qu'avec un génie égal au vôtre , ils ont eu
plus de bonheur , ont dit , que ce plan qui vous paraît chimérique était le comble de la vraisemblance. En effet , quel était ce plan ? C'était d'unir la
France, l'Espagne, la Prusse, la Saxe , la Baviére,
pour juger , les armes à la main , le procès de la

succeſſion de l'Autriche. Un jeune Roi victorieux avait d'un côté cent mille hommes en armes & les mieux diſciplinés de l'Europe ; la Saxe en avait près de cinquante mille , deux armées Françaiſes d'environ quarante mille hommes chacune , étaient toutes deux au milieu de l'Allemagne. On était aux portes de Vienne. L'Eſpagne allait fondre dans l'Italie : & à peine paraiſſait-il alors qu'il y eût un ennemi à combattre. On avait propoſé encore de faire agir d'autres reſſorts que l'Hiſtoire découvrira un jour. On demande après cela , ſi jamais entrepriſe eut de plus belles apparences ? On demande ſi ce projet n'était pas cent fois plus plauſible que les vôtres ? On a vu quelquefois de petites armées renverſer de grands Empires. Ici deux cens cinquante mille hommes attaquent une femme ſans défenſe, & elle ſe ſoutient. Avouez-le, Monſieur le Cardinal, il y a quelque choſe là-haut qui confond les deſſeins des hommes.

Vous êtes bien mal inſtruit pour un grand Miniſtre , quand vous dites , que ce Général que vous condamnez , demanda cent mille hommes au Cardinal de *Fleury.* Je peux aſſurer V. E. qu'il n'en demanda que cinquante mille pour aller à Vienne ; & dans cette armée il voulait vingt mille hommes de Cavalerie. On ne lui donna que trente-deux mille hommes complets , parmi leſquels il n'y avait que huit mille cavaliers. Mais cela compoſait , avec les troupes des Alliés , une force à laquelle il paraiſſait que rien ne devait réſiſter , puiſque ceux qu'on attaquait n'avaient pas encore une armée raſſemblée. Je pourrais ſur ce point d'Hiſtoire apprendre à feu Votre Eminence bien des choſes qu'elle ignore , & qui lui feraient connaître que celui qu'elle feint de mépriſer, eſt très-digne de ſon eſtime.

Comme je ſuis encore en vie , il ne m'eſt pas permis d'être auſſi libre que vous , qui êtes mort, & qui pouvez tout dire impunément. Mais je pourrais vous donner au moins des lumiéres ſur le ſiege de Prague, qui vous feraient changer de penſée. Vous ne pourriez nier que les ſorties n'aient été de véritables batailles, & que la retraite n'ait été glorieuſe.

Je ne ſçais pas ce que le Cardinal de *Fleury*, & le Général dont vous parlez, vous ont fait. Mais il me ſemble, Monſeigneur, qu'un bon Chrétien comme vous, qu'un Cardinal devait en mourant ſe réconcilier avec ſes ennemis. Il ſemble que votre Teſtament ait été fait *ab irato*. Cela ſeul ſuffirait pour l'invalider.

Ce Teſtament ſera plus utile aux Politiques qu'aux Hiſtoriens. Le Teſtateur eſt loin de tomber dans la faute abſurde du fauſſaire qui prit le nom du Cardinal de *Richelieu*. Ce fauſſaire mal-habile, en faiſant parler le plus grand Miniſtre de l'Europe, dans la criſe de la guerre avec l'Empereur & le Roi d'Eſpagne, ne dit pas un mot de la maniere dont la France devait ſe conduire avec ſes alliés & avec ſes ennemis. C'était un étrange contraſte de voir le Cardinal de *Richelieu* paſſer ſous ſilence les négociations, les intérêts de tous les Princes, pour parler de l'Univerſité & de la Gabelle. C'eſt ici tout le contraire. L'Auteur entre dans les intérêts de tous les Potentats ; il fait à chacun leur part ; il arrange le Monde à ſon gré, & ſe met à la place de la Providence. Il parle de tout ce qu'on aurait pu faire, de tout ce qui pourrait arriver ; c'eſt le recueil des futurs contingens.

On ne voit dans cet écrit aucune notion ſimple & commune. Il y eſt dit que lorſque l'Empereur *Charles VII* était ſans Etats & ſans armée, il aurait dû mettre la Reine de Hongrie au ban de l'Empire. Il paraît cependant que quand on rend un pareil arrêt, il faut avoir cent mille Huiſſiers aguerris pour le ſignifier.

Au reſte, jamais Teſtament ne contint de legs plus conſidérables. Le Cardinal donne & légue la Bohême à l'Electeur de Saxe, le Duché de Zell au Duc de Cumberland, le Tirol & la Carinthie à l'Electeur de Bavière, le Brifgau avec les Villes foreftieres au *Duc* des *Deux-Ponts*, & le Duché des Deux-Ponts à l'Electeur Palatin. Cela reffemble au Teftament que *Cérifantes* le Gafcon fit à Naples du tems du *Duc de Guife*. Il légua à ce Prince fes pierreries & fa vaiffelle d'or, cent mille écus aux Jéfuites, autant à un Hôpital; il fonda un Collége & une Bibliothéque publique. Il n'avait pas de quoi fe faire enterrer.

LE MINISTRE.

LE Roi avait perdu fon premier Miniftre. Il choifit *Zadig* pour remplir cette place. Toutes les belles Dames de Babylone applaudirent à ce choix; car depuis la fondation de l'Empire il n'y avait jamais eu de Miniftre fi jeune. Tous les Courtifans furent fâchés; l'Envieux en eut un crachement de fang, & le nez lui enfla prodigieufement. *Zadig* ayant remercié le Roi & la Reine, alla remercier auffi le perroquet : Bel oifeau, lui dit-il, c'eft vous qui m'avez fauvé la vie, & qui m'avez fait premier Miniftre : la chienne & le cheval de leurs Majeftés m'avaient fait beaucoup de mal, mais vous m'avez fait plus de bien. Voilà donc de quoi dépendent les deftins des hommes : mais, ajouta-t-il, un bonheur fi étrange fera peut-être bientôt évanoui. Le perroquet répondit : Oui. Ce mot frapa *Zadig*; cependant comme il était bon Phyficien, & qu'il ne croyait pas que les perroquets fuffent Prophétes, il fe raffura bientôt, & fe mit à exercer fon Miniftere de fon mieux.

Il fit fentir à tout le monde le pouvoir facré des Loix, & ne fit fentir à perfonne le poids de fa Dignité. Il ne gêna point les voix du Divan, & chaque Vifir pouvait avoir un avis fans lui déplaire. Quand il jugeait une affaire, ce n'était pas lui qui jugeait, c'était la Loi; mais quand elle était

trop ſévére , il la tempérait ; & quand on manquait
de Loix, ſon équité en faiſait qu'on aurait priſes
pour celles de _Zoroaſtre._

C'eſt de lui que les Nations tiennent ce grand
principe, qu'il vaut mieux hazarder de ſauver un
coupable que de condamner un innocent. Il croyait
que les Loix étaient faites pour ſecourir les citoyens
autant que pour les intimider. Son principal talent
était de démêler la vérité que tous les hommes
cherchent à obſcurcir. Dès les premiers jours de
ſon adminiſtration , il mit ce grand talent en uſage.
Un fameux Négociant de Babylone était mort aux
Indes ; il avait fait ſes héritiers ſes deux fils par
portions égales, après avoir marié leur ſœur ; &
il laiſſait un preſent de trente mille pieces d'or à
celui de ſes deux fils qui ſerait jugé l'aimer davantage. _L'aîné_ lui bâtit un tombeau : le ſecond augmenta d'une partie de ſon héritage la dot de ſa
ſœur : chacun diſait, c'eſt l'aîné qui aime le mieux
ſon pere ; le cadet aime mieux ſa ſœur ; c'eſt à
l'aîné qu'appartiennent les trente mille piéces.

Zadig les fit venir tous deux l'un après l'autre.
Il dit à l'aîné : Votre pere n'eſt point mort , il eſt
guéri de ſa derniere maladie, il revient à Babylone. Dieu ſoit loué , répondit le jeune homme ,
mais voilà un tombeau qui m'a coûté bien cher !
Zadig dit enſuite la même choſe au cadet. Dieu
ſoit loué, répondit-il , je vais rendre à mon pere
tout ce que j'ai, mais je voudrais qu'il laiſſât à ma
ſœur ce que je lui ai donné. Vous ne rendrez rien,
dit _Zadig_, & vous aurez les trente mille piéces :
c'eſt vous qui aimez le mieux votre pere.

Une fille fort riche avait fait une promeſſe de
mariage à deux Mages , & après avoir reçu quelques mois des inſtructions de l'un & de l'autre,
elle ſe trouva groſſe. Ils voulaient tous deux l'é-
pouſer. Je prendrai pour mon mari, dit-elle, celui des deux qui m'a mis en état de donner un
citoyen à l'Empire. C'eſt moi qui ai fait cette bonne
œuvre , dit l'un : c'eſt moi qui ai eu cet avantage ,

dit l'autre. Eh bien, répondit-elle, je reconnais pour
pere de l'enfant celui des deux qui lui pourra donner la meilleure éducation. Elle accoucha d'un fils.
Chacun des Mages veut l'élever : la caufe eft portée
devant *Zadig.* Il fait venir les deux Mages. Qu'en-
feigneras-tu à ton pupile, dit-il au premier ? Je lui
apprendrai, dit le Docteur, les huit parties d'Oraifon, la Dialectique, l'Aftrologie, la Démonoma-
nie, ce que c'eft que la Subftance & l'Accident,
l'Abftrait & le Concert, les Monades & l'Harmonie Préétablie. Moi, dit le fecond, je tâcherai
de le rendre jufte & digne d'avoir des amis. *Zadig*
prononça : *Que tu fois fon pere ou non, tu épou-
feras fa mere.*

LES DISPUTES ET LES AUDIENCES.

C'Eft ainfi qu'il montrait tous les jours la fubti-
lité de fon génie & la bonté de fon ame ; on
admirait, & cependant on l'aimait. Il paffait pour
le plus fortuné de tous les hommes ; tout l'Empire
était rempli de fon nom ; toutes les femmes le lor-
gnaient ; tous les citoyens célébraient fa juftice ;
les fçavans le regardaient comme leur oracle ; les
Prêtres mêmes avouaient qu'il en fçavait plus que
le vieux Archimage *Yebor.* On était bien loin alors
de lui faire des procès fur les grifons ; on ne croyait
que ce qui lui femblait croyable.

Il y avait une grande querelle dans Babylone,
qui durait depuis quinze cens années, & qui par-
tageait l'Empire en deux fectes opiniâtres ; l'une
prétendait qu'il ne fallait jamais entrer dans le Temple de *Mitra* que du pied gauche ; l'autre avait
cette coutume en abomination, & n'entrait jamais
que du pied droit. On attendait le jour de la fête
folemnelle du feu facré, pour fçavoir quelle fecte
ferait favorifée par *Zadig.* L'Univers avait les yeux
fur fes deux pieds, & toute la ville était en agi-

tation & en suspens. *Zadig* entra dans le Temple
en sautant à pieds joints , & il prouva ensuite, par
un discours éloquent , que le DIEU du Ciel & de
la Terre , qui n'a acception de personne , ne fait
pas plus de cas de la jambe gauche que de la jambe droite. L'Envieux & sa femme prétendirent que
dans son discours il n'y avait pas assez de figures ,
qu'il n'avait pas fait assez danser les montagnes &
les collines. Il est sec & sans génie , disaient-ils ;
on ne voit chez lui ni la mer s'enfuir , ni les étoiles
tomber , ni le soleil se fondre comme la cire : il n'a
point le bon style Oriental. *Zadig* se contentait d'a-
voir le style de la raison. Tout le monde fut pour lui ,
non pas parce qu'il était dans le bon chemin, non pas
parce qu'il était raisonnable , non pas parce qu'il était
aimable , mais parce qu'il était premier Visir.

　Il termina aussi heureusement le grand procès
entre les Mages blancs & les Mages noirs. Les
blancs soutenaient que c'était une impiété de se
tourner en priant DIEU vers l'Orient d'hiver : les
noirs assuraient que DIEU avait en horreur les prieres des hommes qui se tournaient vers le couchant
d'été. *Zadig* ordonna qu'on se tournât comme on
voudrait.

　Il trouva ainsi le secret d'expédier le matin les
affaires particulieres & générales : le reste du jour
il s'occupait des embellissemens de Babylone ; il
faisait représenter des Tragédies où l'on pleurait ,
& des Comédies où l'on riait , ce qui était passé de
mode depuis long-tems , & ce qu'il fit renaître ,
parce qu'il avait du goût. Il ne prétendait pas en
sçavoir plus que les Artistes ; il les récompensait
par des bienfaits & des distinctions , & n'était point
jaloux en secret de leurs talens. Le soir il amusait
beaucoup le Roi , & sur-tout la Reine. Le Roi
disait, le grand Ministre ! la Reine disait, l'aimable Ministre ! & tous deux ajoutaient : C'eût été
grand dommage qu'il eût été pendu.

　Jamais homme en place ne fut obligé de donner
tant d'audiences aux Dames. La plupart venaient

lui parler des affaires qu'elles n'avaient point, pour
en avoir une avec lui. La femme de l'Envieux s'y
préfenta des premieres ; elle lui jura par *Mitra*,
par *Zenda Vefta*, & par le feu facré, qu'elle avait
détefté la conduite de fon mari ; elle lui confia enfuite que ce mari était un jaloux, un brutal ; elle
lui fit entendre que les Dieux le puniffaient, en
lui refufant les précieux effets de ce feu facré par
lequel feul l'homme eft femblable aux immortels :
elle finit par laiffer tomber fa jarretiere ; *Zadig* la
ramaffa avec fa politeffe ordinaire ; mais il ne la
r'attacha point au genou de la Dame ; & cette petite faute, fi c'en eft une, fut la caufe des plus
horribles infortunes. *Zadig* n'y penfa pas, & la
femme de l'Envieux y penfa beaucoup.

D'autres Dames fe préfentaient tous les jours. Les
Annales fecrettes de Babylone prétendent qu'il fuc-
comba une fois, mais qu'il fut tout étonné de jouir
fans volupté, & d'embraffer fon amante avec dif-
traction. Celle à qui il donna, fans prefque s'en
appercevoir, des marques de fa protection, était
une femme-de-chambre de la Reine *Aftarté*. Cette
tendre Babylonienne fe difait à elle-même pour fe
confoler : Il faut que cet homme-là ait prodigieufement d'affaires dans la tête, puifqu'il y fonge encore, même en faifant l'amour. Il échappa à *Zadig*,
dans les inftans où plufieurs perfonnes ne difent mot,
& où d'autres ne prononcent que des paroles fa-
crées, de s'écrier tout d'un coup : *La Reine*. La
Babylonienne crut qu'enfin il était revenu à lui dans
un bon moment, & qu'il lui difait : *Ma Reine*.
Mais *Zadig* toujours très-diftrait, prononça le nom
d'*Aftarté*. La Dame qui, dans ces heureufes circonftances interprétait tout à fon avantage, s'imagina que cela voulait dire : Vous êtes plus belle
que la Reine *Aftarté* ; elle fortit du Serrail de *Zadig*
avec de très-beaux préfens. Elle alla conter fon
aventure à l'Envieufe, qui était fon amie intime ;
celle-ci fut cruellement piquée de la préférence :
Il n'a pas daigné feulement, dit-elle, me r'attacher

cette jarretiere que voici, & dont je ne veux plus me servir. Oh! oh! dit la fortunée à l'Envieuse, vous portez les mêmes jarretieres que la Reine! Vous les prenez donc chez la même faiseuse? L'Envieuse rêva profondément, ne répondit rien, & alla consulter son mari l'Envieux.

Cependant *Zadig* s'appercevait qu'il avait toujours des distractions quand il donnait des audiences, & quand il jugeait; il ne sçavait à quoi les attribuer : c'était-là sa seule peine.

Il eut un songe : il lui semblait qu'il était couché d'abord sur des herbes séches, parmi lesquelles il y en avait quelques-unes de piquantes qui l'incommodaient, & qu'ensuite il reposait mollement sur un lit de roses dont il sortait un serpent qui le blessait au cœur de sa langue acerée & envenimée. Hélas! disait-il, j'ai été long-tems couché sur ces herbes séches & piquantes, je suis maintenant sur le lit de roses, mais quel sera le serpent?

LE MONDE COMME IL VA,

Vision de Babouc, écrite par lui-même.

PArmi les Génies qui président aux Empires du Monde, *Ituriel* tient un des premiers rangs, & il a le département de la haute Asie. Il descendit un matin dans la demeure du Scithe *Babouc*, sur le rivage de l'Oxus, & lui dit : *Babouc* les folies & les excès des Perses ont attiré notre colere; il s'est tenu hier une assemblée des Génies de la haute Asie, pour sçavoir si on châtierait Persépolis, ou si on la détruirait. Va dans cette ville, examine tout; tu reviendras m'en rendre un compte fidele; & je me déterminerai, sur ton rapport, à corriger la ville ou à l'exterminer. Mais, Seigneur, dit humblement *Babouc*, je n'ai jamais été en Perse, je n'y connais personne. Tant mieux, dit l'Ange, tu ne feras point partial, tu as reçu du Ciel le difcernement, & j'y ajoute le don d'infpirer la confiance ; marche, regarde, écoute, obferve & ne crains rien ; tu feras par-tout bien reçu.

Babouc monta fur fon chameau, & partit avec fes ferviteurs. Au bout de quelques journées il rencontra, vers les plaines de Sennaar, l'armée Perfanne qui allait combattre l'armée Indienne ; il s'adreffa d'abord à un foldat, qu'il trouva écarté. Il lui parla, & lui demanda quel était le fujet de la guerre. Par tous les Dieux, dit le foldat, je n'en fçais rien. Ce n'eft pas mon affaire, mon métier eft de tuer & d'être tué pour gagner ma vie ; il n'importe qui je ferve. Je pourrais bien même dès demain paffer dans le camp des Indiens ; car on dit, qu'ils donnent près d'une demi-dracme de cuivre par jour à leurs foldats de plus que nous n'en avons dans ce maudit fervice de Perfe : Si vous voulez fçavoir pourquoi on fe bat, parlez à mon Capitaine.

Babouc, ayant fait un petit prefent au foldat, entra dans le camp ; il fit bientôt connaiffance avec le Capitaine, & lui demanda le fujet de la guerre. Comment voulez-vous que je le fçache, dit le Capitaine ? & que m'importe ce beau fujet ? J'habite à deux cens lieues de Perfépolis. J'entends dire que la guerre eft déclarée ; j'abandonne auffitôt ma famille, & je vais chercher, felon notre coutume, la fortune ou la mort, attendu que je n'ai rien à faire. Mais vos camarades, dit *Babouc*, ne font-ils pas plus inftruits que vous ? Non, dit l'Officier, il n'y a guere que nos principaux Satrapes qui fçavent bien précifément pourquoi on s'égorge.

Babouc, étonné, s'introduifit chez les Généraux ; il entra dans leur familiarité. L'un d'eux lui dit enfin : La caufe de cette guerre qui défole depuis vingt ans l'Afie, vient originairement d'une querelle entre un Eunuque d'une femme du grand Roi de

Perfe , & un Commis d'un bureau du grand Roi
des Indes. Il s'agiffait d'un droit , qui revenait à
peu près à la trentieme partie d'une Darique. Le
premier Miniftre des Indes & le nôtre foutinrent
dignement les droits de leurs Maîtres : la querelle s'échauffa. On mit de part & d'autre en campagne une armée d'un million de foldats. Il faut
recruter cette armée tous les ans de plus de quatre cens mille hommes; les meurtres, les incen-
dies , les ruines , les dévaftations fe multiplient ;
l'Univers fouffre , & l'acharnement continue. Notre premier Miniftre & celui des Indes proteftent
fouvent , qu'ils n'agiffent que pour le bonheur du
genre humain , & à chaque proteftation il y a toujours quelque ville détruite & quelque province ra-
vagée.

Le lendemain fur un bruit qui fe répandit que
la paix allait être conclue , le Général Perfan &
& le Général Indien , s'emprefferent de donner
bataille ; elle fut fanglante. *Babouc* en vit toutes
les fautes & toutes les abominations ; il fut témoin
des manœuvres des principaux Satrapes , qui firent ce qu'ils purent pour faire battre leur Chef.
Il vit des Officiers tués par leurs propres troupes ;
il vit des foldats qui achevaient d'égorger leurs camarades expirans , pour leur arracher quelques lam-
beaux fanglans , déchirés & couverts de fange, il
entra dans les hôpitaux où l'on tranfportait les
bleffés , dont la plupart expiraient par la négligence inhumaine de ceux même que le Roi de
Perfe payait chérement pour les fecourir. Sont-
ce-là des hommes , s'écria *Babouc* , ou des bêtes
féroces ? Ah ! je vois bien que Perfépolis fera détruite.

Occupé de cette penfée , il paffa dans le camp
des Indiens ; il y fut auffi-bien reçu que dans celui des Perfes , felon ce qui lui avait été prédit ;
mais il vit tous les mêmes excès qui l'avaient fai-
fi d'horreur. Oh , oh , dit-il , en lui-même : Si l'Ange *Ituriel* veut exterminer les Perfans , il faut donc

que l'Ange des Indes détruise aussi les Indiens.
S'étant ensuite informé plus en détail de ce qui s'é-
tait passé dans l'une & l'autre armée, il apprit des
actions de générosité, de grandeur d'ame, d'humanité, qui l'étonnerent & le ravirent. Inexplicables humains, s'écria-t-il, comment pouvez-vous
réunir tant de bassesse & de grandeur, tant de vertus & de crimes?

Cependant la paix fut déclarée; les Chefs des
deux armées, dont aucun n'avait remporté la victoire, mais qui pour leur seul intérêt avaient fait
verser le sang de tant d'hommes leurs semblables,
allerent briguer dans leurs Cours des récompenses. On célébra la paix dans des écrits publics,
qui n'annonçaient que le retour de la vertu & de
la félicité sur la Terre. Dieu soit loué, dit *Babouc*;
Persépolis sera le séjour de l'innocence épurée; elle
ne sera point détruite, comme le voulaient ces vi-
lains Génies. Courons sans tarder dans cette Capitale de l'Asie.

* * * * * * * *

Il arriva dans cette ville immense par l'ancienne entrée, qui était toute barbare, & dont la rus-
ticité dégoûtante offensait les yeux. Toute cette
partie de la ville se ressentait du tems où elle avait
été bâtie; car malgré l'opiniâtreté des hommes à
louer l'antique aux dépens du moderne, il faut
avouer qu'en tout genre les premiers essais sont toujours grossiers.

Babouc se mêla dans la foule d'un peuple composé de ce qu'il y avait de plus sale & de plus
laid dans les deux sexes; cette foule se précipi-
tait d'un air hébêté dans un enclos vaste & som-
bre. Au bourdonnement continuel, au mouvement qu'il y remarqua, à l'argent que quelques
personnes donnaient à d'autres pour avoir droit
de s'asseoir, il crut être dans un marché où l'on
vendait des chaises de paille; mais bientôt voyant
que plusieurs femmes se mettaient à genoux en fai-

fant femblant de regarder fixement devant elles;
& en regardant les hommes de côté, il s'apperçut qu'il était dans un Temple. Des voix aigres,
rauques, fauvages, difcordantes faifaient retentir la
voute de fons mal articulés, qui faifaient le même
effet que les voix des Onagres quand elles répondent dans les plaines des Piétaves au cornet à bou-
quin qui les appelle. Il fe bouchait les oreilles;
mais il fut près de fe boucher encore les yeux &
le nez, quand il vit entrer dans ce Temple des
ouvriers avec des pinces & des pêles; ils remue-
rent une large pierre, & jetterent à droite & à
gauche une terre dont s'exhalait une odeur em-
peftée; enfuite on vint pofer un mort dans cette
ouverture, & on remit la pierre par-deffus. Quoi,
s'écria *Babouc*, ces peuples enterrent leurs morts
dans les mêmes lieux où ils adorent la Divinité?
Quoi, leurs Temples font pavés de cadavres?
Je ne m'étonne plus de ces maladies peftilentiel-
les qui défolent fouvent Perfépolis. La pourriture
des morts, & celle de tant de vivans raffemblés
& preffés dans le même lieu, eft capable d'empoifonner le Globe terreftre. Ah, la vilaine ville
que Perfépolis! Apparemment que les Anges veulent la détruire pour en rebâtir une plus belle, &
pour la peupler d'habitans moins mal-propres & qui
chantent mieux. La Providence peut avoir fes raifons; laiffons-la faire.

* * * * * * * *

Cependant le Soleil approchait du haut de fa carriere, *Babouc* devait aller dîner à l'autre bout de
la ville chez une Dame, pour laquelle fon mari,
Officier de l'armée, lui avait donné des lettres;
il fit d'abord plufieurs tours dans Perfépolis; il vit
d'autres Temples mieux bâtis & mieux ornés,
remplis d'un peuple poli, & retentiffans d'une mufique harmonieufe; il remarqua des fontaines publiques, lefquelles, quoique mal placées frappaient
les yeux par leur beauté, des places où femblaient

respirer en bronze les meilleurs Rois qui avaient gouverné la Perse ; d'autres places où il entendait le peuple s'écrier : Quand verrons-nous ici le Maître que nous chérissons ? Il admira les ponts magnifiques élevés sur le fleuve, les quais superbes & commodes, les palais bâtis à droite & à gauche, une maison immense, où des milliers de vieux soldats blessés & vainqueurs rendaient chaque jour grace au Dieu des armées. Il entra enfin chez la Dame, qui l'attendait à dîner avec une compagnie d'honnêtes gens. La maison était propre & ornée, le repas délicieux, la Dame jeune, belle, spirituelle, engageante, la compagnie digne d'elle ; & *Babouc* disait en lui-même, à tout moment : L'Ange *Ituriel* se moque du monde de vouloir détruire une ville si charmante.

* * * * * * * *

Cependant il s'apperçut que la Dame qui avait commencé par lui demander tendrement des nouvelles de son mari, parlait plus tendrement encore sur la fin du repas à un jeune Mage. Il vit un Magistrat, qui, en présence de sa femme, pressait avec vivacité une veuve, & cette veuve indulgente avait une main passée autour du cou du Magistrat ; tandis qu'elle tendait l'autre à un jeune Citoyen très beau & très modeste. La femme du Magistrat se leva de table la premiere, pour aller entretenir, dans un cabinet voisin, son Directeur, qui arrivait trop tard, & qu'on avait attendu à dîner ; & le Directeur, homme éloquent, lui parla dans ce cabinet avec tant de véhémence & d'onction, que la Dame avait, quand elle revint, les yeux humides, les joues enflammées, la démarche mal assurée, la parole tremblante.

Alors *Babouc* commença à craindre que le Génie *Ituriel* n'eût raison. Le talent qu'il avait d'attirer la confiance, le mit dès le jour même dans les secrets de la Dame ; elle lui confia son goût pour le jeune Mage, l'assura que dans toutes les maifons de Perfépolis il trouverait l'équivalent de ce qu'il avait vu dans la fienne. *Babouc* conclut qu'une telle fociété ne pouvait fubfifter ; que la jaloufie, la difcorde, la vengeance devaient défoler toutes les maifons ; que les larmes & le fang devaient couler tous les jours ; que certainement les maris tueraient les galans de leurs femmes, ou en feraient tués ; & qu'enfin *Ituriel* faifait fort bien de détruire tout d'un coup une ville abandonnée à de continuels défaftres.

* * * * * * * *

Il était plongé dans ces idées funeftes, quand il fe prefenta à la porte d'un homme grave en manteau noir, qui demanda humblement à parler au jeune Magiftrat. Celui-ci, fans fe lever, fans le regarder, lui donna fiérement & d'un air diftrait, quelques papiers, & le congédia. *Babouc* demanda quel était cet homme ; la maîtreffe de la maifon lui dit tout bas ; c'eft un des meilleurs Avocats de la ville ; il y a cinquante ans qu'il étudie les Loix. Monfieur qui n'a que vingt-cinq ans, & qui eft Satrape de Loi depuis deux jours, lui donne à faire l'extrait d'un procès qu'il doit juger, qu'il n'a pas encore examiné. Ce jeune étourdi fait fagement, dit *Babouc*, de demander confeil à un vieillard ; mais pourquoi n'eft-ce pas ce vieillard qui eft Juge ? Vous vous moquez, lui dit-on, jamais ceux qui ont vieilli dans les emplois laborieux & fubalternes ne parviennent aux Dignités. Ce jeune homme a une grande Charge, parce que fon pere eft riche, & qu'ici le droit de rendre la juftice s'achete comme une métairie. O mœurs ! ô malheureufe ville, s'écria *Babouc* ! voilà le comble du defordre ; fans doute ceux qui ont ainfi acheté le droit de juger, vendent leurs jugemens : je ne vois ici que des abymes d'iniquité.

Comme il marquait ainfi fa douleur & fa furprife, un jeune guerrier, qui était revenu ce jour même de l'armée, lui dit : Pourquoi ne voulez vous pas qu'on achete les Emplois de la Robe ? j'ai bien acheté , moi , le droit d'affronter la mort à la tête de deux mille hommes que je commande ; il m'en a coûté quarante mille dariques d'or cette année , pour coucher fur la terre trente nuits de fuite en habit rouge, & pour recevoir enfuite deux bons coups de fleche dont je me fens encore. Si je me ruine pour fervir l'Empereur Perfan que je n'ai jamais vu , M. le Satrape de robe peut bien payer quelque chofe ; pour avoir le plaifir de donner audience à des plaideurs. *Babouc* indigné ne put s'empêcher de condamner dans fon cœur un pays où l'on mettait à l'encan les Dignités de la paix & de la guerre ; il conclut précipitamment que l'on y devait ignorer abfolument la guerre & les loix ; & que quand même *Ituriel* n'exterminerait pas ces Peuples , ils périraient par leur détestable adminiftration.

Sa mauvaife opinion augmenta encore à l'arrivée d'un gros homme, qui ayant falué très-familièrement toute la compagnie s'approcha du jeune officier , & lui dit : Je ne peux vous prêter que cinquante mille dariques d'or , car , en vérité , les douanes de l'Empire ne m'en ont rapporté que trois cens mille cette année. *Babouc* s'informa quel était cet homme qui fe plaignait de gagner fi peu ; il apprit qu'il y avait dans Perfépolis quarante Rois plebeïens , qui tenaient à bail l'Empire de Perfe , & qui en rendaient quelque chofe au Monarque.

* * * * * * * *

Après dîné il alla dans un des plus fuperbes Temples de la ville ; il s'affit au milieu d'une troupe de femmes & d'hommes qui étaient venus là pour paffer le tems. Un Mage parut dans une machine élevée, qui parla long-tems du vice & de la vertu. Ce Mage divifa en plufieurs parties ce qui n'avait nul befoin d'être divifé ; il prouva méthodiquement tout ce qui était clair, il enfeigna tout ce qu'on fçavait. Il fe paffionna froidement, & fortit fuant & hors d'haleine. Toute l'affemblée alors fe réveilla, & crut avoir affifté à une inftruction. *Babouc* dit : Voilà un homme qui a fait de fon mieux pour ennuyer deux ou trois cens de fes concitoyens ; mais fon intention était bonne ; & il n'y a pas là de quoi détruire Perfépolis.

Au fortir de cette affemblée on le mena voir une fête publique qu'on donnait tous les jours de l'année ; c'était dans une efpece de Bafilique, au fond de laquelle on voyait un Palais. Les plus belles Citoyennes de Perfépolis, les plus confidérables Satrapes rangés avec ordre, formaient un fpectacle fi beau, que *Babouc* crut d'abord que c'était là toute la fête. Deux ou trois perfonnes qui paraiffaient des Rois & des Reines parurent bientôt dans le veftibule de ce Palais ; leur langage était très-différent de celui du Peuple, il était mefuré, harmonieux & fublime. Perfonne ne dormait, on écoutait dans un profond filence, qui n'était interrompu que par les témoignages de la fenfibilité & de l'admiration publique. Le devoir des Rois, l'amour de la vertu, les dangers des paffions étaient exprimés par des traits fi vifs & fi touchans que *Babouc* verfa des larmes. Il ne douta pas que ces Héros & ces Héroïnes, ces Rois & ces Reines, qu'il venait d'entendre, ne fuffent les Prédicateurs de l'Empire ; il fe propofa même d'engager *Ituriel* à les venir entendre ; bien fûr qu'un tel fpectacle le réconcilierait pour jamais avec la ville.

Dès que cette fête fut finie, il voulut voir la principale Reine, qui avait débité dans ce beau Palais une morale fi noble & fi pure ; il fe fit introduire chez fa Majefté ; on le mena par un petit efcalier, au fecond étage dans un appartement mal meublé, où il trouva une femme mal vêtue, qui lui dit d'un air noble & pathétique : Ce métier-ci ne me donne pas de quoi vivre ; un des Princes que vous avez vus m'a fait un enfant ; j'accoucherai bientôt ; je manque d'argent , & sans argent on n'accouche point. *Babouc* lui donna cent dariques d'or, en disant : S'il n'y avait que ce mal-là dans la Ville, *Ituriel* aurait tort de se tant fâcher.

De là, il alla passer la soirée chez des marchands de magnificences inutiles. Un homme intelligent, avec lequel il avait fait connaissance, l'y mena : il acheta ce qui lui plût , & on lui vendit avec politesse beaucoup plus qu'il ne valait. Son ami de retour chez lui, lui fit voir combien on le trompait. *Babouc* mit sur ses tablettes le nom du marchand , pour le faire distinguer par *Ituriel* au jour de la punition de la ville. Comme il écrivait, on frappa à sa porte, c'était le marchand lui-même qui venait lui rapporter sa bourse, que *Babouc* avait laissée par mégarde sur son comptoir. Comment se peut-il, s'écria *Babouc* , que vous soyiez si fidele & si généreux, après n'avoir pas eu de honte de me vendre des colifichets quatre fois au-dessus de leur valeur ? Il n'y a aucun Négociant un peu connu dans cette ville , lui répondit le marchand, qui ne fût venu vous rapporter votre bourse ; mais on vous a trompé quand on vous a dit que je vous avais vendu ce que vous avez pris chez moi quatre fois plus qu'il ne vaut ; je vous ai vendu dix fois davantage : & cela est si vrai, que si dans un mois vous voulez le revendre, vous n'en aurez pas même ce dixieme. Mais rien n'est plus juste ; c'est la fantaisie des hommes, qui met le prix à ces choses frivoles ; c'est cette fantaisie qui fait vivre cent ouvriers que j'emploie ; c'est elle qui me donne une belle maison , un char commode, des chevaux ; c'est elle qui excite l'industrie , qui entretient le goût, la circulation & l'abondance.

Je vends aux Nations voisines les mêmes bagatelles plus chérement qu'à vous, & par-là je suis utile à l'Empire. *Babouc*, après avoir un peu rêvé , le raya de ses tablettes.

* * * * * * * *

Babouc fort incertain fur ce qu'il devait penfer
de Perfépolis, réfolut de voir les Mages & les
Lettrés; car les uns étudient la Sageffe, & les autres la Religion ; & il fe flatta que ceux-là ob-
tiendraient grace pour le refte du Peuple. Dès le
lendemain matin il fe tranfporta dans un Collége
de Mages. L'Archimandrite lui avoua, qu'il avait
cent mille écus de rente pour avoir fait vœu de
pauvreté, & qu'il exerçait un empire affez étendu en vertu de fon vœu d'humilité ; après quoi il
laiffa *Babouc* entre les mains d'un petit frere, qui
lui fit les honneurs.

Tandis que ce frere lui montrait les magnificences de cette maifon de pénitence, un bruit fe répandit, qu'il était venu pour réformer toutes ces
maifons. Auffi-tôt il reçut des mémoires de chacune d'elles ; & les mémoires difaient tous en fubftance : *Confervez-nous, & détruifez toutes les autres.* A entendre leurs apologies, ces fociétés
étaient toutes néceffaires. A entendre leurs accu-
fations réciproques, elles méritaient toutes d'être
anéanties. Il admirait comme il n'y en avait aucune d'elles, qui pour édifier l'univers ne voulût en
avoir l'empire. Alors il fe prefenta un petit homme qui était un demi-Mage, & qui lui dit : Je
vois bien que l'œuvre va s'accomplir ; car *Zerduft*
eft revenu fur la Terre, les petites filles prophé-
tifent, en fe faifant donner des coups de pincettes
par devant, & le fouet par derriére. Ainfi nous
vous demandons votre protection contre le grand
Lama. Comment, dit *Babouc*, contre ce Pontife
Roi, qui réfide au Tibet ? Contre lui-même ? Vous
lui faites donc la guerre, & vous levez contre lui
des armées ? Non, mais il dit, que l'homme eft libre, & nous n'en croyons rien. Nous écrivons
contre lui de petits livres, qu'il ne lit pas ; à peine
a-t-il entendu parler de nous ; il nous a feulement
fait condamner comme un maître ordonne qu'on
                                        échenille

échenille les arbres de ses jardins. *Babouc* frémit
de la folie de ces hommes, qui faisaient profession
de sagesse, des intrigues de ceux qui avaient renoncé au Monde, de l'ambition & de la convoitise
orgueilleuse de ceux qui enseignaient l'humilité &
le désintéressement ; il conclut qu'*Ituriel* avait de
bonnes raisons pour détruire toute cette engeance.

* * * * * * *

Retiré chez lui, il envoya chercher des livres
nouveaux pour adoucir son chagrin, & il pria quelques Lettrés à dîner pour se réjouir. Il en vint deux
fois plus qu'il n'en avait demandé, comme les guê-
pes que le miel attire. Ces parasites se pressaient de
manger & de parler ; ils louaient deux sortes de
personnes, les morts & eux-mêmes, & jamais leurs
contemporains, excepté le maître de la maison.
Si quelqu'un d'eux disait un bon mot, les autres
baissaient les yeux, & se mordaient les levres de
douleur de ne l'avoir pas dit. Ils avaient moins de
dissimulation que les Mages, parce qu'ils n'avaient
pas de si grands objets d'ambition. Chacun d'eux
briguait une place de valet, & une réputation de
grand-homme ; ils se disaient en face des choses
insultantes, qu'ils croyaient des traits d'esprit. Ils
avaient eu quelque connaissance de la mission de
Babouc. L'un d'eux le pria tout bas d'examiner un
Auteur qui ne l'avait pas assez loué il y avait cinq
ans. Un autre demanda la perte d'un citoyen qui
n'avait jamais ri à ses Comédies. Un troisieme demanda l'extinction de l'Académie, parce qu'il n'a-
vait jamais pu parvenir à y être admis. Le repas
fini, chacun d'eux s'en alla seul ; car il n'y avait
pas dans toute la troupe deux hommes qui pussent
se souffrir, ni même se parler ailleurs que chez les
riches qui les invitaient à leur table : *Babouc* jugea,
qu'il n'y aurait pas grand mal, quand cette vermine
périrait dans la destruction générale.

* * * * * * *

Dès qu'il se fut défait d'eux, il se mit à lire quel-

ques livres nouveaux. Il y reconnut l'esprit de ses
convives. Il vit sur-tout avec indignation ces gazettes de la médisance, ces archives du mauvais
goût, que l'envie, la bassesse & la faim ont dic-
tés ; ces lâches satyres où l'on ménage le vautour
& où l'on déchire la colombe ; ces Romans dénués
d'imagination, où l'on voit tant de portraits de
femmes que l'Auteur ne connaît pas.

Il jetta au feu tous ces détestables écrits, & sortit pour aller le soir à la promenade. On le présenta à un vieux Lettré, qui n'était point venu gros-
sir le nombre de ses parasites. Ce Lettré fuyait toujours la foule, connaissait les hommes, en faisait
usage & se communiquait avec discrétion. *Babouc*
lui parla avec douleur de ce qu'il avait lu & de
ce qu'il avait vu.

Vous avez lu des choses bien méprisables, lui dit
le sage Lettré ; mais dans tous les tems, dans tous les
pays, & dans tous les genres, le mauvais fourmille,
& le bon est rare. Vous avez reçu chez vous le re-
but de la pédanterie, parce que dans toutes les pro-
fessions, ce qu'il y a de plus indigne de paraître, est
toujours ce qui se présente avec le plus d'impudence. *Les* véritables sages vivent entr'eux retirés &
tranquilles ; il y a encore parmi nous des hommes
& des livres dignes de votre attention. Dans le tems
qu'il parlait ainsi, un autre Lettré les joignit ; leurs
discours furent si agréables & si instructifs, si élevés
au-dessus des préjugés, & si conformes à la vertu,
que *Babouc* avoua n'avoir jamais rien entendu de
pareil. Voilà des hommes, disait-il tout bas, à qui
l'Ange *Ituriel* n'osera toucher, ou il sera bien impitoyable.

Raccommodé avec les Lettrés, il était toujours
en colere contre le reste de la nation. Vous êtes
étranger, lui dit l'homme judicieux, qui lui parlait ;
les abus se présentent à vos yeux en foule, & le
bien qui est caché & qui résulte quelquefois de ces
abus mêmes, vous échape. Alors il aprit que parmi
les Lettrés il y en avait quelques-uns qui n'étaient

pas envieux , & que parmi les Mages mêmes il y en avait de vertueux. Il conçut à la fin que ces grands corps , qui femblaient en fe choquant préparer leurs communes ruines , étaient au fonds des inftitutions falutaires ; que chaque fociété de Mages était un frein à fes rivales ; que fi ces émules différaient dans quelques opinions , ils enfeignaient tous la même Morale , qu'ils inftruifaient le Peuple , & qu'ils vivaient foumis aux loix , femblables aux précepteurs qui veillent fur le fils de la maifon , tandis que le maître veille fur eux-mêmes. Il en pratiqua plufieurs , & vit des ames céleftes. Il apprit même que parmi les fous qui prétendaient faire la guerre au grand Lama , il y avait eu de très-grands hommes. Il foupçonna enfin qu'il pourrait bien en être des mœurs de Perfépolis , comme des édifices , dont les uns lui avaient paru dignes de pitié , & les autres l'avaient ravi en admiration.

* * * * * * * *

Il dit à fon Lettré : Je connais très-bien que ces Mages que j'avais cru fi dangereux font en effet très-utiles , fur tout quand un Gouvernement fage les empêche de fe rendre trop néceffaires ; mais vous m'avouerez au moins que vos jeunes Magiftrats , qui achetent une charge de Juge dès qu'ils ont appris à monter à cheval , doivent étaler dans les Tribunaux tout ce que l'impertinence a de plus ridicule , & tout ce que l'iniquité a de plus pervers ; il vaudrait mieux fans doute donner ces places gratuitement à ces vieux Jurifconfultes , qui ont paffé toute leur vie à pefer le pour & le contre.

Le Lettré lui repliqua : Vous avez vu notre armée avant d'arriver à Perfépolis ; vous fçavez que nos jeunes Officiers fe battent très-bien , quoiqu'ils aient acheté leurs Charges ; peut-être verrez-vous que nos jeunes Magiftrats ne jugent pas mal , quoiqu'ils aient payé pour juger.

Il le mena le lendemain au grand Tribunal , où

l'on devait rendre un arrêt important. La cause était connue de tout le monde. Tous ces vieux Avocats, qui en parlaient étaient flottans dans leurs opinions ; ils allégaient cent loix, dont aucune n'était applicable au fonds de la question ; ils regardaient l'affaire par cent côtés, dont aucun n'était dans son vrai jour ; les Juges décidérent plus vîte que les Avocats ne douterent. Leur jugement fut presque unanime ; ils jugerent bien, parce qu'ils suivaient les lumiéres de la raison ; & les autres avaient opiné mal, parce qu'ils n'avaient consulté que leurs livres.

Babouc conclut, qu'il y avait souvent de très-bonnes choses dans les abus. Il vit dès le jour même que les richesses des financiers, qui l'avaient tant révolté, pouvaient produire un effet excellent. Car l'Empereur ayant eu besoin d'argent, il trouva en une heure, par leur moyen, ce qu'il n'aurait pas eu en six mois par les voies ordinaires ; il vit que ces gros nuages enflés de la rosée de la Terre, lui rendaient en pluie ce qu'ils en recevaient. D'ailleurs les enfans de ces hommes nouveaux, souvent mieux élevés que ceux des familles plus anciennes, valaient quelquefois beaucoup mieux ; car rien n'empêche qu'on ne soit un bon Juge, un brave guerrier, un homme d'Etat habile, quand on a eu un pere bon calculateur.

* * * * * * * *

Insensiblement *Babouc* faisait grace à l'avidité du financier, qui n'est pas au fonds plus avide que les autres hommes, & qui est nécessaire. Il excusait la folie de se ruiner pour juger & pour se battre, folie qui produit de grands Magistrats & des Héros. Il pardonnait à l'envie des Lettrés, parmi lesquels il se trouvait des hommes qui éclairaient le Monde ; il se réconciliait avec les Mages ambitieux & intrigans, chez lesquels il y avait plus de grandes vertus encore que de petits vices ; mais il lui restait bien des griefs, & sur-tout les galanteries des Dames

& les désolations qui en devaient être la suite, le remplissaient d'inquiétude & d'effroi.

Comme il voulait pénétrer dans toutes les conditions humaines, il se fit mener chez un Ministre ; mais il tremblait toujours en chemin que quelque femme ne fût assassinée en sa présence par son mari. Arrivé chez l'homme d'Etat, il resta deux heures dans l'antichambre sans être annoncé, & deux heures encore après l'avoir été. Il se promettait bien, dans cet intervalle, de recommander à l'Ange *Ituriel* & le Ministre & ses insolens huissiers. L'antichambre était remplie de Dames de tout étage, de Mages de toutes couleurs, de Juges, de Marchands, d'Officiers, de pédans ; tous se plaignaient du Ministre. L'avare & l'usurier disaient : Sans doute cet homme-là pille les Provinces ; le capricieux lui reprochait d'être bizarre ; le voluptueux disait : Il ne songe qu'à ses plaisirs ; l'intrigant se flattait de le voir bientôt perdu par une cabale ; les femmes espéraient qu'on leur donnerait bientôt un Ministre plus jeune.

Babouc entendait leurs discours ; il ne put s'empêcher de dire : Voilà un homme bienheureux ; il a tous ses ennemis dans son antichambre ; il écrase de son pouvoir ceux qui l'envient ; il voit à ses pieds ceux qui le détestent. Il entra enfin ; il vit un petit vieillard courbé sous le poids des années & des affaires, mais encore vif & plein d'esprit.

Babouc lui plut, & il parut à *Babouc* un homme estimable. La conversation devint intéressante ; le Ministre lui avoua, qu'il était un homme très-malheureux, qu'il passait pour riche, & qu'il était pauvre, qu'on le croyait tout-puissant, & qu'il était toujours contredit ; qu'il n'avait guere obligé que des ingrats, & que dans un travail continuel de quarante années, il avait eu à peine un moment de consolation. *Babouc* en fut touché, & pensa que si cet homme avait des fautes, & si l'Ange *Ituriel* voulait le punir, il ne fallait pas l'exterminer, mais seulement lui laisser sa place.

* * * * * * * *

Tandis qu'il parlait au Miniftre, entre brufque-
ment la belle Dame chez qui *Babouc* avait dîné ;
on voyait dans fes yeux & fur fon front les fimptô-
mes de la douleur & de la colere. Elle éclata en
reproches contre l'homme d'Etat ; elle verfa des
larmes ; elle fe plaignit avec amertume de ce qu'on
avait refufé à fon mari une place où fa naiffance lui
permettait d'afpirer, & que fes fervices & fes blef-
fures méritaient ; elle s'exprima avec tant de force,
elle mit tant de graces dans fes plaintes, elle dé-
truifit les objections avec tant d'adreffe, elle fit
valoir les raifons avec tant d'éloquence, qu'elle
ne fortit point de la chambre fans avoir fait la fortune de fon mari.

Babouc lui donna la main. Eft-il poffible, Madame, lui dit-il, que vous vous foyiez donné toute
cette peine pour un homme que vous n'aimez point,
& dont vous avez tout à craindre ? Un homme que
je n'aime point, s'écria-t-elle ? Sçachez que mon mari
eft le meilleur ami que j'aie au monde, qu'il n'y
a rien que je ne lui facrifie, hors mon amant ; &
qu'il ferait tout pour moi, hors de quitter fa maîtreffe. Je veux vous la faire connaître ; c'eft une
femme charmante, pleine d'efprit & du meilleur
caractere du monde ; nous foupons enfemble ce
foir avec mon mari, & mon petit Mage ; venez
partager notre joie.

La Dame mena *Babouc* chez elle. Le mari qui
était enfin arrivé plongé dans la douleur, revit fa
femme avec des tranfports d'allegreffe & de reconnaiffance ; il embraffait tour à tour fa femme, fa
maîtreffe, le petit Mage & *Babouc*. L'union, la
gaieté, l'efprit & les graces furent l'ame de ce repas. Apprenez, lui dit la belle Dame, chez laquelle il foupait, que celle qu'on appelle quelquefois de malhonnêtes femmes ont prefque toujours le mérite d'un très-honnête homme ; & pour
vous en convaincre, venez demain dîner avec moi

chez la belle *Téone*. Il y a quelques vieilles Vesta-
les qui la déchirent ; mais elle fait plus de bien
qu'elles toutes ensemble. Elle ne commettrait pas
une légere injustice pour le plus grand intérêt ; elle
ne donne à son amant que des conseils généreux ;
elle n'est occupée que de sa gloire ; il rougirait
devant elle s'il avait laissé échaper une occasion de
faire du bien ; car rien n'encourage plus aux actions
vertueuses, que d'avoir pour témoin & pour juge
de sa conduite une maîtresse dont on veut mériter
l'estime.

Babouc ne manqua pas au rendez-vous. Il vit
une maison où régnaient tous les plaisirs ; *Téone*
regnait sur eux ; elle sçavait parler à chacun son
langage. Son esprit naturel mettait à son aise celui
des autres ; elle plaisait sans presque le vouloir ;
elle était aussi aimable que bienfaisante ; & ce qui
augmentait le prix de toutes ses bonnes qualités,
elle était belle.

Babouc, tout Scithe & tout envoyé qu'il était
d'un Génie, s'apperçut que s'il restait encore à Persépolis, il oublierait *Ituriel* pour *Téone*. Il s'affec-
tionnait à la ville, dont le peuple était poli, doux
& bienfaisant, quoique leger, médisant & plein
de vanité. Il craignait que Persépolis ne fût condamnée ; il craignait même le compte qu'il allait
rendre.

Voici comme il s'y prit pour rendre ce compte.
Il fit faire par le meilleur fondeur de la ville une
Statue composée de tous les métaux, des terres &
des pierres les plus précieuses & les plus viles ; il
la porta à *Ituriel* : casserez-vous, dit-il, cette jolie
Statue, parce que tout n'y est pas or & diamans ?
Ituriel entendit à demi-mot ; il résolut de ne pas
même songer à corriger Persépolis, & de laisser
aller *le Monde comme il va*. Car, dit-il, *si tout
n'est pas bien, tout est passable*. On laissa donc subsister Persépolis ; & *Babouc* fut bien loin de se plaindre, comme *Jonas* qui se fâcha de ce qu'on ne dé-
truisait pas Ninive. Mais quand on a été trois jours

L 4

dans le corps de la baleine, on n'eſt pas de ſi bonne humeur que quand on a été à l'Opéra, à la Comédie, & qu'on a ſoupé en bonne compagnie.

___

MEMNON, OU LA SAGESSE HUMAINE.

M*Emnon* conçut un jour le projet inſenſé d'être parfaitement ſage. Il n'y a gueres d'hommes à qui cette folie n'ait quelquefois paſſé par la tête. *Memnon* ſe dit à lui-même; pour être très-ſage, & par conſéquent très-heureux, il n'y a qu'à être ſans paſſions; & rien n'eſt plus aiſé, comme on ſçait. Premiérement je n'aimerai jamais de femme; car en voyant une beauté parfaite, je me dirai à moi-même, ces joues-là ſe rideront un jour; ces beaux yeux ſeront bordés de rouge, cette gorge ronde deviendra platte & pendante, cette belle tête deviendra chauve. Or je n'ai qu'à la voir à préſent des mêmes yeux dont je la verrai alors, & aſſurément cette tête ne fera pas tourner la mienne.

En ſecond lieu, je ſerai toujours ſobre: j'aurai beau être tenté par la bonne chere, par des vins délicieux, par la ſéduction de la ſociété; je n'aurai qu'à me repréſenter les ſuites des excès, une tête peſante, un eſtomac embarraſſé, la perte de la raiſon, de la ſanté, & du tems. Je ne mangerai alors que pour le beſoin; ma ſanté ſera toujours égale, mes idées toujours pures & lumineuſes. Tout cela eſt ſi facile, qu'il n'y a aucun mérite à y parvenir.

Enſuite, diſait *Memnon*, il faut penſer un peu à ma fortune; mes deſirs ſont modérés, mon bien eſt ſolidement placé ſur le Receveur général des Finances de Ninive; j'ai de quoi vivre dans l'indépendance; c'eſt-là le plus grand des biens. Je ne ſerai jamais dans la cruelle néceſſité de faire ma cour: je n'envierai perſonne, & perſonne ne m'enviera. Voilà qui eſt encore très-aiſé. J'ai des amis,

continuait-il , je les conſerverai , puiſqu'ils n'auront
rien à me diſputer. Je n'aurai jamais d'humeur avec
eux ni eux avec moi. Cela eſt ſans difficulté.

Ayant fait ainſi ſon petit plan de ſageſſe dans ſa
chambre , *Memnon* mit la tête à la fenêtre. Il vit
deux femmes qui ſe promenaient ſous des platanes
auprès de ſa maiſon. L'une était vieille & paraiſſait
ne ſonger à rien. L'autre était jeune , jolie , & ſem-
blait fort occupée. Elle ſoupirait , elle pleurait , &
n'en avait que plus de graces. Notre Sage fut touché , non pas de la beauté de la Dame , (il était
bien ſûr de ne pas ſentir une telle faibleſſe) mais
de l'affliction où il la voyait. Il deſcendit , il aborda la jeune Ninivienne , dans le deſſein de la con-
ſoler avec ſageſſe. Cette belle perſonne lui conta
de l'air le plus naïf & le plus touchant tout le mal
que lui faiſait un oncle qu'elle n'avait point ; avec
quels artifices il lui avait enlevé un bien qu'elle
n'avait jamais poſſédé ; & tout ce qu'elle avait à
craindre de ſa violence. Vous me paraiſſez un homme de ſi bon conſeil , lui dit-elle , que ſi vous aviez
la condeſcendance de venir juſques chez moi , &
d'examiner mes affaires , je ſuis ſûre que vous me
tireriez du cruel embarras où je ſuis. *Memnon*
n'héſita pas à la ſuivre , pour examiner ſagement ſes
affaires , & pour lui donner un bon conſeil.

La Dame affligée le mena dans une chambre par-
fumée , & le fit aſſeoir avec elle poliment ſur un
large ſopha , où ils ſe tenaient tous deux les jambes croiſées vis-à-vis l'un de l'autre. La Dame parla
en baiſſant les yeux , dont il échapait quelquefois
des larmes , & qui en ſe relevant rencontraient
toujours les regards du ſage *Memnon*. Ses diſcours
étaient pleins d'un attendriſſement qui redoublait
toutes les fois qu'ils ſe regardaient. *Memnon* prenait ſes affaires extrêmement à cœur , & ſe ſen-
tait de moment en moment la plus grande envie
d'obliger une perſonne ſi honnête & ſi malheureuſe.
Ils ceſſerent inſenſiblement , dans la chaleur de la
converſation , d'être vis-à-vis l'un de l'autre. Leurs

jambes ne furent plus croifées. *Memnon* la conseilla de fi près , & lui donna des avis fi tendres, qu'ils ne pouvaient ni l'un ni l'autre parler d'affaires , & qu'ils ne fçavaient plus où ils en étaient.

Comme ils en étaient-là , arrive l'oncle , ainfi qu'on peut bien le penfer. Il était armé de la tête aux pieds ; & la premiere chofe qu'il dit , fut qu'il allait tuer , comme de raifon , le fage *Memnon* & fa niéce ; la derniere qui lui échapa fut qu'il pouvait pardonner pour beaucoup d'argent. *Memnon* fut obligé de donner tout ce qu'il avait. On était heureux dans ce tems-là d'en être quitte à fi bon marché ; l'Amérique n'était pas encore découverte ; & les Dames affligées n'étaient pas à beaucoup près fi dangereufes qu'elles le font aujourd'hui.

Memnon honteux & défefpéré , rentra chez lui ; il y trouva un billet qui l'invitait à dîner avec quelques-uns de fes intimes amis. Si je refte feul chez moi , dit-il , j'aurai l'efprit occupé de ma trifte aventure, je ne mangerai point , je tomberai malade. Il vaut mieux aller faire avec amis intimes un repas frugal. J'oublierai dans la douceur de leur fociété la fottife que j'ai faite ce matin. Il va au rendez-vous ; on le trouve un peu chagrin. On le fait boire pour diffiper fa trifteffe. Un peu de vin pris modérément eft un reméde pour l'ame & pour le corps. C'eft ainfi que penfe le fage *Memnon* , & il s'enivre. On lui propofe de jouer après le repas. Un jeu reglé avec des amis eft un paffe-tems honnête. Il joue , on lui gagne tout ce qu'il a dans fa bourfe , & quatre fois autant fur fa parole. Une difpute s'éleve fur le jeu , on s'échauffe : l'un de fes amis intimes lui jette à la tête un cornet , & lui creve un œil. On rapporte chez lui le fage *Memnon* , ivre , fans argent , & ayant un œil de moins.

Il cuve un peu fon vin ; & dès qu'il a la tête plus libre , il envoie fon valet chercher de l'argent chez le Receveur général des Finances de Ninive pour payer fes intimes amis : on lui dit que fon

débiteur a fait le matin une banqueroute fraudu-
leuse qui met en allarme cent familles. *Memnon*
outré va à la Cour avec une emplâtre sur l'œil &
un placet à la main, pour demander justice au Roi
contre le Banqueroutier. Il rencontra dans un sal-
lon plusieurs Dames qui portaient toutes d'un air
aisé des cerceaux de vingt-quatre pieds de circonférence. L'une d'elles qui le connaissait un peu,
dit en le regardant de côté : » Ah l'horreur ! » Une
autre qui le connaissait davantage lui dit : Bon soir,
Monsieur *Memnon* ; mais vraiment Monsieur *Memnon*, je suis fort aise de vous voir : à propos, Monsieur *Memnon*, pourquoi avez-vous perdu un œil ?
Et elle passa sans attendre sa réponse. *Memnon* se
cacha dans un coin, & attendit le moment où il
pût se jetter aux pieds du Monarque. Ce moment
arriva. Il baisa trois fois la terre, & présenta son
placet. Sa gracieuse Majesté le reçut très-favora-
blement, & donna le mémoire à un de ses Satrapes pour lui en rendre compte. Le Satrape tire
Memnon à part, & lui dit d'un air de hauteur en
ricanant amérement : Je vous trouve un plaisant
borgne, de vous adresser au Roi plutôt qu'à moi ;
& encore plus plaisant d'oser demander justice contre un honnête Banqueroutier, que j'honore de
ma protection, & qui est le neveu d'une femme
de chambre de ma maîtresse. Abandonnez cette
affaire-là, mon ami, si vous voulez conserver l'œil
qui vous reste.

Memnon ayant ainsi renoncé le matin aux femmes, aux excès de table, au jeu, à toute querelle, & sur-tout à la Cour, avait été avant la nuit
trompé & volé par une belle Dame, s'était enivré,
avait joué, avait eu une querelle, s'était fait crever
un œil, & avait été à la Cour où l'on s'était mo-
qué de lui.

Pétrifié d'étonnement & navré de douleur, il
s'en retourne la mort dans le cœur. Il veut rentrer
chez lui ; il y trouve des Huissiers qui démeublaient
sa maison de la part de ses Créanciers. Il reste pres-

que évanoui fous un plátane ; il y rencontra la belle
Dame du matin qui fe promenait avec fon cher
oncle , & qui éclata de rire en voyant *Memnon*
avec fon emplâtre : la nuit vint , *Memnon* fe cou-
cha fur de la paille auprès des murs de fa maifon.
La fievre le faifit , il s'endormit dans l'accès , &
un Efprit célefte lui apparut en fonge.

Il était tout refplendiffant de lumiere. Il avait fix
belles aîles , mais ni pied , ni tête , ni queue , &
reffemblait à rien. Qui es-tu , lui dit *Memnon* ! ton
bon génie , lui répondit l'autre. Rends-moi donc
mon œil , ma fanté , mon bien , ma fageffe , lui dit
Memnon. Enfuite il lui conta comment il avait perdu tout cela en un jour. » Voilà des aventures qui
» ne nous arrivent jamais dans le monde que nous
» habitons , dit l'Efprit. Et quel monde habitez-
vous , dit l'homme affligé ? Ma patrie , répondit-il,
eft à cinq cens millions de lieues du Soleil , dans
une petite étoile auprès de *Sirius* , que tu vois d'ici.
Le beau pays , dit *Memnon* : quoi vous n'avez point
chez vous de coquins qui trompent un pauvre
homme , point d'amis intimes qui lui gagnent fon
argent & qui lui crevent un œil , point de Banqueroutiers , point de Satrapes qui fe mocquent de
vous en vous refufant juftice ? Non , dit l'habitant
de l'étoile , rien de tout cela. Nous ne fommes jamais trompés par les femmes , parce que nous n'en
ayons point ; nous ne faifons point d'excès de table , parce que nous ne mangeons point ; nous n'a-
vons point de Banqueroutiers , parce qu'il n'y a
chez nous ni or ni argent ; on ne peut pas nous
crever les yeux , parce que nous n'avons point de
corps à la façon des vôtres ; & les Satrapes ne nous
font jamais d'injuftice , parce que dans notre petite
étoile tout le monde eft égal.

Memnon lui dit alors, Monfeigneur fans femme
& fans dîner, à quoi paffez-vous votre tems ? A
veiller, dit le Génie, fur les autres Globes qui nous
font confiés, & je viens pour te confoler. Hélas !
reprit *Memnon*, que ne veniez-vous la nuit paffée,

pour m'empêcher de faire tant de folies ? J'étais
auprès d'*Affan* ton frere aîné, dit l'être célefte. Il
eft plus à plaindre que toi. Sa gracieufe Majefté le
Roi des Indes, à la Cour duquel il a l'honneur
d'être, lui a fait crever les deux yeux pour une petite indifcrétion, & il eft actuellement dans un cachot les fers aux pieds & aux mains. C'eft bien la
peine, dit *Memnon*, d'avoir un bon Génie dans une
famille, pour que de deux freres l'un foit borgne,
l'autre aveugle, l'un couché fur la paille, l'autre
en prifon. Ton fort changera, reprit l'animal de
l'étoile. Il eft vrai que tu feras toujours borgne ;
mais, à cela près, tu feras affez heureux, pourvu
que tu ne faffes jamais le fot projet d'être parfaitement fage. C'eft donc une chofe à laquelle il eft
impoffible de parvenir, s'écria *Memnon* en foupi-
rant. Auffi impoffible, lui repliqua l'autre, que
d'être parfaitement habile, parfaitement fort, parfaitement puiffant, parfaitement heureux. Nous-
mêmes, nous en fommes bien loin. Il y a un Globe
où tout cela fe trouve ; mais dans les cent mille
millions de mondes qui font difperfés dans l'étendue, tout fe fuit par dégrés. On a moins de fageffe
& de plaifirs dans le fecond que dans le premier,
moins dans le troifieme que dans le fecond. Ainfi
du refte jufqu'au dernier, où tout le monde eft com-
plettement fou. J'ai bien peur, dit *Memnon*, que
notre petit Globe terraqué ne foit précifément les
petites maifons de l'Univers dont vous me faites
l'honneur de me parler. Pas tout-à-fait, dit l'Efprit ; mais il en approche : il faut que tout foit en
fa place. Eh mais, *Memnon*, certains Poëtes, certains Philofophes ont donc grand tort de dire : *Que
tout eft bien*. Ils ont grande raifon, dit le Philofophe de là-haut, en confidérant l'arrangement de
l'Univers entier. Ah! je ne croirai cela, repliqua
le pauvre *Memnon*, que quand je ne ferai plus
borgne.

SONGE DE PLATON.

PLaton rêvait beaucoup, & on n'a pas moins rêvé depuis. Il avait songé que la Nature humaine était autrefois double, & qu'en punition de ses fautes, elle fut divisée en mâle & femelle.

Il avait prouvé qu'il ne peut y avoir que cinq Mondes parfaits, parce qu'il n'y avait que cinq Corps réguliers en Mathématiques. Sa *République* fut un de ses grands rêves. Il avait rêvé encore que le dormir naît de la veille & la veille du dormir, & qu'on perd sûrement la vue en regardant une éclipse ailleurs que dans un bassin d'eau. Les rêves alors donnaient une grande réputation.

Voici un de ses songes, qui n'est pas un des moins intéressans. Il lui sembla que le grand *Démiurgos*, l'éternel Géometre, ayant peuplé l'espace infini de globes innombrables, voulut éprouver la science des Génies qui avaient été témoins de ses ouvrages. Il donna à chacun d'entr'eux un petit morceau de matiere à arranger, à peu près comme *Phidias* & *Zeuxis* auraient donné des statues & des tableaux à faire à leurs disciples, s'il est permis de comparer les petites choses aux grandes.

Démogorgon eut en partage le morceau de boue qu'on appelle la Terre; & l'ayant arrangé de la maniere qu'on la voit aujourd'hui, il prétendait avoir fait un chef d'œuvre. Il pensait avoir subjugué l'envie, & attendait des éloges, même de ses confreres : il fut bien surpris d'être reçu d'eux avec des huées.

L'un d'eux, qui était un fort mauvais plaisant, lui dit : » Vraiement vous avez bien operé : vous » avez séparé votre Monde en deux : & vous avez » mis un grand espace d'eau entre les deux Hémis- » pheres, afin qu'il n'y eût point de communica- » tion de l'un à l'autre. On gêlera de froid sous vos

» deux Pôles , on mourra de chaud fous votre ligne
» équinoxiale. Vous avez prudemment établi de
» grands deferts de fable , pour que les paffans y
» mouruffent de faim & de foif. Je fuis affez con-
» tent de vos moutons , de vos vaches & de vos
» poules ; mais franchement je ne le fuis pas trop
» de vos ferpens & de vos arraignées. Vos oignons
» & vos artichauds font de très-bonnes chofes, mais
» je ne vois pas quelle a été votre idée en couvrant
» la Terre de tant de plantes venimeufes , à moins
» que vous n'ayez eu le deffein d'empoifonner fes
» habitans. Il me paraît d'ailleurs que vous avez
» formé une trentaine d'efpéces de finges, beau-
» coup plus d'efpéces de chiens , & feulement qua-
» tre ou cinq efpéces d'hommes : il eft vrai que
» vous avez donné à ce dernier animal ce que vous
» appellez la *raifon* : mais en confcience, cette rai-
» fon-là eft trop ridicule , & approche trop de la
» folie ; il me paraît d'ailleurs que vous ne faites
» pas grand cas de cet animal à deux pieds , puif-
» que vous lui avez donné tant d'ennemis , & fi
» peu de défenfe ; tant de maladies , & fi peu de
» remédes ; tant de paffions , & fi peu de fageffe.
» Vous ne voulez pas apparemment qu'il refte beau-
» coup de ces animaux là fur Terre ; car fans comp-
» ter les dangers auxquels vous les expofez, vous
» avez fi bien fait votre compte, qu'un jour la
» petite vérole emportera tous les ans réguliere-
» ment la dixiéme partie de cette efpéce , & que
» la fœur de cette petite vérole empoifonnera la
» fource de la vie dans les neuf parties qui refte-
» ront ; & comme fi ce n'était pas encore affez ,
» vous avez tellement difpofé les chofes , que la
» moitié des furvivans fera occupée à plaider , l'au-
» tre à fe tuer ; ils vous auront fans doute beau-
» coup d'obligation , & vous avez fait là un beau
» chef-d'œuvre. «

Démogorgon rougit ; il fentait bien qu'il y avait
du mal moral & du mal phyfique dans fon affaire ;
mais il foutenait qu'il y avait plus de bien que de

mal. » Il eſt aiſé de critiquer , dit-il ; mais penſez-
» vous qu'il ſoit ſi facile de faire un animal qui
» ſoit toujours raiſonnable , qui ſoit libre , & qui
» n'abuſe jamais de ſa liberté ? Penſez-vous que
» quand on a neuf à dix mille plantes à faire pro-
» vigner , on puiſſe ſi aiſément empêcher que quel-
» ques-unes de ces plantes n'aient des qualités nui-
» ſibles ? Vous imaginez-vous qu'avec une certaine
» quantité d'eau , de ſable , de fange & de feu , on
» puiſſe n'avoir ni mer ni deſerts ? Vous venez ,
» Monſieur le rieur , d'arranger la Planete de *Mars* ;
» nous verrons comment vous vous en êtes tiré ,
» avec vos deux grandes bandes , & quel bel effet
» font vos nuits ſans Lune. Nous verrons s'il n'y a
» chez vos gens ni folie ni maladie. «

En effet , les Génies examinerent *Mars* , & on
tomba rudement ſur le railleur. Le ſérieux Génie,
qui avait pâtri *Saturne* , ne fut pas épargné : ſes
confreres , les fabricateurs de *Jupiter* , de *Mercure* ,
de *Vénus* , eurent chacun des reproches à eſſuyer.

On écrivit de gros volumes & des brochures ;
on dit des bons mots ; on fit des chanſons ; on ſe
donna des ridicules : les partis s'aigrirent : enfin l'é-
ternel *Démiurgos* leur impoſa ſilence à tous : » Vous
» avez fait , leur dit-il , du bon & du mauvais ,
» parce que vous avez beaucoup d'intelligence , &
» que vous êtes imparfaits : vos œuvres dureront
» ſeulement quelques centaines de millions d'an-
» nées ; après quoi étant plus inſtruits , vous ferez
» mieux : il n'appartient qu'à moi de faire des cho-
» ſes parfaites & immortelles. «

Voilà ce que *Platon* enſeignait à ſes diſciples.
Quand il eut ceſſé de parler , l'un d'eux lui dit : *Et
puis vous vous réveillâtes !*

HISTOIRE DES VOYAGES

DE SCARMENTADO,

Ecrite par lui-même.

JE naquis dans la ville de Candie en 1600. Mon
pere en était Gouverneur ; & je me souviens
qu'un Poëte médiocre qui n'était pas médiocre-
ment dur, nommé *Iro*, fit de mauvais vers à ma
louange, dans lesquels il me faisait descendre de
Minos en droite ligne : mais mon pere ayant été
disgracié, il fit d'autres vers où je ne descendais
plus que de *Pasiphaé* & de son amant. C'était un
bien méchant homme que cet *Iro*, & le plus en-
nuyeux coquin qui fût dans l'Isle.

Mon pere m'envoya à l'âge de quinze ans étudier à Rome. J'arrivai dans l'espérance d'apprendre toutes les vérités ; car jusques-là on m'avait
enseigné tout le contraire, selon l'usage de ce bas
Monde depuis la Chine jusqu'aux Alpes. *Monsignor Profondo*, à qui j'étais recommandé, était
un homme singulier, & un des plus terribles sçavans qu'il y eût au monde. Il voulut m'apprendre
les cathégories d'*Aristote*, & fut sur le point de
me mettre dans la cathégorie de ses mignons : Je
l'échapai belle. Je vis des Processions, des Exor-
cismes, & quelques rapines. On disait, mais très-
faussement, que la *Signora Olimpia*, personne d'u-
ne grande prudence, vendait beaucoup de choses qu'on ne doit pas vendre. J'étais dans un âge
où tout cela me paraissait fort plaisant. Une jeune Dame de mœurs très-douces, nommée *la Signora Fatelo*, s'avisa de m'aimer. Elle était cour-
tisée par le Révérend Pere *Poignardini*, & par le
Révérend Pere *Aconiti*, jeunes Profès d'un Ordre
qui ne subsiste plus : elle les mit d'accord en me

donnant ſes bonnes graces ; mais en même-tems je courus riſque d'être excommunié & empoiſonné. Je partis très-content de l'Architecture de S. *Pierre*.

Je voyageai en France ; c'était le tems du regne de *Louis le Juſte*. La premiere choſe qu'on me demanda, ce fut, ſi je voulais à mon déjeuné un petit morceau du Maréchal d'*Ancre*, dont le peuple avait fait rôtir la chair, & qu'on diſtribuait à fort bon compte à ceux qui en voulaient.

Cet Etat était continuellement en proie aux guerres civiles, quelquefois pour une place au Conſeil, quelquefois pour deux pages de controverſe. Il y avait plus de ſoixante ans que ce feu tantôt couvert & tantôt ſouffié avec violence, déſolait ces beaux climats. C'étaient-là les libertés de l'Egliſe Gallicane. Hélas, dis-je, ce peuple eſt pourtant né doux : qui peut l'avoir tiré ainſi de ſon caractere ? Il plaiſante, & il fait des *Saints Barthélemis*. Heureux le tems où il ne fera que plaiſanter!

Je paſſai en Angleterre : Les mêmes querelles y excitaient les mêmes fureurs. De ſaints Catholiques avaient réſolu, pour le bien de l'Egliſe, de faire ſauter en l'air, avec de la poudre, le Roi, la Famille Royale, & tout le Parlement, & de délivrer l'Angleterre de ces hérétiques. On me montra la place où la bienheureuſe *Marie*, fille de *Henry VIII*, avait fait brûler plus de cinq cens de ſes Sujets. Un Prêtre Hibernois m'aſſura que c'était une très-bonne action ; premiérement, parce que ceux qu'on avait brûlés étaient Anglais ; en ſecond lieu, parce qu'ils ne prenaient jamais d'eau benite & qu'ils ne croyaient pas au trou de S. *Patrice*. Il s'étonnait ſur-tout que la Reine *Marie* ne fût pas encore Canoniſée ; mais il eſpérait qu'elle le ferait bientôt, quand le Cardinal Neveu aurait un peu de loiſir.

J'allai en Hollande, où j'eſpérais trouver plus de tranquillité chez des peuples plus flegmatiques. On coupait la tête à un vieillard vénérable lorſque j'arrivai à la Haye. C'était la tête chauve du premier Miniſtre *Barnevelt*, l'homme qu'il avait le mieux mérité de la République. Touché de pitié je demandai quel était ſon crime, & s'il avait trahi l'Etat ? Il a fait bien pis, me répondit un Prédicant à manteau noir : c'eſt un homme qui croit que l'on peut ſe ſauver par les bonnes œuvres auſſi-bien que par la foi. Vous ſentez bien que ſi de telles opinions s'établiſſaient, une République ne pourrait ſubſiſter, & qu'il faut des loix ſéveres pour réprimer de ſi ſcandaleuſes horreurs. Un profond politique du pays me dit en ſoupirant : Hélas ! Monſieur, le bon tems ne durera pas toujours : ce n'eſt que par haſard que ce peuple eſt ſi zélé : le fonds de ſon caractere eſt porté au dogme abominable de la tolérance : un jour il y viendra, cela fait frémir, pour moi en attendant que ce tems funeſte de la modération & de l'indulgence fût arrivé, je quittai bien vîte un pays où la ſévérité n'était adoucie par aucun agrément, & je m'embarquai pour l'Eſpagne.

La Cour était à Séville ; les Gallions étaient arrivés ; tout reſpirait l'abondance & la joie dans la plus belle ſaiſon de l'année. Je vis au bout d'une allée d'orangers & de citronniers une eſpece de lice immenſe entourée de gradins couverts d'étoffes précieuſes. Le Roi, la Reine, les Infants, les Infantes, étaient ſous un dais ſuperbe. Vis-à-vis de cette auguſte Famille était un autre Trône, mais plus élevé. Je dis à un de mes compagnons de voyage : A moins que ce Trône ne ſoit réſervé pour Dieu, je ne vois pas à quoi il peut ſervir. Ces indiſcretes paroles furent entendues d'un grave Eſpagnol, & me coûterent cher. Cependant je m'imaginais que nous allions voir quelque carouſel ou quelque fête de taureaux, lorſque le grand Inquiſiteur parut ſur ce Trône, d'où il benit le Roi & le Peuple.

Enſuite vint une armée de Moines défilant deux

à deux, blancs, noirs, gris, chauffés, déchauffés, avec barbe, fans barbe, avec capuchon pointu, & fans capuchon: puis marchait le bourreau : puis on voyait au milieu des alguafils & des Grands, environ quarante perfonnes couvertes de facs fur lefquels on avait peint des Diables & des flammes. C'était des Juifs qui n'avaient pas voulu renoncer abfolument à Moyfe ; c'était des Chrétiens qui avaient époufé leurs commeres, ou qui n'avaient pas adoré *Notre-Dame d'Atocha*, ou qui n'avaient pas voulu fe défaire de leur argent comptant en faveur des freres Hiëronymites. On chanta dévotement de très-belles prieres, après quoi on brûla à petit feu tous les coupables; de quoi toute la Famille Royale parut extrêmement édifiée.

Le foir, dans le tems que j'allais me mettre au lit, arriverent chez moi deux Familiers de l'Inquifition avec la Sainte Hermandad ; ils m'embrafferent tendrement, & me menerent fans me dire un feul mot, dans un cachot très-frais, meublé d'un lit de natte, & d'un beau Crucifix. Je reftai là fix femaines, au bout defquelles le Révérend Pere Inquifiteur m'envoya prier de venir lui parler : il me ferra quelques-tems entre fes bras avec une affection toute paternelle ; il me dit qu'il était fincérement affligé d'avoir appris que je fuffe fi mal logé; mais que tous les appartemens de la maifon étaient remplis, & qu'une autrefois il efpérait que je ferais plus à mon aife. Enfuite il me demanda cordialement fi je ne fçavais pas pourquoi j'étais là. Je dis au Révérend Pere que c'était apparemment pour mes péchés. Eh bien, mon cher enfant, pour quel péché ? Parlez-moi avec confiance. J'eus beau imaginer, je ne devinai point ; il me mit charitablement fur les voies.

Enfin je me fouvins de mes indifcrettes paroles. J'en fus quitte pour la difcipline & une amende de trente mille réales. On me mena faire la révérence au grand Inquifiteur : c'était un homme poli,

qui me demanda comment j'avais trouvé fa petite
fête? Je lui dis que cela était délicieux, & j'allai
preffer mes compagnons de voyage de quitter ce
pays, tout beau qu'il eft. Ils avaient eu le tems
de s'inftruire de toutes les grandes chofes que les
Efpagnols avaient faites pour la Religion. Ils avaient
lu les Mémoires du fameux Evêque de *Chiapa*,
par lefquels il paraît qu'on avait égorgé, ou brûlé, ou noyé dix millions d'infideles en Amérique
pour les convertir. Je crus que cet Evêque exa-
gérait ; mais quand on réduirait ces facrifices à
cinq millions de victimes, cela ferait encore admirable.

Le defir de voyager me preffait toujours. J'a-
vais compté finir mon tour de l'Europe par la Turquie ; nous en prîmes la route. Je me propofai bien
de ne plus dire mon avis fur les fêtes que je ver-
rais. Ces Turcs, dis-je, à mes compagnons, font
des mécréans, qui n'ont point été baptifés, & qui,
par conféquent, feront bien plus cruels que les
Révérends Peres Inquifiteurs. Gardons le filence
quand nous ferons chez les Mahométans.

J'allai donc chez eux. Je fus étrangement furpris de voir en Turquie beaucoup plus d'Eglifes
Chrétiennes qu'il n'y en avait dans Candie. J'y vis
jufqu'à des troupes nombreufes de Moines, qu'on
laiffait prier la Vierge *Marie* librement, & mau-
dire *Mahomet* ; ceux-ci en Grec, ceux-là en Latin, quelques autres en Arménien. Les bonnes
gens que les Turcs, m'écriai-je ! Les Chrétiens
Grecs, & les Chrétiens Latins étaient ennemis mortels dans Conftantinople : ces efclaves fe perfécutaient les uns les autres, comme des chiens qui
fe mordent dans la rue, & à qui leurs maîtres
donnent des coups de bâton pour les féparer. Le
grand Vifir protégeait alors les Grecs. Le Patriarche Grec m'accufa d'avoir foupé chez le Patriarche Latin, & je fus condamné en plein Divan à
cent coups de latte fur la plante des pieds, ra-
chetables de cinq cens fequins. Le lendemain le

grand Vifir fut étranglé ; le furlendemain fon fuc-
ceffeur, qui était pour le parti des Latins, & qui
ne fut étranglé qu'un mois après, me condamna à
la même amende pour avoir foupé chez le Patriarche Grec. Je fus dans la trifte néceffité de ne plus
fréquenter ni l'Eglife Grecque ni la Latine. Pour
m'en confoler je pris à loyer une fort belle Circaf-
fienne, qui était la perfonne la plus tendre dans
le tête-à-tête, & la plus dévote à la Mofquée.
Une nuit, dans les doux tranfports de fon amour,
elle s'écria en m'embraffant, *Alla, Illa, Alla* :
ce font les paroles Sacramentales des Turcs ; je
crus que c'étaient celles de l'amour : je m'écriai
auffi fortement, *Alla, Illa, Alla.* Ah ! me dit-
elle, le Dieu miféricordieux foit loué, vous êtes
Turc. Je lui dis que je le beniffais de m'en avoir
donné la force, & je me crus trop heureux. Le
matin l'Iman vint pour me circoncire, & comme
je fis quelque difficulté, le Cadi du quartier, homme loyal, me propofa de m'empâler : je fauvai
mon prépuce & mon derriere avec mille fequins,
& je m'enfuis vîte en Perfe, réfolu de ne plus entendre ni Meffe Grecque ni Latine en Turquie,
& de ne plus crier *Alla, Illa, Alla,* dans un rendez-vous.

En arrivant à Hifpaham, on me demanda fi j'é-
tais pour le mouton noir ou pour le mouton blanc?
Je répondis que cela m'était fort indifférent, pourvu qu'il fût tendre. Il faut fçavoir que les factions
du *Mouton blanc* & du *Mouton noir,* partageaient
encore les Perfans. On crut que je me moquais
des deux partis, de forte que je me trouvai déjà
une violente affaire fur les bras aux portes de la ville : il m'en coûta encore grand nombre de fequins
pour me débarraffer des Moutons.

Je pouffai jufqu'à la Chine, avec un interprete,
qui m'affura que c'était-là le pays où l'on vivait
librement, & gaiement. Les Tartares s'en étaient
rendus Maîtres, après avoir tout mis à feu & à
fang ; & les Révérends Peres Jéfuites d'un côté,

comme les Révérends Peres Dominicains de l'autre, difaient qu'ils y gagneraient des ames à Dieu,
fans que perfonne en fçut rien. On n'a jamais vu
de convertiffeurs fi zélés ; car ils fe perfécutaient
les uns les autres tour-à tour : ils écrivaient à Rome des volumes de calomnies ; ils fe traitaient d'infideles, & de prévaricateurs pour une ame. Il y
avait fur-tout une horrible querelle entr'eux fur la
maniere de faire la révérence. Les Jéfuites voulaient que les Chinois faluaffent leurs peres & leurs
meres à la mode de la Chine ; & les Dominicains
voulaient qu'on les faluât à la mode de Rome. Il
m'arriva d'être pris par les Jéfuites pour un Dominicain. On me fit paffer chez Sa Majefté Tartare
pour un efpion du Pape. Le Confeil fuprême chargea un premier Mandarin, qui ordonna à un Ser-
gent, qui commanda à quatre Sbires du pays de
m'arrêter & de me lier en cérémonie. Je fus conduit, après cent quarante génuflexions, devant
Sa Majefté. Elle me fit demander fi j'étais l'efpion
du Pape, & s'il était vrai que ce Prince dût venir en perfonne le détrôner ? Je lui répondis, que
le Pape était un Prêtre de foixante & dix ans ;
qu'il demeurait à quatre mille lieues de Sa Sacrée
Majefté Tartaro-Chinoife ; qu'il avait environ deux
mille foldats qui montaient la garde avec un pa-
rafol ; qu'il ne détrônait perfonne, & que Sa Majefté pouvait dormir en fureté. Ce fut l'aventure la
moins funefte de ma vie. On m'envoya à Macao,
d'où je m'embarquai pour l'Europe.

Mon vaiffeau eut befoin d'être radoubé vers les
côtes de Golconde. Je pris ce tems pour aller voir
la Cour du grand *Aureng-Zeb* dont on difait merveilles dans le monde : il était alors dans Déli.
J'eus la confolation de l'envifager le jour de la
pompeufe cérémonie dans laquelle il reçut le prefent célefte que lui envoyait le Sherif de la Mecque.
C'était le balay avec lequel on avait balayé la
Maifon-Sainte, le *Caaba*, le *Beth Alla*. Ce ba-
lai eft le fimbole qui balaie toutes les ordures de

l'ame. *Aureng-Zeb* ne paraissait pas en avoir besoin. C'était l'homme le plus pieux de tout l'In-
doustan. Il est vrai qu'il avait égorgé un de ses
freres & empoisonné son pere. Vingt Rayas &
autant d'Omras étaient morts dans les supplices ;
mais cela n'était rien , & on ne parlait que de sa
dévotion. On ne lui comparait que la Sacrée Majesté du Sérénissime Empereur de Maroc *Muley Is-
maël* qui coupait des têtes tous les vendredis après
la priere.

Je ne disais mot ; les voyages m'avaient formé ;
& je sentais qu'il ne m'appartenait pas de décider
entre ces deux Augustes Souverains. Un jeune
Français avec qui je logeais manqua , je l'avoue,
de respect à l'Empereur des Indes & à celui de
Maroc. Il s'avisa de dire très-indiscrettement qu'il
y avait en Europe de très-pieux Souverains qui gouvernaient bien leurs Etats , & qui fréquentaient même les Eglises , sans pourtant tuer leurs peres &
leurs freres , & sans couper les têtes de leurs sujets. Notre interprete transmit en indou le discours
impie de mon jeune homme. Instruit par le passé,
je fis vîte seller mes chameaux : nous partîmes le
Français & moi. J'ai sçu depuis que la nuit même
les Officiers du grand *Aureng-Zeb* étant venus
pour nous prendre , ils ne trouverent que l'interprete. Il fut exécuté en place publique , & tous
les courtisans avouerent sans flatterie que sa mort
était très juste.

Il me restait de voir l'Afrique , pour jouir de
toutes les douceurs de notre Continent. Je la vis
en effet. Mon vaisseau fut pris par des Corsaires
Négres. Notre patron fit de grandes plaintes ; il
leur demanda pourquoi ils violaient ainsi les Loix
des Nations ? Le Capitaine Négre lui répondit :
Vous avez le nez long, & nous l'avons plat ; vos
cheveux sont tout droits, & notre laine est frisée ;
vous avez la peau de couleur de cendre , & nous
de couleur d'ébène ; par conséquent nous devons,
par les Loix sacrées de la Nature , être toujours
                                        ennemis.

ennemis. Vous nous achetez aux foires de la côte de Guinée comme des bêtes de somme, pour nous faire travailler à je ne sçai quel emploi aussi pénible que ridicule. Vous nous faites fouiller à coups de nerfs de bœuf dans des Montagnes, pour en tirer une espece de terre jaune, qui par elle-même n'est bonne à rien, & qui ne vaut pas à beaucoup près un bon oignon d'Egypte : aussi quand nous vous rencontrons, & que nous sommes les plus forts, nous vous faisons esclaves, & nous vous faisons labourer nos champs, ou nous vous coupons le nez & les oreilles.

On n'avait rien à répliquer à un discours si sage. J'allai labourer le champ d'une vieille Négresse, pour conserver mes oreilles & mon nez. On me racheta au bout d'un an. J'avais vu tout ce qu'il y a de beau, de bon & d'admirable sur la terre : je résolus de ne plus voir que mes Pénates. Je me mariai chez moi : je fus Cocu, & je vis que c'était l'état le plus doux de la vie.

PRÉFACE.

CEtte plaisanterie a été si souvent imprimée, qu'on n'a pas dû l'omettre dans ce recueil. C'est un badinage innocent sur un livre ridicule du Président d'une Académie, lequel parut à la fin de 1752. C'était une chose fort extraordinaire, qu'un Philosophe assurât qu'il n'y a d'aure preuve de l'existence de DIEU, qu'une formule d'Algebre, que l'ame de l'homme en s'exaltant peut prédire l'avenir, qu'on peut se conserver la vie trois ou quatre cens ans en se bouchant les pores. Plusieurs idées non moins étonnantes étaient prodiguées dans ce livre. Un Mathématicien de la Haye ayant écrit contre la premiere de ces propositions, & ayant relevé cette erreur de Mathématique, cette querelle occasionna un procès dans les formes, que le Président lui intenta devant la propre Académie, qui dépendait de lui, & il fit condamner son adversaire comme faussaire. Cette injustice souleva toute l'Europe littéraire. C'est ce qui donna occasion à la petite feuille qui suit ; c'est une continuelle allusion à tous les passages du livre dont le public se moquait. On y fait d'abord parler un Médecin, parce que dans ce livre il était dit qu'il ne fallait point payer son Médecin quand il ne guérissait pas.

DIATRIBE DU DOCTEUR AKAKIA,

Médecin du Pape.

Rien n'eſt plus commun aujourd'hui que de jeunes Auteurs ignorés, qui mettent ſous des noms connus des ouvrages peu dignes de l'être. Il y a des Charlatans de toute eſpéce. En voici un qui a pris le nom d'un Préſident d'une très-illuſtre Académie, pour débiter des drogues aſſez ſingulieres. Il eſt démontré que ce n'eſt pas le reſpectable Préſident qui eſt l'Auteur des livres qu'on lui attribue; car cet admirable Philoſophe, qui a découvert que la Nature agit toujours par les loix les plus ſimples, & qui ajoute ſi ſagement qu'elle va toujours à l'épargne, aurait certainement épargné au petit nombre de lecteurs capables de le lire, la peine de lire deux fois la même choſe dans le livre intitulé : ſes Oeuvres, & dans celui qu'on appelle ſes Lettres. Le tiers au moins de ce volume eſt copié mot pour mot dans l'autre. Ce grand homme ſi éloigné du charlatiſme, n'aurait point donné au public des lettres qui n'ont été écrites à perſonne, & ſur-tout ne ſerait point tombé dans certaines petites fautes, qui ne ſont pardonnables qu'à un jeune homme.

Je crois, autant qu'il eſt poſſible, que ce n'eſt point l'intérêt de ma profeſſion qui me fait parler ici. Mais on me pardonnera de trouver un peu fâcheux que cet Ecrivain traite les Médecins comme ſes Libraires. Il prétend nous faire mourir de faim. Il ne veut pas qu'on paie les Médecins, quand malheureuſement le malade ne guérit point. On ne paie point, dit-il, (a) un Peintre qui a fait un mauvais tableau. O jeune homme, que vous

(a) Page 124.

êtes dur & injufte! Le Duc d'Orléans, Régent de France, ne paya-t-il pas magnifiquement le barbouillage dont *Coipel* orna la gallerie du Palais Royal? Un client prive-t-il d'un jufte falaire fon Avocat, parce qu'il a perdu fa caufe? Un Médecin promet fes foins, & non la guérifon. Il fait fes efforts, & on les lui paie. Quoi, feriez-vous jaloux même des Médecins?

Que dirait, je vous prie, un homme qui aurait, par exemple, douze cens ducats de penfion pour avoir parlé de Mathématique & de Métaphyfique, pour avoir difféqué deux crapauds & s'être fait peindre avec un bonnet fouré, fi le Treforier venait lui tenir ce langage : Monfieur, on vous retranche cent ducats pour avoir écrit qu'il y a des Aftres faits comme des meules de moulin, cent autres ducats pour avoir écrit qu'une Comette viendra *voler* notre Lune, & porter fes *attentats jufqu'au Soleil* même ; cent autres ducats pour avoir imaginé que des Comettes *toutes d'or & de diamant* tomberont fur la Terre : vous êtes taxé à trois cens ducats pour avoir affirmé que les enfans fe forment par attraction dans le ventre de la mere, (*a*) que l'œil gauche attire la jambe droite (*b*), &c. On ne peut vous retrancher moins de quatre cens ducats, pour avoir imaginé de connaître la nature de l'ame par le moyen de l'opium, & en difféquant des têtes de géans, &c. &c. Il eft clair que le pauvre Philofophe perdrait de compte fait toute fa penfion. Serait-il bien aife après cela que nous autres Médecins, nous nous moquaffions de lui, & que nous affuraffions que les récompenfes ne font faites que pour ceux qui écrivent des chofes utiles, & non pas pour ceux qui ne font connus dans le Monde que par l'envie de fe faire connaître?

Ce jeune homme inconfidéré, reproche à mes confréres les Médecins de n'être pas affez hardis.

(*a*) Dans les *Oeuvres & Lettres de* M. *de* M.
(*b*) Voyez la *Venus Phyfique.*

Il dit (*a*) que c'eſt au hazard & aux Nations ſau-
vages qu'on doit les ſeuls ſpécifiques connus , &
que les Médecins n'en ont pas trouvé un. Il faut
lui apprendre que c'eſt la ſeule expérience qui a pû
enſeigner aux hommes les remedes que fourniſſent
les plantes. *Hippocrate , Boerhave , Chirac & Se-
nac* , n'auraient jamais certainement deviné , en
voyant l'arbre du quinquina , qu'il doit guérir la
fiévre ; ni en voyant la rhubarbe , qu'elle doit pur-
ger ; ni en voyant des pavots , qu'ils doivent aſſou-
pir. Ce qu'on appelle *hazard* peut ſeul conduire à
la découverte des propriétés des plantes ; & les
Médecins ne peuvent faire autre choſe que de conſeiller ces remedes ſuivant les occaſions. Ils en in-
ventent beaucoup avec le ſecours de la Chymie ; ils
ne ſe vantent pas de guérir toujours , mais ils ſe
vantent de faire tout ce qu'ils peuvent pour ſoulager les hommes. Le jeune plaiſant qui les traite ſi
mal, a-t-il rendu autant de ſervices au Genre humain
que celui qui tira , contre toute apparence , des
portes du tombeau le Maréchal de *Saxe* , après
la victoire de Fontenoi ?

Notre jeune raiſonneur prétend qu'il faut que les
Médecins ne ſoient plus qu'Empiriques (*b*) , & leur
conſeille de bannir la Théorie. Que diriez-vous
d'un homme qui voudrait qu'on ne ſe ſervît plus
d'Architectes pour bâtir des maiſons , mais ſeulement de maçons qui tailleraient des pierres au
hazard ?

Il donne auſſi le ſage conſeil de négliger l'Anatomie (*c*). Nous aurons cette fois-ci les Chirurgiens pour nous. Nous ſommes ſeulement étonnés ,
que l'Auteur , qui a eu quelques petites obligations
aux Chirurgiens de Montpellier dans des maladies
qui demandoient une grande connaiſſance de l'intérieur de la tête & de quelques autres parties du

(*a*) Page 205.
(*b*) Page 119.
(*c*) Page 120.

reffort de l'Anatomie, en ait fi peu de reconnaïf-
fance.

Le même Auteur, peu fçavant apparemment dans
l'Hiftoire, en parlant de rendre les fupplices des
criminels utiles, & de faire fur leurs corps des
expériences, dit (*a*), que cette propofition n'a jamais été exécutée ; il ignore ce que tout le monde
fçait, que du tems de *Louis XI*, on fit pour la premiere fois en France, fur un homme condamné à
mort, l'épreuve de la taille ; que la feue Reine
d'Angleterre fit effayer l'inoculation de la petite
vérole fur quatre criminels ; & qu'il y a d'autres
exemples pareils.

Mais fi notre Auteur eft ignorant, on eft obligé
d'avouer qu'il a en récompenfe une imagination finguliere : il veut, en qualité de Phyficien, que nous
nous ferviôns de la force centrifuge pour guérir une
apoplexie (*b*), & qu'on faffe pirouetter le malade.
L'idée à la vérité n'eft pas de lui, mais il lui donne
un air fort neuf.

Il nous confeille (*c*) d'enduire un malade de
poix-réfine, ou de percer fa peau avec des aiguil-
les. S'il exerce jamais la Médecine, & qu'il propofe de tels remedes, il y a grande apparence que
fes malades fuivront l'avis qu'il leur donne, de ne
point payer le Médecin.

Mais ce qu'il y a d'étrange, c'eft que ce cruel
ennemi de la Faculté, qui veut qu'on nous retranche notre falaire fi impitoyablement, propofe
(*d*), pour nous adoucir, de ruiner les malades. Il
ordonne (car il eft defpotique) que chaque Médecin ne traite qu'une feule infirmité ; de forte que
fi un homme a la goutte, la fievre, le dévoiement,
mal aux yeux, & mal à l'oreille, il lui faudra payer
cinq Médecins au lieu d'un. Mais peut-être auffi

(*a*) Page 198.
(*b*) Page 206.
(*c*) Page 206.
(*d*) Page 208.

que fon intention eft que nous n'ayons chacun que la cinquiéme partie de la rétribution ordinai-re. Je reconnais bien fa malice. Bientôt on con-feillera aux dévots d'avoir des Directeurs pour cha-que vice , un pour l'ambition férieufe des petites chofes , un pour la jaloufie cachée fous un air dur & impérieux , un pour la rage de cabaler beaucoup pour des riens , un pour d'autres miféres ; mais ne nous égarons point , & revenons à nos confreres.

Le meilleur Médecin, dit-il , *eft celui qui raifonne le moins.* Il paraît être en Philofophie auffi fidele à cet axiome que le Pere *Canaïe* l'était en Théolo-gie ; cependant malgré fa haine contre le raifon-nement, on voit qu'il a fait de profondes médita-tions fur l'art de prolonger la vie. Premierement, il convient avec tous les gens fenfés , & c'eft de quoi nous le félicitons , que nos peres vivaient huit à neuf cens ans.

Enfuite ayant trouvé tout feul , & indépendam-ment de *Leibnitz* , que *la maturité n'eft point l'âge de la force , l'âge viril , mais que c'eft la mort* , il propofe de reculer ce point de maturité (*a*) *com-me on conferve des œufs en les empêchant d'éclorre.* C'eft un beau fecret , & nous lui confeillons de fe faire bien affurer l'honneur de cette découverte dans quelque poulailler , ou par fentence criminelle de quelque Académie.

On voit par le compte que nous venons de ren-dre , que fi ces lettres imaginaires étaient d'un Pré-fident , elles ne pourraient être que d'un Préfident de *Bedlam* (*b*) , & qu'elles font inconteftablement , comme nous l'avons dit , d'un jeune homme qui s'eft voulu parer du nom d'un Sage , refpecté , comme on fçait , dans toute l'Europe , & qui a con-fenti d'être déclaré *grand-homme.* Nous avons vu quelquefois au Carnaval en Italie , *Arlequin* dé-guifé en Archevêque ; mais on démêlait bien vîte

(*a*) Page 76.
(*b*) Les *petites-maifons* de Londres.

M 4

Arlequin à la maniere dunt il donnait la bénédic‑
tion. Tôt ou tard on eſt reconnu : cela rappelle
une Fable de *la Fontaine* :

> *Un petit bout d'oreille échapé par malheur,*
> *Découvrit la fourbe & l'erreur.*

Ici on voit des oreilles toutes entiéres.

Tout conſidéré, nous déférons à la ſainte Inquiſi‑
tion le livre imputé au Préſident, & nous nous en
rapportons aux lumieres infaillibles de ce docte
Tribunal, auquel on ſçait que les Médecins ont tant
de foi.

Décret de l'Inquiſition de Rome.

NOus, Pere *Pancrace*, &c. Inquiſiteur pour la
Foi, avons lu la *Diatribe* de Monſignor *Aka‑
kia*, Médecin ordinaire du Pape, ſans ſçavoir ce
que veut dire *Diatribe*, & n'y avons rien trouvé
de contraire à la Foi ni aux Décrétales. Il n'en eſt
pas de même des Œuvres & Lettres du jeune in‑
connu, déguiſé ſous le nom d'un Préſident.

Nous avons, après avoir invoqué le St. Eſprit,
trouvé dans les œuvres, c'eſt‑à‑dire dans l'*in‑quarto*
de l'inconnu, force propoſitions téméraires, mal‑
ſonnantes, hérétiques & ſentant l'héréſie. Nous les
condamnons collectivement, ſéparément & reſ‑
pectivement.

Nous anathématiſons ſpécialement & particuliere‑
ment l'eſſai de Coſmologie, où l'inconnu aveuglé
par les principes des enfans de *Bélial*, & accoutu‑
mé à trouver tout mauvais, inſinue, contre la Pa‑
role de l'Ecriture (*a*), que c'eſt un défaut de Pro‑
vidence que les araignées prennent des mouches,
& dans laquelle Coſmologie l'Auteur fait enſuite
entendre, qu'il n'y a d'autre preuve de l'exiſtence
de DIEU, que dans Z égal à B C diviſé par A plus

(*a*) Oeuvres, page 9.

B (*a*). Or ces caracteres étant tirés du Grimoire , & visiblement diaboliques , nous les déclarons attentatoires à l'autorité du *St. Siége.*

Et comme selon l'usage nous n'entendons pas un mot aux matieres qu'on nomme de Physique , Mathématique , Dynamique , Métaphysique , &c. nous avons enjoint aux Révérends Professeurs de Philosophie du Collége de la Sapience , d'examiner les Œuvres & les Lettres du jeune inconnu , & de nous en rendre un compte fidele. Ainsi DIEU leur soit en aide.

(*a*) Oeuvres , page 45.

Jugement des Professeurs du Collége de la Sapience.

1o. NOus déclarons que les loix sur le choc des corps parfaitement durs , sont puériles & imaginaires , attendu (*a*) qu'il n'y a aucun corps connu parfaitement dur , mais bien des esprits durs , sur lesquels nous avons en vain tâché d'opérer.

2 . L'assertion , que le *produit de l'espace par la vîtesse est toujours un minimum* (*b*) , nous a semblé fausse ; car ce produit est quelquefois un *maximum*, comme *Leibnitz* le pensait , & comme il est prouvé. Il paraît que le jeune Auteur n'a pris que la moitié de l'idée de *Leibnitz ;* & en cela nous le justifions de n'avoir jamais eu une idée de *Leibnitz* toute entiere.

3 . Nous adhérons en outre à la censure que Monsignor *Akakia* , Médecin du Pape , & tant d'autres , ont faite des œuvres du jeune Pseudonime , & sur tout de la *Vénus physique* (*c*). Nous conseillons au jeune Auteur , quand il procédera avec sa femme (s'il en a une) à l'œuvre de la gé-

(*a*) Oeuvres, page 4.
(*b*) Oeuvres, page 44.
(*c*) Page 248.

M 5

nération, de ne plus penser que l'enfant se forme dans l'uterus par le moyen de l'attraction ; & nous l'exhortons , s'il commet le péché de la chair , à ne pas envier le sort des colimaçons en amour, ni celui des crapauds , & à imiter moins le style de *Fontenelle* , quand la maturité de l'âge aura formé le sien.

Nous venons à l'examen des *Lettres* , que nous avons jugé contenir , par un double emploi vicieux , presque tout ce qui est dans les *Oeuvres ;* & nous l'exhortons à ne plus débiter deux fois la même marchandise sous des noms différens , parce que cela n'est pas d'un honnête négociant comme il devrait l'être.

Examen des Lettres d'un jeune Auteur déguisé sous le nom d'un Président.

1°. IL faut d'abord que le jeune Auteur apprenne que la *prévoyance* (*a*) n'est point appellée dans l'homme *prévision ;* que ce mot *prévision* est uniquement consacré à la connaissance par laquelle DIEU voit l'avenir. Il est bon qu'il sçache la force des termes avant de se mettre à écrire. Il faut qu'il sçache que l'ame ne *s'apperçoit* point elle-même : elle voit des objets & ne se voit pas ; c'est là sa condition. Le jeune Ecrivain peut aisément réformer ces petites erreurs.

2°. Il est faux que *la mémoire nous fasse plus perdre que gagner* (*b*). Le candidat doit apprendre que la *mémoire* est la faculté de retenir des idées , & que sans cette faculté on ne pourrait pas seulement faire un mauvais livre , ni même presque rien connaître , ni se conduire sur rien , qu'on serait absolument imbécile ; il faut que ce jeune homme cultive sa mémoire.

(*a*) Page 3. Lettres du natif de St. Malo.
(*a*) Page 5.

3o. Nous sommes obligés de déclarer ridicule cette idée (a), *que l'ame est comme un corps qui se remet dans son état après avoir eté agité, & qu'ainsi l'ame revient à son état de contentement ou de détresse, qui est son état naturel.* Le Candidat s'est mal exprimé : il voulait dire apparemment que chacun revient à son caractere ; qu'un homme, par exemple, après s'être efforcé de faire le Philosophe, revient aux petitesses ordinaires, &c. mais des vérités si triviales ne doivent pas être redites : c'est le défaut de la jeunesse de croire que des choses communes peuvent recevoir un caractere de nouveauté par des expressions obscures.

4º. Le Candidat se trompe quand il dit que l'étendue n'est qu'une perception (b) de notre ame. S'il fait jamais de bonnes études, il verra que l'étendue n'est pas comme le son & les couleurs, qui n'existent que dans nos sensations, comme le sçait tout écolier.

5º. A l'égard de la nation Allemande, qu'il vilipende (c), & qu'il traite d'imbécile en termes équivalens, cela nous paraît ingrat & injuste ; ce n'est pas tout de se tromper, il faut être poli ; il peut se faire que le Candidat ait cru inventer quelque chose après *Leibnitz :* mais nous dirons à ce jeune homme que ce n'est pas lui qui a inventé la poudre.

6º. Nous craignons que l'Auteur n'inspire à ses camarades quelques petites tentations de chercher la pierre philosophale (d) : car, dit-il, sous quelqu'*aspect qu'on la considere, on ne peut en prouver l'impossibilité.* Il est vrai qu'il y a de la folie à employer son bien à la chercher ; mais comme en parlant de la *somme du bonheur,* il dit qu'on ne peut démontrer la Religion Chrétienne, & que cepen-

(a) Page 8.
(b) Page 15.
(c) Page 50, 52.
(d) Page 85.

dant bien des gens la fuivent ; il fe pourrait , à
plus forte raifon , que quelques perfonnes fe rui-
naffent à la recherche du grand œuvre , puifqu'il
eft poffible , felon lui , de le trouver.

7 . Nous paffons plufieurs chofes qui fatigueraient
la patience du lecteur , & l'intelligence de M. l'Inquifiteur : mais nous croyons qu'il fera fort furpris
d'apprendre que le jeune étudiant (*a*) veuille abfolument difféquer des cerveaux de géans hauts de
douze pieds , & des hommes velus , portant queue ,
pour fonder la nature de l'intelligence humaine ;
qu'avec de l'opium & des rêves il modifie l'ame ;
qu'il faffe naître des anguilles *groffes* d'autres anguilles avec de la farine délayée , & des poiffons
avec des grains de blé (*b*). Nous prenons cette occafion de divertir M l'Inquifiteur.

8 . Mais Monfieur l'Inquifiteur ne rira plus quand
il verra que tout le monde peut devenir Prophète ;
car l'Auteur ne trouve pas plus de difficulté à voir
l'avenir que le paffé. Il avoue (*c*) que les raifons
en faveur de l'Aftrologie judiciaire font auffi fortes
que les raifons contr'elle. Enfuite il affure (*d*) que
les perceptions du paffé , du prefent & de l'avenir , ne différent (*e*) que par le degré d'activité de
l'ame. Il efpere qu'un peu plus de chaleur & d'*e-
xaltation* dans l'imagination pourra fervir à montrer l'avenir , comme la mémoire montre le paffé.

Nous jugeons unanimement que fa cervelle eft
fort exaltée , & qu'il va bientôt prophétifer Nous
ne fçavons pas encore s'il fera des grands ou des
petits Prophètes ; mais nous craignons fort qu'il ne
foit Prophète de malheur , puifque dans fon traité
du bonheur même , il ne parle que d'affliction : il
dit (*f*) fur-tout , que tous les fous font malheu-

(*a*) Page 232 , 233.
(*b*) Page 143.
(*c*) Page 147.
(*d*) Page 151.
(*e*) Page 154.
(*f*) Page 9.

reux. Nous faisons à tous ceux qui le sont un compliment de condoléance ; mais si son ame exaltée a vu l'avenir, n'y a-t-elle pas vu un peu de ridicule ?

9 . Il nous paraît avoir quelqu'envie d'aller aux Terres Australes (*a*), quoiqu'en lisant son livre on soit tenté de croire qu'il en revient ; cependant il semble ignorer qu'on connaît il y a long-tems la terre de *Frédéric-Henri*, située par-delà le quarantieme degré de latitude méridionale ; mais nous l'avertissons que si, au lieu d'aller aux Terres Australes, il prétend (*b*) naviger tout droit directement sous le Pole Arctique, personne ne s'embarquera avec lui.

10 . Il doit encore être assuré qu'il lui sera difficile de faire, comme il le prétend (*c*), un trou qui aille jusqu'au centre de la Terre (où il veut apparemment se cacher de honte d'avoir avancé de telles choses.) Ce trou exigerait qu'on excavât au moins trois ou quatre cens lieues de pays : ce qui pourrait déranger le système de la balance de l'Europe.

Pour conclusion nous prions Monsieur le Docteur *Akakia* de lui prescrire des ptisanes rafraîchissantes ; nous l'exhortons à étudier dans quelque Université, & à y être modeste.

Si jamais on envoie quelques Physiciens vers la Finlande, pour vérifier, s'il se peut, par quelques mesures ce que *Newton* a découvert par la sublime théorie de la gravitation & des forces centrifuges, s'il est nommé de ce voyage, qu'il ne cherche point continuellement à s'élever au-dessus de ses compagnons ; qu'il ne se fasse point peindre seul aplatissant la Terre, ainsi qu'on peint *Atlas* portant le le Ciel, comme si l'on avait changé la face de l'U-

(*a*) Page 172.
(*b*) Page 174.
(*c*) Page 186.

nivers, pour avoir été se réjouir dans une ville où il y a garnison Suédoise ; qu'il ne cite pas à tout propos le Cercle Polaire.

Si quelque compagnon d'étude vient lui propofer avec amitié un avis différent du sien , s'il lui fait confidence qu'il s'appuie fur l'autorité de *Leib-nitz* & de plufieurs autres Philofophes , s'il lui montre en particulier une lettre de *Leibnitz* qui contredife formellement notre Candidat ; que ledit Candidat n'aille pas s'imaginer fans réflexion , & crier par-tout, qu'on a forgé une lettre de *Leibnitz* pour lui ravir la gloire d'être un original.

. Qu'il ne prenne pas l'erreur où il eft tombé fur un point de Dynamique abfolument inutile dans l'ufage, pour une découverte admirable.

Si ce camarade après lui avoir communiqué plufieurs fois fon ouvrage, dans lequel il le combat avec la difcrétion la plus polie , & avec éloge, l'imprime de fon confentement, qu'il fe garde bien de vouloir faire paffer cet ouvrage de fon adverfaire pour un crime de lèze-majefté académique.

Si ce camarade lui a avoué plufieurs fois qu'il tient la lettre de *Leibnitz* , ainfi que plufieurs autres , d'un homme mort il y a quelques années , que le Candidat n'en tire pas avantage avec malignité , qu'il ne fe ferve pas à peu près des mêmes artifices dont quelqu'un (a) s'eft fervi contre les *Mairan*, les *Caffini* , & d'autres vrais Philofophes ; qu'il n'exige jamais dans une difpute frivole , qu'un mort reffufcite pour rapporter la minute inutile d'une lettre de *Leibnitz* , & qu'il réferve ce miracle pour le tems où il prophétifera ; qu'il ne compromette perfonne dans une querelle de néant, que la vanité veut rendre importante ; & qu'il ne faffe point intervenir les Dieux dans la guerre des rats & des grenouilles. Qu'il n'écrive point lettres fur lettres

(a) L'homme en queftion avait fort tourmenté à Paris Mrs. de *Mairan* & *Caffini*.

à une grande Princesse, pour forcer au silence son adversaire, & pour lui lier les mains, afin de l'assassiner à loisir (*a*).

Que dans une misérable dispute sur la Dynamique, il ne fasse point sommer, par un exploit académique, un Professeur de comparaître dans un mois ; qu'il ne le fasse point condamner par contumace, comme ayant attenté à sa gloire, comme forgeur de lettres & faussaire, sur-tout quand il est évident que les lettres de *Leibnitz* sont de *Leibnitz*, & qu'il est prouvé que les lettres sous le nom d'un Président n'ont pas été plus reçues de ses correspondans que lues du public.

Qu'il ne cherche point à interdire à personne la liberté d'une juste défense ; qu'il pense qu'un homme qui a tort & qui veut deshonorer celui qui a raison, se deshonore soi-même.

Qu'il croie que tous les gens de lettres sont égaux, & il gagnera à cette égalité.

Qu'il ne s'avise jamais de demander qu'on n'imprime rien sans son ordre.

Nous finissons par l'exhorter à être docile, à faire des études sérieuses, & non des cabales vaines ; car ce qu'un sçavant gagne en intrigues, il le perd en génie ; de même que dans la Méchanique, ce qu'on gagne en tems, on le perd en forces. On n'a vu que trop souvent des jeunes gens qui ont commencé par donner de grandes espérances & de bons ouvrages, finir enfin par n'écrire que des sottises, parce qu'ils ont voulu être des Courtisans habiles, au lieu d'être d'habiles Ecrivains ; parce qu'ils ont substitué la vanité à l'étude, & la dissipation qui affaiblit l'esprit au recueillement qui le fortifie ; on les a loués, & ils ont cessé d'être louables ; on les a récompensés, & ils ont cessé de mé-

---

(*a*) Il écrivit deux lettres à Madame la Princesse d'Orange, pour la supplier d'imposer silence à son adversaire M. K. Bibliothécaire de cette Princesse, lequel il avait fait condamner comme faussaire.

riter des récompenses; ils ont voulu paraître , & ils ont cessé d'être : car lorsque dans un Auteur une *somme* d'erreurs est égale à une *somme* de ridicules, *le néant vaut son existence* (a).

ÉLOGE FUNEBRE DES OFFICIERS

Qui sont morts dans la guerre de 1741.

UN Peuple qui fut l'exemple des Nations, qui leur enseigna tous les Arts , & même celui de la Guerre , le Maître des Romains qui ont été nos Maîtres , la Grece enfin , parmi ses instructions qu'on admire encore , avait établi l'usage de consacrer par des éloges funèbres la mémoire des citoyens qui avaient répandu leur sang pour la patrie. Coutume digne d'Athènes , digne d'une Nation valeureuse & humaine , digne de nous ! pourquoi ne la suivrions-nous pas ? Nous long tems les heureux rivaux en tant de genres de cette Nation respectable ? Pourquoi nous renfermer dans l'usage de ne célébrer après leur mort que ceux qui, ayant été donnés en spectacle au Monde par leur élévation , ont été fatigués d'encens pendant leur vie ?

Il est juste sans doute, il importe au genre humain , de louer les *Titus* , les *Trajans* , les *Louis XII* , les *Henry IV* , & ceux qui leur ressemblent. Mais ne rendra-t-on jamais qu'à la dignité ces devoirs si intéressans & si chers, quand ils sont rendus à la personne ; si vains quand ils ne sont qu'une partie nécessaire d'une pompe funèbre , quand le cœur n'est point touché , quand la vanité seule de l'Orateur parle à la vanité des hommes , & que

---

(a) L'Auteur en question avait écrit , que supposé qu'un homme ait éprouvé autant de mal que de bien, le néant vaut son être.

dans un difcours compofé , & dans une divifion
forcée , on s'épuife en éloges vagues qui paffent
avec la fumée des flambeaux funéraires ? Du moins,
s'il faut célébrer toujours ceux qui ont été grands ,
réveillons quelquefois la cendre de ceux qui ont
été utiles. Heureux, fans doute, (fi la voix des
vivans peut percer la nuit des tombeaux) heureux le Magiftrat immortalifé par le même orga-
ne , qui avait fait verfer tant de pleurs fur la mort
de *Marie* d'Angleterre , & qui fut digne de célébrer le grand *Condé* ! Mais fi la cendre de *Mi-*
chel le Tellier reçut tant d'honneurs , eft-il un bon
citoyen qui ne demande aujourd'hui ? Les a-t-on
rendus au grand *Colbert* , à cet homme qui fit naître tant d'abondance en ranimant tant d'induftrie,
qui porta fes vues fupérieures jufqu'aux extrémités de la Terre , qui rendit la France la Dominatrice des Mers , & à qui nous devons une grandeur
& une félicité long-tems inconnue ?

O mémoire ! ô noms du petit nombre d'hommes
qui ont bien fervi l'Etat ! vivez éternellement :
mais fur-tout ne périffez pas tout entiers , vous
Guerriers qui êtes morts pour nous défendre. C'eft
votre fang qui nous a valu des victoires : c'eft fur
vos corps déchirés & palpitans que vos compagnons ont marché à l'ennemi , & qu'ils ont monté
à tant de remparts ; c'eft à vous que nous devons
une paix glorieufe , achetée par votre perte. Plus
la guerre eft un fléau épouvantable , raffemblant
fous lui toutes les calamités & tous les crimes , plus
grande doit être notre reconnaiffance envers ces
braves compatriotes , qui ont péri pour nous donner cette paix heureufe , qui doit être l'unique but
de la guerre , & le feul objet de l'ambition d'un vrai
Monarque.

Faibles & infenfés mortels que nous fommes ,
qui raifonnons tant fur nos devoirs , qui avons tant
approfondi notre nature , nos malheurs & nos fai-
bleffes , nous faifons fans ceffe retentir nos Temples de reproches & de condamnations ; nous ana-

thématifons les plus légeres irrégularités de la conduite, les plus fecretes complaifances des cœurs ; nous tonnons contre des vices, contre des défauts, condamnables il eft vrai, mais qui troublent à peine la fociéte. Cependant quelle voix chargée d'annoncer la vertu s'eft jamais élevée contre ce crime fi grand & fi univerfel ; contre cette rage deftructive qui change en bêtes féroces des hommes nés pour vivres en freres ; contre ces déprédations atroces ; contre ces cruautés qui font de la Terre un féjour de brigandage, un horrible & vafte tombeau ?

Des bords du Pô, jufqu'à ceux du Danube, on benit de tous côtés, au nom du même DIEU, ces drapeaux fous lefquels marchent des milliers de meurtriers mercénaires, à qui l'efprit de débauche, de libertinage & de rapine ont fait quitter leurs campagnes ; ils vont, & ils changent de maîtres : ils s'expofent à un fupplice infâme pour un léger intérêt ; le jour du combat vient, & fouvent le foldat qui s'était rangé n'aguere fous les enfeignes de fa patrie, répand fans remords le fang de fes propres concitoyens ; il attend avec avidité le moment où il pourra dans le champ du carnage arracher aux mourans quelques malheureufes dépouilles qui lui font enlevées par d'autres mains. Tel eft trop fouvent le foldat : telle eft cette multitude aveugle & féroce dont on fe fert pour changer la deftinée des Empires, & pour élever les monumens de la gloire. Confidérés tous enfemble marchant avec ordre fous un grand Capitaine, ils forment le fpectacle le plus fier & le plus impofant qui foit dans l'univers. Pris chacun à part dans l'enivrement de leurs frénéfies brutales (fi on en excepte un petit nombre) c'eft la lie des Nations.

Tel n'eft point l'Officier, idolâtre de fon honneur & de celui de fon Souverain, bravant de fang froid la mort avec toutes les raifons d'aimer la vie, quittant gaiement les délices de la fociété pour des

fatigues qui font frémir la Nature ; humain, généreux, compâtiffant, tandis que la barbarie étincelle
de rage par-tout autour de lui ; né pour les douceurs de la fociété , comme pour les dangers de
la guerre ; auffi poli que fier , orné fouvent par la
culture des Lettres, & plus encore par les graces
de l'efprit. A ce portrait les Nations étrangeres
reconnaiffent nos Officiers, elles avouent fur-tout
que lorfque le premier feu trop ardent de leur jeuneffe eft tempéré par un peu d'expérience , ils fe
font aimer même de leurs ennemis. Mais fi leurs
graces & leur franchife ont adouci quelquefois les
efprits les plus barbares , que n'a point fait leur valeur ?

Ce font eux qui ont défendu pendant tant de
mois cette capitale de la Bohême , conquife par
leurs mains en fi peu de momens ; eux qui atta-
quaient, qui affiégeaient leurs affiégeans ; eux qui
qui donnaient de longues batailles dans des tranchées; eux qui braverent la faim , les ennemis, la
mort, la rigueur inouie des faifons dans cette mémorable marche , moins longue que celle des Grecs
de *Xénophon* , mais non moins pénible & non
moins hafardeufe. On les a vu , fous un Prince
auffi vigilant qu'intrépide , précipiter leurs ennemis du haut des Alpes ; victorieux à la fois de
tous les obftacles que la Nature , l'Art & la valeur oppofaient à leur courage opiniâtre. Champs
de Fontenoi, rivages de l'Efcaut & de la Meufe teints de leur fang , c'eft dans vos campagnes
que leurs efforts ont ramené la victoire aux pieds
de ce Roi, que les Nations, conjurées contre lui,
auraient dû choifir pour leur arbitre. Que n'ont-
ils point exécuté, ces Héros, dont la foule eft connue à peine ?

Qu'avaient donc au - deffus d'eux ces Centu-
rions & ces Tribuns des Légions Romaines ?
en quoi les paffaient-ils , fi ce n'eft, peut-être, dans
l'amour invariable de la difcipline militaire ? Les
anciens Romains éclipferent, il eft vrai , toutes

les autres Nations de l'Europe, quand la Grece
fut amolie & défunie, & quand les autres Peuples étaient encore des Barbares deftitués de bonnes Loix, fçachant combattre, & ne fçachant pas
faire la guerre, incapables de fe réunir à propos
contre l'ennemi commun, privés du Commerce,
privés de tous les Arts, & de toutes les reffources. Aucun Peuple n'égale encore les anciens Romains. Mais l'Europe entiere vaut aujourd'hui beaucoup mieux que ce Peuple vainqueur & légifla-
teur ; foit que l'on confidere tant de connaiffances perfectionnées, tant de nouvelles inventions ;
ce commerce immenfe & habile, qui embraffe les
deux Mondes ; tant de villes opulentes, élevées
dans des lieux qui n'étaient que des déferts fous
les Confuls & fous les *Céfars* ; foit qu'on jette les
yeux fur ces armées nombreufes & difciplinées qui
défendent vingt Royaumes policés ; foit qu'on per-
ce cette politique toujours profonde, toujours agif-
fante, qui tient la balance entre tant de Nations.
Enfin la jaloufie même, qui regne entre les Peuples modernes, qui excite leur génie, & qui anime leurs travaux, fert encore à élever l'Europe
au-deffus de ce qu'elle admirait ftérilement dans
l'ancienne Rome, fans avoir ni la force ni même le
defir de l'imiter.

Mais de tant de Nations en eft-il une qui puiffe fe vanter de renfermer dans fon fein un pareil
nombre d'Officiers tels que les nôtres ? Quelquefois ailleurs on fert pour faire fa fortune, & parmi nous on prodigue la fienne pour fervir ; ailleurs
on trafique de fon fang avec des Maîtres étrangers, ici on brûle de donner fa vie pour fon Roi ;
là on marche parce qu'on eft payé, ici on vole à
la mort pour être regardé de fon Maître ; & l'honneur a toujours fait de plus grandes chofes que l'intérêt.

Souvent en parlant de tant de travaux & de
tant de belles actions, nous nous difpenfons de la
reconnaiffance en difant que l'ambition a tout fait.

C'eſt la Logique des ingrats. Qui nous ſert veut s'élever ; je l'avoue : oui, on eſt excité en tout génre par cette noble ambition, ſans laquelle il ne ſerait point de grands hommes. Si on n'avait pas devant les yeux des objets qui redoublent l'amour du devoir, ſerait-on bien récompenſé par ce public ſi ardent quelquefois & ſi précipité dans ſes éloges ; mais toujours plus prompt dans ſes cenſures, paſſant de l'enthouſiaſme à la tiédeur, & de la tiédeur à l'oubli.

Sibarites tranquilles dans le ſein de nos Cités floriſſantes, occupés des rafinemens de la molleſſe, devenus inſenſibles à tout, & au plaiſir même pour avoir tout épuiſé, fatigués de ces ſpectacles journaliers ; dont le moindre eût été une fête pour nos peres, & de ces repas continuels, plus délicats que les feſtins des Rois ; au milieu de tant de voluptés, ſi accumulées & ſi peu ſenties, de tant d'arts, de tant de chefs-d'œuvres ſi perfectionnés & ſi peu conſidérés ; enivrés & aſſoupis dans la ſécurité & dans le dédain, nous apprenons la nouvelle d'une bataille ; on ſe réveille de ſa douce léthargie, pour demander avec empreſſement des détails dont on parle au haſard, pour cenſurer le Général, pour diminuer la perte des ennemis, pour enfler la nôtre : cependant cinq ou ſix cens familles du Royaumes ſont, ou dans les larmes, ou dans la crainte. Elles gémiſſent, retirées dans l'intérieur de leurs maiſons, & redemandent au Ciel des freres, des époux, des enfans. Les paiſibles habitans de Paris ſe rendent le ſoir aux ſpectacles, où l'habitude les entraîne plus que le goût. Et ſi dans les repas qui ſuccedent aux ſpectacles, on parle un moment des morts qu'on a connus, c'eſt quelquefois avec indifférence, ou en rappellant leurs défauts, quand on ne devrait ſe ſouvenir que de leurs pertes ; ou même en exerçant contre eux ce facile & malheureux talent d'une raillerie maligne, comme s'ils vivaient encore.

Mais quand nous apprenons que dans le cours de nos succès, un revers tel qu'en ont éprouvés dans tous les tems les plus grands Capitaines, a suspendu le progrès de nos armes, alors tout est désesperé ; alors on affecte de craindre, quoiqu'on ne craigne rien en effet. Nos reproches amers persécutent jusques dans le tombeau le Général dont les jours ont été tranchés dans une action malheureuse (a). Et sçavons-nous quels étaient ses desseins, ses ressources ? & pouvons-nous, de nos lambris dorés, dont nous ne sommes presque jamais sortis, voir d'un coup d'œil juste le terrein sur lequel on a combattu ? Celui que vous accusez a pu se tromper : mais il est mort en combattant pour vous. Quoi ? nos livres, nos écoles, nos déclamations historiques, répeteront sans cesse le nom d'un *Cinégire*, qui ayant perdu les bras en saisissant une barque Persane, l'arrêtait encore vainement avec les dents ! Et nous nous bornerions à blâmer notre compatriote, qui est mort en arrachant ainsi les pallissades des retranchemens ennemis au combat d'*Exiles*, quand il ne pouvait plus les saisir de ses mains blessées.

Remplissons-nous l'esprit, à la bonne heure, de ces exemples de l'antiquité, souvent très peu prouvés & beaucoup exagérés ; mais qu'il reste au moins place dans nos esprits pour ces exemples de vertu, heureux ou malheureux, que nous ont donnés nos concitoyens. Ce jeune *Brienne*, qui ayant le bras fracassé à ce combat d'Exiles, monte encore à l'escalade en disant : *Il m'en reste un autre pour mon Roi & pour ma patrie :* ne vaut-il pas bien un habitant de l'Attique & du Latium ? & tous ceux qui, comme lui, s'avançaient à la mort, ne pouvant la donner aux ennemis, ne doivent-ils pas nous être plus chers que les anciens guerriers d'une terre étrangere ? n'ont-ils pas même mérité cent fois plus de gloire en mourant sous des boulevarts

(a) Le Chevalier de *Bellisle.*

inacceſſibles, que n'en ont acquis leurs ennemis, qui en ſe défendant contr'eux avec ſûreté, les immolaient ſans danger & ſans peine ?

Que dirai-je de ceux qui ſont morts à la journée de Dettingue, journée ſi bien préparée & ſi mal conduite, & dans laquelle il ne manqua au Général que d'être obéi pour mettre fin à la guerre? Parmi ceux dont l'Hiſtoire célébrera la valeur inutile & la mort malheureuſe, oubliera-t-on un jeune *Bouflers* (a), un enfant de dix ans, qui dans cette bataille a une jambe caſſée, qui la fait couper ſans ſe plaindre, & qui meurt de même ; exemple d'une fermeté rare parmi les guerriers, & unique à cet âge !

Si nous tournons les yeux ſur des actions, non pas plus hardies, mais plus fortunées, que de Héros dont les exploits & les noms doivent être ſans ceſſe dans notre bouche ! que de terreins arroſés du plus beau ſang, & célébrés par des triomphes ! Là s'élevaient contre nous cent boulevarts qui ne ſont plus. Que ſont devenus ces ouvrages de Fribourg, baignés de ſang, écroulés ſous leurs défenſeurs, entourés des cadavres des aſſiégeans ? On voit encore les remparts de Namur, & ces châteaux qui font dire au voyageur étonné. Comment a-t on réduit cette fortereſſe qui touche aux nues ? On voit Oſtende, qui jadis ſoutenait des ſiéges de trois années, & qui s'eſt rendue en cinq jours à nos armes victorieuſes. Chaque plaine, chaque ville de ces contrées eſt un monument de notre gloire. Mais que cette gloire a coûté !

O Peuples heureux, donnez au moins à des patriotes qui ont expiré victimes de cette gloire, ou qui ſurvivent encore à une partie d'eux-mêmes, les récompenſes que leurs cendres ou leurs bleſſures vous demandent. Si vous les refuſiez, les arbres,

---

[a] *Bouflers de Remiancour*, neveu du Duc de *Bouflers.*

les campagnes de la Flandre prendraient la parole pour vous dire : C'est ici que ce modeste & intrépide *Luttaux* (a) , chargé d'années & de services, déjà blessé de deux coups, affaibli & perdant son sang, s'écria : *Il ne s'agit pas de conserver sa vie, il faut en rendre les restes utiles* ; & ramenant au combat des troupes dispersées reçut le coup mortel qui le mit enfin au tombeau. C'est-là que le Colonel des Gardes Françaises, en allant le premier reconnaître les ennemis , fut frapé le premier dans cette journée meurtriere, & périt en faisant des souhaits pour le Monarque & pour l'Etat. Plus loin est mort le neveu de ce célébre Archevêque de Cambrai , l'héritier des vertus de cet homme unique qui rendit la vertu si aimable (b).

O qu'alors les places des peres deviennent à bon droit l'héritage des enfans ! Qui peut sentir la moindre atteinte de l'envîe , quand sur les ramparts de Tournay un de ces tonnerres souterreins qui trompent la valeur & la prudence , ayant emporté les membres sanglans & dispersés du Colonel *de Normandie* , ce Régiment est donné le jour même à son jeune fils , & ce corps invincible ne crut point avoir changé de conducteur. Ainsi cette troupe étrangere devenue si nationale , qui porte le nom de *Dillon* , a vu les enfans & les freres succéder rapidement à leurs peres & à leurs freres tués dans les batailles : ainsi le brave *d'Aubeterre* , le seul Colonel tué au siege de Bruxelles , fut remplacé par son valeureux frere. Pourquoi faut-il que la mort nous l'enleve encore ?

Le Gouvernement de la Flandre , de ce théâtre éternel de combats , est devenu le juste partage du guerrier , qui , à peine au sortir de l'enfance , avait tant de fois en un jour exposé sa vie à la bataille

[a] Lieutenant - Colonel des Gardes , & Lieutenant-Général.

[b] Le Marquis de *Fénelon* , Lieutenant-Général , Ambassadeur en Hollande.

de Rocou (*a*). Son pere marcha à côté de lui à la tête de son Régiment , & lui apprit à commander & à vaincre ; la mort qui respecta ce pere généreux & tendre dans cette bataille , où elle fut à tout moment autour d'eux , l'attendait dans Genes sous une forme différente ; c'est-là qu'il a péri avec la douleur de ne pas verser son sang sur les bastions de la ville assiégée , mais avec la consolation de laisser Genes libre , & emportant dans la tombe le nom de son libérateur.

De quelque côté que nous tournions nos regards , soit sur cette ville délivrée , soit sur le Pô & sur le Tesin , sur la cime des Alpes , sur les bords de l'Escaut , de la Meuse & du Danube , nous ne verrons que des actions dignes de l'immortalité , ou des morts qui demandent nos éternels regrets.

Il faudrait être stupide pour ne pas admirer , & barbare pour n'être pas attendri. Mettons-nous un moment à la place d'une épouse craintive , qui embrasse dans ses enfans l'image du jeune époux qu'elle aime (*b*) , tandis que ce Guerrier , qui avait cherché le péril en tant d'occasions , & qui avait été blessé tant de fois , marche aux ennemis dans les environs de Genes , à la tête de sa brave troupe ; cet homme qui, à l'exemple de sa famille , cultivait les lettres & les armes , & dont l'esprit égalait la valeur , reçoit le coup funeste qu'il avait tant cherché , il meurt ; à cette nouvelle la triste moitié de lui-même s'évanouit au milieu de ses enfans , qui ne sentent pas encore leur malheur. Ici une mere & une épouse veulent partir pour aller secourir en Flandres un jeune Héros dont la sagesse & la vaillance prématurée lui méritaient la tendresse du Dauphin , & semblaient lui promettre une vie glo-

[*a*] Le Duc de *Bouflers* , Lieutenant-Général , s'était mis avec son fils , âgé de 15 ans , à la tête du Régiment de ce jeune homme; il avait reçu dix coups de feu dans ses habits : il est mort à Genes.

[*b*] Le Marquis de *la Faye* , tué à Genes.

rieufe ; elles fe flattent que leurs foins le rendront
à la vie, & on leur dit : Il eft mort (*a*). Quel moment, quel coup funefte pour la fille d'un Empereur infortuné, idolâtre de fon époux, fon unique
confolation, fon feul efpoir dans une terre étrangere, quand on lui dit : Vous ne reverrez jamais
l'époux pour qui feul vous aimiez la vie (*b*)!

Une mere vole fans s'arrêter en Flandres, dans
les tranfes cruelles où la jette la bleffure de fon
jeune fils (*c*). Déjà dans la bataille de Rocou elle
avait vu fon corps percé & déchiré d'un de ces
coups affreux qui ne laiffent plus qu'une vie lan-
guiffante ; cette fois elle eft encore trop heureufe :
elle rend grace au Ciel de voir ce fils privé d'un
bras, lorfqu'elle tremblait de le trouver au tombeau.

Ne fuivons ici ni l'ordre des tems ni celui de
nos exploits & de nos pertes. Le fentiment n'a
point de regles. Je me tranfporte à ces campagnes
voifines d'Ausbourg, où le pere de ce jeune guerrier dont je parle, fauvait les reftes de notre armée, & les dérobait à la pourfuite d'un ennemi que
le nombre & la trahifon rendaient fi fupérieur.
Mais dans cette manœuvre habile nous perdons
ce dernier rejetton de la maifon de *Rupelmonde*,
cet Officier fi inftruit & fi aimable qui avait fait
l'étude la plus approfondie de la guerre, & qui
réuniffait l'intrépidité de l'ame, la folidité & les
graces de l'efprit, à la douceur & à la facilité du
commerce ; il laiffe dans les larmes une époufe &
une mere digne d'un tel fils ; il ne leur refte plus
de confolation fur la terre.

Maintenant, efprits dédaigneux & frivoles, qui
prodiguez une plaifanterie fi infultante & fi déplacée fur tout ce qui attendrit les ames nobles & fen-
fibles ; vous qui dans les événemens frapans dont

(*a*) Le Comte de *Froulai.*
(*b*) Le Comte de Baviere.
(*c*) Le Marquis de *Ségur.*

dépend la deftinée des Royaumes, ne cherchez à vous fignaler que par ces traits que vous appellez bons mots, & qui par-là prétendez une efpece de fupériorité dans le Monde ; ofez ici exercer ce miférable talent d'une imagination faible & barbare ; ou plutôt s'il vous refte quelque humanité, mêlez vos fentimens à tant de regrets, & quelques pleurs à tant de larmes : mais êtes-vous dignes de pleurer ?

Que fur-tout ceux qui ont été les compagnons de tant de dangers, & les témoins de tant de pertes, ne prennent pas dans l'oifiveté voluptueufe de nos villes, dans la légereté du commerce, cette habitude trop commune à notre Nation, de répandre un air de frivolité & de dérifion fur ce qu'il y a de plus glorieux dans la vie, & de plus affreux dans la mort ; voudraient-ils s'avilir ainfi eux-mêmes, & flétrir ce qu'ils ont tant d'intérêt d'honorer ?

Que ceux qui ne s'occupent que de nos froids & ridicules Romans, que ceux qui ont le malheur de ne fe plaire qu'à ces puériles penfées plus fauf-fes que délicates dont nous fommes tant rebatrus, dédaignent ce tribut fimple de regrets qui partent du cœur : qu'ils fe laffent de ces peintures vraies de nos grandeurs & de nos pertes, de ces éloges finceres donnés à des noms, à des vertus qu'ils ignorent ; je ne me lafferai point de jetter des fleurs fur les tombeaux de nos défenfeurs ; j'éléverai encore ma faible voix ; je dirai : Ici a été tranchée dans fa fleur la vie de ce jeune Guerrier (a), dont les freres combattent fous nos étendarts, & dont le pere a protégé les Arts à Florence fous une domination étrangére. Là fut percé d'un coup mortel le Marquis de *Beauveau* fon coufin, quand le digne petit-fils du grand *Condé* forçait la ville d'Ypres à fe rendre. Accablé de douleurs incroyables,

_____

(a) Le Marquis de *Beauveau*, fils du Prince de Craon.

entouré de nos foldats qui fe difputaient l'honneur
de le porter, il leur difait d'une voix expirante :
*Mes amis , allez où vous êtes néceffaires , allez com-
battre , & laiffez-moi mourir.* Qui pourra célébrer
dignement fa noble franchife , fes vertus civiles,
fes connaiffances, fon amour des Lettres, le goût
éclairé des monumens antiques enfévelis avec lui ?
Ainfi périffent d'une mort violente à la fleur de leur
âge , tant d'hommes dont la patrie attendait fon
avantage & fa gloire ; tandis que d'inutiles fardeaux de la Terre amufent dans nos jardins leur
vieilleffe oifive , du plaifir de raconter les premiers
ces nouvelles défaftreufes.

O deftin ! ô fatalité ! nos jours font comptés ; le
moment éternellement déterminé arrive , qui anéan-
tit tous les projets & toutes les efpérances. Le
Comte de *Biffy* prêt à jouir de ces honneurs tant
defirés par ceux-mêmes fur qui les honneurs font
accumulés , accourt de Genes devant Maftrich , &
le dernier coup tiré des remparts lui ôte la vie;
il eft la derniere victime immolée , au moment
même que le Ciel avait prefcrit pour la ceffation
de tant de meurtres. Guerre qui as rempli la France de gloire & de deuil , tu ne frapes pas feulement par des traits rapides qui portent en un moment la deftruction ! Que de citoyens , que de parens & d'amis nous ont été ravis par une mort
lente , que les fatigues des marches , l'intempérie
des faifons , traînent après elles !

Tu n'es plus , ô douce efpérance du refte de mes
jours ! ô ami tendre , élevé dans cet invincible Régiment du Roi toujours conduit par des Héros !
qui s'eft tant fignalé dans les tranchées de Prague,
dans la bataille de Fontenoy , dans celle de Lawfelt
où il a décidé la victoire. La retraite de Prague
pendant trente lieues de glaces , jetta dans ton fein
les femences de la mort , que mes triftes yeux ont
vu depuis fe déveloper : familiarifé avec le tré-
pas , tu le fentis approcher avec cette indifférence
que les Philofophes s'efforçaient jadis ou d'acquérir

ou de montrer ; accablé de fouffrances au dedans
& au dehors , privé de la vue , perdant chaque jour
une partie de toi-même , ce n'était que par un
excès de vertu que tu n'étais point malheureux ,
& cette vertu ne te coûtait point d'effort. Je t'ai
vu toujours le plus infortuné des hommes & le
plus tranquille. On ignorerait ce qu'on a perdu en
toi, fi le cœur d'un homme éloquent n'avait fait
l'éloge du tien dans un ouvrage confacré à l'amitié , & embelli par les charmes de la plus touchante
poéfie. Je n'étais point furpris , que dans le tumulte
des armes tu cultivaffes les Lettres & la Sageffe :
ces exemples ne font pas rares parmi nous. Si ceux
qui n'ont que de l'oftentation ne t'impoferent jamais,
fi ceux qui dans l'amitié même ne font conduits
que par la vanité , révolterent ton cœur , il y a
des ames nobles & fimples qui te reffemblent. Si
la hauteur de tes penfées ne pouvait s'abaiffer à
la lecture de ces ouvrages licentieux , délices paffa-
gers d'une jeuneffe égarée à qui le fujet plaît plus
que l'ouvrage ; fi tu méprifais cette foule d'écrits
que le mauvais goût enfante ; fi ceux qui ne veulent avoir que de l'efprit, te paraiffaient fi peu de
chofe ; ce goût folide t'était commun avec ceux
qui foutiennent toujours la raifon contre l'inonda-
tion de ce faux goût qui femble nous entraîner à
la décadence. Mais par quel prodige avais-tu à
l'âge de vingt-cinq ans la vraie Philofophie & la
vraie éloquence , fans autre étude que le fecours
de quelques bons livres ? comment avais-tu pris
un effor fi haut dans le fiecle des petiteffes ? & comment la fimplicité d'un enfant timide couvrait-elle
cette profondeur & cette force de génie ? Je fen-
tirai long-tems avec amertume le prix de ton
amitié ; à peine en ai-je goûté les charmes , non
pas de cette amitié vaine qui naît dans les vains
plaifirs, qui s'envole avec eux & dont on a toujours à fe plaindre , mais de cette amitié folide
& courageufe la plus rare des vertus. C'eft ta perte
qui mit dans mon cœur ce deffein de rendre quel-

N. 3.

que honneur aux cendres de tant de défenseurs de l'Etat , pour élever auſſi un monument à la tienne. Mon cœur rempli de toi a cherché cette conſolation , ſans prévoir à quel uſage ce diſcours ſera deſtiné , ni comment il ſera reçu de la malignité humaine , qui à la vérité épargne d'ordinaire les morts , mais qui quelquefois auſſi inſulte à leurs cendres, quand c'eſt un prétexte de plus de déchirer les vivans.

1. Juin 1748.

N. B. Le jeune homme qu'on regrette ici avec tant de raiſon eſt M. de *Vauvenargues* , long-tems Capitaine au Régiment du Roi. Je ne ſçais ſi je me trompe , mais je crois qu'on trouvera dans la ſeconde édition de ſon livre , plus de cent penſées qui caractériſent la plus belle ame , la plus profondément philoſophe , la plus dégagée de tout eſprit de parti.

Que ceux qui penſent , méditent les maximes ſuivantes :

La raiſon nous trompe plus ſouvent que la Nature.

Si les paſſions font plus de fautes que le jugement , c'eſt par la même raiſon que ceux qui gouvernent font plus de fautes que les hommes privés.
(C'eſt ainſi que ſans le ſçavoir , il ſe peignait lui-même.)

La conſcience des mourans calomnie leur vie.

La fermeté ou la faibleſſe à la mort dépend de la derniere maladie.
(J'oſerais conſeiller qu'on lût les maximes qui ſuivent celles-ci , & qui les expliquent.)

La penſée de la mort nous trompe , car elle nous fait oublier de vivre.

La plus fauſſe de toutes les Philoſophies eſt celle qui ſous prétexte d'affranchir les hommes des embarras des paſſions , leur conſeille l'oiſiveté.

Nous devons peut-être aux paſſions les plus grands avantages de l'eſprit.

Ce qui n'offenſe pas la ſociété , n'eſt pas du reſſort de la juſtice.

Quiconque eſt plus ſevere que les Loix eſt un Tyran.

On voit, ce me ſemble, par ce peu de penſées que je rapporte, qu'on ne peut pas dire de lui ce qu'un des plus aimables eſprits de nos jours a dit de ces Philoſophes de parti, de ces nouveaux Stoïciens qui en ont impoſé aux faibles.

> Ils ont eu l'art de bien connaître
> L'homme qu'ils ont imaginé ;
> Mais ils n'ont jamais deviné
> Ce qu'il eſt, ni ce qu'il doit être.

J'ignore ſi jamais aucun de ceux qui ſe ſont mêlés d'inſtruire les hommes, a rien écrit de plus ſage que ſon Chapitre ſur le bien & ſur le mal moral. Je ne dis pas que tout ſoit égal dans ce livre ; mais ſi l'amitié ne me fait pas illuſion, je n'en connais guere qui ſoit plus capable de former une ame bien née & digne d'être inſtruite. Ce qui me perſuade encore qu'il y a des choſes excellentes dans cet ouvrage, que M. *de Vauvenargues* nous a laiſſé, c'eſt que je l'ai vu mépriſé par ceux qui n'aiment que les jolies phraſes & le faux bel eſprit.

PRÉFACE

DE L'AUTEUR.

L'Auteur de ce Panégyrique ſe cacha long-tems, avec autant de ſoin qu'en prennent ceux qui ont fait des Satyres. Il eſt toujours à craindre que le Panégyrique d'un Monarque ne paſſe pour une flatterie intéreſſée. L'effet ordinaire de ces éloges eſt de faire rougir ceux à qui on les donne, d'attirer peu l'attention de la multitude, & de ſoulever la critique. On ne conçoit pas comment Trajan put avoir ou aſſez de patience ou aſſez d'amour-pro-

pre pour entendre prononcer le long Panégyrique
de Pline : il femble qu'il n'ait manqué à Trajan,
pour mériter tant d'éloges , que de ne les avoir
pas écoutés.

Le Panégyrique de Louis XIV. fut prononcé
par M. Péliſſon, & celui de Louis XV. devrait
l'être fans doute à l'Académie par une bouche auſſi
éloquente. Il s'en faut beaucoup que l'Auteur de
cet Eſſai adopte l'avis de M. le Préſident de ***,
qui préfere le Panégyrique de Louis XV. à celui
de Louis XIV. l'Auteur n'a préféré que le fujet.
Il avoue que Louis XV. a fur Louis XIV. l'a-
vantage d'avoir gagné deux batailles rangées ; il
croit que le fyftême des Finances ayant été perfectionné par le tems , l'Etat a fouffert incomparablement moins dans la guerre de 1741 , que dans celle
de 1688, & fur tout dans celle de 1701. Il penſe
enfin que la Paix d'Aix-la-Chapelle peut avoir un
grand avantage fur celle de Nimégue. Ces deux
Paix à jamais célebres , ont été faites dans les mêmes circonftances , c'eſt-à-dire, après des victoires :
mais le Vainqueur fit encore craindre fa puiſſance
par le Traité même de Nimégue , & Louis XV.
fait aimer fa modération. Le premier Traité pouvait encore aigrir des Nations , & le fecond les ré-
concilie. C'eſt cette Paix heureuſe que l'Auteur a
principalement en vue. Il regarde celui qui l'a donnée comme le bienfaiteur du genre-humain. Il a
fait un Panégyrique très-court , mais très-vrai dans
tous fes points ; & il l'a écrit d'un ftyle très-fimple,
parce qu'il n'avait rien à orner. Il a laiſſé à chaque
Citoyen le foin d'étendre toutes les idées dont il ne
donne ici que le germe. Il y a peu de Lecteurs
qui, en voyant cet Ouvrage, ne puiſſent beaucoup
l'augmenter par leurs réflexions ; & le meilleur effet
d'un Livre eſt de faire penſer les hommes. On a
nourri ce Diſcours de faits inconnus auparavant au
public, & qui fervent de preuves. Ce font-là les
véritables éloges , & qui font bien au-deſſus d'une
déclamation pompeuſe & vaine. La lettre qu'on

rapporte écrite d'un Prince au Roi, eft de Monfeigneur le Prince de Conti, du 20 Juillet 1744.
celle du Roi eft du 19 Mai 1745. En un mot, on
peut regarder cet Ouvrage, intitulé, *Panégyrique*,
comme le précis le plus fidele de tout ce qui eft
à la gloire de la France & de fon Maître; & on
défie la critique d'y trouver rien d'altéré ni d'exagéré.

A l'égard des cenfures qu'un Journalifte a faites,
non du fond de l'Ouvrage, mais de la forme, on
commence par le remercier d'une réflexion très-
jufte, fur ce qu'on avait dit que le Roi de Sardaigne
choififfait bien fes Miniftres & fes Généraux, &
était lui-même un grand Général & un grand Miniftre. Il paraît en effet que le terme de *Miniftre*
ne convient pas à un Souverain.

A l'égard de toutes les autres critiques, elles
ont parut injuftes & inconfidérées; il reproche à
l'Auteur d'avoir écrit un Panégyrique dans le ftyle
de Pline, plutôt que dans celui de Cicéron &
dans celui de Boffuet & de Bourdaloue. Il dit
que tout eft orné d'antithèfes, *de termes qui fe
querellent, & de penfées qui femblent fe repouf-
fer.*

On n'examine pas ici s'il faut fuivre dans un Panégyrique, Pline qui en a fait un, ou Cicéron
qui n'en a point fait; s'il faut imiter la pompe &
la déclamation d'une Oraifon funèbre dans le recit des chofes récentes, qui font fi délicates à traiter; fi les Sermons de Bourdaloue doivent être le
modele d'un homme qui parle de la Guerre & de
la Paix, de la Politique & des Finances. Mais on
eft bien furpris que la Critique dife que tout eft
antithèfe dans un Ecrit où il y en a fi peu. A l'é-
gard des *termes qui fe querellent & des penfées
qui fe repouffent*, on ne fçait pas ce que cela fignifie.

Le Journalifte dit que le contrafte des quatre
Rois FRANÇOIS I. HENRY IV. LOUIS XIII.
LOUIS XIV. & du Monarque régnant, n'eft pas

aſſez ſenſible. Il n'y a là aucun *contraſte* : des mé‑
rites différens ne ſont point des choſes oppoſé s :
on n'a voulu faire ni de contraſtes ni d'antithéſes, &
il n'y en a pas la moindre apparence.

Il reprend ces mots au ſujet de nos alarmes ſur
la maladie du Roi : *Après un triomphe ſi rare, il
ne fallait pas une vertu commune.* On ne triom‑
phe, dit‑il, que de ſes ennemis ; peut‑il ignorer
que ce terme *triomphe*, eſt toujours noblement em‑
ployé pour tous les grands ſuccès en quelque genre
que ce puiſſe être ?

Il prétend que ce triomphe n'eſt pas rare. En
France, dit‑il, rien de plus naturel, rien de plus
général que l'amour des peuples pour le Souverain.
Il n'a pas ſenti que cette critique très déplacée,
tend à diminuer le prix de l'amour extrême qui
éclata dans cette occaſion par des témoignages ſi
ſinguliers. Oui, ſans doute, ce triomphe était rare,
& il n'y en a aucun exemple ſur la terre ; c'eſt ce
que toute la Nation dépoſe contre cette accuſa‑
tion du Cenſeur. A quoi penſe‑t‑il, quand il dit
que rien n'eſt plus naturel, plus général qu'une
telle tendreſſe ? Où a‑t‑il trouvé qu'en France on
ait marqué un tel amour pour ſes Rois, avant que
LOUIS XIV. & LOUIS XV. aient gouverné par
eux‑mêmes ? Eſt‑ce dans le tems de la fronde ?
Eſt‑ce ſous LOUIS XIII. quand la Cour était dé‑
chirée par des factions, & l'Etat par les guerres
civiles, quand le ſang ruiſſelait ſur les échaffauds ?
Eſt‑ce lorſque le couteau de Ravaillac, inſtrument
du fanatiſme de tout un parti, acheva le parrici‑
de que Jean Chatel avait commencé, & que Pier‑
re Barriere, & tant d'autres, avaient médité ? Eſt‑
ce quand le Moine Jacques Clément, animé de
l'eſprit de la Ligue, aſſaſſina HENRY III ? Eſt‑ce
après ou avant le Maſſacre de la Saint Barthéle‑
mi ? Eſt‑ce quand les Guiſes régnaient ſous le nom
de FRANÇOIS II ? Eſt‑il poſſible qu'on oſe dire
que les Français penſent aujourd'hui comme ils pen‑
ſaient dans ces tems abominables ?

Après un triomphe si rare, il ne fallait pas une vertu commune : le Censeur condamne ce passage, comme s'il supposait une vertu commune auparavant.

Premiérement, on lui dira qu'il serait d'un lâche flatteur & d'un menteur ridicule, de prétendre que le Prince, l'objet de ce Panégyrique, avait fait alors d'auſſi grandes choses qu'il en a faites depuis : ce sont deux victoires, c'est la paix donnée à l'Europe qui ont rempli ce que sa premiere & glorieuse campagne avait fait espérer. En second lieu, quand l'Auteur dit dans la même période, que la crainte de perdre un bon Roi imposait à ce grand Prince la néceſſité d'être le meilleur des Rois ; non-seulement il ne suppose pas là une vertu commune, mais s'exprimant en véritable Citoyen, il fait sentir que l'amour de tout un peuple encourage les Souverains à faire de grandes choses, les affermit encore dans la vertu, les excite à faire le bonheur d'une Nation qui le mérite. Penser & parler autrement, ferait d'un misérable esclave, & les louanges des esclaves ne sont d'aucun prix, non plus que leurs services.

Le Censeur dit que les Anglais ont été les dominateurs des mers *de fait*, *& non pas de droit.* Il s'agit bien ici de *droit* ; il s'agit de la vérité, & de montrer que les Français peuvent être auſſi redoutables sur mer qu'ils l'ont été sur terre.

Il avance que le goût *de diſſertation s'empare quelquefois de l'Auteur.* Il y a dans tout l'Ouvrage quatre lignes où l'on trouve une réflexion politique très-importante, une maxime très-vraie, c'est que les hommes réuſſiſſent toujours dans ce qui leur est absolument néceſſaire, & on en pourrait donner cent exemples. L'Auteur en rapporte trois en deux lignes ; & voilà ce que le Censeur appelle diſſertation

On trouvera, dit-il, quelque chose de découſu dans le ſtyle. Ce mot trivial *découſu*, ſignifie un discours ſans liaiſon, ſans tranſition ; & c'est peut-

N 6.

être le difcours où il y en a davantage. *Ce décou-*
fu, dit-il, *eft l'effet des antithèfes* ; & il n'y a pas
deux antithèfes dans tout l'Ouvrage.

Il y a d'autres injuftices auxquelles on ne répond point. Ceux qui ont été fâchés qu'on ait cé-
lébré dans cet Ouvrage les Citoyens qui ont bien
fervi l'Etat , chacun dans leur genre , méritent
moins d'être réfutés que d'être abandonnés à leur
baffe envie , qui ajoute encore à l'éloge qu'ils con-
damnent.

EXTRAIT D'UNE LETTRE

De Monfieur le Préfident de ***

CE Panégyrique , d'autant plus éloquent , qu'il
ne paraît pas prétendre à l'éloquence , étant
fondé uniquement fur les faits , eft également glorieux pour le Roi & pour la Nation. Je ne crois
pas qu'on puiffe lui comparer celui que Péliffon
compofa pour LOUIS XIV. ce n'était qu'un Difcours vague ; celui-ci eft appuyé fur les événemens
les plus grands , fur les anecdotes les plus intéreffantes. C'eft un tableau de l'Europe ; c'eft un précis de la guerre ; c'eft un Ouvrage qui annonce à
chaque page un bon Citoyen ; c'eft un éloge où il
n'y a pas un mot qui fente la flatterie ; il devrait
avoir été prononcé dans l'Académie avec la plus
grande folemnité ; & la Capitale doit l'envier aux
Provinces où il a été imprimé.

PANEGYRIQUE

DE

LOUIS XV.

LUDOVICO Decimo-Quinto , de humano
genere bene merito.

U Ne voix faible & inconnue s'éleve ; mais
elle fera l'interprête de tous les cœurs. Sí
elle ne l'eſt pas , elle eſt téméraire ; fi elle flatte ,
elle eſt coupable : car c'eſt outrager le Trône &
la Patrie , que de louer ſon Prince des vertus qu'il
n'a pas.

On ſçait aſſez que ceux qui ſont à la tête des
Peuples , ſont jugés par le Public avec autant de
ſévérité , qu'ils ſont loués en face avec baſſeſſe ;
que tout Prince a pour Juges les cœurs de ſes Sujets ; qu'il ne tient qu'à lui de ſçavoir ſon arrêt
& de ſe connaître ainſi lui-même. Il n'a qu'à con-
ſulter la voix publique , & ſur-tout celle du petit nombre de Juges , qui en tout genre entraîne
à la longue l'opinion du grand nombre , & qui
ſeule ſe fait entendre à la poſtérité.

La réputation eſt la récompenſe des Rois ; la fortune leur a donné tout le reſte : mais cette réputation
eſt différente comme leurs caracteres ; plus éclatante
chez les uns , plus ſolide chez les autres , ſouvent
accompagnée d'une admiration mêlée de crainte ,
quelquefois appuyée ſur l'amour ; ici plus prompte , ailleurs plus tardive ; rarement pure & univerſelle.

LOUIS XII , malheureux dans la guerre & dans

la politique, vit les cœurs de son Peuple se tourner vers lui, & fut consolé.

FRANÇOIS I, par sa valeur, par sa magnificence & par la protection des Arts qui l'immortalile, ressaisit la gloire qu'un Rival trop puissant lui avait enlevée.

HENRY IV, ce brave guerrier, ce bon Prince, ce grand homme, si au-dessus de son siecle, ne fut connu de tout le monde qu'après sa mort; & c'est ce que lui même avait prédit.

LOUIS XIV. frappa tous les yeux, pendant quarante ans, de l'éclat de sa prospérité, de sa grandeur & de sa gloire, & fit parler en sa faveur toutes les bouches de la renommée.

Nos acclamations ont donné à LOUIS XV, un titre qui doit rassembler en lui bien d'autres titres; car il n'en est pas d'un Souverain comme d'un Particulier: on peut aimer un Citoyen médiocre; une Nation n'aimera pas long-tems un Prince qui ne sera pas un grand Prince.

Ce tems sera toujours present à la mémoire, où il commença à gouverner & à combattre; ce tems, où les fatigues réunies du cabinet & de la guerre, le mirent au bord du tombeau. On se souvient de ces cris de douleur & de tendresse, de cette désolation, de ces larmes de toute la FRANCE, de cette foule consternée, qui, se précipitant dans les Temples, interrompait par ses sanglots les prieres publiques, tandis que le Prêtre pleurait en les prononçant, & pouvait les achever à peine.

Au bruit de sa convalescence, avec quel transport nous passâmes de l'excès du désespoir à l'ivresse de la joie! Jamais les Couriers qui ont apporté les nouvelles des plus grandes victoires, ont ils été reçus comme celui qui vint nous dire: *Il est hors de danger.* Les témoignages de notre amour venaient de tous côtés au Monarque: ceux qui l'entouraient lui en parlaient avec des larmes de joie; il se souleva soudain, par un effort, dans ce lit de douleur où il languissait encore: *Qu'ai-je donc fait, s'é-*

bria-t-il, *pour être ainfi aimé?* Ce fut l'expreſſion
naïve de ce caractere, qui, n'ayant de faſte ni dans
la vertu, ni dans la gloire; ſçavait à peine que ſa
grande ame fût connue

Puiſqu'il était ainſi aimé, il méritait de l'être.
On peut ſe tromper dans l'admiration; on peut
trop ſe hâter d'élever des monumens de gloire;
on peut prendre de la fortune pour du mérite;
mais quand un Peuple entier aime éperdument,
peut-il errer? Le cœur du Prince ſentit ce que
voulait dire ce cri de la Nation: la crainte univerſelle de perdre un bon Roi, lui impoſait la
néceſſité d'être le meilleur des Rois. Après un
triomphe ſi rare, il ne fallait pas une vertu commune.

C'eſt à la Nation à dire s'il a été fidele à cet
engagement que ſon cœur prenait avec les nôtres, c'eſt à elle de ſe rendre compte de ſa félicité.

Il ſe trouvait engagé dans une guerre malheureuſe, que ſon Conſeil avait entrepriſe pour ſoutenir un Allié qui depuis s'eſt détaché de nous. Il
avait à combattre une Reine intrépide qu'aucun
péril n'avait ébranlée, & qui ſoulevait les Nations
en faveur de ſa cauſe. Elle avait porté ſon fils
dans ſes bras à un Peuple toujours révolté contre
ſes Peres, & en avait fait un Peuple, qu'elle rem-
pliſſait de l'eſprit de ſa vengeance. Elle réuniſſait
dans elle les qualités des Empereurs ſes ayeuls,
& brûlait de cette émulation fatale qui anima,
deux cens ans, ſa Maiſon Impériale contre la
Maiſon la plus ancienne & la plus auguſte du
monde.

A cette Fille des Céſars s'uniſſait un Roi d'Angleterre, qui ſçavait gouverner un Peuple qui ne
ſçait point ſervir. Il menait ce Peuple valeureux
comme un Cavalier habile pouſſe à toute bride un
courſier fougueux, dont il ne pourrait retenir l'im-
pétuoſité. Cette Nation, la dominatrice de l'O-
céan, voulait tenir à main armée la balance ſur la

terre, afin qu'il n'y eût plus d'équilibre fur les mers. Fiere de l'avantage de pouvoir pénétrer vers nos frontieres par les terres de nos voifins, tandis que nous pouvions entrer à peine dans fon Ifle ; fiere de fes victoires paffées, de fes richeffes prefentes, elle achetait contre nous, des Ennemis d'un bout de l'Europe à l'autre : elle paraiffait inépuifable dans fes reffources, & irréconciliable dans fa haine.

Un Monarque qui veille à la garde des barrieres que la Nature éleva entre la France & l'Italie, & qui femble, du haut des Alpes, pouvoir déterminer la fortune, fe déclarait contre nous, après avoir autrefois vaincu avec nous. On avait à redouter en lui un Politique & un Guerrier, un Prince qui fçavait bien choifir fes Miniftres & fes Généraux, & qui pouvait combattre & gouverner fans eux, fi les grands talens peuvent fe paffer de confeil. L'Autriche fe dépouillait de fes Terres en fa faveur ; l'Angleterre lui prodiguait fes tréfors : tout concourait à le mettre en état de nous nuire.

A tant d'Ennemis fe joignait cette République fondée fur le commerce, fur le travail & fur les armes : cet Etat, qui, toujours prêt d'être fubmergé par la mer, fubfifte en dépit d'elle, & la fait fervir à fa grandeur ; République fupérieure à celle de Carthage, parce qu'avec cent fois moins de territoire, elle a eu les mêmes richeffes. Ce Peuple haïffait fes anciens protecteurs, & fervait la Maifon de fes anciens oppreffeurs : ce Peuple autrefois le rival & le vainqueur de l'Angleterre fur les mers, fe jettait dans les bras de ceux mêmes qui ont affaibli fon commerce, & refufait l'alliance & la protection de ceux par qui fon commerce floriffait. Rien ne l'engageait dans la querelle ; il pouvait même jouir de la gloire d'être médiateur entre les Maifons de France & d'Autriche, entre l'Efpagne & l'Angleterre ; mais la défiance l'aveugla, & fes propres erreurs l'ont perdu.

Ce peuple ne pouvoit croire qu'un Roi de France ne fût pas ambitieux. Le voilà donc qui rompt la neutralité qu'il a promise ; le voilà , qui , dans la crainte d'être opprimé un jour , ose attaquer un Roi puissant qui lui tendait les bras.

En vain LOUIS XV. leur répete à tous: *Je ne veux rien pour moi ; je ne demande que la Justice pour mes Alliés : je veux que le commerce des Nations & le vôtre soit libre ; que la fille de Charles VI. jouisse de l'héritage immense de ses Peres ; mais aussi qu'elle n'envie point la Province de Parme à l'Héritier légitime ; que Genes ne soit point opprimée ; qu'on ne lui ravisse pas un bien qui lui appartient , & dont elle ne peut jamais abuser.* Ces propositions étaient si modérées , si équitables , si désintéressées, si pures, qu'on ne put les croire. Cette vertu est trop rare chez les hommes ; & quand elle se montre , on la prend d'abord pour de la fausseté ou de la faiblesse.

Il fallut donc combattre , sans que tant de Nations liguées sçussent en effet pourquoi l'on combattait. La cendre du dernier des Empereurs Autrichiens était arrosée du sang des Nations ; lorsque l'Allemagne elle-même était devenue tranquille , lorsque la cause de tant de divisions ne subsistait plus , les cruels effets en duraient encore. En vain le Roi voulait la paix; il ne pouvait l'obtenir que par des victoires.

Déjà les Villes qu'il avait assiégées s'étaient rendues à ses armes : il vole sous les remparts de Tournay avec son Fils, son unique espérance & la nôtre. Il faut combattre contre une armée formidable , dont les Anglais faisaient la principale force. C'est la bataille la plus heureuse & la plus grande , par ses suites , qu'on ait donnée depuis PHILIPPE-AUGUSTE; c'est la premiere, depuis SAINT LOUIS, qu'un Roi de France ait gagnée en personne contre cette Nation belliqueuse & respectable , qui a toujours été l'ennemie de notre Patrie, après en avoir été chassée. Mais cette victoire si heureuse, à quoi tenait-elle ? C'eſt ce que lui dit ce grand Général, à qui la France a des obligations éternelles. En effet, l'Hiſtoire dépoſera que ſans la préſence du Roi, la bataille de Fontenoy était perdue. On ramenait de tous côtés les canons ; tous les Corps avaient été repouſſés les uns après les autres ; le poſte important d'Antoin avait commencé d'être évacué ; la colonne Angloiſe s'avançait à pas lents, toujours ferme, toujours inébranlable, coupant en deux notre armée, faiſant de tous côtés un feu continu, qu'on ne pouvait ni ralentir, ni ſoutenir. Si le Roi eût cédé aux prieres de tant de ſerviteurs qui ne craignaient que pour ſes jours, s'il n'eût fait revenir ſes canons diſperſés, qu'on retrouva avec tant de peine, aurait-on fait les efforts réunis qui déciderent du ſort de cette journée ? Qui ne ſçait à quel excès la préſence du Maître enflamme notre Nation, & avec quelle ardeur on ſe diſpute l'honneur de mourir ou de vaincre à ſes yeux ? Ce moment en fut un grand exemple. On propoſait la retraite : le Roi regardait ſes Guerriers, & ils vainquirent.

On ne ſçait que trop quelles funeſtes horreurs ſuivent les batailles ; combien de bleſſés reſtent confondus parmi les morts ; combien de Soldats élevant une voix expirante pour demander du ſecours, reçoivent le dernier coup de la main de leurs propres compagnons, qui leur arrachent de miſérables dépouilles, couvertes de ſang & de fange ; ceux-mêmes qui ſont ſecourus, le ſont ſouvent d'une maniere ſi précipitée, ſi inattentive, ſi dure, que le ſecours même eſt funeſte ; ils perdent la vie dans de nouveaux tourmens, en accuſant la mort de n'avoir pas été aſſez prompte. Mais après la bataille de Fontenoy, on vit un pere qui avait ſoin de la vie de ſes enfans, & tous les bleſſés furent ſecourus comme s'ils l'avaient été par leurs freres. L'ordre, la prévoyance, l'attention, la propreté, l'abondance de ces Maiſons que la charité éleve avec tant de frais, & qu'elle entretient dans le ſein de nos Villes tranquilles & opulentes, n'étaient pas au-deſſus de ce qu'on vit dans les établiſſemens préparés à la hâte pour ce jour de ſang. Les ennemis priſonniers & bleſſés devenaient nos compatriotes, nos freres : jamais tant d'humanité ne ſuccéda ſi promptement à tant de valeur.

Les Anglais ſur-tout en furent touchés ; & cette Nation, la rivale de notre vertu guerriere, l'eſt devenue de notre magnanimité. Ainſi un Prince, un ſeul homme, peut, par ſon exemple, rendre meilleurs ſes Sujets & ſes Ennemis mêmes : ainſi les barbaries de la guerre ont été adoucies dans l'Europe, autant que le peut permettre la méchanceté humaine ; & ſi vous en exceptez ces Brigands étrangers, à qui l'eſprit ſeul du pillage met les armes à la main, on a vu, depuis le jour de Fontenoy, les Nations armées diſputer de généroſité.

Il eſt pardonnable à un Vainqueur de vouloir tirer avantage de ſa victoire, d'attendre au moins que le Vaincu demande la paix, & de la lui faire acheter cherement ; c'eſt la maxime de la politique ordinaire. Quel parti prendra le Vainqueur de Fontenoy ? Dès le jour même de la bataille, il ordonne à ſon Secrétaire d'Etat d'écrire en Hollande, qu'il ne demande que la pacification de l'Europe : il propoſe un Congrès ; il proteſte qu'il ne veut pas rendre ſa condition meilleure ; il ſuffit que celle des Peuples le ſoit par lui. Le croira-t on dans la poſtérité ! c'eſt le Vainqueur qui demande la paix, & c'eſt le Vaincu qui la refuſe. LOUIS XV ne ſe rebute pas ; il faut au moins feindre de l'écouter. On envoie quelques Plénipotentiaires ; mais ce n'eſt que par une formalité vaine ; on ſe défie de ſes offres : les Ennemis lui ſuppoſent de vaſtes projets, parce qu'ils oſaient en avoir encore. Toutes les Villes cependant tombent devant lui, devant les Princes de ſon Sang, devant tous les Généraux qui les aſſiegent. Des Places qui avaient autrefois réſiſté trois années, ne tiennent que peu de jours. On triomphe à Melle, à Rocoux, à Laufeld ; on trouve par-

tout les Anglais qui se dévouent pour leurs Alliés
avec plus de courage que de politique , & par-tout
la valeur Française l'emporte ; ce n'est qu'un enchaînement de victoires. Nous avons eu un tems
où ces feux , ces illuminations, ces monumens paſ,
fagers de la gloire , devenus un spectacle commun,
n'attiraient plus l'empressement de la multitude raſ-
fasiée de succès.

Quelle est la situation enfin où nous étions au
commencement de cette derniere campagne, après
une guerre si longue , & qui avait été deux ans si
malheureuse ?

Ce Général étranger , naturalisé par tant de victoires , aussi habile que Turenne , & encore plus
heureux , avait fait de la Flandre entiere une de nos
Provinces.

Du côté de l'Italie , où les obstacles sont beaucoup plus grands, où la nature oppose tant de barrieres , où les batailles sont si rarement décisives,
& cependant les ressources si difficiles , on se soutenait du moins après une vicissitude continuelle de
succès & de pertes. On était encore animé par la
gloire de la journée des Barricades , par l'escalade
de ces rochers qui touchent aux nues , par ces fameux passages du Pô , conduits avec tant de prudence , & exécutés avec tant de courage.

Un Chef actif & prévoyant , qui conçoit les plus
grands projets , & qui discute les plus petits détails si nécessaires à toute entreprise ; ce Général
qui avait sauvé l'armée de Prague par une retraite
digne de *Xénophon*, venait de délivrer la Provence;
il disputait alors les Alpes aux Ennemis; il les tenait
en allarmes ; il les avait chassés de Nice ; il mettait
en sûreté nos frontieres.

Un génie brillant, audacieux , dans qui tout res-
pire la grandeur , la hauteur & les graces ; cet
homme qui ferait encore distingué dans l'Europe,
quand même il n'aurait aucune occasion de se signa-
ler , soutenait la liberté de Genes contre les Autrichiens, les Piémontois & les Anglais. Il se ren-

dait digne de l'honneur singulier que cette République vient de lui faire, honneur qui rappelle les beaux jours des Grecs & des Romains, comme celui qui en est l'objet rappelle le souvenir de leurs grands hommes. Le Roi d'Espagne, inébranlable dans son Alliance, joignait à nos troupes ses troupes audacieuses & fideles, dont la valeur ne s'est jamais démentie : le Royaume de Naples était en sûreté : LOUIS XV. veillait à la fois sur tous ses Alliés, & contenait ou accablait tous ses Ennemis.

Enfin, par une suite de l'administration secrette qui donne la vie à ce grand corps politique de la France, l'État n'était épuisé ni par les tresors engloutis dans la Bohême & dans la Baviere, ni par les libéralités prodiguées à un Empereur que le Roi avait protégé, ni par ces dépenses immenses qu'exigeaient nos nombreuses Armées. L'Autriche & la Savoye, au contraire, ne se soutenaient que par les subsides de l'Angleterre, & l'Angleterre commençait à succomber sous le fardeau ; son sang & ses tresors se perdaient pour des intérêts qui n'étaient pas les siens : la Hollande se ruinait & s'enchaînait par opiniâtreté ; des craintes imaginaires lui faisaient éprouver des malheurs réels ; & nous victorieux & tranquilles, nous regardions de loin dans le sein de l'abondance tous les fleaux de la guerre portés loin de nos Provinces.

Nous avons payé avec zele tous les impôts, quelque grands qu'ils fussent, parce que nous avons senti qu'ils étaient nécessaires, & établis avec une sage proportion. Aussi, (ce qui peut-être n'était jamais arrivé depuis plusieurs siecles) aucun Ministre des Finances n'a excité le moindre murmure, aucun Financier n'a été odieux ; & quand, sur quelques difficultés, le Parlement a fait des remontrances à son Maître, on a cru voir un Pere de famille qui consulte, sur les intérêts de ses enfans, les Interpretes des Loix.

Il s'est trouvé un homme qui a soutenu le crédit de la Nation par le sien ; crédit fondé à la fois sur l'induſtrie & ſur la probité, qui ſe perd ſi aiſément, & qui ne ſe rétablit plus quand il eſt détruit. C'était un des prodiges de notre ſiecle ; & ce prodige ne nous frappait pas peut-être aſſez ; nous y étions ac-coutumés , comme aux vertus de notre Monarque. Nos camps devant tant de Places aſſiégées , ont été ſemblables à des Villes policées , où regnent l'or-dre , l'affluence & la richeſſe. Ceux qui ont ainſi fait ſubſiſter nos armées , étaient des hommes di-gnes de ſeconder ceux qui nous ont fait vaincre.

Vous pardonnez , Héros équitable , Héros mo-deſte , vous pardonnez ſans doute , ſi on oſe mêler l'éloge de vos ſujets à celui du Pere de la Patrie ? Vous les avez choiſis. Quand tous les reſſorts d'un Etat ſe déploient d'un concert unanime , la main qui les dirige eſt celle d'un grand homme : peut-être ceſſerait-il de l'être , s'il voyait d'un œil cha-grin & jaloux la juſtice qui leur eſt rendue.

Graces à cette adminiſtration unique , le Roi n'a jamais éprouvé cette douleur ſi cruelle pour un bon Prince , de ne pouvoir récompenſer ceux qui ont prodigué leur ſang pour l'Etat.

Jamais, dans le cours de cette longue guerre , le Miniſtre n'a ignoré ni laiſſé ignorer au Prince aucune belle action du moindre Officier ; & toutes nombreuſes , toutes communes qu'elles ſont de-venues , jamais la récompenſe ne s'eſt fait attendre. Mais quel pouvoir chez les hommes eſt aſſez grand pour mettre un prix à la vie ? Il n'en eſt point ; & ſi le cœur du Maître n'eſt pas ſenſible , on n'eſt mort que pour un ingrat.

Citoyens heureux de la Capitale , pluſieurs d'en-tre nous verront dans leurs voyages, ces terreins que LOUIS XV. a rendus ſi célebres , ces plaines ſanglantes , que vous ne connaiſſez encore que par les réjouiſſances paiſibles qui ont célebré des vic-toires ſi chérement achetées ; quand vous aurez re-connu la place où tant de Héros ſont morts pour vous , verſez des larmes ſur leurs tombeaux : imitez votre Roi qui les regrette.

Un de nos Princes écrivait au Roi , de la cime des Alpes , qui étaient ses champs de victoire : *Le Colonel de mon Régiment a été tué : vous connaissez trop, SIRE, tout le prix de l'amitié pour n'être pas touché de ma douleur.* Qu'une telle lettre est honorable , & pour qui l'écrit , & pour qui la reçoit ! O hommes, apprenez d'un Prince & d'un Roi ce que vaut le sang des hommes ! Apprenez à aimer.

Quel préjugé s'est répandu sur la terre , que cette amitié, cette précieuse consolation de la vie est exilée dans les cabanes, qu'elle se plaît chez les malheureux ! ô erreur ! L'amitié est également inconnue ; & chez les infortunés occupés uniquement de leurs maux, & chez les heureux souvent endurcis ; & dans le travail des campagnes , & dans les occupations des villes, & dans les intrigues des Cours. Par-tout elle est étrangere ; elle est comme la vertu, le partage de quelques ames privilégiées ; & lorsqu'une de ces belles ames se trouve sur le Trône , ô Providence , qu'il faut vous bénir !

Puissent, ceux qui croient que dans les Cours l'intrigue ou le hazard distribue toujours les récompenses , lire quelques-unes de ces lettres que le Monarque écrivait après ses victoires. *J'ai perdu,* dit-il dans un de ces Billets où le cœur parle & où le Héros se peint , *j'ai perdu un honnête homme & un brave Officier , que j'estimais & que j'aimais. Je sçais qu'il a un frere dans l'état Ecclésiastique ; donnez-lui le premier Bénéfice , s'il en est digne, comme je le crois.*

Peuples, c'est ainsi que vous êtes gouvernés. Songez quelle est votre gloire au-dehors , votre tranquillité au-dedans : voyez les Arts protégés au milieu de la guerre ; comparez tous les tems , comptez-les depuis CHARLEMAGNE ; quel siecle trouverez-vous égal à notre âge ? Celui du regne trop court de l'immortel HENRI IV. depuis la paix de Vervins ; & encore quel affreux levain restait des

difcordes de quatre regnes ! Les belles & triom-
phantes années de LOUIS XIV. mais quels malheurs les ont fuivies ! & puiffe notre bonheur être
plus durable ! Enfin vous trouverez foixante ans
peut-être de grandeur & de félicité répandues dans
plus de neuf fiecles ; tant le bonheur public eft rare,
tant le chemin eft lent qui méne en tout genre à
la perfection, tant il eft difficile de gouverner les
hommes & de les fatisfaire.

On s'eft plaint (car la vérité ne diffimule rien,
& nous fommes affez grands pour avouer ce qui
nous manque) on s'eft plaint qu'un feul reffort fe
foit rencontré faible dans cette vafte & puiffante
machine fi habilement conduite. LOUIS XV. en
prenant à la fois le timon de l'Etat & l'Epée, ne
trouva point dans fes Ports de ces Flottes nombreufes, de ces grands Etabliffemens de Marine,
qui font l'ouvrage du tems. Un effort précipité ne
peut en ce genre fuppléer à ce qui demande tant
de prévoyance & une- fi longue application. Il
n'en eft pas de nos forces maritimes, comme de
ces Trirèmes que les Romains apprirent fi rapidement à conftruire & à gouverner. Un feul vaiffeau de guerre eft un objet plus grand que les flottes
qui déciderent auprès d'Actium de l'Empire du
monde. Tout ce qu'on a pu faire, on l'a fait :
nous avons même armé plus de vaiffeaux que n'en
avait la Hollande, qu'on appelle encore *Puiffance
Maritime ;* mais il n'était pas poffible d'égaler en
peu d'années l'Angleterre, qui étant fi peu de chofe
par elle-même fans l'Empire de la Mer, regarde
depuis long-tems cet Empire comme le feul fondement de fa Puiffance, & comme l'effence de
fon Gouvernement. Les hommes réuffiffent toujours dans ce qui leur eft abfolument néceffaire ;
& ce qui eft néceffaire à un Etat, eft toujours ce
qui en fait la force. Ainfi la Hollande a fes Navires marchands ; la Grande-Bretagne fes Armées
navales ; la France fes Armées de terre.

Le Miniftre qui prêtait la main aux rênes du Gouvernement

vernement dans le commencement de la guerre,
était dans cette extrême vieilleſſe où il ne reſte plus
que deux objets, le moment qui fuit, & l'éternité.
Il avait ſçu long-tems retenir comme enchaînées
ces flottes de nos voiſins, toujours prêtes à courir
les mers & à s'élancer contre nous. Ses négociations lui avaient acquis le droit d'eſpérer que ſes
yeux, prêts à ſe fermer, ne verraient plus la
guerre ; mais Dieu qui prolonge & retranche à
ſon gré nos années, frapa CHARLES VI avant
lui, & cette mort imprévue, comme le ſont preſque tous les événemens, fut le ſignal de plus de
trois cens mille morts. Enfin la ſageſſe de ce Vieillard reſpectable, ſes ſervices, ſa douceur, ſon
égalité, ſon deſinterreſſement perſonnel méritaient nos éloges, & ſon âge nos excuſes. S'il
avait pu lire dans l'avenir, il aurait ajouté à la
puiſſance de l'Etat, ce rempart de Vaiſſeaux, cette
force qui peut ſe porter à la fois dans les deux hé-
miſphéres, & que n'aurait-on point exécuté ? Le
Héros, auſſi admirable qu'infortuné, qui aborda
ſeul dans ſon ancienne patrie, qui ſeul y a formé
une armée, qui a gagné tant de combats, qui ne
s'eſt affaibli qu'à force de vaincre, aurait recueilli
le fruit de ſon audace plus qu'humaine ; & ce Prince, ſupérieur à GUSTAVE VASA, ayant commencé
comme lui, aurait fini de même.

Mais enfin, quoique ces grandes reſſources nous
manquaſſent, notre gloire s'eſt conſervée ſur les
mers. Tous nos Officiers de Marine, combattant
avec des forces inférieures, ont fait voir qu'ils euſſent vaincu s'ils en avaient eu d'égales. Notre commerce a ſouffert, & n'a jamais été interrompu :
nos grands Etabliſſemens ont ſubſiſté ; nous avons
renverſé ceux de nos Ennemis aux extrêmités de
l'Orient. Nous étions par tout à craindre, & tout
tombait devant nous en Flandre.

Dans ces circonſtances heureuſes, on vole de la
victoire de Laufeld aux baſtions de Berg-op-zoom
On ſçavait que les *Requeſens*, les *Parme*, les *Spi*

nola, ces Héros de leur siecle, en avaient tour-à-tour levé le siege. Louis XIV. lui-même, dont l'armée victorieuse se répandit comme un torrent dans quatre Provinces de la Hollande, ne voulut pas se commettre à l'assiéger. *Cohorn*, le *Vauban* Hollandais, en avait fait depuis, la Place de l'Europe la plus forte. La mer & une armée entiere la défendaient : Louis XV. en ordonne le siege, & nous la prenons d'assaut. Le guerrier qui avait forcé Osakow dans la Tartarie, déploie ainsi sur cette frontiere de la Hollande de nouveaux secrets de l'art de la guerre, secrets au-dessus des regles de l'art. A cette nouvelle conquête, qui répandit tant de consternation chez les ennemis, & qui étonna tant les Vainqueurs, l'Europe pense que Louis XV. cessera d'être si facile ; qu'il fera éclater enfin cette ambition cachée qu'on redoute, & qu'on justifie en la supposant toujours. Il le faut avouer, les Ennemis ont fait ce qu'ils ont pu pour la lui inspirer : ils sont heureux, ils n'ont pas réussi. Il arbore le même olivier sur ces murs écrasés & fumans de sang ; il ne propose rien de plus que ce qu'il offrait dans ses premieres prospérités.

Cet excès de vertu ne persuade pas encore ; il était trop peu vraisemblable : on ne veut point recevoir la loi de celui qui peut l'imposer ? on tremble, & on s'aigrit : le vaincu est aussi obstiné dans sa haine, que le vainqueur est constant dans sa clémence. Qui aurait jamais cru que cette opiniâtreté eût pu se porter jusqu'à chercher des troupes auxiliaires dans ces climats glacés qui n'aguères n'étaient connus que de nom ? Qui eût pensé que les habitans des bords du Volga & de la mer Caspienne, dussent être appellés aux bords de la Meuse ? Ils viennent cependant ; & cent mille hommes qui couvrent Maestrich, les attendent pour renouveller toutes les horreurs de la guerre. Mais tandis que les soldats hyperboréens font cette marche si longue & si pénible, le Général chargé du destin de la France ; confond en une seule marche tant de projets. Par quel art a-t-il pu faire passer son armée à travers l'armée ennemie ? Comment Maestrich est-il tout d'un coup assiégé en leur presence ? Par quelle intelligence sublime les a-t-il dispersés ? Maestrich est aux abois ; on tremble dans Nimegue ; les Généraux Ennemis se reprochent les uns aux autres ce coup fatal, qu'aucun d'eux n'a prévu ; toutes les ressources leur manquent à la fois ; il ne leur reste plus qu'à demander cette même paix qu'ils ont tant rejettée. *Quelles conditions nous imposerez-vous*, disent-ils ? *Les mêmes*, répond le Roi victorieux, *que je vous ai presentées depuis quatre années, & que vous auriez acceptée si vous m'aviez connu.* Il en signe les Préliminaires : le voile qui couvrait tous les yeux tombe alors, & les plus sages de nos Ennemis s'écrient : *Le Pere de la France est donc le Pere de l'Europe !*

Les Anglais sur-tout, chez qui la raison a toujours quelque chose de supérieur quand elle est tranquille, rendent comme nous justice à la vertu : eux qui s'irriterent si long-tems contre la gloire de LOUIS XIV, chérissent celle de LOUIS XV.

Dans tout ce qu'on vient de dire, a-t-on avancé un seul fait que la malignité puisse seulement couvrir du moindre doute ? On s'était proposé un Panégyrique, on n'a fait qu'un recit simple. O force de la vérité ! les éloges ne peuvent venir que de vous. Et qu'importe encore des éloges ! Nous devons des actions de graces. Quel est le citoyen, qui en voyant cet homme si grand & si simple, ne doive s'écrier du fond de son cœur : si la frontiere de ma Province est en sûreté, si la ville où je suis né est tranquille, si ma famille jouit en paix de son patrimoine, si le commerce & tous les arts viennent en foule rendre mes jours plus heureux, c'est à vous, c'est à vos travaux, c'est à votre grand cœur que je le dois.

Il y a toujours des hommes qui contredisent la voix publique. Des Politiques ont demandé pourquoi ce Vainqueur se contente de la justice qu'il fait rendre à ses Alliés ; pourquoi il s'en tient à faire le bonheur des hommes : il pouvait d'un mot gagner plusieurs Villes. Oui , il le pouvait sans doute : mais lequel vaut le mieux pour un Roi de France & pour nous , de retenir quelques faibles conquêtes , inutiles à sa grandeur , en laissant dans le cœur de ses Ennemis des semences éternelles de discorde & de haine ; ou bien de se contenter du plus beau Royaume de l'Europe , en conquérant des cœurs qui semblaient pour jamais aliénés , en fermant ces anciennes plaies que la jalousie faisait saigner , en devenant l'Arbitre des Nations si long-tems conjurées contre nous ? Quel Roi a fait jamais une Paix plus utile ? Dans ce Traité , où tant d'intérêts si divers & si compliqués ont été conciliés aussi rapidement qu'on avait vaincu, dans ce Traité , dis-je , on n'a point vu nos Ministres employer l'artifice & la ruse ; c'est la ressource du faible : l'homme puissant , le grand homme ose être de bonne foi ; le Roi a été plus grand à Aix-la-Chapelle que dans les champs de Fontenoy & de Laufeld : il a voulu le bonheur de l'Europe , & il l'a fait. Il faut rendre gloire à la vérité ; LOUIS XV. apprend aux hommes que la plus grande politique est d'être vertueux. Que nous reste-t-il à souhaiter desormais , sinon qu'il se ressemble toujours à lui-même ; & que les Rois à venir lui ressemblent.

ENTRETIENS D'UN SAUVAGE

ET D'UN BACHELIER.

Un Gouverneur de la Cayenne amena un jour un sauvage de la Guiane, qui était né avec beaucoup de bon sens, & qui parlait assez bien le Français. Un Bachelier de Paris eut l'honneur d'avoir avec lui cette conversation.

LE BACHELIER.

MOnsieur le Sauvage, vous avez vu, sans doute, beaucoup de vos camarades qui passent leur vie tous seuls ; car on dit que c'est la véritable vie de l'homme, & que la société n'est qu'une dépravation artificielle.

LE SAUVAGE.

Jamais je n'ai vu de ces gens-là : l'homme me paraît né pour la société, comme plusieurs especes d'animaux : chaque espece suit son instinct : nous vivons tous en société chez nous.

LE BACHELIER.

Comment ? en société ! vous avez donc de belles villes murées, des Rois qui tiennent une Cour, des Spectacles, des Couvents, des Universités des . Bibliotheques & des Cabarets ?

LE SAUVAGE.

Non ; est-ce que je n'ai pas oui dire que dans votre Continent vous avez des Arabes, des Scythes, qui n'ont jamais rien eu de tout cela, & qui forment cependant des Nations considérables ? Nous vivons comme ces gens là. Les familles voisines se prêtent du secours. Nous habitons un pays chaud, où nous avons peu de besoins : nous nous procurons aisément la nourriture : nous nous ma-

O 3.

rions, nous faisons des enfans, nous les élevons, nous mourons. C'est tout comme chez vous, à quelques cérémonies près.

LE BACHELIER.

Mais Monsieur, vous n'êtes donc pas Sauvage?

LE SAUVAGE.

Je ne sçai pas ce que vous entendez par ce mot.

LE BACHELIER.

En vérité ni moi non plus; il faut que j'y rêve; nous appellons Sauvage un homme de mauvaise humeur, qui fuit la compagnie.

LE SAUVAGE.

Je vous ai déjà dit que nous vivons ensemble dans nos familles.

LE BACHELIER.

Nous appellons encore sauvages, les bêtes qui ne font pas aprivoisées, & qui s'enfoncent dans les forêts; & de là nous avons donné le nom de Sauvage à l'homme qui vit dans les bois.

LE SAUVAGE.

Je vas dans les bois comme vous autres, quand vous chassez.

LE BACHELIER.

Pensez-vous quelquefois?

LE SAUVAGE.

On ne laisse pas d'avoir quelques idées.

LE BACHELIER.

Je serais curieux de sçavoir quelles sont vos idées: que pensez-vous de l'homme?

LE SAUVAGE.

Je pense que c'est un animal à deux pieds, qui a la faculté de raisonner, de parler & de rire, & qui se sert de ses mains beaucoup plus adroitement que le singe. J'en ai vu de plusieurs especes, des blancs comme vous, des rouges comme moi, des noirs comme ceux qui sont chez Monsieur le Gouverneur de la Cayenne. Vous avez de la barbe, nous n'en avons point; les Négres ont de la laine, & vous & moi portons des cheveux. On dit que dans votre Nord tous les cheveux sont blonds ; ils sont tous noirs dans notre Amérique : je n'en sçai guere davantage.

LE BACHELIER.

Mais, votre ame, Monsieur ? votre ame ? quelle notion en avez-vous ? d'où vous vient-elle ? qu'est-elle ? que fait-elle ? comment agit-elle ? où va-t-elle ?

LE SAUVAGE.

Je n'en sçai rien ; je ne l'ai jamais vue.

LE BACHELIER.

A propos, croyez-vous que les bêtes soient des machines ?

LE SAUVAGE.

Elles me paraissent des machines organisées qui ont du sentiment & de la mémoire.

LE BACHELIER.

Et vous, & vous, Monsieur le Sauvage, qu'imaginez-vous avoir par dessus les bêtes ?

LE SAUVAGE.

Une mémoire infiniment supérieure, beaucoup plus d'idées, & comme je vous l'ai déjà dit, une langue qui forme incomparablement plus de sons que la langue des bêtes, & des mains plus adroites, avec la faculté de rire, qu'un grand raisonneur me fait exercer.

LE BACHELIER.

Et s'il vous plaît, comment avez-vous tout cela ? & de quelle nature est votre esprit ? comment votre ame anime-t-elle votre corps ? pensez-vous toujours ? votre volonté est-elle libre ?

LE SAUVAGE.

Voilà bien des questions ; vous me demandez comment je possede ce que Dieu a daigné donner à l'homme ; c'est comme si vous me demandiez comment je suis né ? Il faut bien, puisque je suis né homme, que j'aie les choses qui constituent l'homme ; comme un arbre a de l'écorce, des racines, & des feuilles. Vous voulez que je sçache de quelle nature est mon esprit ; je ne me le suis pas donné, je ne peux le fçavoir : comment mon ame anime mon corps ; je n'en fuis pas mieux inftruit. Il me femble qu'il faut avoir vu le premier reffort de votre montre, pour juger comment elle marque l'heure. Vous me demandez fi je penfe toujours ? non ; j'ai quelquefois des demi idées, comme quand je vois des objets de loin confufément : quelquefois j'ai des idées plus fortes, comme lorfque je vois un objet de plus près, je le diftingue mieux : quelquefois je n'ai point d'idées du tout, comme lorfque je ferme les yeux, je ne vois rien. Vous me demandez après cela fi ma volonté eft libre ? Je ne vous entends point : ce font des chofes que vous fçavez fans doute ; vous me ferez plaifir de me les expliquer.

LE BACHELIER.

Oh vraiment oui, j'ai étudié toutes ces matieres ; je pourrais vous en parler un mois de fuite, fans difcontinuer, que vous n'y entendriez rien. Dites-moi un peu, connaiffez-vous le bon & le mauvais, le jufte & l'injufte ? fçavez-vous quel eft le meilleur des gouvernemens ? le meilleur culte ? le droit des gens ? le droit public ? le droit civil ? le droit canon ? comment fe nommaient le premier homme & la premiere femme qui ont peuplé l'Amérique ? fçavez-vous à quel deffein il pleut dans la Mer, & pourquoi vous n'avez point de barbe ?

LE SAUVAGE.

En vérité, Monfieur, vous abufez un peu de l'aveu que j'ai fait d'avoir plus de mémoire que les animaux : j'ai peine à retrouver les queftions que vous me faites. Vous parlez du bon & du mauvais, du jufte & de l'injufte : il me paraît que tout ce qui vous fait plaifir fans faire tort à perfonne eft très-bon, & très-jufte ; que ce qui fait du tort aux hommes, fans nous faire de plaifir, eft abominable ; & ce qui nous fait plaifir en faifant du tort aux autres eft bon pour nous dans le moment, très-dangereux pour nous-mêmes, & très-mauvais pour autrui.

LE BACHELIER.

Et avec ces maximes-là vous vivez en société ?

LE SAUVAGE.

Oui, avec nos parens & nos voisins, sans beaucoup de peines & de chagrins; nous attrapons doucement notre centaine d'années; plusieurs même vont à cent vingt; après quoi notre corps fertilise la terre dont il a été nourri.

LE BACHELIER.

Vous me paraissez avoir une bonne tête; je veux vous la renverser; dinons ensemble, après quoi nous continuerons à philosopher avec méthode.

SECOND ENTRETIEN.

LE SAUVAGE.

J'ai avalé des alimens qui ne me paraissaient pas faits pour moi, quoique j'aie un très bon estomac; vous m'avez fait manger quand je n'avais plus faim, & boire quand je n'avais plus soif; mes jambes ne sont plus si fermes qu'elles l'étaient avant le diner; ma tête est plus pesante, mes idées ne sont plus si nettes. Je n'ai jamais éprouvé cette diminution de moi-même dans mon pays. Plus on met ici dans son corps, plus on perd de son être. Dites-moi, je vous prie, quelle est la cause de ce dommage ?

LE BACHELIER.

Je vais vous le dire. Premiérement, à l'égard de ce qui se passe dans vos jambes, je n'en sçai rien, mais les médecins le sçavent, & vous pouvez vous adresser à eux. A l'égard de ce qui se passe dans votre tête, je le sçai très bien; écoutez: L'ame ne tenant aucune place, est placée dans la glande pinéale, ou dans le corps calleux au milieu de la tête. Les esprits animaux qui s'élevent de l'estomac, montent à l'ame qu'ils ne peuvent toucher, parce qu'ils

O 5

font matiere, & qu'elle ne l'eft pas. Or, comme ils ne peuvent agir l'un fur l'autre, cela fait que l'ame reçoit leur impreffion, & comme elle eft fimple, & que par conféquent elle ne peut éprouver aucun changement, cela fait qu'elle change, qu'elle devient pefante, engourdie quand on a trop mangé ; de là vient que plufieurs grands hommes dorment après dîner.

LE SAUVAGE.

Ce que vous me dites me paraît bien ingénieux & bien profond ; faites-moi la grace de m'en donner quelque explication qui foit à ma portée.

LE BACHELIER.

Je vous ai dit tout ce qui fe peut dire fur cette grande affaire ; mais en votre faveur je vais un peu m'étendre ; allons par dégrés fçavez-vous que ce monde-ci eft le meilleur des mondes poffibles ?

LE SAUVAGE.

Comment ? il eft impoffible à l'être infini de faire quelque chofe de mieux que ce que nous voyons ?

LE BACHELIER.

Affurément, & ce que nous voyons eft ce qu'il y a de mieux. Il eft bien vrai que les hommes fe pillent & s'égorgent ; mais c'eft toujours en faifant l'éloge de l'équité & de la douceur. On maffacra autrefois une douzaine de millions de vous autres Américains ; mais c'était pour rendre les autres raifonnables. Un calculateur a vérifié que depuis une certaine guerre de Troye que vous ne connaiffez pas, jufqu'à celle de l'Acadie que vous connaiffiez, on a tué au moins en batailles rangées, cinq cent cinquante-cinq millions fix cent cinquante mille hommes, fans compter les petits enfans & les femmes écrafées dans des villes mifes en cendres ; mais c'eft pour le bien public : quatre ou cinq mille maladies cruelles auxquelles les hommes font fujets, font connaître le prix de la fanté ; & les crimes dont la terre eft couverte relevent merveilleufement le mérite des hommes pieux, du nombre defquels

Je suis. Vous voyez que tout cela va le mieux du monde, du moins pour moi.

Or les choses ne pourraient être dans cette perfection, si l'ame n'était pas dans la glande pinéale. Car.... Mais allons pied à pied; quelle idée avez-vous des loix, & du juste & de l'injuste, & du beau & du *to Kalon*, comme dit Platon?

LE SAUVAGE.

Mais, Monsieur, en allant pied à pied, vous me parlez de cent choses à la fois.

LE BACHELIER.

On ne parle pas autrement en conversation. Ça, dites-moi, qui a fait les loix dans votre pays?

LE SAUVAGE.

L'intérêt public.

LE BACHELIER.

Ce mot dit beaucoup; nous n'en connaissons pas de plus énergique: comment l'entendez-vous, s'il vous plaît?

LE SAUVAGE.

J'entends que ceux qui avaient des cocotiers & du maïs, ont défendu aux autres d'y toucher, & que ceux qui n'en avaient point, ont été obligés de travailler pour avoir le droit d'en manger une partie. Tout ce que j'ai vu dans notre pays & dans le vôtre, m'apprend qu'il n'y a pas d'autre *esprit des loix*.

LE BACHELIER.

Mais les femmes, Monsieur le Sauvage, les femmes?

LE SAUVAGE.

Eh bien, les femmes! elles me plaisent beaucoup quand elles sont belles & douces: elles sont fort supérieures à nos cocotiers, c'est un fruit où nous ne voulons pas que les autres touchent: on n'a pas plus de droit de me prendre ma femme, que de me prendre mon enfant. Il y a, dit-on, des peuples qui le trouvent bon; ils sont bien les maîtres, chacun fait de son bien ce qu'il veut.

LE BACHELIER.

Mais, les successions, les partages, les hoirs, les collatéraux ?

LE SAUVAGE.

Il faut bien succéder : je ne peux plus posséder mon champ quand on m'y a enterré ; je le laisse à mon fils : si j'en ai deux, ils le partagent. J'apprends que parmi vous autres, en beaucoup d'endroits, vos loix laissent tout à l'aîné, & rien aux cadets ; c'est l'intérêt qui a dicté cette loi bizarre : apparemment les aînés l'ont faite, ou les peres ont voulu que les aînés dominassent.

LE BACHELIER.

Quelles sont à votre avis les meilleures loix ?

LE SAUVAGE.

Celles où l'on a le plus consulté l'intérêt de tous les hommes mes semblables.

LE BACHELIER.

Et où trouve-t on de pareilles loix ?

LE SAUVAGE.

Nulle part, à ce que j'ai ouï dire.

LE BACHELIER.

Il faut que vous me disiez d'où sont venus chez vous les hommes ? Qui croit-on qui ait peuplé l'Amérique ?

LE SAUVAGE.

Mais nous croyons que c'est Dieu qui l'a peuplée.

LE BACHELIER.

Ce n'est pas répondre. Je vous demande de quel pays sont venus vos premiers hommes ?

LE SAUVAGE.

Du pays d'où sont venus nos premiers arbres. Vous me paraissez plaisans, vous autres Messieurs les habitans de l'Europe, de prétendre que nous ne pouvons rien avoir sans vous ; nous sommes tout autant en droit de croire que nous sommes vos peres, que vous de vous imaginer que vous êtes les nôtres.

LE BACHELIER.

Voilà un Sauvage bien têtu.

LE SAUVAGE.

Voilà un Bachelier bien bavard.

LE BACHELIER.

Holà , eh , Monſieur le Sauvage, encore un petit mot ; croyez-vous dans la Guiane qu'il faille tuer
les gens qui ne ſont pas de votre avis ?

LE SAUVAGE.

Oui, pourvu qu'on les mange. —

LE BACHELIER.

Vous faites le plaiſant. Et la conſtitution, qu'en
penſez-vous ?

LE SAUVAGE.

Adieu.

ENTRETIEN D'ARISTE

ET D'ACROTAL.

ACROTAL.

O le bon tems que c'était quand les écoliers de
l'Univerſité , qui avaient tous barbe au men-
ton ; aſſommerent le vilain Mathématicien *Ramus*,
& traînerent ſon corps nud & ſanglant à la porte de
tous les colléges pour faire amende honorable !

ARISTE.

Ce *Ramus* était donc un homme bien abominable , il avait fait des crimes bien énormes ?

AGROTAL.

Aſſurément : il avait écrit contre *Ariſtote* , & on
le ſoupçonnait de pis. C'eſt dommage qu'on n'ait
pas aſſommé auſſi ce *Charon* qui s'aviſa d'écrire de
la ſageſſe , & ce *Montagne* , qui oſait raiſonner &
plaiſanter. Tous les gens qui raiſonnent ſont la peſte
d'un Etat.

ARISTE.

Les gens qui raiſonnent mal peuvent être inſup-
portables ; je ne vois pourtant pas qu'on doive pen-

dre un pauvre homme pour quelques faux fyllogif-
mes ; mais il me femble que les hommes dont vous
me parlez raifonnaient affez bien.

A C R O T A L.

Tant pis , c'eft ce qui les rend plus dangereux.

A R I S T E.

En quoi donc, s'il vous plaît ? Avez-vous jamais vu des philofophes apporter dans un pays la
guerre , la famine , ou la pefte ? *Bayle*, par exemple, contre qui vous déclamez avec tant d'emportement , a-t-il jamais voulu crever les digues de la
Hollande , pour noyer les habitans , comme le
voulait , dit-on , un grand Miniftre qui n'était pas
philofophe ?

A C R O T A L.

Plût à Dieu que ce *Bayle* fe fût noyé , ainfi que
fes Hollandais hérétiques ! A-t-on jamais vu un
plus abominable homme ? il expofe les chofes avec
une fidélité fi odieufe , il met fous les yeux le pour
& le contre avec une impartialité fi lâche , il eft
d'une clarté fi intolérable , qu'il met les gens qui
n'ont que le fens commun en état de juger, &
même de douter ; on n'y peut pas tenir ; & pour
moi j'avoue que j'entre dans une fainte fureur quand
on parle de cet homme là , & de fes femblables.

A R I S T E.

Je ne crois pas qu'ils aient jamais prétendu vous
mettre en colere . . . . . mais où courez-vous donc
fi vîte ?

A C R O T A L.

Chez Monfignor *Bardo bardi*. Il y a deux jours
que je demande audience, mais il eft tantôt avec
fon page, tantôt avec la Signora *Buona roba*, je
n'ai pu encore avoir l'honneur de lui parler.

A R I S T E.

Il eft actuellement à l'opéra. Qu'avez vous donc
de fi preffé à lui dire ?

A C R O T A L.

Je voulais le prier d'interpofer fon crédit pour

faire brûler un petit abbé qui infinue parmi nous les fentimens de *Locke*, d'un philofophe Anglais? figurez-vous quelle horreur!

A R I S T E.

Eh quels font donc, s'il vous plaît, les fenti-mens horribles de cet Anglais?

A C R O T A L.

Que fçai-je! c'eft, par exemple, que nous ne nous donnons point nos idées; que Dieu, qui eft le maître de tout, peut accorder des fenfations & des idées à tel être qu'il daignera choifir; que nous ne connaiffons ni l'effence, ni les élemens de la matiere; que les hommes ne penfent pas toujours; qu'un homme bien yvre, qui s'endort, n'a pas des idées nettes dans fon fommeil, & cent autres im-pertinences de cette force.

A R I S T E.

Eh bien, fi votre petit abbé, difciple de *Locke*, eft affez mal avifé pour ne pas croire qu'un yvrogne endormi penfe beaucoup, faut-il pour cela le per-fécuter? quel mal a-t-il fait? a t il confpiré contre l'Etat? a-t-il prêché en chaire le vol, la calom-nie, l'homicide? Entre nous, dites-moi, fi jamais un philofophe a caufé le moindre trouble dans la fociété?

A C R O T A L.

Jamais, je l'avoue.

A R I S T E.

Ne font ils pas pour la plupart des folitaires? ne font-ils pas pauvres, fans protection, fans appui? & n'eft-ce pas en partie pour ces raifons que vous les perfécutez, parce que vous croyez pouvoir les opprimer facilement?

A C R O T A L.

Il eft vrai qu'autrefois il n'y avait guere dans cette fecte que des citoyens fans crédit, des *So-crates*, des *Pomponaces*, des *Erafmes*, des *Bayles*, des *Defcartes*; mais à préfent la philofophie eft montée fur les tribunaux, & fur les trônes mêmes: on fe pique par-tout de raifon, excepté dans cer-

tains pays , où nous y avons mis bon ordre. C'eſt
là ce qui eſt vraiment funeſte ; & c'eſt pourquoi
nous tâchons d'exterminer au moins les philoſophes
qui n'ont ni fortune, ni puiſſance, ni honneurs dans
ce monde , ne pouvant nous venger de ceux qui
en ont.

A R I S T E.

Vous venger ! & de quoi, s'il vous plaît ? ces
pauvres gens-là vous ont-ils jamais diſputé vos emplois, vos prérogatives, vos tréſors ?

A C R O T A L.

Non , mais ils nous mépriſent, puiſqu'il faut tout
dire ; ils ſe moquent quelquefois de nous , & nous
ne pardonnons jamais.

A R I S T E.

S'ils ſe moquent de vous, cela n'eſt pas bien ; il
ne faut ſe moquer de perſonne : mais dites-moi , je
vous prie, pourquoi n'a-t-on jamais raillé les loix
& la magiſtrature dans aucun pays ; tandis qu'on
vous raillé, vous autres, ſi impitoyablement, à ce
que vous dites.

A C R O T A L.

Vraiment c'eſt ce qui échauffe notre bile : car
nous ſommes bien au-deſſus des loix.

A R I S T E.

Et c'eſt juſtement ce qui fait que tant d'honnêtes
gens vous ont tourné en ridicule. Vous vouliez que
les loix fondées ſur la raiſon univerſelle, & nommées par les Grecs les filles du ciel, cédaſſent à je
ne ſçai quelles opinions que le caprice enfante , &
qu'il détruit de même. Ne ſentez-vous pas que ce
qui eſt juſte , clair, évident, eſt éternellement reſ-
pecté de tout le monde , & que les chimeres ne
peuvent pas toujours s'attirer la même vénération ?

A C R O T A L.

Laiſſons-là les loix & les juges ; ne ſongeons
qu'aux philoſophes ; il eſt certain qu'ils ont dit autrefois autant de ſottiſes que nous ; ainſi nous de-

vons nous élever contr'eux, quand ce ne ferait que par jaloufie de métier.

ARISTE.

Plufieurs ont dit des fottifes, fans doute, puifqu'ils font hommes : mais leurs chimeres n'ont jamais allumé de guerres civiles, & les vôtres en ont caufé plus d'une.

ACROTAL.

Et c'eft en quoi nous fommes admirables. Y a-t-il rien de plus beau que d'avoir troublé l'univers avec quelques argumens ? Ne reffemblons-nous pas à ces anciens enchanteurs qui excitaient des tempêtes avec des paroles ? Nous ferions les maîtres du monde, fans ces coquins de gens d'efprit.

ARISTE.

Eh bien, dites-leur, fi vous voulez, qu'ils n'en ont point ; prouvez-leur qu'ils raifonnent mal : ils vous ont donné des ridicules, que ne leur en donnez-vous ? Mais je vous demande grace pour ce pauvre difciple de *Locke*, que vous vouliez faire brûler ; Monfieur le Docteur ne voyez-vous pas que cela n'eft plus à la mode ?

ACROTAL.

Vous avez raifon ; il faut trouver quelqu'autre maniere nouvelle d'impofer filence aux petits philofophes.

ARISTE.

Croyez-moi, gardez le filence vous-même, ne vous mêlez plus de raifonner, foyez honnêtes gens, foyez compatiffant, ne cherchez point à trouver le mal où il n'eft pas ; & il ceffera d'être où il eft.

HISTOIRE D'UN BON BRAMIN.

JE rencontrai dans mes voyages un vieux Bramin, homme fort fage, plein d'efprit, & très-fçavant; de plus il était riche, & partant il en était plus fage encore; car ne manquant de rien, il n'avait befoin de tromper perfonne. Sa famille était très-bien gouvernée par trois belles femmes qui s'étudiaient à lui plaire; & quand il ne s'amufait pas avec fes femmes, il s'occupait à philofopher.

Près de fa maifon, qui était belle, ornée, & accompagnée de jardins charmans, demeurait une vieille Indienne, bigote, imbécille & affez pauvre.

Le Bramin me dit un jour : Je voudrais n'être jamais né. Je lui demandai pourquoi ? Il me répondit, j'étudie depuis quarante ans, ce font quarante années de perdues; j'enfeigne les autres, & j'ignore tout; cet état porte dans mon ame tant d'humiliation & de dégoût, que la vie m'eft infupportable : je fuis né, je vis dans le tems, & je ne fçai pas ce que c'eft que le tems : je me trouve dans un point entre deux éternités, comme difent nos fages, & je n'ai nulle idée de l'éternité : je fuis compofé de matiere : je penfe ; je n'ai jamais pu m'inftruire de ce qui produit la penfée : j'ignore fi mon entendement eft en moi une fimple faculté, comme celle de marcher, de digérer, & fi je penfe avec ma tête comme je prends avec mes mains. Non-feulement le principe de ma penfée m'eft inconnu, mais le principe de mes mouvemens m'eft également caché : je ne fçai pourquoi j'exifte; cependant on me fait chaque jour des queftions fur tous ces points; il faut répondre; je n'ai rien de bon à dire; je parle beaucoup, & je demeure confus & honteux de moi-même après avoir parlé.

C'eft bien pis, quand on me demande fi *Brama* a été produit par *Vitfnou*, ou s'ils font tous deux éternels. Dieu m'eſt témoin que je n'en ſçais pas un mot, & il y paraît bien à mes réponſes. Ah! mon révérend pere, me dit-on, apprenez-nous comment le mal inonde toute la terre. Je ſuis auſſi en peine que ceux qui me font cette queſtion : je leur dis quelquefois que tout eſt le mieux du monde ; mais ceux qui ont la gravelle, ceux qui ont été ruinés & mutilés à la guerre, n'en croient rien, ni moi non plus : je me retire chez moi accablé de ma curioſité & de mon ignorance. Je lis nos anciens livres, & ils redoublent mes ténèbres. Je parle à mes compagnons ; les uns me répondent qu'il faut jouir de la vie, & ſe moquer des hommes; les autres croient ſçavoir quelque choſe, & ſe perdent dans des idées extravagantes ; tout augmente le ſentiment douloureux que j'éprouve. Je ſuis prêt quelquefois de tomber dans le déſeſpoir, quand je ſonge qu'après toutes mes recherches je ne ſçai ni d'où je viens, ni ce que je ſuis, ni où j'irai, ni ce que je deviendrai.

L'état de ce bon homme me fit une vraie peine ; perſonne n'était ni plus raiſonnable, ni de meilleure foi que lui. Je conçus que plus il avait de lumieres dans ſon entendement, & de ſenſibilité dans ſon cœur, plus il était malheureux.

Je vis le même jour la vieille femme qui demeurait dans ſon voiſinage : je lui demandai ſi elle avait jamais été affligée de ne ſçavoir pas comment ſon ame était faite ? Elle ne comprit pas ſeulement ma queſtion : elle n'avait jamais réfléchi un ſeul moment de ſa vie ſur un ſeul des points qui tourmentaient le Bramin : elle croyoit aux métamorphoſes de *Vitſnou* de tout ſon cœur, & pourvu qu'elle pût avoir quelquefois de l'eau du Gange pour ſe laver, elle ſe croyait la plus heureuſe des femmes.

Frappé du bonheur de cette pauvre créature, je revins à mon philoſophe, & je lui dis : N'êtes-vous pas honteux d'être malheureux, dans le tems qu'à votre porte il y a un vieil automate qui ne penſe à rien, & qui vit content ? Vous avez raiſon, me répondit-il ; je me suis dit cent fois que je ferais heureux si j'étais auffi fot que ma voisine : & cependant je ne voudrais pas d'un tel bonheur.

Cette réponse de mon Bramin me fit une plus grande impreffion que tout le reste ; je m'examinai moi-même , & je vis qu'en effet je n'aurais pas voulu être heureux à condition d'être imbécille.

Je propofai la chofe à des philofophes , & ils furent de mon avis. Il y a pourtant, difais-je, une furieufe contradiction dans cette façon de penfer : car enfin , de quoi s'agit-il ? d'être heureux. Qu'importe d'avoir de l'efprit, ou d'être fot ? Il y a bien plus : ceux qui font contens de leur être , font bien fûrs d'être contens ; ceux qui raifonnent ne font pas fi fûrs de bien raifonner. Il eft donc clair , difais-je, qu'il faudrait choifir de n'avoir pas le fens commun, pour peu que ce fens commun contribue à notre mal-être. Tout le monde fut de mon avis, & cependant je ne trouvai perfonne qui voulut accepter le marché de devenir imbécille pour devenir content. De là je conclus que fi nous faifons cas du bonheur, nous faifons encore plus de cas de la raifon.

Mais après y avoir réfléchi , il paraît que de préférer la raifon à la félicité , c'eft être très-infenfé. Comment donc cette contradiction peut-elle s'expliquer ? Comme toutes les autres. Il y a là de quoi parler beaucoup.

DES ALLÉGORIES.

UN jour *Jupiter* , *Neptune* & *Mercure* voyageant en Thrace , entrerent chez un certain Roi nommé *Hyrieüs* , qui leur fit fort bonne chere. Les trois Dieux, après avoir bien dîné, lui demanderent s'ils pouvaient lui être bons à quelque chofe? Le bon homme qui ne pouvait plus avoir d'enfans , leur dit qu'il leur ferait bien obligé s'ils voulaient

lui faire un garçon. Les trois Dieux se mirent à pis-
fer sur le cuir d'un bœuf tout frais écorché ; de là
naquit *Orion*, dont on fit une constellation, connue dans la plus haute antiquité. Cette constellation était nommée du nom d'*Orion* par les anciens
Chaldéens, le livre de *Job* en parle. Mais après
tout, on ne voit pas comment l'urine de trois Dieux
a pu produire un garçon. Il est difficile que les *Daciers* & les *Saumaifes* trouvent dans cette belle histoire une allégorie raisonnable, à moins qu'ils n'en
inferent que rien n'est impossible aux Dieux, puifqu'ils font des enfans en piffant.

Il y avait en Grece deux jeunes garnemens, à
qui un Oracle dit qu'ils se gardaffent du *mélampige*;
un jour *Hercule* les prit, les attacha par les pieds
au bout de sa maffue, fufpendus tous deux le long
de fon dos, la tête en bas comme une paire de
lapins. Ils virent le derriere d'*Hercule*. *Mélampige*
fignifie *cul noir*. Ah, dirent-ils, l'oracle est accompli, voici *Cul noir*. *Hercule* fe mit à rire, & les
laiffa aller. Les *Saumaifes* & les *Daciers*, encore
une fois, auront beau faire, ils ne pourront guere
réuffir à tirer un fens moral de ces fables.

Parmi les peres de la Mythologie, il y eut des
gens qui n'eurent que de l'imagination ; mais la plupart mêlerent à cette imagination beaucoup d'efprit. Toutes nos Académies & tous nos faifeurs de
devifes, ceux mêmes qui compofent les légendes
pour les jettons du tréfor Royal, ne trouveront jamais d'allégories plus vraies, plus agréables, plus
ingénieufes que celle des neuf Mufes, de Vénus,
des Graces, de l'Amour, & de tant d'autres qui
feront les délices & l'inftruction de tous les fiecles, ainfi qu'on l'a déjà remarqué ailleurs.

Il faut avouer que l'antiquité s'expliqua prefque
toujours en allégories. Les premiers Peres de l'E-
glife, qui pour la plupart étaient Platoniciens,
imiterent cette méthode de *Platon*. Il est vrai qu'on
leur reproche d'avoir pouffé quelquefois un peu
trop loin ce goût des allégories & des allufions.

Saint Juſtin dit dans ſon Apologétique, que le ſigne de la croix eſt marqué ſur les membres de l'homme ; que quand il étend les bras , c'eſt une croix parfaite, & que le nez forme une croix ſur le viſage.

Selon *Origène*, dans ſon explication du Lévitique , la graiſſe des victimes ſignifie l'Egliſe , & la la queue eſt le ſymbole de la perſévérance.

Saint Auguſtin, dans ſon Sermon ſur la différence & l'accord des deux généalogies, explique à ſes auditeurs pourquoi *Saint Matthieu*, en comptant quarante-deux quartiers, n'en rapporte cependant que quarante-un. C'eſt , dit-il, qu'il faut compter *Jéconias* deux fois, parce que *Jéconias* alla de Jéruſalem à Babylone. Or ce voyage eſt la pierre angulaire ; & ſi la pierre angulaire eſt la premiere du côté d'un mur, elle eſt auſſi la premiere du côté de l'autre mur : on peut compter deux fois cette pierre ; ainſi on peut compter deux fois *Jéconias*. Il ajoute qu'il ne faut s'arrêter qu'au nombre de quarante, dans les quarante-deux générations, parce que ce nombre de quarante ſignifie la vie. *Dix* figure la béatitude , & *dix* multiplié par quatre, qui repréſente les quatre élémens & les quatre ſaiſons, produit quarante.

Les dimenſions de la matiere ont, dans ſon cinquante-troiſiéme ſermon , d'étonnantes propriétés. La largeur eſt la dilatation du cœur ; la longueur la longanimité ; la hauteur ; l'eſpérance ; la profondeur la foi. Ainſi outre cette allégorie, on compte quatre dimenſions de la matiere, au lieu de trois.

Il eſt clair & indubitable , dit-il dans ſon ſermon ſur le Pſeaume ſix, que le nombre de quatre figure le corps humain, à cauſe des quatre élémens & des quatre qualités du chaud, du froid, du ſec & de l'humide ; & comme quatre ſe rapportent au corps, trois ſe rapportent à l'ame, parce qu'il faut aimer Dieu d'un triple amour, de tout notre cœur, de toute notre ame , & de tout notre eſprit. *Quatre* ont rapport au Vieux Teſtament, & *trois* au nou-

veau. Quatre & trois font le nombre de fept jours,
& le huitieme eft celui du Jugement.

On ne peut diffimuler qu'il regne dans ces allégories une affectation peu convenable à la véritable
éloquence. *Les Peres* qui emploient quelquefois ces
figures, écrivaient dans un tems & dans des pays où
prefque tous les arts dégénéraient ; leur beau génie
& leur érudition fe pliaient aux imperfections de
leur fiecle ; & *Saint Auguftin* n'en eft pas moins
refpectable, pour avoir payé ce tribut au mauvais
goût de l'Afrique & du quatrieme fiecle.

Ces défauts ne défigurent point aujourd'hui les
difcours de nos prédicateurs. Ce n'eft pas qu'on ofe
les préférer aux Peres, mais le fiecle préfent eft
préférable aux fiecles dans lefquels les Peres écrivaient. L'éloquence qui fe corrompit de plus en
plus, & qui ne s'eft rétablie que dans nos derniers tems, tomba après eux dans de bien plus
grands excès ; on ne parla que ridiculement chez
tous les peuples barbares jufqu'au fiecle de *Louis
XIV*. Voyez tous les anciens fermonaires, ils font
fort au-deffous des pieces dramatiques de la paffion
qu'on jouait à l'Hôtel de Bourgogne. Mais dans
ces fermons barbares, vous retrouvez toujours le
goût de l'allégorie, qui ne s'eft jamais perdu. Le
fameux *Menot*, qui vivait fous *François premier*,
a fait le plus d'honneur au ftyle allégorique. Mef-
fieurs de la Juftice, dit-il, font comme un chat à
qui on aurait commis la garde d'un fromage, de
peur qu'il ne foit rongé des fouris ; un feul coup de
dent du chat fera plus de tort au fromage, que vingt
fouris ne pourraient en faire.

Voici un autre endroit affez curieux : les buche-
rons dans une forêt coupent de groffes & de petites
branches, & en font des fagots ; ainfi nos Eccléfiaftiques, avec des difpenfes de Rome, entaffent gros
& petits Bénéfices. Le Chapeau de Cardinal eft lardé d'Evêchés, les Evêchés lardés d'Abbayes & de
Prieurés, & le tout lardé de Diables. Il faut que
tous ces biens de l'Eglife paffent par les trois Cor-

delieres de l'*Ave Maria.* Car le *benedicta tu font*
groffes Abbayes de Bénédictins , *in mulieribus ,*
c'eft Monfieur & Madame , & *fructus ventris* , ce
font banquets & goinfreries.

Les Sermons de *Barlet* & de *Maillard* font tous
faits fur ce modele ; ils étaient prononcés moitié en
mauvais Latin , moitié en mauvais Français ; les
Sermons en Italie étaient dans le même goût. C'é-
tait encore pis en Allemagne ; de ce mélange monf-
trueux naquit le ftyle macaronique , c'eft le chef-
d'œuvre de la barbarie. Cette efpece d'éloquence
digne des Hurons & des Iroquois s'eft maintenue
jufques fous *Louis XIII.* Le Jéfuite *Garaffe* , un
des hommes les plus fignalés parmi les ennemis du
fens commun , ne prêcha jamais autrement. Il comparait le célebre *Théophile* à un veau , parce que
Viaud était le nom de famille de *Théophile* ; mais
d'un veau , dit-il , la chair eft bonne à rôtir & à
bouillir , & la tienne n'eft bonne qu'à brûler.

Il y a loin de toutes ces allégories employées par
nos barbares à celles d'*Homère* , de *Virgile* & d'*O-
vide* , & tout cela prouve que s'il refte encore quelques Goths & quelques Vandales qui méprifent les
fables anciennes , ils n'ont pas abfolument raifon.

DU POLITÉISME.

LA pluralité des Dieux eft le grand reproche
dont on accable aujourd'hui les Romains &
les Grecs : mais qu'on me montre dans toutes leurs
hiftoires un feul fait , & dans tous leurs livres un
feul mot , dont on puiffe inférer qu'ils avaient plufieurs Dieux fuprêmes ; & fi on ne trouve ni ce
fait , ni ce mot ; fi au contraire tout eft plein de
monumens & de paffages qui atteftent un Dieu fou-
verain , fupérieur à tous les autres Dieux , avouons
que nous avons jugé les anciens auffi témérairement que nous jugeons fouvent nos contemporains.
On

On lit en mille endroits que *Zeus, Jupiter*, est le Maître des Dieux & des hommes. *Jovis omnia plena.* Et *St. Paul* rend aux anciens ce témoignage : *In ipso vivimus, movemur & sumus, ut quidam vestrorum poetarum dixit. Nous avons en Dieu la vie, le mouvement & l'être, comme l'a dit un de vos poëtes.* Après cet aveu, oserons-nous accuser toujours nos maîtres de n'avoir pas reconnu un Dieu suprême ?

Il ne s'agit pas ici d'examiner s'il y avait eu autrefois un *Jupiter* Roi de Crête, si on en avait fait un Dieu ; si les Egyptiens avaient douze grands Dieux, ou huit, du nombre desquels était celui que les Latins ont nommé *Jupiter.* Le nœud de la question est uniquement ici de sçavoir si les Grecs & les Romains reconnaissaient un être céleste, maître des autres êtres célestes. Ils le disent sans cesse, il faut donc les croire.

Voyez l'admirable Lettre du philosophe *Maxime* de Madaure à *St. Augustin. Il y a un Dieu sans commencement, pere commun de tout, & qui n'a jamais rien engendré de semblable à lui ; quel homme est assez stupide & assez grossier pour en douter ?* Ce payen du quatrieme siecle dépose ainsi pour toute l'antiquité.

Si je voulais lever le voile des mysteres d'Egypte, je trouverais le *Knef*, qui a tout produit, & qui préside à toutes les autres Divinités ; je trouverais *Mitra* chez les Perses, *Brama* chez les Indiens ; & peut-être je ferais voir que toute nation policée admettait un Etre suprême avec des Divinités dépendantes. Je ne parle pas des Chinois, dont le gouvernement le plus respectable de tous, n'a jamais reconnu qu'un Dieu unique depuis plus de quatre mille ans. Mais tenons-nous-en aux Grecs & aux Romains, qui sont ici l'objet de mes recherches ; ils eurent mille superstitions : qui en doute ? ils adopterent des fables ridicules ; on le sçait bien ; & j'ajoute qu'ils s'en mocquaient eux-

mes. Mais le fond de leur mithologie était très-
raisonnable.

Premierement , que les Grecs aient placé dans
le ciel des héros pour prix de leurs vertus , c'est
l'acte de religion le plus sage & le plus utile.
Quelle plus belle récompense pouvait on leur donner ? & quelle plus belle espérance pouvait on proposer ? est-ce à nous de le trouver mauvais ? à nous
qui , éclairés par la vérité, avons saintement consacré cet usage que les anciens imaginerent ? Nous
avons cent fois plus de bienheureux , à l'honneur
de qui nous avons élevé des temples , que les Grecs
& les Romains n'ont eu de héros & de demi-Dieux :
la différence est qu'ils accordaient l'apothéose aux
actions les plus éclatantes , & nous aux vertus les
plus modestes. Mais leurs héros divinisés ne partageaient point le trône de *Zeus*, du *Demiurgos*,
du Maître éternel ; ils étaient admis dans sa cour ,
ils jouissaient de ses faveurs. Qu'y a-t-il à cela de
déraisonnable ? n'est ce pas une ombre faible de notre hiérarchie céleste ? Rien n'est d'une morale
plus salutaire , & la chose n'est pas physiquement
impossible par elle-même ; il n'y a pas-là de quoi
se mocquer des nations de qui nous tenons notre
alphabet.

Le second objet de nos reproches est la multitude des Dieux admis au gouvernement du monde ; c'est *Neptune* qui préside à la mer , *Junon* à
l'air , *Eole* aux vents , *Pluton* ou *Vesta* à la terre ,
Mars aux armées. Mettons à quartier les généalogies de tous ces Dieux , aussi fausses que celles qu'on
imprime tous les jours des hommes ; passons con-
damnation sur toutes leurs aventures dignes des
Mille & une nuit ; aventures qui jamais ne firent
le fonds de la religion Grecque & Romaine ; en
bonne foi , où sera la bêtise d'avoir adopté des
êtres du second ordre , lesquels ont quelque pouvoir sur nous autres qui sommes peut-être du
cent-millieme ordre ? Y a-t-il là une mauvaise phi-

lofophie, une mauvaife phyfique ? n'avons-nous pas neuf chœurs d'efprits céleftes plus anciens que l'homme ? ces neuf chœurs n'ont-ils pas chacun un nom différent ? les Juifs n'ont-ils pas pris la plupart de ces noms chez les Perfans ? plufieurs Anges n'ont-ils pas leurs fonctions affignées ? Il y avait un Ange exterminateur qui combattait pour les Juifs ; l'Ange des voyageurs qui conduifait *Tobie.* *Micael* était l'Ange particulier des Hébreux ; felon *Daniel* il combat l'Ange des Perfes, il parle à l'Ange des Grecs. Un Ange d'un ordre inférieur rend compte à *Micael* dans le livre de *Zacharie*, de l'état où il avait trouvé la terre. Chaque nation avait fon Ange. La verfion des Septante dit dans le Deuteronome, que le Seigneur fit le partage des nations fuivant le nombre des Anges. *Saint Paul*, dans les Actes des Apôtres, parle à l'Ange de la Macédoine. Ces efprits céleftes font fouvent appellés *Dieux* dans l'Ecriture, *Eloïm.* Car chez tous les peuples, le mot qui répond à celui de *Theos*, *Deus*, *Dieu*, ne fignifie pas toujours le maître abfolu du ciel & de la terre ; il fignifie fouvent Etre célefte, Etre fupérieur à l'homme, mais dépendant du Souverain de la nature : il eft même donné quelquefois à des Princes, à des Juges.

Puis donc qu'il eft vrai, puifqu'il eft réel pour nous qu'il y a des fubftances céleftes chargées du foin des hommes & des Empires, les peuples qui ont admis cette vérité fans révélation, font bien plus dignes d'eftime que de mépris.

Ce n'eft donc pas dans le Politéifme qu'eft le ridicule ; c'eft dans l'abus qu'on en fit, c'eft dans les fables populaires, c'eft dans la multitude de Divinités impertinentes que chacun fe forgeait à fon gré.

La Déeffe des tetons, *Dea Rumilia* ; la Déeffe de l'action du mariage, *Dea Pertunda* ; le Dieu de la chaife percée, *Deus ftercutius* ; le Dieu pet, *Deus Crepitus*, ne font pas affurément bien vénérables. Ces puérilités, l'amufement des vieilles &

des enfans de Rome, fervent feulement à prouver que le mot *Deus* avait des acceptions bien différentes. Il eft fûr que *Deus Crepitus*, le Dieu pet, ne donnait pas la même idée que *Deus divum & hominum fator*, la fource des Dieux & des hommes. Les Pontifes Romains n'admettaient point ces petits magots dont les bonnes femmes rempliffaient leurs cabinets. La religion Romaine était au fond très-férieufe, très-févere. Les fermens étaient inviolables. On ne pouvait commencer la guerre fans que le Collége des Féciales l'eût déclarée jufte. Une Veftale convaincue d'avoir violé fon vœu de virginité, était condamnée à mort. Tout cela nous annonce un peuple auftere plutôt qu'un peuple ridicule.

Je me borne ici à prouver que le Sénat ne raifonnait point en imbécille, en adoptant le Politéïfme. L'on demande comment ce Sénat, dont deux ou trois députés nous ont donné des fers & des loix, pouvait fouffrir tant d'extravagances dans le peuple, & autorifer tant de fables chez les Pontifes? Il ne ferait pas difficile de répondre à cette queftion. Les fages de tout tems fe font fervis des fous. On laiffe volontiers aux peuples fes lupercales, fes faturnales, pourvu qu'il obéiffe; on ne met point à la broche les poulets facrés qui ont promis la victoire aux armées. Ne foyons jamais furpris que les gouvernemens les plus éclairés ayent permis les coutumes, les fables les plus infenfées. Ces coutumes, ces fables exiftaient avant que le gouvernement fe fût formé; on ne veut point abattre une ville immenfe & irréguliere pour la rebâtir au cordeau.

Comment fe peut-il faire, dit-on, qu'on ait vu d'un côté tant de philofophie, tant de fcience & de l'autre tant de fanatifme? C'eft que la fcience, la philofophie, n'étaient nées qu'un peu avant *Cicéron*, & que le fanatifme occupait la place depuis des fiecles. La politique dit alors à la philofophie & au fanatifme: Vivons tous trois enfemble comme nous pourrons.

CHAPITRE VINGT-HUITIEME,

DE L'ÉLÉGANCE.

CE mot, felon quelques-uns, vient d'*Electus*, choifi. On ne voit pas qu'aucun autre mot Latin puiffe être fon étymologie : en effet, il y a du choix dans tout ce qui eft élégant. L'élégance eft un réfultat de la jufteffe & de l'agrément.

On emploie ce mot dans la Sculpture & dans la Peinture. On oppofait *elegans fignum*, à *fignum rigens* ; une figure proportionnée, dont les contours arrondis étaient exprimés avec molleffe, à une figure trop roide & mal terminée.

La févérité des anciens Romains donna à ce mot, *elegantia*, un fens odieux. Ils regardaient l'élégance en tout genre, comme une *afféterie*, comme une politeffe recherchée, indigne de la gravité des premiers tems : *vitii, non laudis fuit*, dit Aulu-Gelle. Ils appelaient *un homme élégant* à peu près ce que nous appellons aujourd'hui un Petit-maître, *Bellus homuncio*, & ce que les Anglais appellent *un Beau* ; mais vers le tems de Ciceron, quand les mœurs eurent reçu le dernier degré de politeffe, *elegans* était toujours une louange. Ciceron fe fert en cent endroits de ce mot pour exprimer un homme, un difcours poli ; on difait même alors *un repas élégant* : ce qui ne fe dirait guere parmi nous.

Ce terme eft confacré en Français, comme chez les anciens Romains, à la Sculpture, à la Peinture, à l'Eloquence, & principalement à la Poëfie. Il ne fignifie pas, en Peinture & en Sculpture, précifément la même chofe que *grace*.

Ce terme, *grace*, fe dit particuliérement du vifage, & on ne dit pas *un vifage élégant*, comme *des contours élégans* : la raifon en eft, que la grace a tou-

P 3

jours quelque chofe d'animé , & c'eft dans le vifage
que paraît l'ame ; ainfi on ne dit pas *une démarche
élégante* , parce que la démarche eft animée.

L'*élégance* d'un difcours n'eft pas l'éloquence ,
c'en eft une partie ; ce n'eft pas la feule harmonie ,
le feul nombre , c'eft la clarté , le nombre & le
choix des paroles.

Il y a des langues en Europe dans lefquelles rien
n'eft fi rare qu'un Difcours élegant : des terminai-
fons rudes , des confonnes fréquentes , des verbes
auxiliaires néceffairement redoublés dans une même phrafe , offenfent l'oreille même des naturels du
pays.

Un Difcours peut être élégant fans être un bon
Difcours , l'*élégance* n'étant en effet que le mérite
des paroles ; mais un Difcours ne peut être abfolument bon fans être élégant.

L'*élégance* eft encore plus néceffaire à la Poéfie
que l'éloquence , parce qu'elle eft une partie de
cette harmonie fi néceffaire aux vers.

Un Orateur peut convaincre , émouvoir même
fans *élégance* , fans pureté , fans nombre. Un Poëme
ne peut faire d'effet , s'il n'eft élégant : c'eft un des
principaux mérites de Virgile. Horace eft bien
moins élégant dans fes Satyres , dans fes Epitres ;
auffi eft il moins Poëte , *fermoni propior.*

Le grand point dans la Poéfie & dans l'art Oratoire , c'eft que l'*élégance* ne faffe jamais tort à la
force ; & le Poëte , en cela comme dans tout le
refte , a de plus grandes difficultés à furmonter que
l'Orateur ; car l'harmonie étant la bafe de fon art ,
il ne doit pas fe permettre un concours de fyllabes
rudes , il faut même quelquefois facrifier un peu
de la penfée à l'*élégance* de l'expreffion : c'eft une
gêne que l'Orateur n'éprouve jamais.

Il eft à remarquer que fi l'*élégance* a toujours
l'air facile , tout ce qui eft facile & naturel , n'eft
cependant pas élégant. Il n'y a rien de fi facile , de
fi naturel que

　　　　La Cigale ayant chanté
　　　　　Tout l'Eté.

Et
Maître Corbeau fur un arbre perché.

Pourquoi ces morceaux manquent-ils d'*élégance?*
C'eſt que cette naïveté eſt dépourvue de mots choiſis & d'harmonie :

> Amans heureux , voulez-vous voyager ?
> Que ce ſoit aux rives prochaines :

& cent autres traits , ont , avec d'autres mérites ,
celui de l'*élégance.*

On dit rarement d'une Comédie qu'elle eſt écrite
élégamment. La naïveté & la rapidité d'un dialo-
gue familier excluent ce mérite propre à toute autre
Poéſie.

L'*élégance* ſemblerait faire tort au Comique : on
ne rit point d'une choſe élégamment dite ; cependant la plupart des vers de l'*Amphitrion* de Molie-
re, excepté ceux de pure plaiſanterie, ſont élégans.
Le mélange des Dieux & des Hommes dans cette
Piece unique en ſon genre, & les vers irréguliers
qui forment un grand nombre de Madrigaux, en
ſont peut-être la cauſe.

Un Madrigal doit bien plutôt être élégant qu'une
Epigramme , parce que le Madrigal tient quelque
choſe des Stances, & que l'Epigramme tient du
Comique ; l'un eſt fait pour exprimer un ſentiment
délicat , & l'autre un ridicule.

Dans le ſublime , il ne faut pas que l'*élégance* ſe
remarque ; elle l'affaiblirait. Si on avait loué l'élégance du *Jupiter-Olympien* de Phidias, c'eût été en
faire une Satyre. L'*élégance* de la *Vénus* de Praxitele pouvait être remarquée.

CHAPITRE VINGT-NEUVIEME.

DE L'ÉLOQUENCE.

L'*Eloquence* est née avant les regles de la Rhéto-rique, comme les Langues se sont formées avant la Grammaire.

La Nature rend les hommes éloquens dans les grands intérêts & dans les grandes passions. Qui-conque est vivement ému, voit les choses d'un autre œil que les autres hommes. Tout est pour lui objet de comparaison rapide & de métaphore : sans qu'il y prenne garde, il anime tout, & fait passer dans ceux qui l'écoutent une partie de son enthousiasme.

Un Philosophe très-éclairé a remarqué que le peuple même s'exprime par des figures ; que rien n'est plus commun, plus naturel que les tours qu'on appelle *Tropes*.

Ainsi, dans toutes les Langues, *le cœur brûle, le courage s'allume, les yeux étincellent, l'esprit est accablé, il se partage, il s'épuise, le sang se glace, la tête se renverse, on est enflé d'orgueil, enivré de vengeance.* La Nature se peint par-tout dans ces images fortes, devenues ordinaires.

C'est elle dont l'instinct enseigne à prendre d'a-bord un air, un ton modeste avec ceux dont on a besoin. L'envie naturelle de captiver ses Juges & ses Maîtres, le recueillement de l'ame profon-dément frappée, qui se prépare à déployer les sen-timens qui la pressent, sont les premiers maîtres de l'Art.

C'est cette même Nature qui inspire quelquefois des débuts vifs & animés ; une forte passion, un danger pressant, appellent tout d'un coup l'imagi-nation : ainsi un Capitaine des premiers Califes voyant fuir les Musulmans, s'écria : « Où courez-» vous ? Ce n'est pas-là que sont les ennemis. On

» vous a dit que le Calife eſt tué : eh! qu'importe
» qu'il ſoit au nombre des vivans ou des morts ?
» Dieu eſt vivant & vous regarde : marchez. «

La Nature fait donc l'*Eloquence* , & ſi on a dit
que les Poëtes naiſſent & que les Orateurs ſe forment , on l'a dit quand l'*Eloquence* a été forcée
d'étudier les Loix , le génie des Juges , & la méthode du tems.

Les préceptes ſont toujours venus après l'art. Ti-
bias fut le premier qui recueillit les loix de l'*Eloquence* , dont la Nature donne les premieres regles.

Platon dit enſuite dans ſon *Gorgias*, qu'un Orateur doit avoir la ſubtilité des Dialecticiens , la
ſcience des Philoſophes , la diction preſque des
Poëtes , la voix & les geſtes des plus grands Auteurs.

Ariſtote fit voir enſuite que la véritable Philoſophie eſt le guide ſecret de l'eſprit de tous les Arts ;
il creuſa les ſources de l'*Eloquence* dans ſon livre
de la Réthorique ; il fit voir que la Dialectique eſt le
fondement de l'art de perſuader , & qu'être éloquent , c'eſt ſçavoir prouver.

Il diſtingua les trois genres , le délibératif, le démonſtratif & le judiciaire. Dans le délibératif, il s'agit
d'exhorter ceux qui délibèrent , à prendre un parti
ſur la guerre & ſur la paix , ſur l'adminiſtration publique , &c. dans le démonſtratif, de faire voir ce
qui eſt digne de louange ou de blâme ; dans le judiciaire , de perſuader , d'abſoudre ou de condamner , &c. On ſent aſſez que ces trois genres rentrent ſouvent l'un dans l'autre.

Il traite enſuite des paſſions & des mœurs que
tout Orateur doit connaître.

Il examine quelles preuves on doit employer
dans ces trois genres d'*Eloquence*. Enfin , il traite
à fond de l'Elocution ; ſans laquelle tout languit ;
il recommande les métaphores , pourvu qu'elles
ſoient juſtes & nobles ; il exige ſur-tout la conve-
nance & la bienſéance.

P 5

Tous ces préceptes respirent la justesse éclairée d'un Philosophe, & la politesse d'un Athénien; & en donnant les regles de l'*Eloquence*, il est éloquent avec simplicité.

Il est à remarquer que la Grece fut la seule contrée de la Terre, où l'on connût alors les loix de l'*Eloquence*, parce que c'était la seule ou la véritable *Eloquence* existât.

L'Art grossier était chez tous les hommes; des traits sublimes ont échappé par tout à la Nature dans tous les tems : mais remuer les esprits de toute une Nation polie, plaire, convaincre & toucher à la fois, cela ne fut donné qu'aux Grecs.

Les Orientaux étaient presque tous esclaves : c'est un caractere de la servitude de tout exagérer ; ainsi l'*Eloquence* Asiatique fut monstrueuse. L'Occident était barbare du tems d'Aristote.

L'*Eloquence* véritable commença à se montrer dans Rome du tems des Gracques, & ne fut perfectionnée que du tems de Ciceron. Marc-Antoine l'Orateur, Hortensius, Curion, César & plusieurs autres, furent des hommes éloquens.

Cette *Eloquence* périt avec la République, ainsi que celle d'Athènes. L'*Eloquence* sublime n'appartient, dit-on, qu'à la liberté ; c'est qu'elle consiste à dire des vérités hardies, à étaler des raisons & des peintures fortes. Souvent un Maître n'aime pas la vérité, craint les raisons, & aime mieux un compliment délicat que de grands traits.

Ciceron, après avoir donné des exemples dans ses Harangues, donna les préceptes dans son livre de l'Orateur ; il suit presque toute la méthode d'Aristote, & s'explique avec le style de Platon.

Il distingue le genre simple, le tempéré, & le sublime. Rollin a suivi cette division dans son *Traité des Etudes* ; & ce que Ciceron ne dit pas, il prétend que le tempéré est *une belle riviere ombragée de vertes forêts des deux côtés ; le simple, une table servie proprement, dont tous les mets sont d'un goût excellent, & dont on bannit tout rafine-*

ment; *que le sublime foudroie*, *& que c'est un fleuve impétueux qui renverse tout ce qui lui résiste.*

Sans se mettre à *cette table*, sans suivre *ce foudre*, *ce fleuve* & *cette riviere*, tout homme de bon sens voit que l'*Eloquence simple* est celle qui a des choses simples à exposer, & que la clarté & l'élégance sont tout ce qui lui convient.

Il n'est pas besoin d'avoir lû Aristote, Ciceron & Quintilien, pour sentir qu'un Avocat qui débute par un exorde pompeux au sujet d'un mur mitoyen, est ridicule : c'était pourtant le vice du Barreau jusqu'au milieu du dix-septieme siecle ; on disait avec emphase des choses triviales ; on pourrait compiler des volumes de ces exemples : mais tous se réduisent à ce mot d'un Avocat, homme d'esprit, qui voyant que son Adversaire parlait de la guerre de Troye & du Scamandre, l'interrompit en disant : *La Cour observera que ma Partie ne s'appelle pas* Scamandre, *mais* Michaut.

Le genre sublime ne peut regarder que de puissans intérêts, traités dans une grande Assemblée.

On en voit encore de vives traces dans le Parlement d'Angleterre ; on a quelques Harangues qui y furent prononcées en 1739, quand il s'agissait de déclarer la guerre à l'Espagne. L'esprit de Démosthène & de Ciceron ont dicté plusieurs traits de ces Discours ; mais ils ne passeront pas à la postérité, comme ceux des Grecs & des Romains, parce qu'ils manquent de cet art & de ce charme de la diction qui mettent le sceau de l'immortalité aux bons ouvrages.

Le genre tempéré est celui de ces Discours d'appareil, de ces Harangues publiques, de ces Complimens étudiés, dans lesquels il faut couvrir de fleurs la futilité de la matiere.

Ces trois genres rentrent encore souvent l'un dans l'autre, ainsi que les trois objets de l'*Eloquence* qu'Aristote considere, & le grand mérite de l'Orateur est de les mêler à propos.

La grande *Eloquence* n'a guere pu, en France,

être connue au Barreau, parce qu'elle ne conduit pas aux honneurs comme dans Athènes, dans Rome, & comme aujourd'hui dans Londres, & n'a point pour objet de grands intérêts publics : elle s'est réfugiée dans les Oraisons funebres, où elle tient un peu de la Poésie.

Bossuet, & après lui Fléchier, semblent avoir obéi à ce précepte de Platon, qui veut que l'élocution d'un Orateur soit quelquefois celle même d'un Poëte.

L'éloquence de la chaire avait été presque barbare jusqu'au P. Bourdaloue; il fut un des premiers qui firent parler la raison.

Les Anglais ne vinrent qu'ensuite, comme l'avoue Burnet, Evêque de Salisburi. Ils ne connurent point l'Oraison funebre; ils éviterent dans les sermons les traits véhémens qui ne leur parurent point convenables à la simplicité de l'Evangile : & ils se défierent de cette méthode des divisions recherchées que l'Archevêque Fénelon condamne dans *ses Dialogues sur l'Eloquence.*

Quoique nos sermons roulent sur l'objet le plus important à l'homme, cependant il s'y trouve peu de morceaux frappans, qui, comme les beaux endroits de Cicéron & de Démosthène, sont devenus les modeles de toutes les Nations Occidentales. Le Lecteur sera pourtant bien-aise de trouver ici ce qui arriva la premiere fois que M. Massillon, depuis Evêque de de Clermont, prêcha son fameux sermon du petit nombre des Elus : il y eut un endroit où un transport de saisissement s'empara de tout l'auditoire; presque tout le monde se leva à moitié par un mouvement involontaire; le murmure d'acclamation & de surprise fut si fort, qu'il troubla l'Orateur, & ce trouble ne servit qu'à augmenter le pathétique de ce morceau : le voici.

» Je suppose que ce soit ici notre derniere heure
» à tous, que les Cieux vont s'ouvrir sur nos têtes,
» que le tems est passé, & que l'éternité commence
» que Jesus-Christ va paraître pour nous juger se-

» fon nos œuvres, & que nous fommes tous ici
» pour attendre de lui l'Arrêt de la vie ou de la
» mort éternelle : je vous le demande, frappé de
» terreur comme vous, ne féparant point mon fort
» du vôtre, & me mettant dans la même fituation
» où nous devons tous paraître un jour devant
» Dieu notre Juge : fi Jefus Chrift, dis-je, pa-
» raiffait dès à préfent pour faire la terrible fépa-
» ration des Juftes & des Pécheurs, croyez-vous
» que le plus grand nombre fût fauvé ? Croyez-
» vous que le nombre des Juftes fût au moins égal
» à celui des Pécheurs ? Croyez vous que s'il faifait
» maintenant la difcuffion des œuvres du grand
» nombre qui eft dans cette Eglife, il trouvât feu-
» lement dix Juftes parmi nous ? En trouverait-il
» un feul ? « (Il y a eu plufieurs éditions différentes
de ce difcours, mais le fond eft le même dans
toutes.)

Cette figure, la plus hardie qu'on ait jamais em-
ployée, & en même-tems la plus à fa place, eft un
des plus beaux traits d'éloquence, qu'on puiffe lire
chez les Nations anciennes & modernes ; & le refte du difcours n'eft pas indigne de cet endroit fi
faillant.

De pareils chef-d'œuvres font très-rares ; tout
eft d'ailleurs devenu lieu commun.

Les Prédicateurs qui ne peuvent imiter ces grands
modeles, feraient mieux de les apprendre par cœur
& de les débiter à leur auditoire, (fuppofé encore qu'ils euffent ce talént fi rare de la déclamation ;) que de prêcher dans un ftyle languiffant des
chofes auffi rebattues qu'utiles.

On demande fi *l'éloquence* eft permife aux Hiftoriens ; celle qui leur eft propre confifte dans l'art
de préparer les événemens, dans leur expofition
toujours élégante, tantôt vive & preffée, tantôt
étendue & fleurie, dans la peinture vraie & forte
des mœurs générales & des principaux perfonnages, dans les réflexions incorporées naturellement
au recit, & qui n'y paraiffent point ajoutées. *L'élo-*

quence de Démosthène ne convient point à Thu-
cidide ; une harangue directe qu'on met dans la
bouche d'un Héros qui ne la prononça jamais, n'est
guere qu'un beau défaut.

Si pourtant ces licences pouvaient quelquefois
se permettre, voici une occasion où Mezerai dans
sa grande Histoire semble obtenir grace pour cette
hardiesse approuvée chez les Anciens ; il est égal
à eux pour le moins dans cet endroit : c'est au commencement du regne d'Henri IV, lorsque ce Prince avec très-peu de troupes, étoit pressé auprès
de Dieppe par une armée de trente mille hommes,
& qu'on lui conseillait de se retirer en Angleterre.
Mezeray s'éleve au dessus de lui-même en faisant
parler ainsi le Maréchal de Biron, qui d'ailleurs
était un homme de génie, & qui peut fort bien
avoir dit une partie de ce que l'Historien lui attribue.

» Quoi ! Sire, on vous conseille de monter sur
» mer, comme s'il n'y avait pas d'autre moyen de
» conserver votre Royaume que de le quitter ? Si
» vous n'étiez pas en France, il faudroit percer au
» travers de tous les hazards & de tous les obstacles
» pour y venir : & maintenant que vous y êtes,
» on voudrait que vous en sortissiez ; & vos amis
» seroient d'avis que vous fissiez de votre bon gré,
» ce que le plus grand effort de vos ennemis ne
» sçaurait vous contraindre de faire ? En l'état où
» vous êtes, sortir seulement de France pour vingt-
» quatre heures, c'est s'en bannir pour jamais.
» Le péril, au reste, n'est pas si grand qu'on vous
» le dépeint ; ceux qui nous pensent envelopper,
» sont ou ceux mêmes que nous avons tenus en-
» fermés si lâchement dans Paris, ou gens qui ne
» valent pas mieux, & qui auront plus d'affaires
» entre eux-mêmes que contre nous. Enfin, Sire,
» nous sommes en France, il nous y faut enterrer :
» il s'agit d'un Royaume, il faut l'emporter ou y
» perdre la vie ; & quand même il n'y auroit point
» d'autre sûreté pour votre sacrée Personne que la

» fuite , je fçais bien que vous aimeriez mieux
» mille fois mourir de pied ferme que de vous fau-
» ver par ce moyen. Votre Majefté ne fouffrirait
» jamais qu'on dife qu'un cadet de la Maifon de
» Lorraine lui aurait fait perdre terre ; encore
» moins qu'on la vît mendier à la porte d'un Prince
» étranger. Non , non , Sire , il n'y a ni couronne,
» ni honneur pour vous au-delà de la mer : fi vous
» allez au-devant du fecours d'Angleterre , il re-
» culera ; fi vous vous prefentez au port de la Ro-
» chelle en homme qui fe fauve , vous n'y trou-
» verez que des reproches & du mépris. Je ne puis
» croire que vous deviez plûtôt fier votre perfonne
» à l'inconftance des flots , & à la merci de l'étran-
» ger , qu'à tant de braves Gentilhommes ! &
» tant de vieux Soldats , qui font prêts de lui fervir
» de remparts & de boucliers : & je fuis trop fer-
» viteur de Votre Majefté , pour lui diffimuler que
» fi elle cherchait fa fûreté ailleurs que dans leur
» vertu , ils feraient obligés de chercher la leur
» dans un autre parti que dans le fien. «

Ce difcours fait un effet d'autant plus beau , que
Mezeray met ici , en effet , dans la bouche du Maréchal de Biron , ce qu'Henri IV. avait dans le
cœur.

Il y aurait encore bien des chofes à dire fur
l'Eloquence , mais les livres n'en difent que
trop ; & dans un fiecle éclairé , le génie aidé des
exemples , en fait plus que n'en difent tous les
Maîtres.

CHAPITRE TRENTIEME.

DE L'ESPRIT.

CE mot, en tant qu'il signifie *une qualité de l'ame*, est un de ces termes vagues, auxquels tous ceux qui les prononcent attachent presque toujours des sens différens : il exprime autre chose que jugement, génie, goût, talent, pénétration, étendue, grace, finesse ; & il doit tenir de tous ces mérites : on pourrait le définir, *raison ingénieuse*.

C'est un mot générique, qui a toujours besoin d'un autre mot qui le détermine ; & quand on dit *voilà un Ouvrage plein d'esprit, un homme qui a de l'esprit*, on a grande raison de demander du quel. L'*esprit* sublime de Corneille n'est ni l'esprit exact de Boileau, ni l'esprit naïf de la Fontaine ; & l'*esprit* de la Bruyere, qui est l'art de peindre singulièrement, n'est point celui de Mallebranche, qui est celui de l'imagination avec de la profondeur.

Quand on dit qu'un homme a un *esprit judicieux*, on entend moins qu'il a ce qu'il appelle de l'*esprit*, qu'une raison épurée. Un *esprit* ferme, mâle, courageux, grand, petit, faible, leger, doux, emporté, &c. signifie *le caractere & la trempe de l'ame*, & n'a point de rapport à ce qu'on entend dans la société par cette expression, *avoir de l'esprit*.

L'esprit, dans l'acception ordinaire de ce mot, tient beaucoup *du bel esprit*, & cependant ne signifie pas précisément la même chose : car jamais ce terme, *homme d'esprit*, ne peut être pris en mauvaise part, & *bel esprit* est quelquefois prononcé ironiquement.

D'où vient cette différence ? C'est qu'*homme d'esprit* ne signifie pas *esprit supérieur, talent marqué*, & que *bel esprit* le signifie. Ce mot, *homme d'esprit*, n'annonce point de prétention, & le bel esprit est une affiche : c'eſt un art qui demande de la culture ; c'eſt une eſpece de profeſſion, & qui par-là expoſe à l'envie & au ridicule.

C'eſt en ce ſens que le P. Bouhours aurait eu raiſon de faire entendre, d'après le Cardinal du Perron, que les Allemands ne prétendaient pas à l'*eſprit* ; parce qu'alors leurs Sçavans ne s'occupaient guere que d'Ouvrages laborieux & de pénibles recherches, qui ne permettaient pas qu'on y répandît des fleurs, qu'on s'efforçât de briller, & que le *bel eſprit* ſe mêlât au ſçavant.

Ceux qui mépriſent le génie d'Ariſtote, au lieu de s'en tenir à condamner ſa Phyſique, qui ne pouvait être bonne, étant privée d'expériences, ſeraient bien étonnés de voir qu'Ariſtote a enſeigné parfaitement dans ſa Rhétorique, la maniere de dire les choſes avec *eſprit* : il dit que cet art conſiſte à ne ſe pas ſervir ſimplement du mot propre, qui ne dit rien de nouveau, mais qu'il faut employer une métaphore, une figure dont le ſens ſoit clair & l'expreſſion énergique ; il en apporte pluſieurs exemples, & entre autres ce que dit Périclès d'une bataille où la plus floriſſante jeuneſſe d'Athènes avait péri, *l'année a été dépouillée de ſon printems.*

Ariſtote a bien raiſon de dire qu'il faut du nouveau ; le premier qui, pour exprimer que les plaiſirs ſont mêlés d'amertume, les regarda comme des roſes accompagnées d'épines, eut de l'*eſprit* ; ceux qui le répéterent n'en eurent point.

Ce n'eſt pas toujours par une métaphore qu'on s'exprime ſpirituellement : c'eſt par un tour nouveau ; c'eſt en laiſſant deviner ſans peine une partie de ſa penſée : c'eſt ce qu'on appelle *fineſſe, délicateſſe*, & cette maniere eſt d'autant plus agréable, qu'elle exerce & qu'elle fait valoir l'*eſprit* des autres.

Les alluſions, les allégories, les comparaiſons, font un champ vaſte de penſées ingénieuſes ; les effets de la Nature, la Fable, l'Hiſtoire preſentés à la mémoire, fourniſſent à une imagination heureufe des traits qu'elle employe à propos.

Il ne fera pas inutile de donner des exemples de ces différens genres. Voici un Madrigal de M. *de la Sabliere*, qui a toujours été eftimé des gens de goût.

> Eglé tremble que dans ce jour,
> L'Hymen, plus puiffant que l'Amour,
> N'enleve fes trefors fans qu'elle ofe s'en plaindre.
> Elle a négligé mes avis.
> Si la Belle les eût fuivis,
> Elle n'aurait plus rien à craindre.

L'Auteur ne pouvait ce femble, ni mieux cacher, ni mieux faire entendre ce qu'il penfait, & ce qu'il craignait d'exprimer.

Le Madrigal fuivant paraît plus brillant & plus agréable : c'eft une allufion à la Fable :

> Vous êtes belle, & votre fœur eft belle,
> Entre vous deux, tout choix ferait bien doux ;
> L'Amour était blond comme vous,
> Mais il aimait une brune comme elle.

En voici encore un autre fort ancien. Il eft de *Bertaud*, Evêque de Séez, & paraît au-deffus des deux autres, parce qu'il réunit l'efprit & le fentiment :

> Quand je revis ce que j'ai tant aimé,
> Peu s'en fallut que mon feu rallumé,
> N'en fît le charme en mon ame renaître,
> Et que mon cœur, autrefois fon captif,
> Ne reffemblât l'Efclave fugitif,
> A qui le fort fit rencontrer fon Maître.

De pareils traits plaifent à tout le monde, & caractérifent l'*efprit* délicat d'une Nation ingénieufe.

Le grand point eft de fçavoir jufqu'où cet *efprit* doit être admis. Il eft clair que dans les grands ouvrages, on doit l'employer avec fobriété, par cela même qu'il eft un ornement. Le grand art eft dans l'à-propos.

Une penſée fine, ingénieuſe, une comparaiſon juſte & fleurie, eſt un défaut, quand la raiſon ſeule ou la paſſion doivent parler, ou bien quand on doit traiter de grands intérêts : ce n'eſt pas alors du faux *bel eſprit*, mais c'eſt de *l'eſprit* déplacé, & toute beauté hors de ſa place ceſſe d'être beauté.

C'eſt un défaut dans lequel Virgile n'eſt jamais tombé, & qu'on peut quelquefois reprocher au Taſſe, tout admirable qu'il eſt d'ailleurs : ce défaut vient de ce que l'Auteur, trop plein de ſes idées, veut ſe montrer lui-même, lorſqu'il ne doit montrer que ſes perſonnages.

La meilleure maniere de connoître l'uſage qu'on doit faire de *l'eſprit*, eſt de lire le petit nombre de bons ouvrages de génie qu'on a dans les langues ſçavantes & dans la nôtre.

Le *faux eſprit* eſt autre choſe que de *l'eſprit* déplacé : ce n'eſt pas ſeulement une penſée fauſſe ; car elle pourrait être fauſſe ſans être ingénieuſe : c'eſt une penſée fauſſe & recherchée.

Il a été remarqué ailleurs qu'un homme de beaucoup d'*eſprit*, qui traduiſit, ou plutôt qui abrégea Homere en vers français, crut embellir ce Poëte, dont la ſimplicité fait le caractere, en lui prêtant des ornemens. Il dit au ſujet de la réconciliation d'Achille :

> Tout le camp, s'écria dans une joie extrême,
> Que ne vaincra-t-il point ? Il s'eſt vaincu lui-même.

Premiérement, de ce qu'on a dompté ſa colere, il ne s'enſuit point du tout qu'on ne ſera point battu : ſecondement, toute une armée peut-elle s'accorder, par une inſpiration ſoudaine, à dire une pointe ?

Si ce défaut choque les juges d'un goût ſévere, combien doivent révolter tous ces traits forcés, toutes ces penſées alambiquées que l'on trouve en foule dans des écrits, d'ailleurs eſtimables ? Comment ſupporter que dans un livre de Mathémati-

ques on dise que , *si Saturne venoit à manquer*, ce
seroit le dernier Satellite qui prendroit sa place
parce que les grands Seigneurs éloignent toujours
d'eux leurs successeurs ? Comment souffrir qu'on
dise qu'Hercule sçavait la Physique , & qu'on ne
pouvait résister à un *Philosophe de cette force ?* L'envie de briller & de surprendre par des choses neu-
ves , conduit à ces excès.

Cette petite vanité a produit les jeux de mots
dans toutes les langues ; ce qui est la pire espece
du *faux bel esprit*.

Le faux goût est différent du *faux bel esprit* ,
parce que celui-ci est toujours une affectation , un
effort de faire mal ; au lieu que l'autre est souvent
une habitude de faire mal sans effort , & de suivre
par instinct un mauvais exemple établi.

L'intempérance & l'incohérence des imaginations
orientales, est un faux goût ; mais c'est plutôt un
manque d'*esprit* qu'un abus d'*esprit*.

Des étoiles qui tombent des montagnes qui se
fendent , des fleuves qui reculent, le soleil & la
lune qui se dissolvent, des comparaisons fausses &
gigantesques , la Nature toujours outrée , font le
caractere de ces Ecrivains , parce que dans ces
pays où l'on n'a jamais parlé en public, la vraie
Eloquence n'a pu être cultivée , & qu'il est bien plus
aisé d'être ampoulé que d'être juste , fin & délicat.

Le *faux esprit* est précisément le contraire de
ces idées triviales & ampoulées ; c'est une recherche fatigante de traits déliés, une affectation de
dire en énigme , ce que d'autres ont déjà dit naturellement , de rapprocher des idées qui paraissent
incompatibles, de diviser ce qui doit être réuni , de
saisir de faux rapports , de mêler, contre les bien-
séances , le badinage avec le sérieux , & le petit
avec le grand.

Ce serait ici une peine superflue d'entasser des
citations ; dans lesquelles le mot d'*esprit* se trouve.
On se contentera d'en examiner une de Boileau ,
qui est rapportée dans le grand Dictionnaire de

Trévoux ; *c'est le propre* des grands Esprits, *quand ils commencent à vieillir & à décliner, de se plaire aux contes & aux fables.* Cette réflexion n'est pas vraie. Un *grand esprit* peut tomber dans cette faiblesse ; mais ce n'est pas le propre des *grands esprits*. Rien n'est plus capable d'égarer la Jeunesse, que de citer les fautes des bons Ecrivains, comme des exemples.

Il ne faut pas oublier de dire ici en combien de sens différens le mot d'*esprit* s'emploie ; ce n'est point un défaut de la langue : c'est au contraire un avantage d'avoir ainsi des racines qui se ramifient en plusieurs branches.

Esprit d'un Corps, d'une Société, pour exprimer les usages, la maniere de parler, de se conduire, les préjugés d'un Corps.

Esprit de parti, qui est à l'*esprit* d'un Corps ce que sont les passions aux sentimens ordinaires.

Esprit d'une Loi, pour en distinguer l'intention : c'est en ce sens qu'on a dit, *la lettre tue, & l'esprit vivifie.*

Esprit d'un ouvrage, pour en faire concevoir le caractere & le but.

Esprit de vengeance, pour signifier *désir & intention* de se venger.

Esprit de discorde, esprit de révolte, &c.

On a cité dans un Dictionnaire, *esprit de politesse* ; mais c'est d'après un Auteur nommé Bellegarde, qui n'a nulle autorité. On doit choisir avec un soin scrupuleux ses Auteurs & ses exemples. On ne dit point *esprit de politesse*, comme on dit *esprit de vengeance, de dissension, de faction* ; parce que la politesse n'est point une passion animée par un motif puissant qui la conduise, lequel on appelle *esprit* métaphoriquement.

Esprit familier se dit dans un autre sens, & signifie ces Etres mitoyens, ces Génies, ces Démons admis dans l'Antiquité, comme l'*Esprit de Socrate*, &c.

Esprit signifie quelquefois la plus subtile partie

de la matiere : on dit, *esprits animaux*, *esprits vitaux*, pour signifier ce qu'on n'a jamais vu, & ce qui donne le mouvement & la vie. Ces *esprits* qu'on croit couler rapidement dans les nerfs, sont probablement un feu subtil. Le Docteur Méad est le premier qui semble en avoir donné des preuves dans la Préface du *Traité sur les Poisons*.

Esprit, en Chymie, est encore un terme qui reçoit plusieurs acceptions différentes, mais qui signifie toujours la partie subtile de la matiere.

Il y a loin de l'*esprit* en ce sens, au *bon esprit*, au *bel esprit*. Le même mot, dans toutes les Langues, peut donner des idées différentes, parce que tout est métaphore, sans que le vulgaire s'en apperçoive.

CHAPITRE TRENTE-UNIEME.

SUR LE MOT FACILE.

F Acile ne signifie pas seulement une chose aisément faite, mais encore qui paraît l'être. Le pinceau du Corrége est *facile*. Le style de Quinaut est beaucoup plus *facile* que celui de Despréaux, comme le style d'Ovide l'emporte en facilité sur celui de Perse.

Cette facilité en Peinture, en Musique, en Eloquence, en Poésie, consiste dans un naturel heureux, qui n'admet aucun tour de recherche, & qui peut se passer de force & de profondeur. Ainsi les tableaux de Paul Véroneze ont un air plus *facile* & moins fini que ceux de Michel Ange. Les symphonies de Rameau sont supérieures à celles de Lully, & semblent moins *faciles*. Bossuet est plus véritablement éloquent & plus *facile* que Fléchier. Rousseau, dans ses Epitres, n'a pas à beaucoup près la *facilité* & la vérité de Despréaux.

Le Commentateur de Despréaux dit que ce Poëte

exact & laborieux avait appris à l'illuftre Racine à
faire difficilement des vers ; & que ceux qui paraiffent *faciles*, font ceux qui ont été faits avec le plus
de difficulté.

Il eft très-vrai qu'il en coûte fouvent pour s'exprimer avec clarté : il eft vrai qu'on peut arriver au naturel par des efforts ; mais il eft vrái auffi qu'un heureux génie produit fouvent des beautés *faciles* fans
aucune peine, & que l'enthoufiafme va plus loin
que l'art.

La plupart des morceaux paffionnés de nos bons
Poëtes font fortis achevés de leur plume, & pa-
roiffent d'autant plus *faciles* qu'ils ont en effet été
compofés fans travail : l'imagination alors conçoit
& enfante aifément. Il n'en eft pas ainfi dans les
Ouvrages didactiques ; c'eft-là qu'on a befoin d'art
pour paraître *facile*. Il y a, par exemple, beaucoup
moins de *facilité* que de profondeur dans l'admirable
Effai fur l'Homme de Pope.

On peut faire facilement de très-mauvais ouvrages
qui n'auront rien de gêné, qui paraîtront *faciles*, &
c'eft le partage de ceux qui ont, fans génie, la malheureufe habitude de compofer. C'eft en ce fens
qu'un perfonnage de l'ancienne Comédie, qu'on
nomme Italienne, dit à un autre :

> Tu fais de méchans Vers admirablement bien.

Le terme de *facile* eft une injure pour une femme, eft quelquefois dans la fociété une louange pour
un homme : c'eft fouvent un défaut dans un homme
d'Etat.

Les mœurs d'Atticus étoient *faciles*, c'étoit le
plus aimable des Romains. La *facile* Cléopâtre fe
donna à Antoine auffi aifément qu'à Céfar. Le *fa-*
cile Claude fe laiffait gouverner par Agrippine. *Faci-*
le n'eft-là, par rapport à Claude, qu'un adouciffe-
ment ; le mot propre eft *faible*.

Un homme *facile* eft en général un efprit qui fe
rend aifément à la raifon, aux remontrances ; un
cœur qui fe laiffe fléchir aux prieres : & *faible* eft
celui qui laiffe prendre fur lui trop d'autorité.

CHAPITRE TRENTE-DEUXIEME.
FACTION.
De ce qu'on entend par ce mot.

LE mot *faction* venant du latin *facere*, on l'emploie pour fignifier l'état d'un Soldat à fon pofte en *faction*, les quadrilles ou les troupes des combattans dans le cirque, les *factions* vertes, bleues, rouges & blanches.

La principale acception de ce terme fignifie un *Parti féditieux dans un Etat*. Le terme de *parti* par lui-même n'a rien d'odieux, celui de *faction* l'eft toujours.

Un grand homme & un médiocre peuvent avoir aifément un parti à la Cour, dans l'Armée, à la Ville, dans la Littérature.

On peut avoir un parti par fon mérite, par la chaleur & le nombre de fes amis, fans être Chef de parti.

Le Maréchal de Catinat peu confidéré à la Cour, s'était fait un grand parti dans l'armée, fans y prétendre.

Un Chef de parti eft toujours un Chef de *faction*; tels ont été le Cardinal de Retz, Henri, Duc de Guife, & tant d'autres.

Un parti féditieux, quand il eft encore faible, quand il ne partage pas tout l'Etat, n'eft qu'une *faction*.

La *faction* de Céfar devint bientôt un parti dominant, qui engloutit la République.

Quand l'Empereur Charles VI. difputait l'Efpagne à Philippe V, il avait un parti dans ce Royaume, & enfin, il n'y eut plus qu'une *faction*. Cependant, on peut dire toujours *le Parti de Charles VI*.

Il n'en eft pas ainfi des hommes privés. Defcartes eut long-tems un parti en France; on ne peut dire qu'il eut une *faction*.

C'eft ainfi qu'il y a des mots fynonimes en plufieurs cas, qui ceffent de l'être dans d'autres.

CHAPITRE